聖なる黒夜（上）

柴田よしき

角川文庫
14429

聖なる黒夜（上）

contents

聖なる黒夜（下）

contents

聖なる黒夜（上）

1989.2

「何してんだ、おまえ」

暗闇の中から声がした。

目を開けると、異様に明るい月が見えた。月はもう、西の空の低いところにいた。

その月の白い光の中に、人の影が浮かんでいた。

「ここで何してんだ」

声は男のものだった。

「始発を待ってる」

答えるのは面倒だった。だが、それだけが口をついて出た。

後頭部に痺《しび》れるほどの冷たさがあった。二月の夜明け前、大気は凍りつき、線路は氷よりも冷えている。

その冷たさのずっと奥深いところから、ようやく待ち望んでいた震動が現れた。

始発が来る。

「起きな」

男が言った。

余計なお世話だ。

「起きろって言ってんだよ」

いきなり、脇腹に衝撃が落ちた。男の靴が脇腹にめり込んだ。

「ほっといてくれ」

横向きに腹を抱えて丸くなった。

「俺のことはほっとけ」

不意に、頭が熱くなった。男の指が頭皮を摑《つか》んでいる。そのまま持ち上げられた。

「やめろったら。ほっといてくれ！」

「立て」

頭が引っ張られる。

始発が来る。だが、からだは線路を離れてしまった。

気持ちが萎《な》えた。

立ち上がると、男はまた蹴飛《けと》ばした。

「歩け。早くしろ」

逆らうだけの気力も、もうなかった。男に突き飛ばされるようにして線路を出る。

「ついて来い」

男は先に立って、慣れた様子で土手をよじ登る。

土に手をかけた時、背後に風が巻き起こった。


始発は、行ってしまった。


男の背中について歩いた。見知らぬ町を、歩いた。

終わらなかった。また、終わり損ねた。

長い夜。

いつまでも続く、夜。


古いマンションに男は入って行く。

エレベーターを降りると、常夜灯の点《つ》いた廊下は薄汚れて、わびしかった。

呼び鈴に応《こた》えてドアが開く。

女。長い髪をして、赤い口紅と赤い爪。疲れたような、顔。

「何よ、その子」

女が見ていた。

「拾った」

　男が言った。

「拾った？　どこで」

「小田急の線路。寝てやがった」

「やだ、酔っぱらい？」

「違う。死に損ないだ」

「ふうん」

　女が顎《あご》を摑んだ。

「まだガキじゃないの」

「いや」

　男は笑った。

「そんなに若くない。声でわかる」

「どうでもいいけど、あんた、靴脱いで上がりなさいよ」

　バッシュの紐《ひも》がほどけなかった。手間取った。

「不器用ね」

　女も笑った。

　みんな笑う。

もう慣れた。慣れたのに、なぜ悔しい？

「どうすんのよ、この子。ねえ誠《せい》さんったら」

「何か食わせてやれ」

「何かって、ろくなものないわよ。誠さんのつまみならあるけど。ぬかみそ」

「それでいい。茶漬けにでもしてやれ」

「やだ、優しいのね、ずいぶん。死に損ないなんか拾って来て、どういうつもり？」

「おまえにやる」

「やるって、ちょっと！」

「おまえの好きそうな顔だ」

「何よ、それ。やめてよ、拾ったものを押しつけられるなんて迷惑だわ」

「いらないのか」

「いらないわよ」

「だったらおまえ、また捨てて来い。小田急の線路に置いてくればいい」

「自分でやってよ」

「もうおまえのもんだ。おまえにやった」

「バカ」

「早く飯を出せよ。俺も食う」

「ほんとに勝手なんだから。誠さんが連れて帰って遊べばいいじゃないの、自分で拾ったんだから」

「好みじゃない」

「もう！　気まぐれもたいがいにして」

「蒲田《かまた》を殺《や》った」

「え？」

「蒲田だ」

「だって……あのひと、お子さんが……」

「しょうがない。蒲田が自分で蒔《ま》いた種だ。大丈夫だ、子供は施設に行く。のたれ死んだりはしない。おまえがそうだったみたいにな」

女は黙っていた。黙って、きゅうりの漬物と白い飯をテーブルに置いた。食べた。腹がものすごく減っていることに、やっと気づいた。

「罪滅ぼしってわけ？　それとも、埋め合わせ？」

「何に埋め合わせる」

「何って……神様に対して」

男は笑った。

「こいつが死に損なったからって蒲田は生き返らない。蒲田のことなんか関係ないさ」

「蒲田さんのこと言い出したの、誠さんの方よ」

女はそれだけ言って、茶をすすった。

「あんた、名前は?」

答えるのが面倒だ。いつもそうだ。

「名前ぐらいあるんでしょ、死に損ない」

「練《れん》」

それだけ言って、また白い飯を口に詰めた。

窓の外が白くなるのが、飯茶碗《ぢゃわん》の向こうに見えた。

夜明けだ。

1995.10 —1—

1

金木犀《きんもくせい》の香りだろうか。

開けた窓から入り込んだ夜風の中に、ひどく甘い芳香が混じって流れて行った。

それとも、この娘のつけている香水の類《たぐ》いか？

麻生《あそう》は、辺りの空気をもう一度嗅《か》いだ。今度はさっきと違う甘い匂いがする。これが、この娘の香りだろう。酒がかなり入っているので、まあいいか、とそのままにしていたが、宮島静香《みやじましずか》は俺の胸に頭を預けたまま、どうやら寝てしまったらしい。

「おい」

麻生は、そっと静香の頭をゆすった。

「そろそろ起きろ。おまえの家の近くだぞ、もう」

静香は瞼《まぶた》を数回動かして、それから上半身を起こした。

「すみません、寝てました」

「報告しなくてもわかってる。俺はずっと枕やってたんだからな」

「ごめんなさい、係長」

「いいけど、その顔、何とかしろ」

「変ですか？」

「化粧がはげてる」

静香は慌ててショルダーバッグを開け、鏡を取り出した。麻生はキーホルダーについているミニライトで鏡を照らしてやった。

「係長、家に寄って行かれませんか」

「もう十二時近いぞ」

「だからです……係長が一緒だったってわかれば、怒られなくて済みます」

「ガキみたいなこと言うな。もう二十五だろう、おまえ」

「二十四です」

「立派なおとなだ。酒呑《の》んで午前様になった言い訳くらい自分で考えろ」

「まだ午前様じゃありません。でも母が心配性なんです」

「俺なんかとこんな時間に家に戻ったらよけい心配するぞ。バツイチの中年男に騙《だま》されてると思ってな」

静香は唇をすぼめ、子供のような顔で麻生を見ている。拗《す》ねているのか、拗ねている振りなのか。麻生は、若い女のこの無意識の駆け引きが苦手だった。こんな、まるで少女のような女でも、銃を握れば自分よりも正確に的を射貫《いぬ》くことができるのだ。女は、その内側にあるものの正体を決して容易には見せてくれない。

「このへんでいいです」

「家の前まで行こう。この辺りは人通りが少ないから物騒だ」

「でも、わたしの家の前まで行くと一方通行しかないですよ。白山《はくさん》通りに戻るのにぐるっとまわらないとならなくなります」

「別にいいよ。大した距離じゃない。運転手さん、その角右折してくれるかな」

前にも二度、静香の家まで送って来たことがあった。それも何かの策略なのかそれとも偶然か、静香はいつも酒の集まりの最後は麻生のそばにいる。

まあそれは、ある意味で好都合ではあった。静香は仕事の同僚にしておくには、少し可愛らし過ぎるのだ。部下の独身男どもが浮き足立つのもあながち責められない。奴らも悪い連中ではなかったが、酒の入った勢いで静香と関係を持ったりしたら、それこそ仕事にならなくなるのは目に見えていた。

要するに、静香にとっても俺は安全牌《ぱい》なのだろう、と麻生は心の中で苦笑いする。

「ありがとうございました」

静香が言って、開いたドアから降りた。

「明日、遅刻するなよ」

「係長こそ。モーニングコールしましょうか?」

「いらん。年寄りは早く目が覚めるもんだ。お休み」

「お休みなさい」

静香が閉まったドアの向こうで丁寧に礼をした。

躾《しつけ》のいい女だ。


「えっと、これからどちらまで?」

運転手に聞かれて、麻生は時計を見た。まだ地下鉄の終電には間に合いそうだ。経費にならないタクシー代はできるだけ節約したい。

「地下鉄だとどこが近いかな」

「白山じゃないですかね」

「じゃ、そこまで」

麻生は、ふうっと息を吐いた。大島《おおじま》までタクシーで帰るはめにならなくて助かった。静香のボディガードも、けっこう高くつく。

*

団地の建物というのはどうしてこう、どれもこれもよく似ているのだろう。

地下鉄の駅から歩き出して、麻生は目の前にそびえている無機質な建造物の林を見ながら溜息《ためいき》をついた。

自分は生涯、こうした形の建物から逃れることはできないのだという思いが一瞬、頭をよぎる。

物心ついた時分には東京の下町の、木造のアパートに住んでいた。六畳と四畳半の部屋に台所とトイレ、風呂《ふろ》はもちろん付いていない。その当時はそれでごく普通の住まいで、四人家族が充分暮らしていけたのだ。父親は役所勤めだったが、高卒なので出世とはあまり縁がなく、母親は近所の花屋で店員をしていて、いつも手があかぎれとひび割れでいっぱいだった。麻生の二歳下には弟がいた。喧嘩《けんか》っ早い性分の奴で、あまり我が強い方ではなかった麻生は、何事につけて弟に主導権を握られていた。

地元の中学に入って剣道部に入部した。特に理由などはなかった。運動の盛んな中学だったので、新入生はともかくどこかの運動部に所属するのが当たり前だったのだ。そろそろ背が伸び始めていた麻生は、中学一年生としてはすでに長身で、部活を決めるオリエンテーションの時にバスケットボール部から誘いを受けた。そのままバスケットをやっていたなら、自分の人生はどんなふうに変わっていたのだろうと、麻生は今でも、時々考える。

バスケットボール部の練習を見学していた時に、体育館の隅に小学校の時からの親友の姿を見つけた。彼は近くの神社の神主が教えている少年剣道教室に通っていて、五年生の時から剣道をやっていた。だから迷うことなく剣道部に入部したのだ。その彼が、防具と竹刀を山ほど抱えて姿を現し、ゆっくりとした足取りで体育館の端を横切って行く。いったい何人分の道具を持たされているのだろう。その時麻生は思った。きっと剣道部の新入生はあいつひとりなのだ。

それが入部の動機だった。親友ひとりを困難な状況においておくことがどうしても気掛かりだったのだ。運動部では一年は虐《いじ》められるんだぜ、と噂を聞いていたから。人がいいのか、おせっかいなのか。たぶんその両方なのだろう。そうした自分の性質というのは、今でも基本的に変わっていないと思う。だが今では、極力目を瞑《つむ》って見ない振りをすることに慣れてしまった。誰かの為に世話をやいて得することなど、実社会ではほとんどないのだと知ってしまっていたから。

結局、剣道部には親友と自分の他にも三人の一年生が入部することになり、麻生の些細《ささい》な義侠心《ぎきょうしん》はあまり報われたとは言えなかった。だが噂で聞いていたようなしごきの類いというのはなく、ただ練習がきついので最初の内はからだがだるかったくらいで、麻生はその内、剣道というスポーツそのものの魅力にとりつかれた。一年経つ内には、生活の基盤にまず剣道があるようになり、剣道に関係したこと以外にはあまり興味がなくなってしまった。好きこそものの上手なれのたとえにもある通り、麻生の剣道の腕はどんどんと上がり、中学二年の春、区内の新人戦で準優勝、都大会でも個人総合七位に入り、おそらくその時点で、麻生の人生の多くのことが決まってしまったのだ。

高校ももちろん、剣道で選んだ。私立大学の付属高校で、剣道ではインターハイで常に上位に来る名門だった。それだけに、中学とは比較にならないほどの訓練、それにしごきもあった。だがそうしたことの総《すべ》てが大した問題ではないと思えるほど、麻生は剣道の虜《とりこ》だった。勉強などは後になって思い出そうとしてもした記憶が見つけられないほど、剣道以外に何もない時代だった。

三年の夏、インターハイの個人総合で全国で三位になり、その実績のおかげで付属大学への推薦枠から漏れなくて済んだ。

大学の剣道部は、麻生の知らない不思議な世界だった。

その異世界で、あの男に出逢《であ》った……


追想から覚めたのは、いつもの古びた階段を上がっている最中だった。部屋は三階で、エレベーターを待つよりも階段で上がる方がたいていの場合は早い。

廊下を照らしている蛍光灯が切れ掛かっているのか、鬱陶《うっとう》しい明滅があった。誰かもう、管理人に連絡しただろうか。

築十二年。鉄筋のビルなので決して古くはない。だがすでに、新築の建物にある清潔な華やかさは失われている。購入したのは六年ほど前だった。バブルの真っ最中で、不動産の価格というのは永遠に上昇し続けるものだと誰もが考えていた。麻生たち夫婦にこの建物を勧めた不動産業者のセールスマンも、胸を張ってそう言ったのだ。ともかく買っておけば絶対に価値は下がらないのだから、損することはないと。

今現在、おそらく、この部屋の売値は買った時の値段よりも一千万は値下がりしているはずだ。そしてローンの返済の方は、まだあと二十九年、残っている。

鍵《かぎ》を回し、部屋のドアを開けると欠伸《あくび》が出た。まるで条件反射だ。麻生にとってこの部屋は、今や、寝る為にだけある空間と言ってもよかった。その部屋を手に入れた時にそばにいてくれた妻はもう、麻生の帰りを待っていてくれはしない。

あかりを点《つ》けるとまず、手にしていた郵便物と夕刊とを台所のテーブルの上に放り出した。玄関ホールにある郵便受けからそれを取って来るのは無意識の習慣になっていたが、最近ではもう、期待を込めて郵便物を仕分けすることもなくなった。いったいどのくらいの間、封筒や葉書を丹念に丹念に調べて、玲子《れいこ》からの便りがないかと待ち続けていただろうか。一年か、それとも、二年。まあそのくらいだ。そしてもう、それも諦《あきら》めた。玲子は自分の人生から完全に消えてしまったのだ。そのことを自分に納得させるのにはまだ長い時間がかかるだろう。だが麻生は、もうできるだけ考えないことにした。玲子の署名と判が押された離婚届はずっと麻生の机の引き出しにしまい込まれたままだったが、それも、昨年の初めに自分の名前を書き込み、判を押して役所に出した。


夕刊は開かなかった。事件が起きていない時は読むことが多いのだが、今夜は疲れていて細かい活字を追う気になれない。冷蔵庫から冷たいウーロン茶を取り出してコップに一杯飲むと、ネクタイを緩めて抜き取った。その時になって、留守番電話の明滅に気づく。ボタンを押すと、柔らかな女の声が流れ出した。

「麻生さん、槙《まき》です。ゆうべお店に紙袋をお忘れになったでしょう？ ごめんなさい、すぐに気づけば良かったのだけれど、ゆうべは閉店間際にお客が立て込んで、あら、と思ったのがお店を閉めてからだったの。お預かりしておきますから、いつでもお時間がある時に取りにいらしてね。お忙しいでしょうけれど、おからだはお大切に」

紙袋。確か昨日は、槙の店に寄る前に本屋に立ち寄って、目に付いた文庫本を二冊ほど買ったんだった。

麻生はひとり笑いしながらシャツを脱いだ。

もしも明日、この東京で誰も殺されなかったとしたら、槙の店に忘れた文庫本を取りに行ける。そしてまた、槙の顔を見ながら少し酒が飲めるだろう。

この東京で、誰も殺されなかったとしたら。

シャワーを浴び、くたびれたパジャマに着替えて何日も敷いたままの布団に転がると、半分だけ開けたままだったカーテンから夜空の月が見えた。このマンション団地を玲子が気に入った最大の理由が、建物の前にある公園だった。その公園のおかげで、三階の窓からでも夜空は存分に眺めることができた。

静香はもう寝ただろうか。育ちのいい女だし、ちゃんと風呂に入って、清潔なベッドで本でも読んでから寝るのだろう。どうしてあんな女が刑事などやっているのか、世の中には不思議なことがいろいろとあるものだ。部下の山下は静香にぞっこんだ。どうも最近、静香のそばにいると奴の集中力がなくなっている感じがする。性差別だとつるし上げられそうだが、やはり刑事部屋に女の存在は難しい。山下には気をつけていないと、その内に大ポカをやらかすかも知れない。もっとも、そんなことは俺がいちいち言わなくても、ヤマさんがちゃんと見ていてくれるんだろうが。

送検された被疑者が検察で無事供述し、起訴された。一ヶ月半かかったヤマも今日で総て片づいた。八係はともかく、明日からまた別のヤマに入れる態勢になった。だが明日は、槙の店に行くのだ。麻生は思わずまた笑った。そうだ、行ってやる。要は誰も殺されず、犯されず、奪われず、都民が幸せでさえあればそれで総てがうまくいく。俺は書類に判を押して一日を過ごし、会議で欠伸をかみ殺し、定時に部屋を出て地下鉄に乗るのだ。そして槙の笑顔を見て、ビールを一本と酒を少し飲み、槙の作ってくれた肉じゃがでもつついて、茶漬けを食って、槙がこっそり片目を瞑って見せてくれたら、頷《うなず》いて店を出る。そのまま地下鉄で駅二つ乗れば、槙のマンションにたどり着ける。合鍵は持っている。中に入って待てばいい。ちゃんとからだを洗って歯も磨いて、おとなしくテレビでも見ながら待てばいいのだ。

自分が槙を愛しているのかどうか、麻生にはよくわからなかった。ただ、槙が自分をこの世でいちばん愛しているわけではないだろうというのは、何となくわかっていた。槙には他に好きな男がいるのかも知れない。彼女はたまに、目の前にいる俺の存在を突然忘れてしまったかのように上の空になる。彼女の心の中には誰か知らないが別の男がずっと住みついていて、そいつの幻影から逃れることができないのだろうか。そんな女は初めてではない。なぜなのか、麻生のそばに寄って来る女の多くが、心に幻の男を飼っている。たぶん、類は友を呼ぶという話なのだ。

別に構わなかった。むしろ、有り難いくらいだった。

槙との関係はもう半年になる。

いい女だ。飛び抜けて美人ではないが、髪が綺麗《きれい》だ。

麻生は起き上がり、カーテンを閉めた。

窓の外の月はやけに明るかった。

ふと、男の顔が甦《よみがえ》った。

自分の前に座った部下の飯山《いいやま》の顔に食いつくように顔を寄せて男は言ったのだ。

「何が悪い？　女房を殺して何が悪いんだよ？　俺はあいつの為に、人生の全部を犠牲にして働いて、給料も全部渡してやって、煙草一箱買うにも遠慮して生きていたんだ。それなのに、あいつは俺を裏切ったんだぜ。それもずっと裏切り続けてたんだ。実家のお袋さんの病気治療に必要だとか言ってボーナスまで全額取り上げてよ、その金でテレクラで知り合った男と旅行に行ってたんだとよ。なあ刑事さん、俺は悪人か？　それで殺されたあの女は天使なのか？　あんたならどうする？　なあ教えてくれよ、あんたならどうするんだよ、なあ！」

飯山が何と答えたのか、俺は壁からからだを離して取調室を出てしまったので、聞き損ねた。

俺なら、何と答えただろう。

月。

あの男は実刑になるのだろうか。なったとしたら、あの男がこれからの数年を暮らすことになる刑務所の窓からも、この月は見えるのだろうか？

2

タクシーを降りると、麻生は思いきり頭を上に傾けて、その建物を見上げた。だが頂上がどこにあるのかわからない。その高さは余りにも圧倒的で、ひどく非人間的だった。そんな建物の中に人が寝ているということ自体が信じがたい気がする。

真夜中は終わりかけている。そろそろ東の空が白んで来るだろう。午前四時二十五分。

ロビーにも数名、捜査の人間がうろついていた。所轄の、顔を見知った男に片手をあげると、男は小走りに近寄って来た。

「何階？」

「三十二階です。御一緒しますよ」

人の良さそうな男で、確か青木とか言ったっけ。前にラブホテルの連続殺人事件があった時、新宿に本部が置かれて一緒にやったことがある。他にも二回ほど新宿の本部に詰めたことがあるのだが、その時もこの男と一緒だったのかどうか、憶《おぼ》えていなかった。麻生は所轄の刑事の顔を憶えるのが苦手なのだ。

「本部、できますかね」

エレベーターの中で、青木がぽつりと言った。

「どうかな」

麻生はポケットに片手を入れたままで小さく頭を振った。

「捜四が仕切ることになるんじゃないかな」

「そうですよね」

青木はどこかホッとしたようだった。

「ガイシャがあいつじゃあ……」

三十二階は大変な騒ぎになっていた。ゆるくカーブした長い廊下には鑑識や黒ジャンパーの機捜が走り回り、時折ドアを開けて様子を覗《のぞ》いている宿泊客は警官にたしなめられてドアを閉めるが、また別のドアがすぐに開いてびっくり目の人間が頭を出す。

現場は三二二四号室。張られたロープと人の出入りとで知らされていなくてもすぐにわかる。

「係長」

山背《やませ》が麻生の顔を見つけて片手をあげた。いつもながらに頼もしい顔だ。こんな時間に叩《たた》き起こされて呼び出されたのに、目やにひとつないすっきりした顔をしている。刑事らしい刑事。山背はこの仕事をする為に生まれて来たような男だった。

「ヤマさん。みんな揃ってるか」

「シゲと保《たもつ》は来てる。静香もさっき。ブーと兄やんはこっちに向かってるらしい。後の連中にはまだ連絡が取れてない」

「無理して呼ばなくていいだろう」

俺はちらっと周囲を見た。

「特捜本部のできるようなヤマじゃなさそうだな……及川《おいかわ》は？」

山背が親指で部屋の中を示した。麻生は頷いて開いたドアの中へと入った。

広い部屋だった。ジュニア・スィートルームというやつで、ドアの内側はリビングになっている。大きなソファセットにどっかりと腰をおろして、及川が天井を見上げていた。

「鑑識が困ってたぜ、あんたの尻《しり》で大事な指紋が消えたってさ」

麻生は及川の前に立った。及川は頭を大儀そうに動かした。

「こんなケバだったソファから指紋なんて取れるかよ。それより何の用なんだ、龍《りゅう》。今夜のメニューは捜一向きじゃねえ、ちょっと大人の味だぜよ」

「そうかもな。じゃ引き揚げようか。俺は女の寝床から這《は》い出て来たばっかりなんだ。用がないならもう一度女の腹の上に帰りたい」

麻生が笑うと、及川は、ケッと音を立てた。

「無理してんじゃねぇよ、女ったってどうせ、新大久保の辺りで立ちんぼ拾ったんだろうが。今頃はおまえの財布から抜き取った金持ってヒモのとこに逃げ帰ってるよ。まあそれより、俺のスィートハートに会ってやってくれ。変わり果てた姿にはなってるが、まだまだけっこう、そそりやがるぜ」

及川は顎《あご》でそのドアを示した。バスルームに通じるドアだ。半開きになっていて、中に人がいる気配がしている。

近づいて覗くと、鑑識が二人忙しそうに働いていた。

「いいのかな、入って」

「どうぞ。もう終わります」

麻生はそれでも少し待って、二人が出て行くまでドアのこちら側にいた。

「検視は？」

「もう済んだ」

及川が座ったまま答えた。

「できるだけ早く運び出したいそうだ。すぐ司法解剖に回す。写真も終わってるから物を動かしてもいいぜ」

バスルームはとても広かった。大理石の床にシンクが二つある巨大な洗面台と鏡。向かって右手は透明なガラス張りのシャワーブースになっている。洗面台には小型のテレビが置かれていた。

左手に浴槽があった。

瞬間、とても綺麗だ、と感じた。ルビーの色に染まった透明な水の中に、そのからだは横たわっていた。

死体だというのが信じられないほど、顔つきがおだやかだった。もしかしたらこの男は今、これまでの人生でいちばん安らかに眠っているのかも知れない。

韮崎《にらさき》誠一。

東日本連合会春日《かすが》組の大幹部。

いつの間にか後ろにいた及川が、溜息《ためいき》のような息を吐いた。

「たまらねぇよな」

「この野郎をいつか追いつめて、よぼよぼになるまで別荘から出られなくしてやろうとこれまで粉骨砕身して来たのによ……こんな結末でいいんなら、俺にだってもっとやりようがあったぜ」

「どのみち、畳の上で死ねるような生活はしてなかったろうさ」

「それにしたってよ……風呂《ふろ》ん中で喉《のど》をかっ切られたなんてなぁ」

「……チャカじゃないのか」

「いいや。見たらわかるだろ、風呂ん中でチャカぶっ放したんなら、血の色の湯水がもっと飛び散ってるさ。頸動脈《けいどうみゃく》を正確にサッと切り開かれて、たぶん韮崎は声を上げることもできなかったと思う。あっという間に出血多量で意識を失い、ほとんど苦しむ間もなくあの世行きだ。あれだけの悪党の最期にしちゃあ、ホシはまったく慈悲深いぜ」

「エモノは何だって？」

「現物がないんで断定はできないが、検視官の話だと相当によく切れる薄刃の刃物だろうってことだ。そうだな、剃刀《かみそり》みたいなものかな」

「変なエモノだな……奴らの世界にしちゃ」

「まあな……しかしシロウトってことはないぜ、この手際の良さは。韮崎ほどの男がこれだけあっさり殺《や》られたんだ。新手のヒットマンかも知れない。チャカを嫌ってナイフを使うプロの殺し屋ってのもいるしな」

「どこの組がやるにしたって韮崎みたいな奴を狙うのにヒットマンなんか使うもんか。そんなことはあんたが良く知ってるだろうが。奴らはこんな時、因果を含めた若い奴を使うんだろ」

「それで殺せる相手ならな。だが韮崎は違ったんだ。これまでにも何度か襲撃されてるが、一度だって怪我らしい怪我すらしたことはない。トーシローで取れるタマじゃないとわかって、金を積んでプロを使ったんだろう。いずれにしても龍、こいつは抗争事件だ。捜一の出番はねぇよ」

麻生は及川の顔を注意して見た。及川が半信半疑でいることがすぐに見て取れた。

そう、何かが少し変だ。単なる暴力団同士の抗争事件にしては、どこかがおかしい。これがそうだ、と具体的に指摘はできないのだが、麻生の勘が「こいつはあんたの仕事だぜ、龍太郎」と麻生自身に告げている。

暴力団の抗争事件の場合には、たとえ死者が出ても、普通の殺人事件のような捜査本部を設置しての捜査というのは行わないことが多い。一般人に犠牲者が出ていれば別だが、ヤクザ同士が殺し合う事件に関しては、通常の殺人事件のように犯人の逮捕だけが捜査の目的にされるのではなく、様々な角度から事件の全体に関して作戦を立て、暴力団そのものの弱体化或《ある》いは壊滅という大きな目標に向かって捜査しなくてはならないので、そうした対組織犯罪捜査のプロフェッショナルである捜査四課が主導権を握って捜査指揮を執り、自分たちの方法で進めた方が何かとうまくいくのである。その上、組織犯罪者たちは通常、程度の差こそあれ武装しているので、捜査そのものが危険を伴う確率も高くなる。制服組とは違って、携帯許可をいちいち取らなくては銃を持ち歩けない一課の刑事には、抗争事件の捜査ははっきり言って荷が重いのだ。

今回のケースも、殺されたのが東京で最大の組織をほこる暴力団の幹部であったという事実から、普通に考えれば抗争事件だと結論が出せるだろう。場合によっては手伝いに駆り出されることはあるにしても、捜査の中心は四課になる。所轄である新宿署に捜査本部が置かれることもない。民間人にとばっちりの被害者が出たわけでもないし、韮崎を殺した人間を捕まえるのは韮崎の供養の為ではなく、弔い合戦で抗争が激化することを防ぐ為とそして、殺害を指示した側の組長や上部組織を何とか刑事裁判に引きずり出して、組織の弱体化をはかる第一歩にする為だ。

しかしもし、これが抗争事件ではないとしたら？

韮崎が暴力団の幹部として殺されたのではなく、何か別の理由によって殺された、たとえば行きずりの通り魔に刺されたとか、強盗に金品の強奪目的で襲われたとかした場合であれば、たとえ被害者が韮崎でも、事件はあくまで、捜一の守備範囲ということになる。

及川は強気だった。この事件は俺のものだと宣言している。その気持ちはわかる。及川にとって韮崎は、仇敵《きゆうてき》のような存在なのだ。本当ならば、生きて裁判にかけてやりたかった相手だろう。それが何者かに殺されてしまったのだ。自分たちのやり方で犯人を見つけ出したいと思うのは当然だろう。及川は、入庁以来ほとんどの時間を暴力団関係の捜査活動に費やして来た、骨の髄までマル暴根性が染みついた男だった。

だが、そんな及川だからこそ、この事件は何か少し変だ、ということに気づいていないわけがない。

「もう少し見て行くか、名探偵」

及川が麻生の肩を叩《たた》いてバスルームを出て行った。及川は俺という男を知っている、と麻生はあらためて思う。本当に見たいものがある時は、ひとりがいい。

浴槽のそばに膝《ひざ》をつき、麻生は死人の顔を見つめた。

及川の言葉の通り、そこにははっきりとした苦痛は残されていない。鋭利な刃物で一瞬にして切り開かれた傷口にはふつう、感覚がなく、痛みを感じるようになるのはずっと後のことだ。温まった湯の中で頸動脈を瞬間的に切断されたとしたら、痛みはほとんどなく、何が起こったのだろう、と思った頃には出血多量で意識が遠のいていただろう。心臓が停止するまでに何分かかったろうか。心臓が停まっても、血管に送り出されていた血液はしばらく外に出続けただろうから、この湯の中に溶け込んだ韮崎の血は、相当に大量なものに違いない。だが湯温はさほど高くなかったようだ。温度が高ければ、血液は凝固するのでこれほど綺麗《きれい》な色にはならないだろう。

ぞっとするほど綺麗な顔だった。

尖《とが》った鼻の先はとても華奢《きゃしゃ》で、指先で押しても潰《つぶ》れてしまいそうに見える。閉じられた瞼《まぶた》の形も申し分なく整い、顔の輪郭にも無駄な凹凸は見られない。捜一の仕事の範囲では韮崎の顔を直《じか》に見る機会などなかったので、生きている時の韮崎と言葉を交わした記憶というのはないが、写真では何度か見たことがあった。韮崎の父親の、韮崎誠太郎という昭和の任侠史《にんきようし》に残る男の顔も何かの時に写真で見た覚えがあるが、この男とは似ていなかった。この男は母親似だったのかも知れない。

手を触れることはせずに、床にかがみ込むようにして傷口を下から覗《のぞ》く。さすがに、心臓が激しく鳴った。

あまりにも見事な切り口だった。及川がプロの仕事だと断定したのも理解できる。傷口は一直線で、ひとつの躊躇《ためら》いもない。肉の組織がはっきりわかるほど深く真横に切り開かれていて、まるで解剖された遺体の一部のようだった。だが傷口の長さは決して必要以上に長くはない。

麻生は立ち上がり、ゆっくりとバスルームの中を見回した。

韮崎の頭は手前にある。最期の瞬間に、韮崎はいったい何を見ていたのだろうか。

麻生は浴槽の横に腰掛け、韮崎と同じ姿勢になるように足を伸ばして座ってみた。大きな鏡が斜め正面にあり、そのおかげで、バスルームのほとんどの部分を見ることができた。入口のドアも、奥のトイレのドアも、シャワーブースも。

洗面台の上にはアメニティを入れておくかごがひとつ。畳まれたハンドタオルが二枚と、ビニールに入ったまま封を切られていない使い捨てのT字型剃刀が二つ、これも封がされたままの歯ブラシセットが二つ、包み紙にくるまれたままの石鹸《せつけん》がひとつ。石鹸にはフェイスソープと書かれている。ホテルのロゴ入りのかなり洒落《しやれ》たボトルにそれぞれ入った、シャンプーとリンス、それにもうひとつの液体が、小さな透明なビニールのケースに収まっていて、ケースにもホテルのロゴがプリントされていた。顔を近づけてみると、もうひとつの液体にはバスバブルと書かれている。泡をたくさんたてて外国の風呂のようにする薬剤で、ボディシャンプーにもなる類《たぐ》いのやつだろう。同じセットがこれも二つ、かごの中に入れられている。麻生は腰を伸ばし、もう一度浴槽の中を見た。それからシャワーブースに近寄ってみる。シャワーブースの床には水滴がたくさん残っている。石鹸皿には、白い大きめの石鹸が載っていた。

「失礼します」

鑑識係が入って来た。

「遺留品を押収したいんですが」

「いいよ、やってください」

係は頷《うなず》いて、麻生の目の前でシャワーブースの石鹸をつまみ、ビニールの袋に入れた。洗面台の下のくずかごの中身もそっくり別の袋に入れる。麻生は注意深く見守り、くずかごの中にあった物を目で追った。石鹸の包み紙が一枚だけ。

「指紋は出たの」

麻生の問いに、鑑識係は首を横に振った。

「はっきりしてるのはみんな、ガイシャのものだと思いますね。照合してみなければ確かなことはわかりませんが」

「シャワー使ってるね」

「使ってますね。髪の毛は特に気をつけて探しましたが、中には落ちてなかったです。しかし使ったのはホシでしょう」

「返り血を浴びたのかな」

「場合によると思いますがね。喉が湯の中に入っていたんなら浴びなかったでしょうが、外に出ていたとしたら、噴水みたいに噴き出したはずですから」

「排水溝の中の髪の毛も頼むね」

鑑識係は目だけで笑った。当然だ、と言いたいのだろう。

バスタオルは三枚、浴槽の上の棚に畳んだまま載せられている。フェイスタオルは二枚が鏡の横にかけられ、あと一枚が、バスタオルと共に棚に置かれていた。

ドアの外に人の気配がして、担架と、複数の人間が入って来た。

「もう遺体を運び出してよろしいですか」

係に訊《き》かれて麻生は、ドアの外に向かって怒鳴った。

「現場の責任者はあんたなのか、おい」

「知らねぇよ。おまえじゃねえの」

麻生は舌打ちした。ヤマは俺のもんだと宣言したくせに、細かな雑務はこっちに回すつもりだ。

「運んで下さい」

麻生が言うと、係は浴槽に浸《つ》かったままで永遠の眠りを楽しんでいる韮崎のからだに向かって、一斉に手を伸ばした。麻生はバスルームを出て、火の点《つ》いていない煙草をくわえたままで天井を睨《にら》んでいる及川の横に戻った。

「言っておくがな、龍」

及川は真面目《まじめ》な顔で言った。

「密室殺人じゃねぇからな。推理ごっこはやめときな」

麻生は笑った。

「あんたの西部劇の邪魔はしないさ。早く犯人を捕まえて縛り首にしてくれ。俺は戻って寝る」

「タコが。もうおまえんとこの連中はあっちこっち飛び回って根ほり葉ほりほじくってるぞ。おまえの班ってのは、おまえ以外はみんなせっかちなんだな」

「コロシは時間との勝負だからな。ホシも必死だ、一分遅れればそれだけ証拠が消される」

「なのになんでおまえはそう、呑気《のんき》なんだ」

「オブケってのはどっしり構えて報告を聞いてればいいんだとさ。先週も管理官から、警部がウロウロするなと怒られた」

「何やったんだ」

「暇なんでガイシャの亭主の会社に行って、そいつと世間話しただけさ」

及川が横目で麻生を睨んだ。

「……それで」

「それでって、それだけだ」

及川の肘《ひじ》がいきなり動いて麻生の鳩尾《みぞおち》を突いた。

「とぼけんな。そいつはあの、女房殺しのヤマだろうが」

「たまたまさ。世間話してる内に、勝手に自供始めただけさ」

「今度はそういうわけにはいかねぇぞ」

「わかってる。だからこのヤマはあんたが片づけたらいい」

麻生はゆっくりとノビをした。

「韮崎が死んで泣く奴よりも、喜ぶ奴の方が多いんだ。そういう仕事は、あんたに任せる」

「本部ができたらそうはいかねぇ」

「本部は置かれないんだろ？」

及川はふうっと大きな息を吐いた。

「置くことになるだろうよ……ここは場所が悪過ぎる。どんな捜査をするにしたって、一般人を巻き込まないってのは不可能だ。巻き込む以上は特捜本部がなけりゃな。で、どうなんだ。管理官は誰だって？」

「一条《いちじょう》さんだな、たぶん」

「おまえんとこがこのまま専任になるか」

「今のとこ、本部を抱えてないのは俺の班だけなんだ。二日前にひとつ解散したばっかりだった。つい数時間前に打ち上げで飲んで、二時間寝たらこの始末だ。まったく、東京ってとこはひどいとこだ。たった一日、誰も殺されないでいられない」

「考え方によるね。世界には、毎日爆弾が飛んで来て目の前で親や兄弟が死ぬのを見ながら暮らしてる連中もいるんだからな。それに比べりゃ、ヤクザを殺してくださった社会の恩人をわざわざ捕まえて裁判にかけるほど、この国の警察は暇なんだ。ところで一條ってのはどんなタイプだ？」

「別にどうということもない。出世のことしか考えてないって点では他の奴らと変わらないな。ただまあ、気が小さいんで基本的に俺達の仕事に細かい口出しはしないから、やり易いかも知れない」

「東大閥か」

麻生は頷いた。

「このままジュクに本部が置かれることになったら、あんたとも久しぶりに組めるな」

「あまり嬉《うれ》しそうじゃねぇな」

「嬉しいさ。嬉しくて涙が出そうだ」

麻生は大きく欠伸《あくび》をした。

「クソ、ほんとに眠いな。中途半端に酒を飲んだんで何となく寝つけなくて、ぐだぐだしてたんだ。やっと寝たのが二時過ぎで四時前に起こされたんだから、こたえる。それにしても、何だってこんな時間に遺体が発見されたんだ？」

「さっきおまえんとこの奴が第一発見者に尋問してたぜ。後で聞いてみな。それよりな、龍。おまえ、山内って男、知ってるか」

「山内？　どの山内だ？」

「韮崎の相棒だった男だ」

「春日組の組員か」

及川は首を横に振った。

「盃《さかずき》は貰《もら》ってないと思う。韮崎の舎弟というわけでもないらしい。綺麗《きれい》な言い方すりゃ、事業のパートナーってとこか」

「企業舎弟か」

「まあその手のもんだろう。四、五年ほど前に突然韮崎のそばに現れて、イースト興業って会社を興した。それがあっという間に成長して、今じゃ春日関連の会社ではダントツの稼ぎ頭だ。メインは不動産の転がしと風俗関連の経営だが、株の裏情報の売り買いだとか、うさん臭い絵画の売買だとか、ともかく金の匂いのするところにならどこにでも首を突っ込むらしい。バブル崩壊で不動産なんかやってた組はどこもぼろぼろなのに、どういうわけか利益をあげ続けてひとり勝ち状態だとさ。二課が詐欺でかなりつついてるし、国税庁も脱税の証拠を探していろいろやってるみたいだが、尻尾《しっぽ》は出さない」

「頭が切れるんだな」

「悪魔みたいにな。しかもこの男、面白いことに精神的キメラだ」

「なんだって？」

麻生は及川の横顔を見た。及川は前を向いたままでニヤッと笑った。

「韮崎が俺と同類なのは知ってるか」

麻生は答えずに、ちょうどバスルームから運び出されていく韮崎の死体と、それを載せた担架を運んでいる二人の人間を見つめた。韮崎の死体は毛布とビニールシートにくるまれ、あの美しかった顔はもう見えない。

一行が出て行ってドアが閉まってから、麻生は言った。

「知らなかったな。ヤクザにもそういうのがいるのか」

「多いぜ」

及川はへへッと笑った。

「奴らは隠しやがるがな。韮崎は隠してなかったが、女も何人か飼っていた。そういう意味では、韮崎は両刀なんだな。野郎の愛人は二人いた。ひとりはまだガキだ。高校生くらいだろう。大方、二丁目のウリセンバーあたりでスカウトして来たガキだと思うが、東中野のこぎれいなマンションに住まわせて、車なんか買ってやって可愛がっていた。もうひとりが、問題の山内だ。こいつに関しては、韮崎はびた一文出してやってたわけではないみたいだ。ま、今現在、韮崎の個人資産より山内の資産の方が大きいだろうから当たり前なのかも知れないが。そういう意味だと、こいつと韮崎との関係は愛人関係というのと少し違うのかも知れない。いずれにしても、単なる事業のパートナー以上の感情的錯綜《さくそう》はあったはずだ」

「感情的……錯綜？」

「噂だが、韮崎は何度か山内を殺そうとしたことがあったらしい」

及川は、ずっと指先で弄《もてあそ》んでいた火の点いていない煙草を、ようやくポケットに突っ込んだ。

「あんた、そいつに目をつけてるわけか」

「さあな。まだ何にもわからん。ただな……正直、どうだ？　現場を見て」

「不自然だった」

麻生が言うと、及川は大きく頷《うなず》いた。

「そうだ、不自然だ。無粋な鉄砲玉がいったいどうやって、裸で風呂に入ってる韮崎に近づける？　無理だよ。韮崎はそんな間抜けじゃない。これまでに三度狙撃《そげき》されて、三度ともかわしてる。他にも俺達の知らないところで幾度命を拾ってたものか、いずれにしても用心深いことにかけては右に出る者なんかいなかったはずだ」

「顔見知りの犯行。それもごく親しい」

「そうだ。これからベッドで一戦交える予定だったか、それとも戦い済んだ後だったか。ベッドの乱れはなかったから、これからいたすところだったんだろう。いずれにしても、行きずりで拾った相手ではない。身元もはっきりしていて、どこかの組に雇われたヒットマンである可能性がないと韮崎が判断した相手だった。普通はこういう場合、ホシを女と断定できるんだが」

及川はけらけらと乾いた笑い声をたてた。

「まったくやっかいだ。だからホモは嫌われるんだ」

麻生は立ち上がった。及川も認めたのだ。

これは、抗争事件ではない。個人的理由による殺人だ。

3

「つまり、韮崎はいちおうボディガードを付けていたってことか」

山背は頷いた。

「そうです。そいつが死体の第一発見者となったわけです」

山背はそばに誰かいる時には麻生に対しても敬語をつかう。その必要はないと麻生は何度か言ったのだが、階級が違う以上はそれが礼儀なのだと言い張るのだ。山背とは同期ではなかったが、昔から気が合っていて、同じ班で苦労した仲間だった。たまたま自分の方が一足早く警部に昇進したのだが、山背も近い内に昇進するに違いない。そうなればまた、堅苦しくならずに誰の前でもタメ口がきける仲に戻れるだろう。

「第一発見者の氏名は沢木卓二《たくじ》、春日組の組員で、韮崎の舎弟分ですね。歳は二十七。そいつの話だと、今夜はごくプライベートな用事で人と会うので、別の階に部屋をとって待機しているように指示されていたようです」

「普段はどうなんだ？」

「沢木の話だと、韮崎はホテルで女と会うことなどなかったそうで。だから今夜も、相手は女だとは思わなかったってことでした。商談か何かだと思っていたそうです。韮崎が女と会う時はほとんどが相手の女の部屋なんだそうです。あ、えっと」

山背は頭をかく仕種《しぐさ》をした。

「この場合の女、ってのは言葉のアヤでしてその」

「わかってる。性別は問題にしないでおくさ。ともかくセックスする目的でわざわざホテルの部屋をとるようなことは、韮崎はしない男だった。そういうことだな」

「はい。で、沢木ともうひとり、高嶋って若い奴とで、このホテルの十七階に部屋をとって、そこに待機していたんだそうです。商談の時はよくそういうことがあって、韮崎は一時間に一度、連絡をよこす手筈《てはず》だったそうです。その連絡が三十分遅れたら事情を問わず部屋に押し入っていいという取り決めだったとかで」

「さすがに用心深かったんだな」

「ええ、ですが、今夜の韮崎はいつもと違っていたようです。韮崎は沢木に対して、今夜は待機していればいい、特に何かない限り連絡はしないからと」

麻生は拳《こぶし》で額をコツンと叩《たた》いた。

「なるほどな……今夜に限ってか。で、それなのにどうして沢木は、真夜中の三時半なんて時間に韮崎の部屋に押し掛けたんだ?」

「それが、何だか要領を得ない話なんですがね。おい保、おまえが聞いた通り説明してみな」

班の中では静香の次に若い相川が、開いた手帳を見たまま頷いた。

「はい。えっと沢木の話では、沢木は近頃、占いに凝っていたそうでして」

「何だって?」

「占いです。星占い」

周囲から笑いが起こった。相川は、俺のせいじゃねぇや、という顔で笑った奴を見てから続けた。

「ともかく、沢木は毎週、週刊誌の占いを読んでるらしいんです。自分の運勢と韮崎の運勢と」

「韮崎のもか。律儀な奴だな」

「沢木にとって韮崎は、命より大事なものなんですわ」

山背が馬鹿にしたように言った。

「それでですね、今夜も沢木はその占いを見ていたらしいんですが、それによると今日、つまり午前零時過ぎの運勢にとても気になることが書いてあったらしいんですよ。自分も韮崎も厄日というか、運勢が悪い日になっていて、特に韮崎は最悪の日だった。しかも自分の方の運勢に、何事も手遅れになりやすい。躊躇《ためら》いは致命的な結果をもたらす。気になったらすぐに行動を。と書いてあったと言ってます」

今度の笑い声はなかなか消えなかった。だが麻生は、自分も思わず笑い出しながらも運命の不思議を感じていた。結局はその占いは当たったのだ。そして沢木が占いを信じていなければ、死体の発見はずっと遅れていただろう。発見が遅れれば遅れるほど犯人には有利になる。逆に考えると、犯人としては朝まで死体が発見されないことを祈っていたのかも知れない。それを星占いが阻止したのだ。

「いずれにしても、沢木はその占いが気になって仕方なくなり、韮崎の指示がなかったにもかかわらず部屋に押し掛けたってことだな」

「そうなりますね。ともかく、時間が経つにつれて心配でたまらなくなったんだそうです。それでとうとう、午前三時に韮崎の部屋に電話をしてしまった。ところが誰も出ない。韮崎の携帯にもかけてみたがこれも出ない。何度か電話をしたあげく、フロントに連絡し、急病で倒れている可能性があるからと言って部屋を開けて貰《もら》ったということです」

「遺体発見時刻は午前三時二十二分でした。これは実際に部屋の鍵《かぎ》を開けたフロントマンが、咄嗟《とっさ》に自分の腕時計を見たので憶《おぼ》えていた時刻です」

「随分と気の利くフロントマンだな」

時刻の報告をした静香は、少し紅潮した頬で頷いた。

「その点を確認したところ、こうした場合には時刻を確認して記憶するように教育されていることでした」

「そう言えばこのホテルって」

相川が小声で言った。

「何とかいう有名な俳優がずっと前、自殺したんだよね、確か」

「部屋はオートロックだな」

数名が一斉に頷く。

「鍵はカードか」

「電子キーですが、カードではありません。チェックインの際に、通常は宿泊人数に関係なくキーを一部屋にひとつ渡すそうです。その鍵は室内にありました。ベッドサイドのテーブルの上です」

「チェックインは韮崎本人が行っていますが、偽名を使っていました。住所は韮崎の会社のひとつになっています。チェックイン時刻はフロントのデータによると午後三時過ぎですね。外出の際に鍵は客の希望があればフロントで預かりますが、大部分の客は持ったまま出てしまうそうで、チェックインの後でのホテルの出入りというのは、正確に洗い出すのは困難だと思います。客室からフロントを通らずにレストラン街に出たり、駐車場に降りてしまうこともできますから」

「韮崎と同室に泊まったとみられる人物については今のところ何もわかっていません。チエックインの際、韮崎は若い女をひとり連れていて、宿泊者カードにも名前が書かれていますが、偽名の可能性が高いでしょう」

「若い女か……フロントが憶えていたのか」

「いえ、その時刻の担当者はすでに帰宅しています。憶えていたのは荷物を運んだベルボーイです。彼は昨日は二時から深夜までの勤務ですが、今日の勤務が九時からなので、昨夜勤務を終えた後、そのまま仮眠室に泊まっていました」

「随分変則的なローテーションなんだな」

「詳しいことはマネージャーに説明させますが、ベルボーイの話では、このところ続けて退職者が出てまだ補充ができていないので、勤務スケジュールがめちゃくちゃなんだそうですよ」

「そのベルボーイに女の似顔絵を描かせてくれ。ジュク署に専門家がいるだろう」

「はい」

「他に報告は」

一同は黙ったままだった。麻生は時計を見た。午前六時になるところだ。遺体発見から二時間半、まあこんなものだろう。

「係長」

相川が訊《き》いた。

「特捜本部になるんですか。それとも、四課の仕切りですか」

「七時までには決まるだろう。まあ、七三で特捜だ。悪かったな、おまえたち。またしばらく有休はお預けだ」

声にならない声が、失望を代弁した。慣れているとは言え、つい数日前に一山越えたばかりなのだ。一日くらいはのびのびしたかったというのが本音だった。

「所轄の責任者は誰なのかな」

「今の刑事課長は、円谷《つぶらや》さんですよ」

山背の言葉で、麻生は数年前まで同じ捜査一課にいた円谷の、穏和な顔を思い出した。一見とても温厚な紳士に見えるのだが、その実、食らいついたら離さないスッポンのような男だ。彼の下で働いた経験はないが、いかにも昔ながらの刑事根性を持ったタイプだった。筋さえ通せば無用なライバル意識でこちらの仕事を邪魔するような頭の悪いことはしないだろうが、礼を失すれば協力は期待できなくなる。

「ヤマさん、後で挨拶《あいさつ》を通しておいてくれ」

「わかりました」

「本部ができるまでは独自捜査で動く。組み合わせは今のままでいい。えっと、有田」

「はい」

「ヤマさんが俺と動いている時はおまえがまとめろ」

「わかりました。あの、山下どうします？　まだ連絡が取れないンスけど」

「ほっとけ」

麻生は言って、解散しろ、と顎《あご》で示した。一同は一斉に部屋を出て行った。ホテルが用意してくれたツインルームの客室で、綺麗《きれい》に支度が整えられたベッドが何とも魅惑的だった。今すぐ部屋に鍵をかけてこのベッドに潜り込み、自然に目が覚めるまで寝られたらどれだけ幸せだろう。

だが麻生は誘惑を断ち切って、山背に声を掛けた。

「ヤマさん、ちょっと打ち合わせしたい」

山背は部屋に残った。

「山下のことですか」

山背はベッドの足下のソファセットに腰をおろした。麻生はベッドに腰掛けた。つい、はずみでそのまま寝ころんだ。背中を伸ばすと、やたらと気持ちがいい。

「眠かったら仮眠とって下さいよ、係長」

「やめろってば。誰もいないのに」

「すぐには切り替わらないんだ」

山背は笑った。

「でもほんとに、寝てろよ、龍さん。ひどい顔してるよ、寝不足で」

「静香を家までおくったのがまずかったな。あれで興奮して寝そびれた」

「龍さんまで宮島にめろめろなんて、勘弁してくれ。しかしなんだってあんなのをいきなり、捜一なんかに送り込むんだろうね、何考えてんだか、上も」

「警視庁きってのアイドルだった女だからなぁ。それにしても残念だったな、オリンピック。候補は確実だと言われてたんだろ」

「らしいね。選考会でミスったんだってさ。でもまだ若いんだから、次があるだろうにな」

「五年先まで緊張を持続するってのは大変なんだろう。疲れたんだよ、あの娘も。エリートにはエリートなりの悩みがあるってことだ。で、山下のことはどうする。しばらくはずすか？」

「まだそこまで重症じゃないと思うよ。チャンスはやってくれないかな」

「俺はいいさ。ヤマさんがいいなら。しかしなぁ、今夜だって、いつでも連絡が取れるようにしとくぐらいはイロハのイだぜ。どこで飲んだくれてんだか知らないが、管理官の耳に入ったら所轄に飛ばされるぞ」

「できるだけ早く捕まえてお灸《きゅう》をすえておく」

「結局、静香はフッたのか」

「よく知らないんだ。宮島にはそれとなくカマかけてみたんだが、元々がえらく潔癖な娘だからな。まあ、生真面目に交際を断ったって感じなんだろう。山下の方もあれでけっこう純情な奴だから、本格的な失恋は初体験だったのかも知れんし」

チャイムが鳴った。しつこく立て続けに三回。

「たぶん及川だ。開けてやってくれ」

山背がドアを開けると、及川がせっかちに飛び込んで来た。

「女が一緒にチェックインしたってのはほんとなのか！」

「喚《わめ》くな。歴史上の大秘密ってわけじゃない。仮眠室にいたベルボーイが憶えてただけだ」

「クソッ！」

及川は麻生の寝ているベッドの脚を蹴《け》った。

「俺の部下はどうして、聞き込み下手なんだ！」

「上司の教育の問題だ」

及川はもう一度、ベッドを蹴った。

「韮崎の女の情報なら持ってる。交換しよう」

「あんたと競うつもりなんてない」

麻生はゆっくりと上半身を起こした。

「ベルボーイはジュク署に連れて行って似顔絵を描かせる」

「モンタージュ作れよ」

「似顔絵の方が早い。ジュクに専門家がいるんだ。その絵を見て、知ってる女なら身元を教えてくれ」

及川はふん、と鼻を鳴らした。

「龍、ちょっとつきあえ」

「どこへ？」

「さっき話した男のとこだ。山内」

「俺が行ってどうする？　あんたが目を付けたんならあんたがそのまま追ったらどうだ」

「おまえに会わせたいんだ」

麻生は山背と視線を合わせた。山背も怪訝《けげん》な顔をしている。

「山背も一緒でいいか」

「構わん」

「でも何で、俺に会わせたいんだ？」

「知り合いだからさ」

「誰の？」

「おまえのだ」

麻生は及川の言葉の意味が摑《つか》めなかった。韮崎の愛人で事業のパートナーだった男など、知り合いにいたという記憶はない。

「何かの間違いだろう。俺は知らない」

「いいや、間違いじゃない。山内の前歴の関係だ」

「前歴って……」

「マエだよ。山内にはマエがある。もっとも、今あいつがやってるあくどい商売に比べたら、よっぽど可愛いヤマ踏んだだけだけどな。八五年だ」

「随分前だな」

「どこにいた、おまえ」

「どこって」

麻生は思い出した。確か、夏まで世田谷《せたがや》署にいて、八月頃に本庁に戻った。

「七月まで世田谷だ」

「ご名答。七月におまえがパクッたんだ、世田谷で。当時は大学院の学生だったことになってる。夏場だったしなぁ、むらむらしちゃったんだろうな。女子大生の強姦《ごうかん》未遂だ。顔に刃物で怪我させちまったんで、傷害がついて実刑になっちまってる。ちょっと気の毒したよな、実刑ってのは。どうだ、十年振りのご対面、してみないか」

麻生はその事件のことを思い出そうとした。どうもうまく思い出せないのは、八五年という年度に他の強烈な思い出があるせいだった。その夏の八月、本庁に戻った直後に参加した殺人事件は、真犯人が現職の警察官だったというショッキングなもので、しかも、その真犯人が逮捕される前に誤認逮捕された無実の人間が、その後自殺したというおまけまでついてしまったのだ。あれは忘れられない事件だった。未《いま》だに、時折トラウマのように甦《よみがえ》っては、逮捕状を請求する決心を鈍らせることがある。

だがその前の事件となると……

世田谷署に研修に出ていたのは二年弱の間だったが、特に大きな事件もなく、淡々と日々が過ぎていたような記憶がある。七月の女子大生強姦未遂事件。確かに、そんな事件が転任直前にあったような気はするが……

不意に、耳の奥で蟬が鳴いた。

麻生は思わず周囲を見回したが、すぐにその蟬は自分の記憶の中で鳴いているのだと気づいた。

そうだ……あの夏、たまたま世田谷署の空調設備の調子が悪かったのだ。あの部屋も暑くてたまらず、窓を開けていた。署の外にあった木に蟬がいて、そいつが一日中鳴いていたのだ。ひどく鬱陶《うっとう》しく、集中力をそぐその鳴き声に何度も苛立《いらだ》った。

記憶は次々に甦った。

事件が起こったのは、夜の十一時過ぎ頃だった。たまたま当直だった麻生は、夜食のカップラーメンをすすりながら、新聞を読んでいた。第一報は一一〇番で入り、センターから流れて来た。

現場が余りにも署に近かったのでまずは驚いた。走れば数分の距離だった。国道二四六沿いに上馬《かみうま》の方へ行ったところの、一区画ほど世田谷通り側に引っ込んだところ。新しく建つビルの建設現場だった。

パトカーを降りた時にはすでに、救急車も到着していた。通報したのはたまたま通りかかって被害者を助けた青年だった。被害者は出血していたので、ともかく救急車に乗せた。青年から事情を訊《き》いたところ、自宅に戻る途中で現場の前を通りかかって、悲鳴のようなものを耳にし、好奇心から建設現場の中に踏み込んで、被害者が犯人に組み伏せられている場面に遭遇したのだと言う。現場には建設資材の残りらしい鉄材などが転がっていたので、その内の一本を手にして青年は被害者を助けようとした。犯人は凶器を所持しており、それは赤い柄のついたかなり大型のカッターナイフだった。揉《も》み合いになったが、犯人はすばしこく、気がつくと殴られた上に逃げられていた。それでも被害者の女性はその場に蹲《うずくま》っていたので、慌てて近くの公衆電話まで走り、一一〇番した。

青年も怪我をしていたが、顔に痣《あざ》がひとつふたつできていた程度で軽傷だった。青年を署に連れて行き、犯人の似顔絵を作った。現場にはあかりがなく暗かったのだが、幸い、まだ壁の部分が造られていなかったので、街灯の光がうまい具合に一部分だけさし込み、その光の中で何度か犯人の顔が見えたようだった。

被害者は頰をかなりの長さに斜めに切られ、全治三週間だった。怪我は治っても傷跡は頰に残る可能性があった為、大変なショックを受けていた。不幸中の幸いで性的な暴行まては至っていなかったが、着衣は無惨に引き裂かれ、犯人が相当に凶暴な人間だったろうということは察せられた。

被害者は必死で抵抗していたので犯人の顔までは憶《おぼ》えていなかった。だが、青年の記憶によって作成した似顔絵に、被害者自身が心当たりがあった。被害者は三軒茶屋《さんげんぢゃや》の駅近くのパン屋でアルバイトしていたのだが、その店にたまに買い物に来る学生風の男によく似ていると言うのだ。麻生が多少面食らったことには、被害者は以前からその男に密《ひそ》かな好意を抱いていて、何度か自分の方から声を掛けたことがあったらしい。その時の会話が元になって、犯人の絞り込みが行われた。会話の内容は断片的だったが、その男が近くに住んでいて、T工大の大学院の学生であることはわかった。すぐにT工大の大学院から学生名簿を取り寄せ、三軒茶屋や上馬、駒沢《こまざわ》付近までに住居のある学生をピックアップした。作成したリストの中で、大学から顔写真の提供を得られた者については片端から被害者と彼女を助けた青年の双方に確認を取った。その中でひとり、被害者も青年も、似ていると証言した男が絞り込めた。相手が学生だという点を考慮して、参考人として呼ぶにあたっても万全を期した。事前にその男を密かに撮影し、その写真を二人に見せた上で、任意同行を求めることになったのだ。

まだ暑さも本格的にはなっていない、午前八時頃だった。

二階建ての安普請のアパートの外階段を上がり、手前から二つ目のドアをノックした時、戸口に現れたのは、寝起きの青年だった。髪は寝癖で跳ね上がり、前夜が遅かったのか、盛んに目をこすっていた。Tシャツに下はトランクスだけの姿で、随分と幼い印象を受けた。署まで同行して欲しいと言っても、きょとんとした顔で麻生を見ているだけだった。

とぼけているとすればかなりの心臓だ、とその時麻生は思った。そうでないなら、世の中をナメているのか。

ジーンズだけ穿《は》かせて署まで連れて行った。その二人。マジックミラーの付いた部屋に入れ、被害者と青年の二人に面通しさせた。結果は、二人とも、犯人に間違いないと証言した。即座に逮捕状が請求された。逮捕状は午後には下りた。逮捕は取調室の中で行われた。権利について読み聞かせていた時、突然、青年は自分の置かれている立場を理解し、激高した。

「いったい、何のことなんだ！」

青年は叫んだ。

「僕は何もやってない！　そんなこと知らない！」

それが宣戦布告だった。それからは、長い、うんざりするほど長いと思われた時間、麻生は青年と根比べを続けることになった。

とは言っても、物理的な時間で考えると大した長さではなかったのだ。送検は予定通り、規定時間内で行われた。つまりそれまでには、青年は「落ちた」。ただ、空調が効いていない狭い部屋で、その青年と過ごした数十時間の長さは、麻生の記憶の中でひどく歪《ゆが》んでしまっている。なぜなのか、思い出そうとすると喉《のど》が渇く。

青年は泣き虫だったのだ。それが何より、麻生にはこたえた。運動部体質が染み込んだ麻生の感性では、男がめそめそと泣くという状況は我慢できないものだった。しかも泣き虫だったにもかかわらず、青年は信じられないほど頑固だった。世の中で、無抵抗にただめそめそと泣くだけでいて、決してこちらの言うことを聞こうとせず、こちらの思い通りに動こうとしない存在ほど厄介なものはない。青年は、言い訳をしなかった。被疑者が並べる百万の嘘を崩すことは得意だったが、青年の嘘はたったひとつで、しかも終始一貫していたのだ。自分は犯人ではない。やっていない。彼はそれしか言わなかった。事件としては、あれほど単純な事件もなかったのだ。何しろ、目撃者が犯人の顔を憶えていたのだから。しかも被害者に至っては、それが誰なのか知っていたのだ。もちろん、証言の信憑《しんぴょう》性《せい》はある程度まで確認した。被害者も彼女を助けた青年も、被疑者とは何の接点もなく、故意にでっちあげの証言をして被疑者を陥れる動機などは見つからなかった。しかも、決め手はそれだけではなかったのだ。

まず、青年の部屋から赤い柄のついた大型のカッターナイフが見つかった。血痕《けっこん》は付いていなかったが、鑑識の検査で若干のルミノール反応が出た。反応量としては微量だったが、事件後に血の付いたカッターの刃先を折り取って捨ててしまったのだろうと考えれば、少しでも反応が出たのは幸運だった。次に現場に残されていた犯人の足跡があった。現場はビルの建設途中で、土埃《つちぼこり》や建材の屑《くず》などが一面に溜《た》まっていた。そこで格闘が行われたので、足跡が重なり合っていた。その中からかろうじて、被害者のものでも助けた青年のものでもないスニーカーの靴跡が見つかったのだ。裏面のゴムの切れ込み模様から、メーカーは特定されていた。そして、被疑者の青年はその同じ裏模様のついたスニーカーを所持していた。これは運悪く、スニーカーは洗われた直後だったので、もしかしたら付着していたかも知れない建設現場の建材の屑などは検出することができなかったのだが。

いずれにしても、後は自白さえ揃えば、それでカタがつく事件だった。

あの青年。あの時の、あの。


「思い出したか」

及川の声で麻生は我に返った。

「何て顔してんだ、おまえ。そんなに後ろめたいことがあんのか」

「後ろめたいって何だ」

「虐《いじ》めただろう」

及川は笑った。

「所轄のやることなんてのは大体想像がつくぞ。大学院のエリートのお坊っちゃんがむらむらしてマメ泥やり損ねたなんて事件だと、日頃のコンプレックスをぶつけるには格好の生《い》け贄《にえ》だもんなぁ。俺だっておまえの立場なら、きっと虐めてる」

「あんたとは違う。俺はサディストじゃない」

だがそう言いながら、麻生は思い出していた。あの時、一緒に事件に当たっていた世田谷署の刑事の顔を。確か、玉本とか言ったっけ。まだ若い男で、高卒だった。学歴コンプレックスがひどい男で、私大出の麻生にでさえ、卑屈な闘争心をむき出しにするタイプだった。それがあの時の相手はT工大の大学院だ。玉本が嬉々《きき》として禁断の技を駆使するのを止めるのに苦労した。総《すべ》てを生真面目に止めてしまえば、玉本と自分との関係まで悪くなる。所轄での研修期間はもう間もなく終わる。所轄の刑事とは、その先いつ何時どこで顔を合わせ、一緒に組むことになるかわからないのだ。無用な摩擦は避けたかった。麻生は内心、良心の呵責《かしゃく》と軽い吐き気を覚えながらも、玉本が弁護士に知られたら問題になるだろう作業を始めた時には、諦《あきら》めて席をはずし、廊下で一服することにした。

部屋に戻ると、玉本は涼しい顔で世間話をしていたが、青年はいつも、顔を伏してすすり泣いていた。何をやられたのかは大体想像がつく。時には机の上のボールペンが折れていたこともあったし、灰皿の上に先だけ落ちた煙草が何本か積まれていたこともあった。一度などは、青年のジーンズの前ボタンがはずれてファスナーも下ろされ、尻から半分下がったままでいたこともあった。どれもこれも、あの当時の所轄の取調室では珍しくもない光景だったのだ。もちろん、大抵の場合には相手は暴力団員だったり、マエが五つも六つもあるようなすれっからしだったりする。少なくとも堅気の学生にそんなことをする刑事というのは、玉本の他には知らなかった。

それでも玉本に対して、ちょっと顔をしかめて「やり過ぎだよ」と呟《つぶや》く以外に、どうしようもないと思っていた。刑事生活に入ってすぐに本庁勤務となった麻生は、研修で所轄に出るたびに思い知らされたのだ。所轄と本庁とは、同じ警視庁の組織でありながらまったく別の世界なのだと。それがいいとか悪いとかの問題ではないし、誰のせいなのかと考えるような問題でもない。それは事実であって、そうした事実を自分なりに受け入れて生き方を見つける以外には、どうにもならないことだったのだ。

青年が落ちたと聞いた時、玉本は一瞬驚いてから、得意満面で麻生に頷《うなず》いて見せた。自分のやった残虐な行為が結果として勝利をもたらしたのだと、麻生にアピールしたかったのだろう。だがその時だけ、麻生は心底、玉本のことを嫌いだと思った。

青年は、苦痛に耐えかねて「落ちた」のではなかった。

青年がなぜ認めたのか。それは……

「行くぜ」

及川がまたベッドを蹴《け》り、その振動で麻生は反射的に立ち上がった。

「感傷にならら本人の前でたっぷりひたらせてやるからよ。もっとも、野郎を甘く見てるととんでもない煮え湯を飲まされるからな、その点だけは覚悟しといてくれ。奴はもう、十年前の仔羊《こひつじ》じゃないからな」

4

「方向は反対だが、東中野に寄って行こう」

及川が運転していた部下に声を掛けた。助手席にも屈強な男が乗っている。マル暴は体格のいい男が多い。その中では及川はむしろ例外だろう。身長は麻生同様、百八十センチを楽に超えるが、横幅は一見華奢《きやしや》に見えるほどないのだ。

だが及川は武道の達人だった。特に剣道では、世界選手権で準優勝した実績を持つ。

窓の外は朝の喧噪《けんそう》で満ち始めていた。青梅《おうめ》街道の車も次第に増えて来て、駅からは、人が数人ずつ吐き出されている。まだ午前七時にもならないのに、人々の日常は動き出したのだ。

不夜城と言われる新宿も、束の間のうたた寝をする時間はある。始発が出てから通勤ラッシュが始まるまでの、ほんの一時間か二時間の間、街からは人通りが消えるのだ。夜通し遊んでいた連中は始発で家へと帰り、朝から働く人々はまだ家の玄関あたりにいる。

しかしもう、六時になれば街はうたた寝から覚めていた。

この朝を、韮崎は迎えることができなかった。

麻生は窓から外を眺め、空を見上げた。この空を、韮崎は永遠に見られない。だが二十四時間前にはそんなことを、韮崎自身も知らなかったのだ。人の運命など、そんなものだ。自分にしたところで、二十四時間後に新しい空を眺めていられるという保証など、どこにもない。

青梅街道から山手《やまて》通りに入り、東中野の駅が近づいたところで車は街並みの中へと折れた。

「どの辺りなんだ」

及川が訊《き》くと、助手席の男が地図を眺める。

「東中野一丁目だからこの近くです……あ、神田川《かんだがわ》の方だなこりゃ」

「それなら裁判所前で曲がった方が良かったな」

運転していた男がぼやいた。

「チョーさんのナビっていっつもあてになんないんだからさ」

「うるさいんだよ、もうじき着くから黙って運転しな」

チョーさんと呼ばれた男の言った通り、車は間もなく目的地のマンションへとたどり着いた。見かけはそう豪華というほどでもないが、二十歳にもならない少年の一人暮らし用としては贅沢《ぜいたく》が過ぎるかも知れない。分譲タイプの建物だったが、契約は賃貸で韮崎が家賃を払っていたと及川は説明した。

「二十七万だとさ、二十七万。大卒の新入社員で、手取りで二十七万が確保できる奴がどのくらいいるよ」

「少なくとも警察官じゃ無理ですね」

運転していた門田という刑事が首をすくめた。

「男妾《おとこめかけ》なんて殺されてもまっぴらだと思ってたけど、あんなの見ると考えますよ、俺も」

門田が顎《あご》をしゃくった方向に、赤い車がある。マンションの駐車場だ。フェラーリだということは、麻生にもわかった。

「凄《すご》いな。韮崎の車か」

「所有はな。だがガキの誕生日に買ってやったもんらしい。ガキが専用で使ってた」

及川が唸《うな》るように言った。

「あれを自由に使っていいと言われたら、ケツを貸すくらいは何でもないって奴は多いだろうさ」

「いくら大型でも後ろに男三人はきついな」

山背が伸びをしながら小声で言った。

「悪いな、つきあわせて」

「いや、俺もぜひ、山内ってのには会いたいね。及川の旦那《だんな》、そいつが本ボシだと睨《にら》んでるんだろ？」

「どうかな」麻生は小さく頭を振った。「学生時代からのつきあいだが、及川の考えてることってのは今でもまるでわからん。本気でそいつが本ボシだと睨んでるんなら、なんで俺たちに引き会わせるのやら」

「ダミーかね」

「そういう駆け引きをする男でもないんだ、及川は。まあいい、しばらくあいつに引き回されてみよう。それはそうと、そろそろ結論が出た頃じゃないかな」

「出たら連絡があるだろう。龍さん、ひとつ頼んでもいいかな」

「なんだ」

「今度は、誰かと世間話したくなったら俺も呼んでよ。あんたはもうオブケなんだ、自分で手足を動かしちゃいけない。俺があんたの手足になって動くからさ、アタマだけ使ってよ」

山背の笑顔に、麻生は苦笑いして頷いた。

「つまんねぇな、オブケなんて」

「そういうもんさ。出世ってのは、出世して面白いことがあるから目指すんじゃない。出世そのものが面白いから目指すもんだ」

「面白くなんかない」

「だろ？　そう思う奴は出世に向かないってことなのさ」

山背は麻生の背中をぽんと叩《たた》いた。

「ま、龍さんの場合はさ、デカやってることそのものが何かの間違いなんじゃないかって思うこともあるくらいだから。それでも出世しちまうのが、あんたって人なんだよ」

入口はセキュリティタイプだったが、問題の少年は部屋にいたので難なく目的の部屋にたどり着けた。

少年は寝不足の顔をしていた。韮崎の死の知らせは一時間ほど前に受けたと言った。

「伊能《いのう》さんから電話貰《もら》いました」

「伊能？」

「会社の、伊能さんです」

韮崎はいくつか会社を経営していた。

少年はおどけた猫がプリントされた半袖《はんそで》のＴシャツに、膝《ひざ》から下を切り取ったジーンズという格好だった。十月も半ば、この時間だと空気は肌寒いくらいなのだが、さすがに若い。

「名前を聞かせて貰おうか」

チョーさんが少年の座ったソファの真向かいに腰をかけ、かなり優しい声で言う。及川はその横に腰をおろしていたが、麻生も含めて他の三人は、何となく部屋の中に立ったままでいた。

「江崎達也《たつや》」

「歳は」

少年は口ごもる。だが小さな声で答えた。

「十八」

「学校は行ってないの」

「去年、高校を中退しちゃって」

広々とした気持ちのいい部屋だった。三ＬＤＫという間取りで東中野の駅から徒歩十分足らず、南向きだ。二十七万の家賃は安くはないが、分譲タイプで部屋の造りもとても上等だった。

「いつからここに住んでるの」

「去年の暮れです」

「韮崎と知り合ってすぐ、ここに?」

「あ、いいえ。韮崎さんと知り合ったのは去年の夏だったから」

「どこで知り合ったの」

「二丁目の、エンゼルって店です」

「ウリセンバーか」

少年は答えなかったが、困ったような顔のまま頷《うなず》いた。

「バイトしてたんだね? 店に出て。韮崎は店の客だった?」

「いいえ……出張で呼ばれて」

「ああ」チョーさんは頷いた。「その店は派遣もやってたんだ。で、気に入られた」

「何度か呼ばれてました。チップをすごくたくさんくれるんで店では大人気のお客さんでした」

「ヤクザだって知ってたの?」

少年は強く首を横に振った。

「いつ知った?」

「あ……店を辞めないかって言われた時に……組に入ってるけど、それでもいいかって」

「どう答えたの」

「どうって……もうその時は決心してたから」

「いくらでひかされたのかな」

「韮崎さんが店にいくら払ったかってことですか？」

「うん」

「詳しくは知らないんです。でも僕は売れっ子ってほどじゃなかったから、大した額じゃないと思うけど」

「契約の内容は？　月にいくらだったの？」

「……家賃は韮崎さんが直接払って……生活費と小遣いで……月に五十万です」

山背が顔をしかめた。しかめたくなる気持ちはわかった。

「他に物とかも買って貰ってた？」

「欲しいものがあれば言えって」

今度は及川が音にならない溜息を漏らしたのがわかった。

「韮崎はどのくらいの頻度でここに来ていたのかな。週に二度くらい？」

「いいえ、もっと少なかったです」

「少なかった」

「はい……月に二、三回くらい」

「随分少ないね。それで小遣いを五十万か……韮崎は優しかった？」

「はい」

少年は澱《よど》みなく答えた。

「それじゃさ、韮崎がこんなことになって、悲しいね」

「はい……でも……時々言ってたから。商売が商売だから、畳の上で死ぬのは無理だろうって……」

少年は両手で顔を覆った。

「だけど……どうしたらいいのかなぁ、俺。ここ、すぐに出て行かないとなんないんですか、刑事さん」

「さあねぇ。そういうことは警察が関知することじゃないからね。たぶんここの家賃は韮崎の会社が支払ってるんだろうから、伊能って人に相談してみたらどうかな。しかしね、君はまだ十八だろ。いい機会だよ、こんな生活からは足を洗って、まともに働くんだね。君だって新聞くらい読むだろ？　今、世間は不景気で大変になりつつあるんだよ。君が韮崎から貰っていた月に五十万って金は、俺達にしたって大金だ。それだけ稼げるサラリーマンはそうそういないよ」

少年にチョーさんの説教が効果を及ぼしたとは思えなかった。少年の頭の中はたぶん、この恐ろしく楽で贅沢《ぜいたく》な暮らしを何とか続けられないものだろうかと、そのことでいっぱいだ。

「ともかく、早い内に親御さんのところに戻りなさい。あ、いちおう君の実家の住所、聞いておく。それから、韮崎の事件が解決するまでは、海外でも国内でも、旅行に行かないで欲しいんだけど、いいかな」

「それは強制なんですか」

「いいや。お願いだ。どうしても行かないとならない時には、ここに電話してくれ」

チョーさんは名刺を置いた。刑事の名刺が珍しいのか、少年は目を輝かせて見ている。

「いちおうね、この部屋も家宅捜索っていうの、させて貰うことになるけど、いいかな。君はここにいていいから、警察が来たらできるだけ協力して欲しいんだ。韮崎の私物がどれとどれか教えてくれればいい」

少年が頷いたのを受けて、立ったままでいた及川の部下が携帯を取り出し誰かに何かを指示した。

少年の部屋を出て車に戻ると、しばらく誰も口を開かなかった。月額五十万の小遣いと赤いフェラーリの効果は絶大だったのだ。

「ところで、ああいうガキもみんなホモなんスか」

五分も経ってからそう訊いたのはチョーさんだったが、いったい誰に対して発せられた質問なのかわからなかった。

「違うでしょう」

意外にも答えたのは山背だった。

「上野署にいた時だったかな、ホモ狩りの騒動の捜査したことがあるんです。被害者はハッテンバと呼ばれてるホモ同士がナンパする公園にいて襲われた。ひとり死人が出ましたよ。やったのはネオナチみたいな連中で、ホモはエイズを撒《ま》き散らす害虫だから退治したんだとかって開き直りやがった。嫌な事件でしたよ、何ともね。浮浪者狩りもそうだけど、自分勝手な正義ってのは世の中でいちばん始末が悪い。まあそれはそうと、その時に、あいうガキのことも少し調べてね。驚いたことに、店でからだ売ってる連中はほとんどが、ノンケらしい」

「信じられねぇなあ。何が悲しくてそんな」

「ノンケの方が、好みがうるさくなくていいんだそうです。客の選《え》り好みをしないってことらしい」

「そんなことより俺は、ヤクザだって知っていて飼われてる神経が理解できない」

及川は唸《うな》った。

「韮崎があの部屋にいる時に襲われたら、自分も殺されるってことまでは考えてないんだろうな」

「月に二、三回で五十万、赤いフェラーリ乗り放題で家賃がタダですからねぇ」

「ああクソ、渋滞してやがる！」

大久保通りは混んでいた。

「係長、どうしますか。時間かかりますよ、これ」

「いいさ」

及川は大欠伸《おおあくび》して言った。

「山内は逃げやしない。奴のマンションの周囲は固めてある」

「あのクソガキに会うのも久しぶりだな」

チョーさんがいまいましさを声に滲《にじ》ませて言った。

「あんなに人を喰《く》った野郎も他にいないからね。あいつを見てると思いっきりぶん殴りたくなって来る」

「おまえは余計なことばかり言うから奴に揚げ足取られるんだ。頭の回転速度が違うんだから、山内相手に口で勝とうなんて思うな」

「だって係長、あいつの口は一度ペンチでひねってやんないと気が済まないっスよ！」

「そんなに口が悪いのか」

麻生は意外に思った。昔のあの青年は、口が悪いとかいいとか言う以前の問題で、口をきくことができるのかどうか疑問に思うほどの口下手だったのだ。

「悪い上によくまわる。しかもべらんめぇだ」

「べらんめぇ？　昔は……違ったが」

「関西の出身だったな、あの男は。十年前は関西弁か」

「いや……はっきり関西弁とわかるような話し方じゃなかったな。たぶん、関西弁が出ないように意識して暮らしていたんだろう。でも、部分的にアクセントが変わっていたような気がする」

「だいぶ思い出して来たじゃないの」

及川が、不思議な笑い方をした。

「もう一息だな」

「及川」麻生は、低い声で訊いた。「あんたいったい、何を企《たくら》んでるんだ?」

「別に」

及川は麻生の視線をはぐらかした。

「まあ、本人と話し合ってみてくれ。もっとも、今日はまともな話し合いは無理かも知れないけどな。あいつはたぶん今頃、ひとりで韮崎の通夜をやってるよ。強い酒をがぶ飲みしてな」

「野郎、もう酔っぱらってますかね」

チョーさんが舌打ちした。

「酒が抜けるまで水風呂《ぶろ》に突っ込んでやるか」

「やり過ぎると弁護士がうるさいぞ」

「べろべろの時に何やったってわかんねぇでしょ、どうせ。いっそお悔やみに一発ずつ、ぶち込んでやったらどうスか。奴も韮崎がいなくなってしばらく淋《さび》しいだろうし」

下品な笑い声が狭い車の中で反響した。

麻生は、パワーウインドウを操作して窓を少し開けた。

金木犀《きんもくせい》が香る。道路脇のどこかに、植えられているのだろう。

玲子は、香りの強い花が好きだった。沈丁花《じんちょうげ》にくちなし、金木犀。目を瞑《つむ》っているのに咲いているのがわかるからだと、麻生には意味のよくわからないことを言ったことがある。

「目を開けて見たらだめなのかい？」

麻生が訊《き》くと、玲子は小さく首を横に振った。

「想像してみるの。自分が目が見えなくなった時のこと。香りがあれば、淋しくないでしょう？」

玲子の言葉は時々、麻生にとって意味の摑《つか》めない詩になった。

変だな。

なぜ今、こんなところで玲子のことを考えているのだろう。もう随分、昼間仕事をしていて彼女のことを思い出すことはなかったのに。

車は新宿に戻っていた。喧噪《けんそう》はますますひどくなり、地下鉄の昇降口から吐き出される人の数はもう、数え切れない。

「明治通りも混んでるでしょうね」

「さっきあのまま山手通りを行った方が良かったんじゃないの」

「チョーさん、だからそう思ったんならなんで先に言ってくんないんですか。ほんとチョーさんのナビは役に立たないんだから」

掛け合い漫才のような軽快な無駄口を交わしながら、車は少しずつ新宿を離れて青山へと向かっていた。山内の住居は南青山にあるらしい。

住居。あの時、あの青年が住んでいたのは六畳一間のアパートだった。エアコンもない、風呂もついていない、だが部屋の真ん中に、当時としてはけっこう珍しいものだったパソコンが置かれていた。他には高価なものは何ひとつなかった。テレビは小さな旧式で、食器は総《すべ》て、何かのおまけか景品について来るような、不揃いで安っぽいものばかり。唯一のこだわりが、数少ないダンガリーシャツとジーンズで、どちらもリーバイスだったのを憶《おぼ》えている。それと、バスケットシューズばかり三足。コンバースの星が付いていた。

生き物が一匹だけいた。小さな亀の子供だった。プラスチックの水槽に入れられて、石の上で手足を縮めていた。

そう言えばあの亀の子は、いったいどうなったんだろう？　あいつの親族があのアパートを引き払った時に、ちゃんと持って行ってやったんだろうか。

麻生の携帯と、山背の携帯が同時に鳴った。

「麻生か」

刑事課長の声だった。

「今、どこだ」

「参考人の住居に向かっています」

「一時間で戻れるか」

「はい」

「特捜本部になったよ。新宿に出向く前に打ち合わせしたい。こっちに戻ってくれ」

「はい」

「捜査会議の召集は九時に掛けさせよう。それでいいかな」

「はい」

電話を仕舞《しま》うと、山背と目が合った。山背のところにも同じ知らせが入ったのだろう。

「及川、特捜本部が置かれることに決まった」

「うん」

及川は頷《うなず》いた。

「だろうな……しかし、抗争事件じゃないと決まったわけでもない。何より、このままでは春日は納得しないだろうさ」

「抗争が激化する可能性もあるか」

「あるね」

及川は、フッと笑った。

「俺たちがしくじれば、東京は戦場だ」

5

そのマンションは南青山の一等地に建っていた。だが、外観はさほど威圧感もなく、高さも東京のマンションとしてはむしろ低い部類に入るだろう。表通りの喧噪からは奥に引っ込んだ、まだ住宅街の雰囲気がいくらか残っている一角にあり、いちおうオートロックだが、ハイテクな最新式セキュリティ完備というわけではないらしい。だが、造りは豪勢だった。エントランスは総大理石張りで、郵便受けの脇には宅配便用のロッカーが設けられているが、それらの扉ひとつとってもぴかぴかに磨き上げられている。清掃は徹底しているようだ。管理人室はあるが、中にいたのは警備会社から派遣されているらしい制服の職員だった。

及川は自分でその職員に手帳を見せ、来訪の目的を説明している。麻生はその様子を見ながら苦笑いした。オブケが出しゃばりなのは自分のところだけではないらしい。

だが、すぐさま建物の中に入れると考えていた麻生は、戻って来た及川の様子に戸惑った。及川はニヤニヤしながら首を横に振っている。

「あの野郎、病気だから誰にも会えねぇとさ」

「警備員に言ってロックを強制解除させましょう。ドアを蹴破《けやぶ》ってやりゃいいんだ」

「おう、おまえがやるなら俺は止めないぜ」

及川はふん、と鼻を鳴らした。

「だが一時間もしない内に奴の弁護士の高安が血相変えて駆けつけて来る。それで令状がないとわかったらおまえ、制服組に配置替えだな」

「自分で言ってるのか、病気だって」

麻生は訊いた。及川はまた鼻を鳴らした。

「警備員が部屋に連絡したら、女が出たんだ。通話はスピーカーから直接聞いた。若い女だ。社長は体調を崩されて起きられません、後ほど回復いたしましたらこちらからご連絡さしあげます、だとよ。なかなかいい声のねぇちゃんだ」

「秘書ですか、あの」

「うん、長谷川とかいうあの女だろう。俺も何度か顔を見たことがあるだけだがな」

「山内のスケなんでしょ、あの女」

「そいつはどうだか」

及川は、首のコリでもほぐすようにぐるっと首を回転させた。

「むしろ、山内が他の男をくわえこまねぇように韮崎がつけたお目付役、ってとこじゃねぇのか」

及川の部下は耳障りな笑い声をたてる。だが及川の目は少しも笑っていなかった。

「よし、直接交渉しよう」

及川は管理人室の前を離れ、外来者が居住者と話すインターカムの前に立った。

「はい」

部屋番号を押すと、すぐに応答があった。

「山内さん？」

「失礼ですが」

「至急お聞きしたいことがあるんですよね」

「申し訳ありません……警察の方ですか。社長は本当に具合が悪いんです。起きられるようになったらすぐに、こちらからご連絡さしあげますから。新宿署の方ですね？」

「本庁捜査四課だ」

及川の声に凄味《すごみ》が加わった。

「つべこべ言ってないですぐにロックを解除しろ」

相手は数秒黙った。

「ご病気だというのは嘘ではありません」

若い割には落ち着いた声だった。

「わかってるよ」

及川は少しだけ口調を和らげた。

「だから見舞いに来たんだ。ともかく会わせろ。あんただって俺達とトラブりたくはないだろう、え？　大丈夫だ、後であんたが責められるようなことにはならないようにしてやる。社長に及川が来てると伝えるんだ、それだけ言えば、あんたのせいじゃないってことはあいつにもわかる」

「お伝えはしてみますけど……たぶん、理解できないと思います」

「なんだって？」

「とても具合が悪いんです。わたしの言葉など聞こえないと思います」

「だったら救急車を呼ばないとならないいんじゃないのか？　おい、まさか」

及川はインターカムに咬《か》みつきそうになった。

「野郎、自殺でもはかったとか言うんじゃねぇだろうな！」

「そうではありません……ともかく、上がっていらして下さい。及川警部さん」

女は及川の役職を知っている。及川という人間がどんな男か知っているのだ。いずれにしても、女はロックを解除した。エレベーターの前にあるガラスのドアがガチッと大きな音をたてる。その前に一行が立つと、ドアはすっと開いた。

「手間掛けさせやがって」

及川の部下が悪態をついた。

山内の部屋は最上階だった。その階には他に部屋はないようだ。かなり広い住居らしい。エレベーターを降りるとすぐに、異様な光景が目に飛び込んで来た。ドアの前に四人の男が立っているのだ、背中を廊下の壁に押しつけるようにして。風体の悪さから、その筋の人間たちだというのは何となくわかる。いちおうスーツを着ているのだが、着方がどことなく崩れているし、シャツの色がいかにも趣味が悪い。及川たちの姿を見て、男たちは一様に緊張した。今彼らを身体検査すれば、銃刀法違反でまとめて四人、留置場にぶち込めることは確実だった。だがもちろん、及川はそんなことはしない。そういうことの必要のある時とない時の区別を間違えると、入って来る情報も入らなくなり、取りつけられる協力も取りつけられなくなるのが、四課の仕事の難しいところなのだ。闇雲に法律を振り回しても、トカゲの尻尾《しっぽ》のコレクションが増えるだけだ。

「何やってんだおまえら」

チョーさんが笑って四人の顔を順番に見た。

「あほか」

及川は構わずに呼び鈴を鳴らした。即座にドアが開いた。

「どうぞ」

冷たいと聞こえるほど落ち着いた、しかし若い女の声だった。そしてその声の持ち主にふさわしい、整った顔をした女だった。誰かに似ている、と思った途端、槙の顔を思い出した。麻生は内心苦笑いした。槙には全然似ていないじゃないか、なぜ思い出したんだ？よっぽどヤリたいのか、俺は今。

「靴のままでどうぞ」

女は、段差のない玄関に戸惑った麻生と山背に言った。及川と彼の部下は、何度かこの部屋に入ったことがあるのか、靴のままどんどん歩いて行く。

玄関のホールを抜けるとすぐ、廊下が直角に曲がっているのにも驚かされた。何とも奇妙な間取りだった。たぶん、廊下が居住空間の周囲を取りまくように設けられているのだろう。だが合理的でもある。そうしておけば、侵入者が部屋の奥に行き着くまでにかなり時間がかかるのだ。それに、と麻生は、歩きざまに玄関ホールの正面にあたる壁に掛けられている巨大な絵をちらっと見て思った。もしあの裏に隠しドアがあるとすれば、侵入者が廊下を曲がっている間に中から逃げることだってできるわけだ。麻生はまた、ひとりでクスッとした。こんなことばかり考えているから、及川に名探偵だの推理ごっこだのとからかわれるのだ。

曲がった廊下の突き当たりのドアを開けて、女は一同を案内して行く。そのドアの奥はまた、奇妙な部屋だった。絨毯《じゅうたん》が赤い。高級そうな絨毯で、いくらか暗い色ではあるがそれにしても余りにも赤いので、一瞬、血の海に踏み込んだような錯覚をおぼえる。そこは部屋というよりも横に広がった廊下という感じの空間で、画廊のように何枚もの絵が掛けられている。麻生は絵にはまったく知識がないので、どの絵を見ても画家の名前は思い出せなかったが、何かの画集か写真で見たことのある絵ばかりだった。イースト興業という山内の会社は絵画の取り引きにも手を出していると、及川が言っていたことを思い出す。その部屋には、ヨーロッパの貴族の家にでもあれば似合いそうな、刺繍《ししゅう》のほどこされたソファが置いてあった。

女は赤い部屋を通り抜け、もうひとつドアを開けた。

思わず口笛を吹きそうになった。一転して、そこはシンプルを絵に描いたような、それでいてセンスの良さがはっきりと際だつ空間だった。しかも、異様に広い。畳にして四十畳以上はゆうにあるだろう。家具らしい家具は何もない。目立つのは選び抜かれた観葉植物の鉢と、点々と置かれている数個のソファ。ソファの形がどれも違っているのに、空間には確かな調和があった。部屋はとても明るいのに、窓はなかった。壁の一面と天井がぶ厚いブロックガラスで作られているのだ。光は入るが、何も見えない。そしてこのタイプのガラスだと、ショットガンでも撃ち抜くことはできないだろう。ガラスの一部分がはめ込みの巨大な水槽になっていて、色とりどりの熱帯魚が泳ぎ回っていた。

十年の歳月。その歳月が、あのパソコン以外に何もなかった木造のアパートをこの部屋に変え、小さな亀の子を熱帯魚に変えたのか。

麻生は、感慨というよりは戦慄《せんりつ》に近いものを感じていた。

「適当におかけ下さい。ともかく社長が起きられるかどうか見て参ります」

女が行き掛けたが、及川はそのまま女の後についていた。

「その必要はねえよ。俺が起こしてやる。龍、あんたも来い」

麻生は逆らわなかった。及川には何か魂胆があるのだ。

そのだだっ広い部屋には、全部で五つのドアがある。ひとつは今さっき入って来たドア。

その他に四つ。いずれも木製で、見ただけでドアの厚みが相当なものだということがわかる。ドア以外にも別の空間に通じるらしい廊下の入口が見えていた。そこにドアを設けていないということは、その奥はキッチンだとか風呂《ふろ》だとか、そんなスペースなのだろう。

その廊下に近いドアを、女は開いた。

ホテルのジュニアスウィートに似たレイアウトの部屋だった。窓の代わりにブロックガラスがはめ込まれているのはさっきのリビングと一緒だったが、クィーンサイズのベッドがひとつと、小振りのソファにオットマンの付いた安楽椅子、それに小さなテーブル。あまりにも広くてしかもクールなリビングに比べて、ずっと安らかな感じのする部屋だった。壁には絵はなく、代わりに、ドアーズのジム・モリスンの写真が引き伸ばされて貼られている。ソファの上にギターが一本。その部屋の雰囲気は、どこか、遠いあの日のアパートに似ていると麻生は思った。

「酒臭いな」

麻生は顔をしかめた。強いアルコールの匂いと、そうしたアルコールを大量に摂取した人間の体臭の匂いとが部屋に充満している。

及川はベッドに近寄っていた。白い毛布が盛り上がっている。中に人間がくるまっているのだ。

「起きな」

及川が短く言って、靴のまま毛布の塊を蹴《け》った。遠慮のない蹴りだった。毛布の中からうめき声がした。だが毛布はなお一層丸まった。

「この野郎」

及川がかがんで、瓶を一本拾い上げた。

「ほんとに死ぬ気だったみたいだぜ。見ろ、こいつを」

麻生は、及川がいきなり放り投げた瓶をかろうじて受け取った。ロンリコの瓶だった。アルコール度数が七十度を超える、冗談のような酒だ。

「しょうがねえなあ、おい」

及川が毛布に指をかけ、一気に引き剝《は》がした。

「めそめそしてたっておまえのダーリンはもう帰って来ないんだからよ、いい子にして俺達に協力しな」

「出て行きやがれ、クソデカ！」

毛布の下から現れたからだが、くるっと反転して及川に尻を向けるなりそう怒鳴った。

「てめーらの顔見てるとまた吐き気がする」

「なんだとこら」

及川は靴のままで、その人間の頭を踏みつけて靴先を回転させた。

「もういっぺん言ってみろ、こら」

「クソデカ、クソデカ、クソデカのインポ野郎！」

枕に顔を埋《うず》めているのに、悪態だけは途切れなく続いた。及川は靴を脱いで男の頭をはたき出した。かなり大きな音がしても構わずに叩《たた》いている。その様子はかなり滑稽《こっけい》で、麻生は思わず笑い出しそうになった。だがその内に及川はエスカレートして、男の背中や脇腹を靴を履いている方の足で蹴り始めた。内臓破裂するんじゃないかとはらはらするほど思いっきり蹴っている。蹴られた男は何か叫んでいたが、枕に顔を埋めているので何と言っているのかよくわからない。

「ちょっと、何やってらっしゃるんですか！」

ドアが開いてさっきの女が顔を出した。

「龍、ドア閉めて鍵《かぎ》かけとけっ！」

麻生は動かなかった。学生時代じゃあるまいし、及川に命令されるいわれはない。

「まあまあ、お嬢さん、気にしないで俺たちとお話ししましょ、ねー」

ふざけた笑い声と共に、及川の部下が女を抱き抱えるように外に連れ出してしまった。

及川は靴を片手に持ったままドアに戻り、麻生の目の前で鍵をかけた。

「何やってんだ、及川。もう止めとけ」

「今この野郎が何て言ったか聞いたかよ」

「聞こえなかったよ」

「タダ飯食いの税金泥棒の腐れケツマンコって言いやがったんだ」

及川はまた靴で男の頭を殴りつけた。

「てめーのケツはどうだってんだ、この便所オカマ！」

「及川、靴が壊れる」

及川は手を止めてちらっと自分の靴を見てから、男が顔を埋めている枕を引き抜いた。その勢いで、男の顔が上を向いた。麻生がその顔を確認するより早く、及川が枕を顔に押しつけ、男の上に馬乗りになって枕を押さえつけてしまった。

「馬鹿、死ぬぞ!」

「死ね、死ね! てめえみたいな野郎は死んだ方が世のため人のためだ、畜生」

男は足をばたつかせていたが、枕を押さえている及川の腕を摑《つか》んで引き剝がそうとし始めた。信じられないことに、次第に及川の両腕は持ち上がって枕から離れていった。及川は決して腕力が弱いわけではない。腕相撲なら勝てる自信が麻生にはあったが、それでも、殴り合いで勝てるかどうかまではははっきりしない。その及川の腕を不利な体勢から引き離してしまえるのだ、この、子供のような騒ぎを目の前で起こしている男は。

男が上半身を起こした。及川はその頭をまたベッドに押しつけたが、枕ははねのけたので男の顔がやっと見えた。

「人権蹂躙《じゅうりん》」

男はぼそっと言った。

「特別公務員暴行陵虐」

「ドタコ」

及川はそのままの姿勢で胸のポケットから煙草を取り出して火を点《つ》けた。

「そういうもんは、まともな一般市民の為の法律だ。てめえみたいな便所オカマのイカサマ野郎には適用されない」

男が、ふうっと大きく息を吐いた。部屋の空気がまた酒臭くなった気がした。

「韮崎が死んだのを知ったのはいつだ」

「今朝」

「何時頃」

「五時かそのくらい」

「誰から聞いた」

「組から連絡があった」

「それで今まで飲んでたのか」

「泣いてたんだ」

「ほう」及川は男の髪の毛を摑んで顔を少し引き寄せ、乱暴に手を離した。「なるほどな、目がウサギだな。で、後悔して自首する気にはなったのか、坊や」

「俺じゃない」

「だったら誰だ」

「知るか」

麻生はベッドに近寄った。仰向《あおむ》けになって及川に腹に乗られたままの男は、麻生の存在は気にもとめていないようだった。

その髪の色には見覚えがあった。栗色というよりは黒っぽいが、焦げ茶色という感じではない。黒いのに、光が当たると金色に見える、そんな色だ。それだけは変わっていない。あの時も、こいつの血には白人が混ざっているんだろうかと思った記憶がある。手触りも思い出した。及川がやったほど乱暴にではないが、髪を摑んだことはある。あまり柔らかいので驚いたのだ。今でもあの時のように柔らかいのだろうか。

麻生がもう少し近づくと、やっと男は麻生に視線を移した。随分とぼんやりした目をしている。白目は充血して真っ赤で、瞼《まぶた》は腫《は》れ始めている。それでも、切れ長の大きな目はくっきりと印象的だった。だが目の焦点は合っていない。麻生はまた思い出した。この男は近眼だったのだ。あの頃は、縁が銀色の眼鏡をかけていた。

記憶の底にあった顔が甦《よみがえ》った。もう間違いはない。あの時のあの学生が、確かに目の前にいた。だが歳月ははっきりとその顔の上に痕跡《こんせき》を残している。あの頃はすべすべとして色白で女のようだった頰も、小麦色に近い色が着き、頰の下から顎《あご》にかけてはうっすらと無精髭《ぶしょうひげ》が伸びていた。男の髭は夜になるとよく伸びる。昨日の朝から髭剃《そ》りをしていないとしたら、それでも髭は薄い方なのかも知れないが、十年前は数十時間一緒にいても、髭の存在にはまったく気づかなかったのだ。三十を境に髭は濃くなるというのは本当だな、と麻生は思った。いちばん変化しているのは頰から顎にかけての輪郭だった。当時は痩《や》せていたが、尖《とが》ってはいなかった。今は肉がついているのに、鋭い感じがする。険があるのだ。変わっていないのは睫毛《まつげ》だった。男なのに睫毛がとても長い。だが滑稽なほど濃くはないので、漫画のような顔にはなっていない。唇は薄くなった気がする。少なくとも、記憶の中にある面影よりは。

麻生は、自分がしているのと同じ熱心さで相手が自分を見ていることに気づいて、決まり悪さを感じた。

「久しぶりだな」

決まり悪さを拭《ぬぐ》う為に、麻生は言葉にして言った。

「俺を憶《おぼ》えているか」

「おまえが会いたいだろうと思って、連れて来てやったんだぜ」

及川が笑った。

「お久しぶりでした、その節はお世話になりました、旦那《だんな》、って例の挨拶《あいさつ》、してみろよ、おまえも」

山内はまだ、焦点の定まらない目で麻生を見つめ続けていた。いったい何を考えているのかまるでわからない顔だった。

「う」

山内の喉《のど》からおかしな音が出た。同時に、山内が腹の上に乗ったままだった及川をはねのけて起き上がった。

「やべっ！」

及川も飛び退いた。

「俺の服にかけるなっ、今朝おろしたばっかりなんだ！　龍、そこどけっ、こいつ吐きやがるぜ！」

麻生が反射的に飛び退くと、山内はまるで弾《はじ》け飛んだかのようなスピードでベッドの足下の延長線上にあったドアに飛び込んだ。途端に、ひどい嘔吐《おうと》の声が聞こえて来た。普通ではない、断末魔のような音だった。

「苦しそうだな」

「あんな強い酒をガバガバ飲むからだ。ったくアル中はしょうがねぇ」

「あんたが腹の上なんかに乗ったからだろう。アル中なら吐いたりするかよ」

麻生は開け放してあるドアの中に入った。広いトイレだった。山内は便器に顔を突っ込むようにして伏せていた。動かないので不安になり、背中に掌《て》を当てた。火傷《やけど》でもしたように熱い。発熱しているのかも知れない。

「おい、大丈夫か」

掌をそっと上下させると、呻《うめ》き声と共に、またいくらか吐き出した。だがもう胃の中は空なのだろう、胃液のようなものしか出て来ない。この状態が死ぬほど苦しいのだ。

「及川、さっきの女に言って水を持って来させてくれないか」

「甘やかすとつけあがるぞ、そのガキは」

「この状態じゃ何も聞き出せないぜ、もう少しましにしてやらないと」

及川はフン、と鼻を鳴らすと、鍵をかけたドアを開けて女に水を言いつけた。まるで予期していたかのように素早く、女がミネラルウォーターの小さなペットボトルとコップを持って駆け込んで来た。

「コップよりそのままの方がいいだろう」

麻生はペットボトルを受け取って山内の口元に近づけた。水を少し飲んで、また少し吐く。二回ほど繰り返すともう吐き気は収まったようで、自分からペットボトルを摑んで飲み始めた。

「少しにしとけ。たくさん飲むとまた吐きたくなるぞ」

「水風呂《ぶろ》に浸《つ》けたらいいんだよ、飲ませるより早いぜ」

及川が言うと、女が及川を睨《にら》んだ。かなり迫力のある顔だ、と麻生は感心した。『極道の妻たち』に出演してもいい演技をするだろう。及川は女の視線を面白そうに受け止めて、アカンベでもしたそうに目元で笑った。

「落ち着いたか」

麻生は、便器の前に座り込んだ山内の脇の下に手を入れた。

「あっちで話を聞こう」

腕に力を入れると意外なほど素直に立ち上がった。だが、掌が感じた山内の胸筋は麻生を驚かせた。鍛え抜かれたからだだった。十年前とはまったく別物だ。十年前、山内は痩せて筋肉もほとんどない、典型的なガリ勉風、今で言うならオタク風のからだつきをしていた。スポーツとは縁のないからだだった。肩もなで肩かと思うほど貧相に下がり、猫背だった。今は胸板も厚く、張りつめた筋肉がしっかりと骨を覆っていた。しかしボディビルダーのような無駄な飾りの筋肉は一切ついていない。服の上から見れば、細身にすら思える。こんなからだつきの男は、例外なく、ボクシングをやっていることを麻生は思い出した。

寝室のソファに座らせると、山内は頭を抱えるようにして上半身を折り曲げた。どうしてもからだが丸くなるのは、精神的に強いショックを受けている証拠だ。外界から敵意のある攻撃を受け、それを処理し切れない時、人は自然と胎児の姿勢を取る。

麻生は山内の横に座った。及川はベッドの端に腰掛けて脚を組んでいる。長い脚だ。そう言えば、こいつの脚も長いな、と麻生は思う。そう思った途端、山内があの日と同じ姿をしているのに気づいた。トランクスとTシャツだけ。臑毛《すねげ》がほとんどない。男としては奇跡的に体毛が少ないのだ。だから少年のように見える。

及川が煙草の箱を山内にぶつけた。空箱をぶつけたのかと思ったが、中身が入っていた。山内は下を向いているのに頭にぶつけられたものが何なのかわかったらしく、顔も上げずに手だけ伸ばしてテーブルの上の箱を手に取った。及川は昔からウィンストンを喫っている。だがその箱はダンヒルの、しかもメンソールだった。山内は黙って一本抜き出し、テーブルの上の卓上ライターで火を点《つ》けた。

山内が一本喫い終わるまで、誰も何も喋《しゃべ》らなかった。戸口のところで立ったまま待っていた女は、事態が落ち着いたと見ると外に出て行った。どこまでも冷静で有能な女だった。

「潮時だな、おまえも」

及川が言った。

「もう充分やったろう。諦《あきら》めて田舎に帰れ」

「諦める？」麻生は及川の顔を見た。「何の話なんだ？」

「こいつには野望があるんだ、なあ」

及川が乾いた笑い声を立てた。

「うるさいんだよ、及川さん、あんたは」

さっきに比べれば少しはましな言葉遣いだったが、及川を相手にそんな口をきくヤクザがいるというのは驚きだった。

「俺のことはほっといてくれ」

「ほっときたいのは山々だ。おまえが俺たちがほっとけないような悪さばっかりするから悪いんだ」

「俺は一般市民だ。商売も合法的にやってる。あんたにとやかく言われる覚えはない」

「ほざいてろよ」

及川が口を曲げて笑った。

「その内証拠揃えて、また別荘に放り込んでやる。別荘じゃおまえと同室になった奴らが大喜びするだろうよ、おまえの穴は上等らしいからな」

「試してみるか？　安くしといてやるぜ」

相変わらず下を向いたままで山内はケケッと笑った。

「それより」

山内が不意に顔を上げて横を向いた。

「あんた、なんでここにいるんだ？」

充血した白目が麻生を睨んでいた。麻生は一瞬、なんで、と訊《き》かれた意味がわからなかった。

「おまえ」麻生はゆっくりと言った。「俺のことを憶えているのか」

「あんたはどうなんだ」

山内の目は、まったく笑っていなかった。

「俺のこと、憶えてたのか？」

まるで挑むような目つきだった。麻生は返事ができずにいた。忘れていたのだ。それが正直な答えだった。

「担当することになった」

麻生は、いちばん最初の問いに答えることにした。

「韮崎の事件を、俺の班も担当する」

一瞬、山内の目が大きく見開かれた。それからその瞳《ひとみ》に、はっきりと憎悪が宿った。だがそれは次の瞬間に消え、代わって耳をつんざくような哄笑《こうしょう》が発せられた。

山内はからだを仰《の》け反らせ、信じられないほどの声で笑い出した。

「あ……んたが……誠一……殺した奴……担当するって……はははははははは……」

山内はからだを横倒しにソファから落とし、それでもまだ笑い続けた。笑っているというよりもひきつけを起こしているように見える。尋常ではない笑い方だった。

「いかんな、ヒステリーだ！」

麻生は膝《ひざ》をついて、転げ回って笑っている山内のからだを押さえようとした。

「及川、まずいぞ。救急車を呼んだ方がいい」

「水でもぶっかけたら収まるだろ」

「いいや」

麻生は笑いながら暴れ回る山内のからだを床に押さえつけた。

「駄目だ、呼吸ができなくなるかも知れない。酸素ボンベがいる」

「畜生」

及川が立ち上がってドアから飛び出した。麻生はそのまま、しゃっくりのように不自然な笑いを発し始めた山内のからだに覆い被《かぶ》さり、ズボンのポケットにねじ込んであった自分のハンカチを取り出し、丸めて山内の口の中に押し込もうとした。ヒステリーを起こしてこんな風に笑い転げて、あげくに舌を嚙《か》んで死にはぐった女を見たことがあった。

うっ。

指を咬《か》まれるのを警戒して指先を丸めていたのに、親指だけが引っかかって山内の口の中に残っていた。その親指に、妙な感覚が走った。痛みに近いが、激痛ではない。熱く濡《ぬ》れていて、不思議な感触だ。

親指が吸われていた。

赤ん坊が乳首を吸うように強く、熱心に、口腔《こうこう》から喉《のど》に向かって飲み下そうとしているかのように、吸っている。無心に、無我夢中で。

麻生の手首のあたりに熱い雫《しずく》がかかっていた。

山内は、泣きながら親指をねぶっている。いつまでも。

韮崎の死顔が目の前に甦《よみがえ》った。

ようやく、こいつは悲しいのだ、と、麻生は思った。悲しくて気が狂いそうなのだ。愛していた人間が死んでしまって。

韮崎の死が、今初めて、実感できた。

1986.4

田村は不機嫌だった。練は、田村が不機嫌だと憂鬱《ゆううつ》になった。だから遠慮して、田村のからだに寄り掛からないよう膝をしっかり片腕で抱き、その膝の上に広げた本を読んでいた。あちこちに染みのついた文庫本で、つまらない推理小説だった。いったい最初は誰の持ち物だったのかもうわからなくなっている。

「面白いか」

田村が前を向いたままで訊く。練が答えないでいると、いきなり腕を抓《つね》られた。思わず声が漏れたほど痛かった。

「返事ぐらいしろ。面白いかって訊いてんだろ」

「面白くないよ」

「だったらなんで読んでんだよ」

田村は怒っている。何に対して怒っているのか見当もつかないが、田村が怒ると練は悲しくなる。

「ごめん」

練は言って、本を閉じた。

「何で謝るんだよ」

答えないでいたら、また抓られた。今度ははっきりと痣《あざ》になるほどきつく。

「何で謝るんだって訊いてんだろ!」

練はもう反応しないことにした。膝の間に頭を入れ、じっとからだを丸める。田村の不機嫌はそんなに長くは続かないのだ、いつも。しばらく我慢していれば、嵐は過ぎ去る。

「また丸くなってやんの」

田村の馬鹿にした声が聞こえた。

「おまえっていっつもそうな。そうしてたら何もかも済むと思ってんだろ。バカ」

田村にバヵと言われると、ひどく惨めになった。バとカを変なアクセントで強調するのだ、汚らしいものの名前でも呼ぶみたいに。

田村は練のからだのあちらこちらを抓り始めた。もともと弱い者虐《いじ》めが好きな男なんだ、と練は思う。機嫌がいい時は優しいのだが。

練はできるだけからだをかがめて折り畳んだ。田村が最後に抓る場所はいつも同じで、そこは飛び抜けて痛いから思わず声が出る。だがそこを抓るまではねちねちと虐めるのを止めてくれないので、覚悟しているしかないのだ。田村の爪先が作業服のボタンをかき分けて隙間から入り込み、乳首に触れた。全身に粟粒《あわつぶ》のようなものが立つのがわかる。爪が乳首に食い込んで、歯を食いしばっていても悲鳴が漏れた。長く、長く抓られて、とうとう涙がこぼれて落ちた。

田村はやっと手を放した。すっきりした顔で笑っている。

「何やってんだ、田村」

北村の声がした。

「ボーヤ泣かしてんだろう、また」

「やってないっすよ。なあ」

田村が肩を抱いてゆすぶる。

「俺ら仲良しだもーん」

練は息を吐いた。田村も溜《た》まっているのだ。この房では練の次に若く、もう二年近くいるのに下っ端扱いで北村たちにいい様に利用されている。練が入って来る以前は、田村が連中の性欲処理までさせられていたのだ。だが外に出れば、北村のいる組よりは田村の入っている組の方が組織が大きいらしい。練にはそうした世界のことはまるでわからなかったが、田村がかなり不満を募らせていることだけはよくわかっていた。

「もう本、読んでもいい？」

練が小さな声で訊くと、田村はくくっと笑った。

「おまえって頭、変だなやっぱ」

田村は練の膝の上に無理に頭を載せた。練は仕方なく、脚を投げ出して田村の頭を支えてやる。

「低いよ。横座りしてみな」

練が言われた通りしてやると、膝枕に頭をもたせて田村は小さな欠伸《あくび》をした。

「ここ出たらさぁ、田舎帰る?」

「帰らない」

練は答えて、文庫本を開いた。女が首を絞めて殺される途中だ。

「何かアテあんの?」

「ないよ」

「おまえってさあ、ものすげーエリートだったたってほんと?」

「嘘」

「だって変じゃんかよ。なんでおまえみたいのが、初犯でB級に入るんだよ」

「そんなこと知らないよ。僕が決めたんやない」

「過激派とかはB級なんだってな、初犯でも。おまえも爆弾造ったの?」

「造らない」

「造り方知ってる?」

練はどうしようか迷ってから言った。

「知ってる」

「すげぇ。ほんとかよ!」

「うん。単純なもんやったら簡単に造れるよ」

田村は声を低くした。

「造ったことある?」

「ないよ」

「やっぱりおまえって過激派かぁ」

「違う」

練はうんざりして言った。

「全然違う」

「でも大学出てんだろ」

「出てるよ」

「何勉強してたの」

「あのさ、田村」

練は本から目を離して田村の顔を覗《のぞ》き込んだ。

「どうして知りたいの、そんなこと」

「俺もいきたかったんだ、大学」

練は少し驚いた。高校も中退したと聞いていたのに。

「兄貴がいったんだぜ。俺の家はよ、バカは俺だけであとはみんな賢いのよ。おまえだけどうしてそんなバカなんだってずっと言われて育ったらさ、なんか十四になった途端にムシャクシャしてさ」

田村はそこで話を止めた。

「過激派でないならさ、なんでここに入ったんだよ、おまえ。マメドロだって噂あるけど、嘘だろ。おまえがマメドロできるわけねぇもんなあ」

　田村はまた、くくっと笑う。

「モノホンのホモなのによぉ」

　練はまた本に目を戻した。

「知らないんだ」

「なんだって？」

「だから、知らないんだよ、僕。何でここに入れられたのかも、何で逮捕されたのかも」

「なんだそりゃ」

「ほんとに知らない。何も憶《おぼ》えてない」

「……記憶喪失ってやつ？」

「かも知れない」

　練は本を諦《あきら》め、腰をずらして田村の頭が胸の上にくるまで平らになった。

「憶えてないんだ……どうしてなんやろなあ。みんなが僕がやったって言うんやけど、思い出せなかった」

「人殺しと同房になったことあるんだ」

　田村は思い出すように言った。

「ネンショーの時。でもそいつもおまえと同じこと言ってたよ。やっちまった時のこと、全然憶えてねぇって。ただ気がついたら、血のついた包丁握ってて、前に人が倒れてたんだってさ。その倒れてる奴が自分の父親だって気づくのに、随分時間がかかったらしいぜ。そんでそいつ、何で喧嘩《けんか》になったのかだけは憶えてたんだ。何でだったと思う？　親父さんはナイターを見たかったんだけど、そいつは『太陽にほえろ！』見ようとしてたんだってさ」

田村がけたけたと笑う。かなり面白い、と練も思った。笑うほどではないけれど。

「おまえさ、伊藤のジーサン、おまえが北村とヤってる時、自分のもんしごいてるの、知ってる？」

「ほんとに？」

「ほんとほんと」

田村は顎《あご》だけあげて、部屋の隅で別の男と将棋をさしている年取った男を示した。

「おまえのおかげでよぉ、あのジーサン、男が復活してやんの。今度よ、しゃぶる時わざとでっかい音たててやれよ。もうあのジーサン長くないぜ、最後に楽しませてやんないと」

伊藤はいったい、人生の内どのくらいの歳月を刑務所の中で過ごしているのだろう。前科がどのくらいあるのか、伊藤自身もう数えていないと言っている。犯す罪はたいてい、大したことではないのだ。強盗が多いが、人を殺したことはない。なぜ空き巣にしないのかと訊《き》かれると、強盗なら長く入っていられると答える。公園でダンボールの家に住むよりは、刑務所の方がよほどいいからと。

「寝たいなら言えばいいのに」

「それは違う」田村は指を振った。「ジーサンは野郎のケツなんかまっぴらなんだ。ムショに四十年近く出たり入ったりしてて、ケツだけは掘ったことも掘らせたこともないって威張ってんだぜ。でもおまえ見てると勃起《ぼっき》しちゃうのよね、これが。そこがおまえのすごいとこなわけよ」

練は腹が立ったので、わざとからだを横向きにして田村の頭を下に落とした。

「イテッ」

田村は言ったが、もう機嫌が直っていたので、そのまま練の横腹にもう一度頭を載せただけだった。

「高尾っているじゃん、あいつもホモなの知ってる?」

高尾は看守のひとりで、小太りで目つきの悪い男だった。

「タマ入れの検査があいつだとよぉ、見ただけで入ってねぇってわかんのに、いつまでもいじくりやがんだぜ。わざとしごかれて勃《た》っちゃったやつもいんの。大体よぉ、タマなんて俺ら、まっぴらだよなぁ。なんでやんのかな、あんなの」

「女が悦《よろこ》ぶんだって北村さんが言ってるけど」

北村の男根にも、真珠、とみんなが呼んでいる玉が何個か入っている。入所した時にすでに入っていたものについては大目に見て貰《もら》えるのだが、所内で歯ブラシの柄を折り、それを削った自家製のものを埋め込むのはもちろん違反だった。その異物が新しく入れられていないか、不定期に性器の検査がある。抗生物質入りの傷薬を塗らずにそうした処理をすると、化膿《かのう》して発熱することもあるらしい。練にはあまりにも馬鹿げた行為に思えるのだが、所内でそれをやっている人間はけっこういる。ほとんどの受刑者が外に出て真っ先にしたいことは、女を抱くことだ。その時にどれだけ女を悦ばせられるか想像して歯ブラシの柄を磨くのは、いい退屈しのぎになるということなのかも知れない。

「悦ぶ女もいるんだろうけどさ、トーシロの女はまず駄目だな。ホテトルの女とかでも、タマが入ってるとわかると逃げ帰るのがいるぜ」

「なんで知ってるの、そんなこと」

「なんでって、女が俺の商売だもん。おまえさぁ、北村のタマ、嬉《うれ》しい？」

「わけないでしょ」

「だよなあ、俺も冗談じゃねえって思ったもんなぁ。痛いだけだよなぁ……女ってのは鈍感だからなぁ、痛みには強いんだな」

「そうかな」

「そうに決まってんじゃん。おまえ考えてみろよ、ガキ産むんだぜあそこから。ガキの頭の直径って、こんくらいあんだぜ」

田村が両手の指で輪をつくって上にあげた。今度はおかしかった。おかしかったので、思わず笑顔になった。

「あ、おまえ今、笑った？」

「うん」

「腹が動いたぜ。おまえさぁ、なんで声出して笑わねぇの?」

「あんまりおかしいことがない」

「おまえって暗いよなぁ。俺さ、ほんとはおまえが何で府中《ふちゅう》にいるか、何となく知ってんだ」

「教えてよ」

「おまえさ、拘置所で自殺未遂したろ、二回」

どうしてそんな情報まで受刑者に漏れてしまうのだろう。練はこの、刑務所という場所が本当に不思議だった。受刑者の犯した罪状については絶対の秘密だし、前歴についても同様なはずなのに、誰が何をやってムショ送りになったのか、その男は以前にどんな仕事をしていたのか、誰が言うともなくいつの間にか広まっていて、しかもそれは大抵の場合、真実なのだ。作業でたまに顔を合わせる中年の男は、明らかに周囲からひどい虐《いじ》めにあっていたが、前歴は元刑事だと田村が教えてくれた。中学生の女の子を強姦《ごうかん》して殺した男が誰なのかも田村は教えてくれる。その男も、周囲からはまともに扱って貰っていない。同じ穴の狢《むじな》だと世間からは考えられている受刑者の中にも、ヒエラルキーは存在していた。そして、尊敬される悪と蔑《さげす》まれる悪もまた、存在している。

練自身も、最初の内は同房の者達にまるで相手にして貰えなかった。強姦未遂で女の顔をカッターで切り裂いた、という話はとっくに知れ渡っていて、卑怯《ひきょう》な奴、汚い奴だと思われていたのかも知れない。それ以前に、練は口もきけず、ただ部屋の隅に丸まって座っている以外に何もできなかった。もし田村がそばにいてくれなかったら、十日も持たずにおかしくなって、独居に逆戻りしていただろう。田村は最初から親切で、ほとんど一日中練のそばを離れなかった。もちろん、田村には魂胆があったのだ。練が来たおかげで、田村は夜毎の務めから解放されてゆっくり寝られるようになる。それに、田村はまた、練を自殺させないように見張る役目も看守から言いつかっていたに違いなかった。田村は器用な男だし人あたりが良く、我慢も利く性格だったので、看守たちからは重宝がられている。

「自殺癖のある奴はさ、看守の数が多くて独居も余裕があるとこに送るんじゃねぇのかな。それでおまえ、ここになったんだよ。ほんとならずっと独居にいるのが普通なんだろうけど、おまえ、独居の中でもやらかしただろ」

　やらかした、という意識は特になかったのだ。ただ食欲がなくなり、食べても吐いてしまうので食べなくなっただけだった。そのことで看守から怒鳴られ、一日中正座をしていろと言われてその通りにしていたら、今度は意識がなくなって、気がついたら壁に頭を打ちつけていた。死のうというはっきりした意志があったわけではない。

　受刑者には自殺者が多いが、その数字は世間には隠されている。発表は大抵、病死だ。だが自殺者が出ると多かれ少なかれ誰かが責任を取らされるので、自殺しそうなほど精神状態が悪化している受刑者は医療刑務所に送ってしまうのが普通だった。

　自分がなぜそうされなかったのかはわからない。もしかしたら、こいつの自殺癖は孤独

ると判断されたのかも知れない。そして、自殺防止の為にはとにかく誰かと一緒に暮らさせるのがいいということになったのか。それとも、と練は、皮肉な思いで考える。田村が比較的仲のいい看守に、自分よりもひ弱で女みたいな奴をひとり入れてくれと頼んだのかも知れない。田村は北村が大嫌いで、北村に抱かれていなくてはならないのが我慢できなかったのだ。田村にしても自分にしても、年齢的にこのタイプの一般刑務所ではいちばん年少になってしまう。それより若いと、Y級と呼ばれている若年者ばかり集めた刑務所に送られるからだ。若さは必ずしもヒエラルキーの下位を意味するわけではないのだが、若いということはそれだけで、肌にしても顔にしても、より女に近いということになる。外の世界で比べてみれば、田村にしたところでどう見たって女に見えるわけはないのだが、女がまったくいない空間の中で比較してみれば、それでも、他の男たちよりは「女に近い」ということになるのだ。

ここは不思議な世界だ。この中にいる男たちのほとんどが外の世界に出ればごくノーマルで、同性を性欲の対象にしたりはしないのに、中に入るとそれがさほど抵抗なくできてしまうし、稀《まれ》には北村のように、少しでも若くて目新しい肉体は片端から試してみないと気が済まないようなのまで現れる。男の性欲というのはほとんどが幻想の産物なのだ。だから男は、馬鹿のように口を開けたビニールの人形だとか、場合によっては温めたコンニャクが相手でも勃起する。頭の中で必死に幻影を作りだし、その幻の女を裸にして犯すことを懸命に想像すれば、コンニャクの切れ目までが女の性器に見えてくる。それに比べれば、とにもかくにも人間の肌を持ち、人間の体温を持った若い男のからだなら、その気になれば充分に性欲の対象になるというわけだ。

練は声に出さずに笑う。こんな滑稽《こっけい》な性欲を持つのはたぶん、人間だけじゃないのかな。それとも猿なんかは似たようなことをするのだろうか。猫科の動物にはホモ行為があると何かで読んだ。そうだ、もっと顕著なのはクジラだ。若いクジラの雄は、疑似性交をしては精液を撒《ま》き散らすと確か、書いてあったっけ。

「また笑った」

田村がやけに嬉しそうに言った。

「おまえ、最近少し、まともになって来たなぁ」

田村は根がおせっかいなのだ。だが練は、やはり田村がいてくれて良かった、と思う。田村の機嫌がいいのなら、北村の性器を舐《な》めるくらいのことは別に何でもない。

「俺よぉ、ここ出たらオヤジさんに、主任にしてやるって言われたんだけどよ」

「主任?」

「って呼んでんだよ、そうすっと会社みたいで聞こえがいいじゃん? まあよ、若い奴らのまとめ役みたいなもんなんだけど」

「良かったやん」

「どうなのかなぁ。なんかこの頃、不安でさ。出ても誰も迎えに来てなくてよ、組に戻ってもみんな知らんぷりなんじゃないかなぁ、とか」

「大丈夫だよ。きっと誰か迎えに来てるよ」

「そうかなあ」

「そうさ」

「おまえはいいよなぁ。お袋さんとか迎えに来るんだろ、やっぱ。俺なんかさぁ、組の盃《さかずき》貰ったって知れた時に勘当されたもんな」

「誰も来ない」

「え？」

「僕を迎えには、誰も来ない」

練は大きく一度、深呼吸した。胸が上下するのにつれて、田村の頭も持ち上がって下りる。

「なんで？　田舎にいんだろ、お袋さん」

「いるけど来ないんだ……兄貴が死んで、それは僕のせいだから。親父もお袋も、僕を憎んでるから」

田村は黙っていた。何を言っても空々しく聞こえるということが、田村のような人間にはわかるのだ。

「おまえってちょっと関西弁混じるよな。田舎、どこだって言ってたっけ」

「滋賀県」

「ってどこにあんの？」

説明しようとしたが、何だか面倒になった。

「名古屋の西」

「ふうん」

田村は欠伸《あくび》をする。練は田村の頭に手を伸ばした。みんな丸刈りだが、それでも毛の質はそれぞれ違うから手触りも違う。北村の頭は針山のように触ると痛い。毛が硬いのだ。田村の髪は自分のものに似て柔らかかった。撫《な》でていると、不意に田村が咬《か》みついた。力は入れずに、歯で練の手を挟んで引っ張っている。犬の真似。田村はたまに、犬の真似をして練のからだを咬む。練はその遊びが好きだった。二人は部屋の隅でしばらくじゃれた。他の連中は気にもしていない。鼾《いびき》が聞こえるのは、宮田が寝ているからだ。宮田はいつも寝てばかりいる。八人部屋で、練のからだに興味を示さないのは宮田ともうひとり、高岡という男だった。二人とも暴力団員ではないが、前科は複数持っている。高岡は喧嘩《けんか》で暴力沙汰《ざた》を何回か起こしてここに入った。練を嫌っている。泣き虫でオカマのような奴は大嫌いなのだと面と向かって言う。だがそのくせ、北村には逆らえない。雑誌の女の顔を見ながら恥ずかしげもなくマスをかく。下品でくだらない奴だと練は思っている。宮田はおとなしい。噂では、錠前破りのプロだそうだ。まだ五十くらいだろうが、女の話もしないしマスをかいているのも見たことはない。伊藤はもうよぼよぼで、たぶん七十を遥《はる》かに超えているだろう。作業には出られないので、配膳《はいぜん》の仕事をしている。あの伊藤が、自分と北村の性行為に興奮していたというのは驚いた。北村の他には、尾花と井野という男が練を欲しがるが、北村が怒るのが恐いので、北村が寝てから布団に入って来る。二人ともどこかの組の組員だ。尾花は、行くところがないなら外に出てから自分を訪ねて組に来ていいぞ、と口癖のように言う。もうじき出所なのだ。ヤクザになる気はなかったので、どこの組なのかちゃんと聞いていない。

だが、ヤクザでなければ何になればいいのだろう、ここを出てから。

練は、田村が羨《うらや》ましかった。北村も尾花も井野も、羨ましい。宮田にだって友達ぐらいはいるだろう。誰もいないのは、自分と伊藤だけだ。だから伊藤の気持ちはわかる。

ここを出たら、自分もダンボールの家に住むようになるんだろうか。

1995.10 ―2―

1

捜査会議は初めから異様な雰囲気だった。いつもならば会議の主要な人員は本庁の捜査一課員が占めているのだが、今回は及川が率いる捜査四課がこれみよがしに前方の席を占領している。それが不満で、麻生の部下たちは一様に機嫌が悪そうだった。

麻生は正直なところ、油断すると笑い出してしまいそうになるのを必死でこらえていた。四課員というのはどうしてこう、見た目がヤクザに似ているのだろう。ひとり及川を別にすれば、後の連中はどれもこれも、そのままどこかの組に雇って貰《もら》えそうな風采《ふうさい》をしている。夫婦というのは長く一緒に暮らすと似てくるとか言うが、四課も延々と暴力団につきあっている内に、似てしまったのかも知れない。及川だけは、相変わらずのダンディ振りだった。昔からそうなのだ。学生の頃から及川は人一倍洒落《しゃれ》者で、服装や身だしなみにはうるさかった。ゲイには神経質だったり、服装に凝る者が多いと聞いたことがあるが、及川はその典型的な例なのかも知れない。実際、及川はおかしなところで神経質で、たとえば電車の吊革《つりかわ》などは、ハンカチを使わないと摑《つか》めない。その反面、言葉は仰天するほど乱暴で下品だった。いつもぴっしりと三つ揃いのスーツを着こなし、選び抜いた組み合わせでネクタイを締めている及川が、恐ろしく品のない言葉を乱発するとそれだけで異様な迫力があるものだ。

韮崎の遺体が発見されてから九時間近くが経った。被害者・韮崎誠一についての情報は、すでに多過ぎるくらい集まっている。と言うよりも、四課が持っている情報だけで、普通の殺人事件では一課員が数年かけて集める情報より多いのだ。韮崎についてはその生い立ちから生活、趣味、贔屓《ひいき》のプロ野球チームから好みの酒の銘柄まで、わかっていないことの方が少ない。それらの情報の中でも当然ながら特に重視されているのが、春日組の幹部としての活動における「敵」の存在と、個人的な怨恨《えんこん》に繋《つな》がりそうな人間関係なのだが、韮崎には「敵」が余りにも多かったし、韮崎の指図が元で恋人や息子を殺された遺族の数も半端ではなかったから、怨恨の線だけでも潰《つぶ》さなくてはならないネタは気が遠くなるほどある。四課員からのそれらについての説明だけで、たっぷり二時間もかかってしまった。だが麻生の考えでは、それらの情報があまり役に立つとは思えなかった。韮崎は顔見知りの人間に殺されたのだ、それだけは確かだ。そしてその人間のことを、韮崎は、およそ韮崎らしくもなく盲目的に信頼していた。ボディガードまで遠ざけて、その人間の前では真っ裸で風呂《ふろ》に入ることができたほどに。韮崎を取りまく人間関係の中でそれほどの信頼を得ていた人物が、はたして何人いただろう?

その点を重視しているのは及川も同様だったらしく、及川は特に韮崎の愛人関係に的を絞る必要性を感じると、部下に発言させていた。

韮崎の愛人は、男二人以外に三人もいた。一人は六本木でジャズクラブを経営する金村皐月《さつき》という女で、韮崎よりもいくつか年上だ。この女は愛人と言うよりは正妻と言ってもいい関係のようで、相当長いつきあいらしい。韮崎と出逢《であ》った時点で夫も子供もいたのに、韮崎との関係を続ける為に離婚までした女だ。その昔は、久遠《くどお》さつきという名のジャズ歌手だったと報告で知って、麻生は内心驚いていた。久遠さつきのCDなら何枚か持っているし、六本木のジャズクラブに、久遠さつきの歌を聴きに通ったこともあった。とてもハスキーな声で歌うシンガーで、その声の魅力に麻生は参っていた。

二人目は、さしずめ第二夫人といった感じか、面白いことに女医だった。韮崎は案外、キャリアタイプで自立している女が好きという、ヤクザには珍しい嗜好《しこう》を持っていたのかも知れない。野添奈美《のぞえなみ》というその女医は、区役所通りのビルの中で小さな内科の診療所を開いている。新宿署からは、春日組の組員が銃撃などで負傷した場合、この野添医師が警察への通報義務を無視して治療を施す役割を担っているのではないか、という発言が出たが、証拠は摑んでいないと結ばれていた。もしそれが本当だとすれば、韮崎はなかなかいいところに目を付けたと言えるだろう。二人の女の写真がビデオプロジェクターに映し出されると、どこからともなく感嘆の溜息《ためいき》が漏れた。二人とも、いい女だった。顔の造作と胸の大きさ以外に自慢するところのない小娘とはひと味違う感じだ。

だが感嘆の溜息という点では、三人目の女の写真がいちばんインパクトがあった。

三人目の女の名は、皆川幸子《みながわさちこ》。その名はごく平凡だったが、彼女の持つもうひとつの名前に、どよめきが起こった。篠原《しのはら》ゆき。十年ほど前まで少しは人気のあった、アイドル歌手だった。映し出された写真は最近のもので、すっかり大人になってしまった篠原ゆきには昔の輝きのようなものはなくなっているが、それでも面影はそのままで、麻生の耳には篠原ゆきの甘えたような舌足らずな歌声がすぐに響いて来た。芸能界に詳しいわけではないのではっきりとは憶《おぼ》えていないが、確か、アイドルとして売れなくなってから映画で裸になって話題になり、その後、自殺未遂騒動か何か起こして消えてしまったのではなかったか。

「……こちらで摑んでいる愛人関係は以上のところですが、韮崎誠一はバーのホステスなどとも行きずりの関係を結ぶことがあり、また、出張ホストのような形で少年を買うこともたびたびあったようですので、そうした関係の中で比較的頻繁にガイシャと逢っていた者がいないかどうか、今後の捜査で判明させることが重要だと考えます」

「おさかんなことで」

隣りに座っている及川が小声で呟《つぶや》いた。同感だった。韮崎が自分と同年代であったことを考えると、信じられないような気持ちになる。セックスの回数の問題ではなく、それほど大勢の人間と愛情やそれに付随した人間関係を維持できるという、その根気に、だ。麻生自身は、槙ひとりでもこれ以上重い関係になるのは辛《つら》いと感じていた。誰かを愛すればいずれ傷つくことになる。傷つかない愛などというものは、麻生にはもう信じられない。

「愛人以外で、韮崎誠一が警戒心を抱かずにホテルの部屋に招じ入れただろう女性、という観点から、一応報告しますが」

及川の部下は生真面目な顔で続けた。

「韮崎誠一には姉と妹がおります」

失笑が漏れた。いい歳して、女きょうだいの前で裸で風呂に入っている韮崎、という構図は確かに、おかしい。

「二人とも韮崎誠一とは腹違い、つまり母親を異にしております。姉は韮崎より五歳年上、名前は氷室佐和子、氷室貿易社長夫人。妹は三歳年下で、鬼塚あつ子、鬼塚恭二の妻です」

今度はどよめきだった。鬼塚恭二、政界とも繋がりが深いと言われている大物の総会屋。まさか、韮崎が鬼塚を怒らせたか何かで……？

「ちなみに、この二人には昨夜から今朝未明までアリバイがありました。氷室佐和子は現在まだ、スペインのマドリードにおります。ホテルで所在の確認は取れました。友人の女性三人と旅行中です。鬼塚あつ子は昨夜から夫と共に福岡で、本日の午前零時半頃、ホテルの部屋にルームサービスを頼んだ際、料理を運んだボーイがあつ子を確認しておりまして、また、今朝八時半頃、福岡の同じホテルであつ子本人と連絡が取れています。東京福岡間を八時間で往復するのは飛行機を使わなければ難しいでしょう」

当たり前と言えば当たり前だが、韮崎の姉や妹が犯人だとは、この会議の出席者の誰も思っていないだろう。鬼塚恭二が何かの原因で義兄の韮崎と対立し、その命を狙ったとしても、わざわざ妻に殺人を犯させるわけがない。

「韮崎の直近の血縁者で存命しているのはこの二人だけです。親戚《しんせき》はもちろんおりますが、韮崎は日頃から春日組に関係のない親戚とは絶縁状態であったようでして、ホテルの部屋に警戒もしないで招じ入れるほど信頼していた親戚というのは存在していないと考えられます」

「……次に韮崎の個人資産についてですが」

及川の別の部下が立ち上がった。

「預貯金の正確な把握はまだできていませんが、メインの取引口座である大東銀行の普通預金口座に七百万強、当座に一千万、定期預金が総額で七千万強あることは判明しています。しかし他の銀行にも多数口座を開設していたと思われ、今、顧問税理士に数字の提出を要請しているところです。他に株券が銘柄四十数件で時価総額五億円程度、不動産が歌舞伎町の雑居ビルや伊豆《いず》高原の別荘など十軒あり、これらの総額は七億円程度になると思われます。以上は総《すべ》て個人名義の資産でして、他に会社名義の動産・不動産は多数あります。いずれの会社も韮崎が代表を務めていました。個人資産の相続に関してですが、まず韮崎の父、韮崎誠太郎は春日組の幹部組員で、十九年前に死去、母親は八年前に病死しています。妻子はなく、認知をしている実子もいない為、法定相続人はさきほど名前の出た姉と妹の二人ということになります。また遺言は作成していたようでして、これについては韮崎の顧問弁護士である高安晴臣弁護士が、早ければ明日にでも開封する予定になっています。遺言の内容によっては、姉と妹の他に相続人がいる可能性はあります」

「ガイシャ個人に関する情報で補足することがある者はいますか」

進行役の一課長がマイクに向かって言ったが、誰も手は挙げなかった。

「では続いて、事件現場であるホテル・グランクレール東京について。概要から行きますか、それとも今朝の聞き込みから?」

「概要からお願いします」

麻生が言うと一課長は頷《うなず》いて、新宿署の報告を先にするよう言った。山背が苦笑いしているのが、麻生の目に入った。

「グランクレール東京は地上四十階建て、総客室数七百八十室、昨夜、十月十六日の宿泊者総数は八百七十四名でした」

麻生は溜息を漏らしそうになった。八百七十四人。その全員が今のところ、容疑者ではないとは言い切れないのだからうんざりする。

「このうちガイシャと同じ三十二階に宿泊していたのは二十三名。ホテルの施設は、地下一階から三階までが駐車場で、一階は大東銀行の西新宿支店、二階がホテルのロビーとコーヒーショップ、飲食店、花屋など、三階から五階までがショッピングモールと飲食店、四階から七階までが宴会場や写真室、貸衣装店、美容室、理容室など。店舗はいずれもテナント営業です。八階にはテラス形式になった半屋外プールがあり、七月十日から九月五日まで営業します。九階と十階はホテル従業員専用施設と事務所などで一般客の出入りはできません。十一階から上は客室になりますが、十三階は名称としては設けられておりません。客室は三十五階までになっており、三十六階はフィットネスセンターとエステティックサロン、ホテル診療所があり、三十七階が室内プール、スパなどの諸施設、三十八階から最上階までは、メインダイニングや展望バーなどのホテル直営の飲食施設が入っています」

この長い説明の果てにはっきりしたことは、およそ東京中の総ての人間が、誰にも見とがめられることなく三十二階にたどり着くことができた、しかも簡単に、ということだった。麻生がまたうんざりしかけた時、捜査員は、「ただし」と一際大きな声をあげた。

「ただし、被害者が泊まっていた三十二階から上の客室フロアは、特別な鍵《かぎ》がないとエレベーターが停止しない仕組みになっていました」

「そこのところは詳しく説明して下さい」

麻生が声を掛けると、新宿署の若い刑事は得意げな表情をちらっと見せて一度咳払《せきばら》いした。

「このホテルでは、三十二階と三十三階に、エグゼクティヴフロアというのを設けています。また三十四、三十五階はスィートルーム専用フロアです。これらのフロアに宿泊する客は、チェックインの時に渡されるルームキーを各エレベーターの鍵穴にさし込んだ上で停止ボタンを押すと、それぞれの階にエレベーターが停止するわけです。他のフロアのキーでは停止ボタンで指定してもエレベーターは停まりません。ただしエグゼクティヴフロアもスィートルームも会員制というわけではありませんので、予約時に申し出れば誰でも宿泊は可能です」

「つまり、三十二階に行こうと思えばそのフロアのルームキーが必要だということですね？」

「いちおうはそういうことになります。しかし避難用の非常階段を使えば三十二階にも非常口から出入りできますし、もちろん、ホテルの従業員はそうした特別なフロアにエレベーターを停止させる為の鍵は所持しています」

「乗る場合はどうなんでしょうか」

麻生が訊《き》くと、新宿署の捜査員は何度か瞬《まばた》きしてからやっと理解して答えた。

「あ、ロビーに戻る時などですね。乗る時には鍵は必要なくて、フロアのボタンを押せばエレベーターは停止します」

「どうもありがとう」

麻生が礼を言ったので、捜査員はまた目をぱちくりした。

「それじゃ、次に今朝ホテルでの聞き込みで判明した事実について報告して下さい」

一課長の言葉を受けて麻生が頷いて見せると、静香が立ち上がった。静香に報告させるというのは山背のアイデアなのだろうが、けっこう刺激が強かったようで、広い会議室にごく小さな動揺が広がっている。

「被害者が宿泊していた三十二階での聞き込みから判明した事実を報告いたします。さきほどの報告にもありましたが、昨夜のこのフロアの宿泊客は十二組二十三名、内訳は、シングル利用が七名、ツイン利用が五組十名、トリプル利用が二組六名となっています。ただしこのフロアの部屋はどれも基本的にはツインルームですので、シングル利用でチェックインされた部屋に、違法に誰かが寝泊まりすることは充分可能です。二十三名の内、十四名については宿泊者名簿に氏名がありますが、残り九名は性別しか書き込まれておりませんでした。名簿には同宿者の氏名を書き込む欄もありますが、ホテル側の説明では、通常、同宿者の氏名まできちんと書き込む利用者は少ないとのことです。性別は備品の選択に必要なので、予約時またはチェックインを担当したフロント係ができるだけ書き込むようにしているそうです。しかし被害者と同室していたと思われる人物を除く二十一名については、今朝から順次事情聴取を行って氏名及び年齢、性別、住所などの確認を急いでおります。このリストは確認作業を経た後、午後には配布できると思います。被害者自身は宿泊者名簿に「河瀬誠一」と偽名を書き込んでおりますが、連絡先等は本人のものになっていました。新宿のホテルでは暴力団関係者の氏名リストがホテル間に流されており、被害者はそれを知っていて偽名を使用したと思われます。ただし、この河瀬という名字は、被害者が実父である韮崎誠太郎に認知され、韮崎籍に入る前の本名で、実母の名字です。このことから、被害者自身は強く身元を隠そうとする気はなかったように思われます。チェックインの際に被害者は二十代後半と思われる女性を一名同行しており、予約時からツイン使用での予約でありました。チェックインは昨日の午後三時十七分、この時ベルボーイが二人を部屋まで案内していますが、その後はこの部屋からの要請はなく、ルームサービスも利用していません。外線電話もかけられた記録はなく、外部から電話が入った記録もありません。被害者の護衛目的で別途ホテルにチェックインした第一発見者の二名は、被害者より二十分ほど早く、三時少し前に現れています。こちらの二人は外線電話四回と室内の冷蔵庫の飲料、ルームサービスなども利用しています。この第一発見者二名ですが、氏名は、沢木卓二・三十七歳と高嶋則男《のりお》・二十二歳。ともに春日組の組員で、被害者の舎弟分のようです」

四課が提供した二人の写真が、プロジェクターに映し出される。氏名と年齢もちゃんと入っていた。ここで静香が座ると、また音にならない溜息《ためいき》のようなものが室内に流れる。捜査員の中には、静香に見とれていてメモを取り損なった奴もいたかも知れないな、と麻生は考えた。

「二人の供述を要約するとこうなります」

次に立ったのは、麻生の班ではもっともからだが大きく、毛深く、色黒で、その割に顔は童顔で目元がくりっとしているので、当然のようにクマと渾名《あだな》されている、井上慎吾という巡査部長だった。山背が信頼している部下でもある。静香の後でクマ、という取り合わせは、なかなかなもんだな、と麻生は思った。

「沢木は被害者から、三時までにホテルにチェックインして待機するよう指示されたそうです。ところが四時前になって被害者から携帯電話に連絡があり、八時までは組事務所に戻って普通に仕事をしていていいと指示が変わったそうです。それで二人は一度ホテルを出て組事務所に戻りましたが、被害者は事務所にはいませんでした。八時になり、二人はホテルに戻り、ルームサービスで食事をしながら被害者からの指示を待ちました。九時近くになってやっと指示が入り、何時になるかわからないが必ずホテルには行くので、今夜はそのまま部屋にいるように言われたようです。それで二人は酒を飲みながら部屋に閉じこもっていたわけですが、丁度日付が変わる頃にまた連絡が入り、今三二二四号室に戻った、今夜はこのまま泊まるが、こちらから連絡しない限りは電話はしなくていいと言われました。この電話が、被害者の声を彼等が聞いた最後になったわけです。つまり、被害者はホテルにチェックインした後、すぐに外出し、午前零時近くになってようやく部屋に戻ったと考えていいと思います」

クマが手帳を閉じて着席すると、まるで練習を積んだパフォーマンスのように、相川保が立ち上がった。

「この点には補足すべき事実があります。被害者は常日頃から大変に用心深く、ホテルに限らず閉鎖された空間に他人と入る時には、必ず護衛を近くの部屋に待機させていました。そして一時間に一度はその護衛に自分から連絡して無事を知らせていました。その知らせが三十分遅れたら、理由を問わずに押し入って救出するような手筈《てはず》になっていたそうです。それがどうしたわけか、昨夜に限っては、そうした安全確認をしなかったわけです。この点には留意すべきだと考えます」

「つまり、ホシはガイシャの単なる顔見知り以上に、ガイシャが絶対的に信頼していた人間だったと考えていいわけだな?」

及川が保に質問したが、もちろんただの確認だ。及川も、そして他の誰しもが、昨夜の現場を見ていれば犯人が韮崎のごく親しい人間だったろうということは想像ができる。麻生が軽く頷《うなず》いてやると、保は声を大きくして言った。

「そう考えるのが順当だと思います」

捜査の方向は、この瞬間に固まった。犯人は韮崎が信頼し、間違っても自分に刃《やいば》を向けないと確信していた人間。

ホテルの従業員に対しての聞き込みからは、大した情報は得られていなかった。韮崎も、そしてチェックインの時に顔を見せていた若い女の姿も、従業員が記憶している範囲では目撃されていない。しかしグランクレール東京の構造からして、ホテルマンに姿を見られずに出たり入ったりすることは少しも難しいことではないのだ。韮崎は室内でももっぱら携帯電話を使っていたようで、通話記録からは何も出て来なかった。三十二階の客への事情聴取は捜査会議の間もホテルの会議室を借りて続けられているが、今のところ捜査の進展にかかわるような重要証言は出て来ていない。そちらの事情聴取には新宿署の捜査員と、麻生の班からも三人が出向いてあたっていた。

機動捜査隊からはホテル周辺や駐車場を中心に、殺害時刻前後に不審な行動をとっていた人物、車などに関する捜査結果が報告されたが、これといった情報は集まっていなかった。ただこの線の捜査は重要だ、と麻生は思った。殺害犯人が宿泊客ではなかったとしたら、真夜中に西新宿からどこかへ逃げなくてはならなかったはずだ。タクシーを使ってくれていれば万々歳だが、そううまくは行かないだろう。

捜査四課のおかげで、第一回目の捜査会議としては異例なほど、情報が手に入った。捜査本部長からの檄《げき》が飛んで会議が終了すると、山背はあっという間に新宿署と八係の捜査分担を決めてしまった。人をつかう能力は、間違いなく自分より山背の方が上だと麻生は思う。第二回目の捜査会議は夜の八時。麻生班は静香を除いて新宿署に泊まり込みになる。静香も泊まり込みをさせてくれと言い張っていたが、麻生は許可しなかった。女性差別だと糾弾されても仕方ない。静香が隣りに寝ていて冷静でいられる男の捜査員などそうそういるものではないのだ。それでなくても少ない睡眠時間を削られる被害者は出したくなかった。だが静香の行動力は麻生の予想を上回っていた。静香は会議の手伝いに来ていた新宿署の交通課婦警と話をつけ、どこかに安全な寝場所を確保してしまった。

「わたしも泊まり込みますから、係長」

静香はきっぱりとそう言った。

2

「あんたの言い分はわかるけどね」

先月所轄の刑事課長から戻って着任したばかりの捜査一課長、清水は、頭をかく仕種《しぐさ》をしながら苦笑いした。

「宮島を現場で鍛えるってのは上の方針なんだよ。ここに置くとしたらあんたのとこしかないだろう? 誰の目から見たってさ、あんたがいちばん、その何だ、ジェントルマンなんだから」

清水の選んだ言葉の滑稽《こっけい》さに、麻生も苦笑いした。

「しかし課長、正直言って、うちの若い男どもが浮き足立ってるんですよ」

「これからの時代はもう、デカ部屋に若くてしかも美人の女がいるなんてのは、当たり前の光景になる。慣れないと仕方ないんだ。それにさ、そう長いことじゃないと思うよ。数年一課においたら、新しいプロジェクトの柱にするつもりだろう、上も。大阪府警や神奈川県警はもうだいぶ先に行ってるからな、性犯罪専科の女性捜査隊の組織化と強化ってのは警視庁にとっても早急な問題なんだ」

　麻生は肩を一度上下させ、大袈裟《おおげさ》に溜息をひとつついて引き下がることにした。

「それよりどうなの、韮崎殺しは。抗争事件じゃないってのは本当なのかね」

「はっきりとはまだ。単なるヒットマンや鉄砲玉による殺害ではないってのは確実だと思いますが、だからと言って抗争事件じゃないとは断言できないですからね」

「四課は及川が動いてるんだろう？」

「当然そうです。春日組に関することなら、及川は日本一詳しい」

　清水はまた困ったような笑いを見せた。

「しかしあの男と組むとなると、おいしいところは全部向こうに持って行かれることは覚悟しないとならんな」

「しょうがないでしょうね」

　麻生は頷いた。

「向こうにも言い分はありますからね、韮崎に関しての情報は全部提供したんだから、捜査の成果で代金を払ってくれってことです」

「あんたが担当で助かったよ。及川とうまくやれる人間なんてのは、この本部ビルをくまなく探してもほんの二、三人だ。ま、頼むよ。何とか早く解決してくれ。暴力団の幹部なんか殺されたって社会は痛くも痒《かゆ》くもない、だがそれがきっかけで抗争が激化することにでもなったら、警視庁全体の威信にかかわる問題になるからな」

＊

病室の前の廊下には保が座っていた。腕組みしたまま目を閉じているのでうたた寝しているのかと思ったが、麻生が近づくと即座に反応した。

「係長」

「見張りか。ヤマさんがいろって？」

「及川さんですよ。目を覚ましたらすぐにジュクに引っ張って来てくれって」

「なんでおまえが及川の命令なんかきいてるんだ」

「すみません」

「いや、謝らなくていいけどな」

麻生は笑った。

「脅されたんだろ」

「って言うか、迫力負けです」

保は照れ笑いした。

「当然みたいな顔で言われたもんで、なんか錯覚しちゃって。及川さんってやっぱりすごい威圧感、ありますね」

「もういいから自分の仕事に戻れよ」

「いいんですか？」

「構わないさ。それよりな、保。頼みがあるんだが」

「何でしょうか」

「山下のことだ。あいつにちょっと気をつけてやっててくれるか。どうも仕事が上の空みたいで気になるんだ。今はどこにいる?」

「たぶん所轄と組んで、韮崎の女のアリバイのウラ取ってると思います」

「ヤマさんには相談しとくから、明日からおまえ、あいつと組んでくれ」

「わかりました」

保は大股《おおまた》で廊下を消えて行った。

病室のドアを軽くノックすると、すぐにあの女が顔を出した。麻生の姿を見て、片方の眉《まゆ》だけをひくりと上げる。

「さきほどはどうもありがとうございました」

別に皮肉ではないらしい。口調にトゲはなかった。

「舌を嚙《か》まないように気遣っていただいたんですってね」

「君は、あの男の女房か母親みたいな物言いをするね」

「いけませんか」

「いや、別に」

「癖ですから気になさらないでください」

「わかった。それで、君の名前を聞いたかな」

「及川警部さんは知ってます」

「及川は知ってても、俺は知らないんだ。教えて貰《もら》ってもいいかな」

「長谷川環《たまき》」

「環さんか」

「姓を呼んでいただけますか」

「長谷川さん。中に入らせて貰ってもいいだろうか」

「尋問ですか」

「いいや」

麻生は目を細めた。

「私用だ」

環は警戒するような目つきのままで数秒黙り、それからからだを斜めにして麻生が通れる隙間を開けた。

病室は個室で、冷蔵庫にテレビも完備された贅沢《ぜいたく》な部屋だった。救急で運び込まれたのに手回しのいいことだ。

山内は、半身を起こしたまま窓の外を見ていた。麻生が近づいても振り向かない。

「もう大丈夫なのか」

声を掛けたが、返事はなかった。

「酒はほどほどにした方がいい。俺も数年前に溺《おぼ》れかけてな、肝臓に来た」

麻生はベッドの脇に置かれた椅子に座った。座面に微《かす》かな温《ぬく》もりがあるのは、今さっきまで環がそこに座っていたからだろう。

「ほんとに、久しぶりだったな。こんなふうに再会するとは、予想外だった」

「予想なんかしてなかっただろうが」

山内はまだ窓の方を見たままだった。

「忘れてたくせに」

「ああ、忘れてたよ」

麻生は息を吐いた。

「できればずっと忘れさせておいて欲しかったたな。こんな形で思い出さなくちゃならないなんてのは、最低だ。失望したよ」

「失望？」

「ああ。いったいこれは何なんだ？　あの時俺はおまえに言っただろうが。これで終わりじゃない、おまえの人生はまだ先が長い。いくらでも取り返せるんだからって、さ」

山内はやっと麻生の方を向いた。笑い出しそうな顔だった。

「そんなこと言ったの、あんた」

「言った」

「悪かったな、忘れてたぜ」

「実刑だったんだってな……正直、驚いた。あのケースなら執行猶予がつくと思ってたんだけどな。裁判で何かあったのか？」

「別に」

山内は欠伸《あくび》をした。

「興味があんなら、自分で調べれば」

「そうだな、暇ができたらそうする。何年だ？」

「二年」

麻生は思わず姿勢をただした。

「そんなに長くか？……そうか……辛《つら》かったな。しかし、だからって出てからヤクザってのはお粗末じゃないか」

「ヤクザって何だよ。俺は民間人だぜ」

「韮崎なんかとつるんで商売してりゃ堅気とは言えんだろうが。いったいどこで韮崎と知り合った？」

「根ほり葉ほりだな」

山内は笑った。

「ひょっとして俺、容疑者？」

「そうかも知れん」

麻生は上着を脱いだ。病室にはもう暖房が入っているのか、やけに暑い。

「今の段階では東京中、いや、日本中の人間が容疑者だからな。そうだ、おまえに伝言だ。目が覚めたら新宿署に来いと及川が言ってた」

「行くよ。あんたが帰ったら」

「韮崎とはどんな関係だったんだ?」

「及川のダンナから聞けば」

「おまえの口から聞きたい」

「悪趣味だな」

「基本だ」

「何の?」

「殺しの捜査の、だ」

麻生は真直ぐに山内の目を見た。麻生は内心得意だった。この段階での嘘を見抜くことには自信があった。

「事業のパートナーだった」

「それはわかってる」

「わかってるなら訊《き》くなよ」

「セックスはしてたのか」

「露骨だな」

「恥ずかしがる歳でもあるまい」

山内は笑い出した。

「あんたさぁ、問題の本質がずれてないか」

「どうして？」

「普通は恥ずかしいとかそういうことじゃないだろう、おまえはホモかって訊いてんだぜ、あんた」

「違うな」

麻生は観察した。こいつが殺《や》ったのなら、たぶん、自分にはわかるはずだ……たぶん。

「そう訊いてるわけじゃない。ホモの全部が韮崎と寝るわけじゃないだろう？」

「屁理屈《へりくつ》だろうが、それは」

「悪かったな。俺は頭が悪いんだ。俺が知りたいのはおまえと韮崎がどんな関係にあったのかってことだけなんだがな」

「愛してた」

山内は、自分の名前でも言うように素気なく言った。

「大好きだった」

「そうか」

わからなかった。麻生は軽いショックを受けていた。わからないのだ。どうしてだ？

こいつが韮崎を殺したのかどうか、わからない。

「寝た回数とかも訊きたい？」

「憶《おぼ》えてるなら教えてくれ」

山内はまた笑った。

「あんたって変わってないな」

「そうかな」

「昔のまんまだ。鈍感で残忍だ。昔はもうひとつおまけに、卑怯《ひきょう》だったけどな」

「あまりいい気分じゃないな、卑怯だと言われるのは」

「違うと言えるか？」

「いいや」

麻生は観察を止めた。

「言えないだろうな……憎んでたのか？　ずっと」

「誰を？……あんたをか？」

「うん」

「自惚《うぬぼ》れが強いんだな、見かけによらず」

「そうかも知れない。だが俺の勘違いでなければ、おまえは今、俺に絡んでる」

「絡んでるのはあんたの方だろうが」

山内はうんざりした顔になった。

「着替えて及川のダンナのとこに行く。もう帰ってくれ」

麻生は立ち上がった。

「なあ、山内」

「なんだよ」

「足、洗ったらどうだ。もう韮崎は戻って来ない。及川も言ってたろ、潮時だろうって」

山内がじっと麻生の顔を見た。

「大きなお世話だ」

「わかってる。普通なら俺も言わないよ、こんなことは。でもな……俺にはまだ、信じられないんだ。なんでおまえがヤクザなんかになったのか」

「理由を知りたい？」

「ああ」

「簡単なことだぜ。誠一がヤクザだったから、それだけだ」

「そうか」

麻生はドアを開けて病室を出た。

長谷川環が廊下に立っていた。

「ありがとう」

麻生は環に言った。

「気を遣わせたね」

「用件は済みました？」

「うん」

「アリバイでしたら、ありますよ」

麻生は環の顔を振り返った。

「何の話？」

「社長を疑ってらっしゃるんでしょう？　社長にはアリバイがあるって言ってるんです」

「面白いね」

麻生は廊下に置かれたソファを顎《あご》で示した。

「座って話そうか」

環は素直に腰をおろした。

「山内社長のアリバイを君が証明できる、そういう意味だね？」

「ええ。韮崎さんが殺されたのは午前零時から三時までの間でしたよね」

「誰に訊いたの？」

「沢木さんが組に連絡した時にそう話したって聞きましたけど、違うんですか？」

「いいや」麻生は顎をひねった。「そういうことにしておいていいと思う。で？」

「一緒にいたんです、あたし。ゆうべは社長とずっと一緒でした。社長はどこにも出掛けていません」

　麻生は手帳を取り出した。手帳にメモを取るのは随分久しぶりだった。

「正確に行こうか。君は、ゆうべの何時から何時まで山内社長と一緒にいた？」

「仕事は五時半に終わりました。社長は会食があるからと出掛けられたので、一度アパートに戻ったんです。九時に友人から呼び出しがかかって六本木に行きました。何軒かはしごして、十一時半に友達と別れて社長のマンションに行きました」

「どうして？」

「何となく、です」

　環は平然と言った。冗談でもないようで、にこりともしない。

「お酒をかなり飲んでいて、そのままアパートに戻っても面白くないと思ったんです。電話をすると社長は部屋にいて、来てもいいと言ってくれました。ですから行きました。南青山のあの部屋に着いた時はまだ十二時前でした。そのまま、韮崎さんが死んだと電話があるまでずっと一緒でした。電話の後、社長はすぐ飲み始めてしまって、あんな状態になってしまったので、帰らずにそばにいたんです」

「ひとつ、失礼なことを訊いてもいいだろうか」

「構いません。社長とセックスしていたかどうかでしょう？　あなたが知りたいのは。していません」

「だったら、何をしていたの？」

「社長がですか？　それとも、あたしが？」

「二人で何かしていたんじゃないの」

「いいえ。社長は仕事部屋にいて、あたしは居間にいましたから。テレビを見ていたんです。有線のインディーズ・バンドのライヴです。少しお酒も飲みました」

麻生は手帳を閉じた。

「長谷川さん、君はときどきそうやって、社長の部屋に遊びに行くのかな」

「ええ」

「何の為に？」

環は、不思議な笑みを顔に浮かべた。

「社長が好きなんです。片想いですけど。あたしの言葉はアリバイとして認めては貰えないんでしょうか」

「そうだな……」

「あたしは社長の血縁者ではありませんよ」

「うん。しかし、赤の他人というわけでもない。ひとつだけ念押ししておくけれどね、裁判で嘘のアリバイを述べればもちろん偽証罪に問われるが、それ以外の時でも故意に嘘をついて捜査を混乱させたりすると、捜査妨害という罪になるよ」

「嘘ではありませんから、問題ないはずです」

「嘘でないなら、確かに。いずれにしても、確認させて貰ってもいいかな。六本木で一緒だった友達の名前と連絡先、それから、六本木で行った店の名前と場所。今から新宿署に行って、俺の部下に話して欲しい」

「わかりました」

「どっちみち山内社長は及川に呼ばれているから、一緒に来て貰ったらいい。捜査本部で、本庁の麻生に呼ばれたと言えばわかるようにしておくから」

「はい。でもアリバイなんてあってもなくても、社長が韮崎さんを殺すはずはないんです」

「どうして？　社長が韮崎を愛していたから？」

「愛して？」

環は言って、一度目を大きく見開いてから大声で笑い出した。

「関係ないわ、そんなの。愛なんて人を殺す言い訳にはなっても、人を殺さない言い訳にはならないじゃないの」

環の言う通りだと、麻生は思った。それまでの刑事生活で、愛を理由に殺人を犯した人間は大勢見て来たのだ。

「そうじゃないわよ。社長がわざわざ韮崎さんを殺す理由なんかなかったって意味よ。社長は韮崎さんより総《すべ》てにおいて上だった。なのにどうしてわざわざ、韮崎さんを殺したりしなくちゃいけないの？　韮崎さんの方が社長を殺そうとしたって言うならわかるけど」

麻生は及川の言葉を思い出した。

「そんな事実が、過去にあったのか？」

環は射るような目で麻生を睨《にら》んでいた。だがその目の奥には笑いがあった。

「さあ、知りません。でも韮崎はね、自分の思い通りにならないと何でもする男だったのよ。社長は韮崎の思い通りにならなかった。韮崎はそういうのが我慢できない奴なの。だから社長を殺そうとしたことだって、あったかもね」

「君は、韮崎が嫌いだったみたいだね」

環は唇の端を少しだけ持ち上げた。笑ったのかそれとも、不愉快なのでそうしたのかはわからなかった。

「ええ、嫌いだったわ。でもあたし、殺してなんていないわよ、あいつを」

環は足を組み替え、顎を少し突き出した。そうしたポーズを取ると、夜の世界の女にも見える。

「どうせ調べたらわかっちゃうことだわよね。話しておいてもいいわ。聞きたい？」

「捜査の役に立つことなら聞きたいね」

「役に立つかどうかなんて知るもんですか。だいたい、あたしは韮崎を殺してくれた人に感謝状をあげたい気分なのよ、わかる？　犯人なんて永久に捕まらなければいいのよ。でもそうするとあんたたちは、社長を陥れようとするに決まってる。特にあの及川は、このチャンスを逃すもんかって思ってるわ。韮崎を殺した犯人にはうまく逃げて貰いたいけど、その為に社長が濡《ぬ》れ衣《ぎぬ》で逮捕されたんじゃたまんないものね。韮崎を恨んでる人間なんて、それこそ掃いて捨てるほどいるわよ。あたしだってそうよ。もしそんなチャンスが巡って来てさえいれば、あたしが殺したかも知れない、あの男を」

「何があったんだ、韮崎との間に」

「よくある話よ。親の借金を返す為に妹と一緒にお風呂《ふろ》に沈められたの。わかる？」

環は表情も変えなかった。

「ソープよ。売られたのよ。関西で五年、徹底的に働かされたわ。アソコがぼろぼろになって、医者から一年はセックスするなって言われたくらいよ。でもね、気を抜いたら転がされるから、必死で節約して借金を返したの。それで、韮崎に復讐《ふくしゅう》してやりたくて東京に戻ったのよ、あたし。刺してやるつもりだったの。その後で殺されたって構わないと思ってた。だって……妹は死んじゃったんだもの。自殺したの」

環の瞳《ひとみ》が異様なほど光っていた。まるで肉食獣のようだな、と麻生は思った。

「それで韮崎がよく行く赤坂のバーにホステスで潜り込んで、韮崎に抱かれるチャンスを待ったの。ようやくそんな機会が来て、ホテルの部屋に入って二人きりになって、刺そうと思ってナイフを出した途端に殴り倒されたわ。あいつはあたしの顔を憶《おぼ》えてたのよ。五年も前に一度しか会ったことなかったのに」

環はおかしそうに笑った。

「顔が変わるほど殴られてから、五、六人にマワされたわよ。ほんと、馬鹿みたい。それで殺されるんだと思って覚悟してたら、イースト興業で働けって言われたの。おまえぐらい根性が据わった女なら、練とうまく行くだろうってさ。お化けみたいに顔を腫《は》らして、アソコから血を流してガニ股《また》で歩いてるあたしに、そのままイースト興業に行って面接して来いだって」

環があまりおかしそうに笑うので、麻生もつられて笑った。

「韮崎は君を赦《ゆる》したんだな」

「どうかしらね。刺激になるとでも思ったんじゃない？」

「刺激？」

「自分を殺したいほど憎んでる人間がいつもそばでうろちょろしてるのって、刺激的でしょ？　韮崎は変態だったもの。あいつ、社長を縛って犯してるビデオとか持ってたんだから。あたし言ったのよ、あたしのこと殺さなかったこと、絶対後悔するわよって。でもへらへら笑ってたわ……まったく、誰が韮崎殺してくれたんだか知らないけど、どうせ殺すならもっと苦しめてやれば良かったのにさ。あたしなら、ピアノ線か何かで首を絞めてやったわ。それも少しずつ少しずつね。さてと」

環は立ち上がった。

「これであたしも容疑者？」

「難しいところだな。君は山内社長のアリバイを証明している。その君が容疑者になるということは、自動的に山内社長のアリバイもなくなるということだ」

「ゆうべのことは本当よ。社長は殺してない」

「君も？」

「ええ、あたしも。それだけは本当。でもね」

「でも、なに？」

「今さっきの身の上話は、ぜんぶ、嘘」

環は高らかに笑って、病室の中に戻って行った。

3

「あんたのせいじゃない」

麻生は苦り切った顔で頭をかいている山背を元気づけるように言った。

「静香も素人じゃないんだ、警察に協力的な証人ばかりじゃないってことも体験しとく意味はあるさ」

「しかし相手が悪かった」

山背は大きな溜息《ためいき》をついた。

「まさかそんなに口が悪いなんて、見た目じゃわかんないもんだ。いや、相当きつそうな女だとは思ったけどさ」

「きついだけじゃないぞ。あの女は顔色ひとつ変えずに大嘘をつく」

麻生は、病院で麻生をからかった時の環の顔を思い出した。

「俺に涙もんの身の上話をさらっと聞かせて、完全に信じたところで全部嘘だと吐《ぬ》かした」

「嘘だったの？」

「わからん」

麻生は笑った。

「まあ念のため調べておいた方がいいかも知れんな。その話によれば、あの女は韮崎を殺したいほど憎んでいたってことになるんだ。しかしまあ、あの感じだとやっぱり嘘だろう」

「なんて女だ。こんな状況でよくそんな嘘がつけるな」

「それだけ俺達の捜査能力を信じてくれてんのさ。嘘ならすぐバレる。バレれば疑いも晴れる」

「ふてぶてしい女だ」

「まったく」麻生は頷《うなず》いた。「だからこそイースト興業で働いてんだろうけどな。で、静香は？」

「気が収まるまで単純作業させた方がいいと思ったんで、ホテルの宿泊客の身元確認をやらせてるけど、良かったかな」

「あの子のことはともかく、あんたに任せるよ、ヤマさん。俺はどうも、若い女は苦手なんだ」

「俺が得意だと思うか？」

山背は大袈裟《おおげさ》に肩を上下させ、部屋を出て行った。

確かに、山背も若い女は不得意だ。麻生はひとり笑いしながら捜査本部になっている会議室へと向かった。

会議室には、及川と新宿署の刑事課長が座って何か話していた。麻生がドアのところで躊躇《ためら》っていると及川が手招きした。

「警備配置を検討してんだ」

麻生は頷いた。

「大変だな」

「ホシが誰かなんてことより、こっちの方が市民にとっちゃ重大だ。しかしまあ、どうして新宿にはこんなに暴力団事務所が多いんだ？」

新宿署刑事課長の円谷が乾いた笑い声をたてた。

「ま、韮崎が死んだってだけで戦争にはならないと思うけどね」

「円谷さん、お久しぶりです」

麻生は頭を下げた。円谷とは捜査一課で一緒の班になったことがある。

「石橋の龍さんとまた組めて嬉《うれ》しいよ」

「その呼び方は」

麻生は苦笑いした。

「腹が立つかい？」

「いや、なんかこう、自分のことじゃないみたいで」

「石橋を叩《たた》いても渡らない男、って評価はあながち的外れでもないだろう。あんたときたら、自分の部下も含めて一課員が全員ホシだと信じてるヤツでさえ、逮捕を躊躇うんだから」

「臆病《おくびょう》なだけです」

「完璧《かんぺき》主義者なんだな、あんたは。自白に頼らないのがあんたのプライドなんだろう」

「推理小説にかぶれてるだけだよ」

及川が笑った。

「円谷さん、こいつを過大評価しない方がいい。こいつは探偵ごっこが大好きで、警察は大嫌いなんだ、ほんとはね」

麻生は否定しなかった。自分が警察は嫌いなんだ、という指摘は、当たらずといえども遠からずという気がした。

「ともかく、山場は韮崎の葬儀以降に来る」

及川は真面目な顔になって言った。

「春日組がどう動くかで、戦争が始まるかどうか決まるだろう」

「葬儀についてはこっちから何か要請するのか」

「いちおうな。警備の問題もあるし、現実的な話、全国から小指の欠けた連中が大挙して押し寄せたんではたまらんからな。葬儀はできるだけ内輪だけで小規模に行うよう、春日の組長にはお願いにあがらなくちゃならないだろう」

「春日泰三《たいぞう》が承諾するかな。韮崎は泰三がいちばん可愛がってた男だろう」

「承諾するもしないもない。もし必要以上にでかい葬式をやらかして俺たちを混乱させたりすれば、葬式の最中だろうと何だろうと遠慮なく職質と所持品の検査を行って、片っ端から留置場にぶち込んでやるつもりだ。泰三は馬鹿じゃない。俺がどの程度本気かくらいは、察してくれるだろうさ」

及川の横顔には、たった一日足らずで深い疲労が刻まれていた。口の悪さと軽さは相変わらずだったが、韮崎の死は東京の暴力団勢力図を書き替える可能性まである一大事なのだ。

「夕飯は食ったか」

麻生が訊《き》くと、及川は小さく頭を横に振った。

「一緒に行きませんか、円谷さん」

「あ、いや。俺はさっき仕出しの弁当で済ませた。あんたたち、行って来たらどうです、捜査会議が終わるまで待ってたら餓死するよ」

麻生は頷き、及川に顎《あご》で合図した。

「髭剃《ひげそ》ったらどうだ」

麻生が言うと、及川は手で自分の顎を撫《な》でた。

「うえ、だいぶ伸びたな。おまえはさっぱりした顔してるじゃないか」

「さっき、円谷さんの部下に電気カミソリ借りた。何食う？」

「なんでもいい。でも外に出よう」

二人は駅の方に向かってぶらぶらと歩いた。遠出するつもりはないが、暗黙の了解で署員のいない店を探す。新宿駅にかなり近づいたところで見つけた小さなそば屋を覗《のぞ》くと、夕飯時なのに意外なほど空《す》いていた。

麻生は親子丼を頼み、出されたおしぼりで顔を拭《ふ》いた。さっぱりとして気持ちがいい。変なところで神経質な及川は、汚れた麻生のおしぼりにちょっと顔をしかめて目をそらした。

「進展はあったのか」

及川の問いに、麻生は頭を振った。

「何とも言えないな、まだ。今夜の会議で報告するに足るようなネタはあがってない。昨夜の韮崎の行動はだいぶはっきりして来たが」

「不思議な動きだろう」

「うん」麻生は頷いて茶をすすった。「ゆうべ韮崎がホテルで密会した相手はかなり特別な人間だったことは間違いないだろう。ホテルに前もって予約を入れてるし、組の連中には名前も何も一切明かしてない」

「どうもわからんのだ……韮崎はどうして、そんなに用心深く密会相手を秘密にしておきながら、まったく警戒していなかったのか。韮崎が春日泰三を裏切って敵対組織の誰かと内密の相談でもしたって線も考えたんだが、そうだとしたら、いつも以上に神経質になっていないとおかしいしな」

「プライベートか」

「……まだわからんが……」

及川はふうっと息を吐いた。

「だとしても、単純な色恋沙汰《ざた》ってことはないな。それはそうと、おまえんとこにいるあの、元オリンピック候補のかわいこちゃん。けっこうきついみたいだな。山内の秘書と取っ組み合いの大喧嘩《おおげんか》になったって？」

「取っ組み合いなんてのは大袈裟だよ。環ってあの秘書がかなりえげつない口をきいたんで、悔し泣きしながら聴取部屋から戻って来たそうだ。具体的にどんなことを言われたのかまでは知らない。あの長谷川って女はいったい、どんな素性の女なんだ？」

及川の注文した天ぷらそばが先に運ばれて来た。及川はそばっ食いで、そばが目の前にある時には他のことは考えない主義だ。麻生は諦《あきら》めて、及川がそばを食べ終わるまで待つことにした。親子丼は五分も遅れてやって来たが、早食いには自信がある。二人が食べ終わったのはほぼ同時だった。

「龍、胃を悪くするぞ」

及川が瞬く間に空になった麻生の丼《どんぶり》を見ながら顔をしかめた。

「長谷川環の素性については、通りいっぺんのことしかわかっていないが、少なくともマエはない。一度、ちょいとイタズラ心起こしてな、あの女の指紋を照合してみたんだ。何も出なかったよ」

「バレたら人権問題だぞ」

「人聞きの悪いこと言うな。俺のライターにあの女が化粧のべたべたがついた指先で触っただけだ。何も騙《だま》して指紋を採ったわけじゃない。ま、いずれにしてもマエは出なかったわけだから、問題にはならんさ」

及川は、ふん、と笑った。

「調べがついた範囲では、長谷川環は京都府宇治《うじ》市の出身だ」

「関西か」

「ああ。何かひっかかるのか？」

「韮崎に関西のソープに売られたって言ってたんだ、自分で。妹と一緒に売られて、妹は自殺した。だから韮崎を殺したいほど憎んでるってさ」

及川は声をたてて笑った。

「あの女の身の上話は俺が聞いただけでも七種類はあるぞ。いちばん傑作だったのは、母親が元祇園《ぎおん》の舞子で、自分はある政治家の落としダネだって話だったな」

「韮崎を憎んでるってのも嘘か」

「どうだかな。わかってる事実はこうだ。あの女は二年前に赤坂のクラブで山内と知り合った。長谷川環は銀座から流れて来た女だったようだ。いきさつはわからないが、山内はあの女を秘書にしてクラブは辞めさせた」

「愛人なのか」

「山内はゲイだ」

麻生は割り箸《ばし》を折った。

「だからって女がいないことにはならないだろう」

「まあな。しかしこっちの感触では、そういうべたついた関係でもないようだ。山内って男は恐ろしく頭がいいだけに、人を見る目もそれなりにあるんだろう。あの女はカミソリみたいに切れる。そこが気に入ってスカウトしたんじゃないかと思う」

「いくつなんだ」

「戸籍を取り寄せたわけじゃないから正確なことは知らないが、本人の話からすれば二十七のはずだ。ま、高校中退してからずっと水商売やってたみたいだし、おまえんとこのかわいこちゃんじゃあ、ちょっと太刀打ちできないタマだな」

「山内の母親みたいな口をきいてた」

「別に不自然でもない。女ってやつはみんなそうだ、違うか？　自分のそばにいる男は片っ端から、息子にしたがるのさ。年上だろうとなんだろうと関係なく、な。まあ考えたらそれが自然の摂理ってやつかも知れん。どんな男でも生まれた時は母親におしめを替えて貰《もら》うんだから、女はそうしたい本能を持ち、男はそうされたい本能を持ってるもんなんだろう……しかし龍、結婚経験があるのは俺じゃなくておまえの方なんだぞ、なんで俺がおまえに女の本質について教えにゃならん」

「結婚経験があるからって女の本質が理解できているわけじゃない」

「真実だな」

及川は立ち上がった。

「理解できていなかったから、おまえは捨てられた」

麻生は及川を睨《にら》んだが、及川は冷笑を浮かべていた。

「それでどうなんだ」

「どうって何が？」

「長谷川環になんで興味を持った？　あの女がホシか？」

「アリバイがある」

「山内と一緒だったってやつだろ？　あんなもんはアリバイでも何でもない」

麻生も立ち上がった。伝票は麻生が摑《つか》んだ。

「俺はまだ、疑いを持つほどあの女を知らない」

「知らないならまず疑え。それが俺たちの鉄則だ」

及川は先に店を出た。

「しかし仮にあの女がホシだとすると、韮崎はなんでわざわざ予約までしてあの女をホテルに呼びつけたのかって問題は残るな」

麻生は黙って頷いた。だがそれはもともと、大した問題ではないという気がしていた。及川は当然のこととして考えているが、麻生からしてみれば、韮崎が密会しようとしていた相手が犯人だということすら、まだ立証された事実ではなく推測のひとつに過ぎないのだ。

いずれにしても、犯人の目星をつけるにはあまりにも材料が少ない。まだまだ先は長いだろう。

「ほい」

及川が自分の分の金を差し出した。麻生は首を振って断った。

「たまには」

「無理すんな。ローン抱えて四苦八苦してるくせに」

それでも首を振ると、及川は金を引っ込めた。

「それでどうだったんだ?」

「どうって何が」

「山内と話したんだろう、病院で」

「少しな」

「素直だったか」

「特に逆らいはしなかった。俺も何も訊《き》かなかったけどな……なあ及川。俺は奴のことを何も知らないから訊くんだが、奴が韮崎を殺《や》ったって可能性は本当にあると思うか」

「可能性の話なんかするな。地球上のすべての人間は人殺しになる可能性があるってのがおまえの持論だったろうが」

　麻生は笑った。

「曲解だ。そんな悪質な持論は持ってないよ」

「何が悪質なもんか。ただの事実だ」

「感情的錯綜《さくそう》があるって言ってただろう」

「わずかでも恋愛感情が発生している場所には必ず感情的錯綜があり、殺意が芽生える可能性がある」

　及川はひどく静かな声で言った。麻生は、ほとんど無意識に及川との距離をはかって歩いた。

「俺の知ってる範囲では、韮崎が生前、山内を殺そうとしたことは確かにあったと思う。だが立証できたわけじゃない。事実として判っていることは、山内が二度、生死にかかわるほどの大怪我をして入院したことがあるということだけだ。一度は全身打撲で骨折箇所だけで八箇所、脾臓《ひぞう》が腫《は》れてあやうく破裂しかかった状態で、三ヶ月病院にいた」

「私刑《リンチ》か」

及川は頷《うなず》いた。

「山内は酔って歩いていて喧嘩《けんか》に巻き込まれたと言い張ってたがな。しかし奴はあんな風に見えて、ボクシングをやっててな、喧嘩にはめっぽう強い。あんなに一方的にやられたなんて話は信じられないし、医者の話では手首に擦過傷があって、何かで拘束されていた可能性が高いってことだった。内輪揉《も》めでも傷害は傷害だ、韮崎を叩《たた》く機会になるかも知れんと病院に日参して口を割らせようとしたが、山内はだんまりを通した。今から二年半ほど前のことだ。二度目は一年くらい前だったが、四谷《よつや》の路上で山内は轢《ひ》き逃げに遭った。目撃者の話では、ノーブレーキで明らかに山内を狙ってはねている。この時も全治二ヶ月の重傷で、一時は危篤まで行った。最初は抗争事件かと思われた。四谷署と一緒に殺人未遂で捜査してたんだが、タレコミから指示したのは韮崎じゃないかってことになったんだ。さすがに二度も殺されかければ山内も考えが変わるだろうと、俺も毎日病院に通って山内を説得したよ。韮崎を売ってもおまえの身の安全は保証してやるとまで言ってな」

「轢き逃げならホシは割れたろう」

「ああ。半月後に割れた。だが一歩遅くてな……そいつは遺書書いて自殺してた。なんで山内を狙ったのかはわからずじまいで、ただそいつの妻子に総額で七千万の保険金が支払われたよ。いくら洗っても韮崎との関係は出て来なかったし、山内も何も言わなかった。俺には信じられないことに、退院すると山内は何事もなかったみたいな顔で韮崎と元の鞘《さや》に収まった」

「愛してたと言ってる」

フン、と及川は笑った。

「二度も殺されかけてか？　それが事実だとしたら、山内は究極のマゾヒストだな……正直、あいつら二人の関係ってのは俺の理解を超えてた。わかっていることはひとつだけだ。山内が突然現れて韮崎の手伝いを始めてから、春日組の金回りは異常なほど良くなった。春日組にとって山内は、金の卵を産む鵞鳥《がちょう》なんだ」

「俺の聞いていた範囲では、韮崎というのは典型的な経済ヤクザだったという話だが」

「義理よりは金を重んじた、って意味ではそうだろうな。もともと親分子分の繋《つな》がりがあってヤクザになった男じゃない。たまたま実の親父が名の知れたヤクザで、そいつには他に男の子供がいなかったんで、妾腹《しょうふく》の子の身で後継ぎに任命されちまった。本人は迷惑だったのかも知れん。いずれにしても、韮崎の主な関心が金にあったことは間違いない。もっとも、その意味じゃあ、今の日本のヤクザはみんな似たようなもんだ」

「その金の亡者が、なんで金の鵞鳥を殴り殺そうなんてしたんだろう」

「いろいろ考えられるさ。たとえば、鵞鳥が命令通りに金の卵を産まなくなったとしたらどうだ？」

「だが事実、産んでいたわけだ」

「命を狙われて仕方なく素直に産むことにしただけで、本当は産みたくなかったのかも」

「二度も殺されかければどんな間抜けな鵞鳥だって逃げることを考えるだろう」

「それは逆だ。本当の間抜けならいざ知らず、少しでも知恵のある鷲鳥なら、殺されるよりはおとなしく卵を産むことを選ぶさ……そしていつの日か、もう一度逃げ出すチャンスを待つ。だが鷲鳥の飼い主がとんでもなくしつこい男で、しかも大勢の部下を持っていた場合には、逃げても逃げても無駄だと思うかも知れないだろう？」

「……で、隙を見て飼い主をつつき殺すことを考えたってことか」

「その可能性もあるってだけのことだ。いずれにしても、愛してただの何だのって戯言《ざれごと》に惑わされるなって忠告だけはしておくよ。クリスマスが近づけば、利口な鷲鳥は飼い主の愛情より食欲を心配するようになるもんだ」

「クリスマスに食うのは七面鳥だろ」

「イギリスでは鷲鳥だろ。七面鳥ってのはアメリカの習慣じゃなかったかな？　ま、どっちにしたって、あのアル中の鷲鳥は今や野良になったわけだ、さてどうするつもりなんだか」

「春日を離れる可能性もあるのか」

「どうかな」

及川は首を振った。

「春日としちゃ、今山内と切れるのは経済的にすごくまずい。春日と神崎《かんざき》は遅かれ早かれ戦争になる、そうしたらチャカをどれだけ仕入れられるか、金でふらふらする連中を抱き込めるかって点が勝負を決めるだろう。つまりは金だ。普通に考えれば、何としてでも山内とイースト興業には春日の側に残っていて欲しいだろうさ。しかし心情的な面では、必ずしも山内が春日に残るのをよしとしない勢力はあるんだ。今の春日の若頭、諏訪と一緒に、ガキの頃から春日泰三に可愛がられて育った武藤って男がいる」

「武藤組の武藤俊介か」

「うん。春日ファミリー一の武闘派として知られている男で、ともかく血の気が多く、昔気質《かたぎ》だ。義理人情の話には弱いが、金が総《すべ》てって連中を軽蔑《けいべつ》している。早く言えば、時代後れな野郎だ。こいつは韮崎のいわば天敵だった。いや、どっちがどっちの天敵だったんだかは知らないがな、ともかく仲は悪かったようだな。そんなだから当然、韮崎の片腕だった山内にいい感情は持っていないだろう。韮崎が死んだ機会に山内を追い出したいと考えても不思議はない。山内は厳密に言えば春日組と直接の繋がりはないんだ。韮崎の友人という立場で春日に金銭的利益をもたらすような取り引きをやっていたことは明らかだが、イースト興業の金が具体的にどうやって春日の金庫に流れ込んでいたのか、正直言えばまだ摑《つか》めていない。通常の企業舎弟とは違っていたようだし、上納金のような形で春日に金を納めていた形跡もないんだ。山内がつくった金は一度韮崎の懐に入り、そこから組に流れていたと見るのが妥当だろう。韮崎が死んだ今となっては、山内としても自分の金を春日に貢ぐ必然性はないわけだな。しかしもちろん、そんなに簡単に割り切れるような問題でもない」

及川は顎《あご》で軽く歩道橋を示した。麻生は頷き、及川のあとについて歩道橋をのぼった。

新宿署を目の前にして、かなり暗くなった高層ビルの谷間にビル風が吹いている。取り出した煙草に火を点《つ》けて眼下の道路を見下ろす及川の横顔は、昔のままだな、と麻生は思った。目尻《めじり》に少し皺《しわ》がある以外は、二十代の頃とほとんど変わっていない。

「金の鵞鳥の卵を一個持ってる奴がいたとして、その一個を手放しただけなら損は卵一個分だ。だがその卵を誰かに奪われたら、損失は実質的には卵二個分になる」

「山内が万一神崎にでも寝返ったら、春日にとっては単に金蔓《かねづる》を一本なくしたというだけでは済まないってこったな」

「ああ。毎日卵を二個分ずつ損するくらいだったら、金の卵を産む鵞鳥なんてものはこの世に存在しない方がいい。手放して誰かの手に渡るくらいなら、絞め殺してローストダックにしちまった方がはるかにお得だ」

「つまり、山内が離れようとしたら春日は奴を殺すってことか」

「そう考える人間が春日組にいたとしても不思議はないってことさ」

「山内には選択肢はないのか」

「ないことはない」

及川は肩を一度上下させた。

「イースト興業を解散し、きっぱり足を洗って堅気になればいい。もう二度と卵は産みませんと泣いて誓えば、まさか春日もどうしてもローストして皿に載せるとは言わないだろう。足を洗った人間をしつこく狙ったとなれば、春日の沽券《こけん》にかかわるだろうからな。伝統は形骸化《けいがいか》されているとは言っても奴らの世界じゃ、堅気にちょっかいを出すのは恥には違いない。よっぽどのことがなければしないだろう」

及川は煙を威勢良く吐き出した。

「と言うのはまあ、希望的観測に過ぎないけどな、しょせん。足を洗ったからと言って、山内の水死体が東京湾を漂う心配が完全になくなるとは誰にも言い切れない。一度裏世界に足を突っ込んだら、寿命の半分は諦《あきら》めなくちゃいけないってことだ。それでもま、俺が奴の友達だったら、ともかくこの機会を逃さずに足を洗えと勧めるだろうな。春日泰三は心臓病がかなり悪化していてもう長くないんだ。泰三が死ねば後継ぎ問題で一波乱あるのは間違いない。それに巻き込まれたら、山内も後戻りはできなくなる」

「本人はどう考えているのかな」

「知らんね」

及川は煙草を投げ捨てた。風に飛ばされて麻生の靴先に転がった吸殻を、麻生は踏みつけて火を消した。

「俺はあいつの友達じゃないからな。だが俺は俺なりに、奴の動向には関心を持っている。はっきり言えば、山内がこのまま春日ファミリーに残るかどうかで、春日組の将来は大きく変わるんじゃないかと考えているんだ。龍、あの野郎は、ある意味では韮崎よりはるかにタチが悪い」

「……どういう意味だ？」

及川はしばらく黙っていた。それから、不意に歩道橋を渡り始めた。

「どういう意味なんだ？」

麻生がもう一度訊《き》いた。

「韮崎は自分が親父の後を継いだことを運命だと考えていた。与えられた運命をまっとうする為にヤクザになったんだ。それだけのことだった。韮崎は人生も社会も恨んでいなかった。だがあいつは違う。山内は……社会を憎悪し、運命を呪い、そして何よりも自分自身に愛想が尽きている。韮崎は過激で危険な男だったが、破滅を望みはしなかった。失うものをちゃんと持っていた。だが山内には何もない……あいつは、いつでも自爆する気でいるんだ。周囲のものをことごとく巻き込み、一緒に破壊して、な」

風が、及川の投げ捨てた煙草の吸殻を麻生のズボンの裾《すそ》にまいあげた。麻生は屈《かが》んでそれを指先につまんだ。顔を上げると、及川はもう歩道橋を渡り終えて新宿署の方へと急いでいた。

麻生は煙草の吸殻を手にしたままで、その後ろ姿を見ていた。

追いかけて訊きたいことはたくさんあるはずなのに、足が動かなかった。

1986.7

「……十七になるかな」

宮田は指を折って数えていた。

「十六だったかな？　どっちにしてももう高校だなあ。金は大丈夫だったのか、心配なんだが……どうせ俺の金なんか受け取っては貰《もら》えないだろうしなあ」

「居場所は知ってるの？」

「いいや……実家はわかるから、調べたら探せるとは思うけどな。だけど、俺なんかがのこのこ現れたら向こうも迷惑だろう」

「待っててくれてるかも知れないよ」

宮田は薄笑いを浮かべたまま首を振った。

「とっくに愛想つかされてるよ……当たり前だ。もう二度とやらないってあれほど誓って、ようやく結婚したのにこのザマだもんな。まったく因果なもんだ。指が覚えちまった悪さってのは、頭でいくら押さえつけても勝手に指がやっちまう。やりたくてやりたくてどうしようもなくなるんだ。変な話だと思うだろうが、俺はよ、子供ん時から鍵《かぎ》をいじくってんのが楽しくて楽しくて、鍵のことばっかり考えて育ったんだよ。だったら錠前屋にでもなったら良かったんだが、家業の左官屋を継ごうなんて思ったのがそもそもの間違いだな。

しかし親父が、左官ってのは技術職だからしっかり修業しとけば生涯高給取りでいられるんだぞ、なんて俺をノセやがってよ」

「ほんとのことでしょ。手間賃高いって聞いたことある」

「ああ、高いさ。だからいけないんだ……高い人件費払って高級仕上げの塗り壁を使うってのは、日本建築だけだろ。今時、やたらめたら金のかかる純和風の建築なんか、そんなに需要はないんだ。ツーバイフォーだの何だの、左官屋が手をかけなくても立派な壁のついた家が簡単に建つんだからな。だから俺らみたいな左官一本の職人はどんどん仕事がなくなって、仕方なく安物の土壁塗りに一日いくらのアルバイトに出る始末になる。収入がどうこうってより、そんな半端仕事ばっかりやらされてクサりかけてたとこに、酒場で知り合った男が鍵の話を持ち込んだ。それが最初だったよ……ふと気がついたらマエを四つも背負い込んで、どこから見ても立派な犯罪者になってたってわけだ。まあそれならそれで、人並みの幸せなんてものを考えなければ良かったんだが、ある時定食屋で働いてた女に一目惚《ぼ》れしてなぁ……もう二度と鍵はいじらない、頼むから俺と一緒になってくれって拝み倒して結婚した。ガキが生まれるまでは真面目にやったよ。必死で働いてりゃそこそこは食えたからな。ガキも可愛かったし、ああこれで俺も、ようやく明るいとこを堂々と歩ける身になったとホッとしていた矢先に、昔の仲間にばったりだ。人生なんてそんなもんだな……所詮《しょせん》、身の丈にあった生活しかできないってことだ。鍵をいじりたいって誘惑に勝てず、ガキの七五三にこぎれいな格好をさせる為だと自分に言い訳して……捕まって二年くらった。出てみたら驚いたことに、女房は逃げずに待ってやがった。女神に見えたよ……泣いて謝ってまた一からやり直しだ。だが四年後に元《もと》の木阿弥《もくあみ》。この時は鍵の方がたまたまうまく行って、ちょいと調子に乗っちまったんだ。七、八軒の金庫を荒らしてそこそこの金を摑んだとこで止めておけば良かったのに……今度は四年だ。もう女房だって呆《あき》れかえっただろうさ。拘置所に面会にも来なかった。離婚届けだけ届いたよ……名前書いて弁護士に預けた。それで終わりだった」

宮田はほうっと長く息を吐いて、へへへっと笑った。

「まあそれでもよ、短い間だったけど、惚れた女と暮らしてガキまでつくれたんだ、俺みたいな奴には過ぎた幸せだったよ」

「ここ出たら、また金庫破りするの？」

「どうかなあ……正直、もう歳だろう、別荘暮らしは骨身にこたえる。鍵をいじりたいってこの指がうずいたりしないなら、堅気の仕事をして地味に暮らしていきたいけどなあ」

「鍵のメーカーに売り込んだらいいんだ」

宮田は、変なことを聞いた、という顔で練を見た。

「何を売り込むって？」

「あんたの腕さ。そんな話を聞いたことがあるんだ。鍵を開発してるメーカーでは、元金庫破りを開発室で雇って、新開発の鍵の安全性を確認してるんだって。食べられるほど儲《もう》かるかどうかはわかんないけど、鍵をいじらせて貰えるから欲求不満は解消できるんじゃないかな」

宮田の顔が少し明るくなったように思えた。宮田はこれまで、そうした方向で物事を考えたことがなかったのかも知れない。

練は、あまり過度な期待を持たせてしまうのも罪なような気がして、小声でつけ加えた。

「だけど、僕は専門家じゃないから詳しいことは知らないよ。今は電子キーが全盛だから、昔ながらの鍵の需要って少ないのかも知れないし……」

「坊や」

宮田が練の頭を掌《てのひら》で摑《つか》み、がしがしと揺すった。

「おまえ、いい奴だなあ。そうか、そんなことは今まで考えたこともなかったよ……俺は別に、金庫の中に入ってるもんにはそんなに興味はないんだ。ただ鍵がいじりたいだけなんだからなあ」

宮田は心底嬉《うれ》しそうな笑顔になっている。練は小さく首をすくめ、文庫本を手にしたまま宮田のそばを離れた。

「何話してたの、あのおっさんと」

田村がゴルフの教則本を眺めながら訊《き》いた。

「別に。田村、ゴルフなんてするの」

「やったことねぇけどさ、出たら親父さんのお供で回らされるだろうから、ルールぐらいわかってねえとな」

「ヤクザもゴルフ、するんだ」

「ニギるんだよ」

「何を？」

「賭《か》けんだよ、金を。サラリーマンだってみんなやってるけどな。しかしこんなまどろっこしい球遊びの何がそんなに面白いんだか」

田村は寝ころんだままで大欠伸《おおあくび》をした。

「宮田のおっさんももうじき仮釈だな。おまえもそろそろなんじゃねぇの」

「よく知らない。田村は？」

「俺らにはねぇんだ、仮釈は」

「どうして？」

「組に戻るつもりなら、いっぱいまでお務めしなくちゃなんないんだ。俺らにとってはよ、懲役ってのは仕事の内みたいなもんだから。つまりよ、警察ってのは俺らにとっては世間様の代表なんだ。その世間様に迷惑をかけたんだから、精いっぱい務めて来いって言われて入るんだ」

「自己矛盾だね。いや、自己欺瞞《ぎまん》かな」

「難しい言葉つかうと殴るぞ」

「ごめん」

「ああクソ……おまえ、痛み止め持ってない？」

「どうしたの」

「虫歯が痛くてよ……治療してくれって申請はしてるんだけど、虫歯の治療ってのはいちばん後回しにされるんだ。命にかかわらないからって理由でな。でもよ、歯の痛みってのがどのくらい辛《つら》いもんか奴らだってよく知ってんだから、これは絶対、意地悪っつーか、サディストの発想だよな、虫歯を治療してくんないってのは」

練は丸めて置いてあったわずかばかりの私物に手を突っ込み、タオルの折り返しの縫い目に隠しておいたカプセルを一錠取り出した。

「いいの？」

「いいよ。また貰うから」

薬品と煙草は受刑者にとって宝物なのだ。もちろん見つかれば没収された上に懲罰房行きだったが。

「北村はどっから手に入れるんだろうな、薬。七年も八年も入ってると、いろいろツテができんだな」

「これは北村さんからじゃない。尾花さんがくれた。水いる？」

「このまんまで大丈夫だ」

田村はカプセルを口に放り込んで素早く呑《の》み込んだ。

「尾花さんもツテ持ってんのか。ちぇっ、だったらおまえが入って来る前に抱かれといたらよかった」

「北村さんのよりでかいよ。苦しい」

田村は声を殺して笑った。

「あの人のいる組はよ、俺の親父さんのとことグループが一緒なんだ」

「ヤクザにもグループがあるんだ」

「うん。東日本連合会って言ってな、成長株なんだぜ。俺の親父さんは東日本連合会の副会長をやってる」

「偉いんだ」

「まあな」

田村は得意そうだった。練には、ただの雇い主に過ぎないはずの人物を自分の本当の父親のように尊敬する田村の気持ちが、いまひとつ理解できない。だが理解はできなくても、誰かを尊敬したり信じたりしていられる田村は幸せな人間なのだ、ということはわかっていた。少なくとも、自分よりは。

「おまえさ、出たらほんとに、どうすんの。田舎には帰らないってまじ?」

「帰って来ないでくれって言われたんだ、手紙で」

練は文庫本を荷物と一緒にしまい、田村の横にごろんと横になった。

「母親が書いてよこした。お願いだから戻って来ないでくれ、仕送りは何とかするからだって」

「ひでえ」

田村が吐き捨てるように言う。練は、母親のやつれた顔を思い出した。気の毒な女だ、とまた思った。

「息子をやっかい払いかよ。たった一回血迷っただけなのに」

「田村のお母さんは？」

「俺んとこは仕方ないよ。おまえと違ってヤクザになっちゃったし、これまでにもネンショーだ鑑別だって出たり入ったりだもの。でも、おまえはエリートだったんだろ、だから……」

「俺の顔見たら、父親が逆上する。父親は兄貴が大好きだった。兄貴のことが自慢で、兄貴に人生を賭けてた……兄貴は何でもできて頭が良くて、男らしくて、僕とは違ってたから、ぜんぜん」

「おまえだって頭は良かったんじゃん」

「でもひ弱で女っぽかったから、父親はそういうのが大嫌いだったんだ。兄貴は僕が虐《いじ》められたりすると怒って喧嘩《けんか》しに走って行くようなタイプ。父親はそんな兄貴を理想の息子だと思ってた……兄貴は、もうちょっとで政治家になるとこだったんだ」

「ならなかったの？」

「死んじゃった」

練は、心臓がぎゅっと縮まるような苦痛に耐えた。

田村は何も言わないで、小さく口笛を吹いた。田村というのは不思議な奴だ、と練は思う。本当に話したくないことを無理に訊いたりはしないのだ。まるで練の心臓がどんな動きをしているのか全部わかっているみたいに。


「虫歯、どう?」

「うーん、効いて来た」

「よかった」

「尾花さん、また手に入れてくれるかな」

「頼んでおく」

田村が少しだけ、すまなさそうな顔になる。

「悪いな……でも嫌だったら、俺、代わるけど」

「別に嫌じゃない」練も欠伸をした。「あの人はしつこくないから」

練は睡眠不足だった。就寝と起床の時刻をきっちり守っていれば七時間の睡眠は確保できるのだが、作業にからだが慣れてくれば、日によってはさほど疲れなくて済むことも多いのだ。そして、慢性的に運動不足だ。作業労働は肉体的に厳しいものだとは言え、きちんとしたスポーツのように全身を動かしたり、効果的な有酸素運動をしたりする機会はあまりなかったから、筋肉はなまっている。その上、消灯になっても部屋には警備上の問題から常にあかりがともっていて、目が慣れてくれば活字が読めそうなほど明るい。少しでも余計なことを考え始めてしまえば、その明るさが邪魔をしてなかなか眠りに入って行けなくなる。

性行為は毎晩というほどでもなかったが、相手になる男が三人もいたので、およそ一日おきには誰かが布団に潜って来た。どうせすぐには眠れないのだから相手をしていても死ぬほど辛いということはないが、長引けば睡眠時間が足りなくなって翌日は確実にしんどかった。北村は性欲だけは強いが歳のせいか遅漏気味で、勃起《ぼっき》の硬度も心なしか足りない。いつまでもぐだぐだと出し入れしているだけで、途中で眠くなってしまったこともある。それに比べたら、尾花のからだはずっと若くてわかり易かった。房の中での北村の権力は大きく、誰も面と向かって北村に逆らったりはしないのだが、尾花や井野が練と寝ていることには寛大だった。北村の話だと、特定の相手を独り占めしようとすれば予想もしていなかったほどの対立を生むことがあると経験的に学習したから、ということのようだ。つまり、過去には若くて女っぽい男を巡って殺し合いになるような喧嘩があったこともあるようだ。

「それでも、女同士よりはあっさりしたもんだけどよ」

北村は、好色そうに目を輝かせて教えてくれた。

「女子刑務所に入ったことのある女から聞いたんだけどよ、ある時ふたなりに近い女が入って来て大騒ぎになったことがあんだと。その女はつまりよ、女の芽がでっかくてちっこいチンポくらいあったんだ。あっという間にその女を巡って壮絶な戦いになってよ、もう怪我人は出るわ自殺しようとする女は出るわですさまじかったんだと」

北村のいかにも下品な笑い顔を見ながら、練はぼんやりと、そんな小さな性器でも男を想像させるというだけで大変な威力を持ったということに興味を感じていた。人間の性欲というのは、想像の産物だ。頭の中でつくりあげたイメージこそが欲望の源泉であって、生殖本能とはすでに切り離されてしまった馬鹿げたお祭り騒ぎに他ならないのだ。


その晩は、自分から尾花を誘った。田村の為に鎮痛剤をもっと手に入れたかったし、できれば田村が歯の治療を受けられるように尾花にも働きかけをさせたかった。尾花も比較的仲がいい看守を何人か抱えていて、鎮痛剤が定期的に手に入るのもそのことと絶対に関係があるはずだった。

入浴のあった日だったので、尾花も髭《ひげ》を剃《そ》ってさっぱりとした顔をしていた。自由時間にその髭剃りあとを人差し指で一度突いてやると、単純な尾花らしく見る間にうきうきとした顔になって、指の先を摑《つか》んだ。

「お願いがあんだけど」

練が囁《ささや》くと、尾花は頷《うなず》いて、あとでな、と返した。

性行為はもちろん、禁止されている。それどころか自慰行為ですら立て前上は禁止で、意地の悪い職員に見つかれば懲罰の対象にされる。だが自慰は生理的な現象の一環だったから、余りにも大騒ぎをやらかさなければ、見て見ぬふりぐらいはしてくれた。しかし、他人の布団に潜り込んでいるところを見つかれば、やはりただでは済まない。職員の巡回は定時に行われるので、安全な時間帯にさっさと事を済ませるに限る。

一度目の巡回の直後に、尾花が這《は》って布団に潜り込んで来た。

練の方から誘ってやることはあまりなかったので、尾花は異様に興奮していた。遠慮会釈もなく突っ込まれたら明日の朝は起き上がることもできない。童貞の高校生のように焦っている尾花の顔を両手で押さえつけて、もっとゆっくり、と囁いた。尾花は銀紙に包まれたマーガリンの小さなキューブを手にしているが、握りしめていたのか溶けて潰《つぶ》れてしまっている。それでも、手慰みで自分の精液を採取しなくてはならない手間を考えればありがたい。

「お願いがあるんだ」

尾花は、ああ、ああ、何でも言え、と答えたが、もう練の言葉は聞いていなかった。

「田村がさ、虫歯、痛いんだって」

「薬か。わかった。わかったよ」

せっかちにあてがって来るのを腰をずらして避けてから、べたべたした植物油のかたまりを潤滑剤の代わりに塗った。

「治療はさせてやれないかな」

尾花は女を抱く時と同じに正面から練の顔を見て行うのが好きだった。足を抱えられると深く入って苦しいので、足の裏に力を入れて抵抗し、足を布団につけたままで腰だけ浮かせる。

「難しいけどな……頼んでみる」

練は素早く空気を胸いっぱいに吸い込んで、加減しながら少しずつ吐き出し、下半身の力を抜いていった。尾花の亀頭《きとう》は本人がいつも自慢しているようにやたらと大きく、その部分が中に入り込んでしまうまでが大変なのだ。

おおう、とうめき声を漏らして、尾花の胸が練の胸の上に合わさるように沈んだ。薄あかりの中で、目を閉じて快感を楽しんでいる男の顔が、ひどく滑稽《こっけい》に見えている。

「尾花さんってさ」

練は、尾花の耳にそっと息をかけながら訊《き》いた。

「人を殺したことがあるって、ほんと?」

「ああ」

尾花はゆっくりと動きながら恍惚《こうこつ》として目を閉じたままだった。

「殺したさ……鉄砲玉やって十二年くらった……十年目にやっと出た……そのまま幹部さ……」

ひひひ、と笑っている。気持ちが良くて笑っているのか、昔を思い出して笑ったのか。

「それでもうやばいのは終わりにするつもりだった……今回のはしくじりだ……ついてね

ぇよ。ああう……坊や、ほんとによぉ、おまえはどうしてこんな匂いがするんだ？」

匂い。それを指摘したのは尾花だけではない。北村も井野も言ったことだし、田村にも言われた。自分では気づいたことはなかった。自分の体臭の特性に。

甘い匂い。田村はスイカを思い出すと言う。井野は、白檀《びゃくだん》の匂いだと言った。男は白檀、女は麝香《じゃこう》の体臭を持つのが最高なのだそうだ。井野は変なところで学があった。白檀は、女を惹《ひ》き付ける匂いらしい。その話を聞いた時、練は思わず笑ってしまった。言った井野も笑っていた。刑務所の中では、男も白檀に惹き付けられる。

尾花の息づかいが荒くなった。練のからだの奥にもゆっくりと快楽の火がともる。苦痛の壁の向こうに強い快感が隠れていることに気づくにはけっこう時間がかかったが、田村が言っていた通り、上手に受け入れれば腰が抜けるほどの快感と大量の射精が経験できる。それまでの人生でそれほど大量の精液を放出した経験はなかったので、最初にそれを体験した時にはからだのどこかに異常が起こったのかと恐怖すらおぼえたほどだった。すべては前立腺《ぜんりつせん》のいたずらだとわかってはいても、未《いま》だに、その仕組みの馬鹿馬鹿しさには呆《あき》れかえってしまう。男にそれほど強い性的快楽を与える部分がどうして、普通であれば探り出せないところに隠されているのか。神が気まぐれでやることには説明のつかないことが多いものだ。

記憶の中に、蠢《うごめ》いていた鼻が甦《よみがえ》った。

その鼻が何の匂いを気にしていたのかあの時は不思議だったのだが、今ではそれが白檀を嗅《か》ぎつけていたのだとわかっている。

冷房も入っていない七月の狭い取調室には、三人の男の体臭が空気に入りまじって澱《よど》むように漂っていた。だがあの時は、そんな匂いを気にしている心の余裕などはなかったのだ。練はただ、自分の身にふりかかった出来事が把握できず、記憶や精神の混乱を何かの病気の予兆なのかも知れないと疑いながら、総《すべ》てが悪い夢であってくれることを祈っていた。

たかまって行く快感の中に、様々な顔がちらつき始めた。いつものことなのだが、なぜか練は、射精が近くなると人の顔や声を次々と思い出す。

今夜は珍しく、女が出て来た。名前も忘れてしまったが、確かに知っている女だった。大学の、学部生だった頃の同級生だ。

最初の顔合わせコンパの時から練の顔ばかり見ていたので、気があるのだろうと想像はついていた。別に嫌いな顔ではなかったが、特に好きでもない。だから向こうの気持ちには気づかないふりを通して黙っていた。それでも、二十歳の女は元気で自惚《うぬぼ》れていて、積極的だ。工業大学なのでもともと女の数が少ないことも、彼女の自惚れに拍車をかけていたのかも知れない。彼女は、自分の方から言い寄って断る男がいるなどとは考えもしなかったのだ。

そして、練も断らなかった。面倒だったし、女のからだに興味がまるでなかったわけでもない。

高校の時、ヌード劇場でストリップを見た。ダンサーは若い女の子ばかりだと宣伝文句にあったのだが、若い女は裸にはなるものの、ゆっくり見せてはくれなかった。元気よく踊って騒いで、舞台から消える。角度によってはよく見えるのだろうが、練と同級生の座っていた位置からはあまり見えなかった。不満に思っていたところで出て来た女はひどく年増で、どう見ても母親の妹ぐらいの歳に思えたが、その女はアクロバットのような姿勢になって懇切丁寧に見せてくれた。同級生はババアだと騒いでひやかしていたが、練は面白いと思ったのだ。写真では見たことがあったものの、生身の女のその部分をあれほどじっくり見たのは生まれて初めてだった。

あの女の子に言い寄られた時、ストリップのことを思い出した。うまくいけば、あの時のようにゆっくり見せて貰《もら》えるかも知れない。それを期待して誘いにのった。欲望というよりは探究心に近い衝動だった。ただ見たい。そう思ったのだ。

あの子の胸は小さかったが、とても形がいいと思った。御飯茶碗《ぢゃわん》にぎっしりと御飯を詰めて皿の上に逆さまに置いたら、中の御飯がちょうどあんな形に盛られるだろう。遠い昔、ケチャップで色をつけたチキンライスをそうやって丸く皿に盛り、てっぺんに旗を立てて貰って食べた記憶がある。あれは誰かの誕生日だった。誰のだったか……姉、それとも兄？

結局、あの子のからだをゆっくり見せて貰うことはできなかった。下着を脱がせたところでどうしても部屋のあかりを消してくれと言われたのだ。残念だったが仕方がなかった。カーテンも閉めていたので外の街灯の光もわずかしか入らず、暗い中で手探りして女の子のからだを触っていた。柔らかくてオーデコロンの匂いがして、触っていると気持ち良かったが、あまり興奮はしなかった。彼女の方が勝手に興奮して息づかいを荒くしていたので、気分でも悪くなったのではないかと心配になったほどだった。

頭に知識はあったが、実際に生きた女の子のからだを目の前にしてみると、手順も何もわからなくなってただやみくもに撫《な》でまわしている以外にないのが情けなかった。それでも、彼女の方はすっかりその気になっているように思えたのだ……からだの力は抜けていたし、吐息は甘かった。それなのに。

いよいよ彼女のからだの上に乗って足を抱えようとした時、彼女は決然として言ったのだ。ダメ。最後まではイヤ。

練は尾花が射精しかかっているのに気づいて、締め付けていた筋肉をほどき、尾花の胸を突き放すように腕で遠のけた。なぜか今夜は、もう少し楽しんでいたかった。

「まだだってば」練は囁《ささや》いた。「がまん」

ああ、う、と尾花が切なそうに鼻を鳴らした。尾花は四十少し前くらいか、体力的にはまだまだ頑張って貰えないことはないだろう。

結局、と、練は思う。

どちらが主導権を握れるかは心の持ちようで決まる。

あの時の女の子と同じなのだ。彼女が最後の一線を越えることを拒絶したのは、それを取り引きの材料にしたかったからなのだ。

「もしも」

練は泣き出しそうな顔になって爆発をこらえている尾花の首に腕を回して引き寄せ、腰を少し動かした。

「もしも、外に出てから逢《あ》いに行ったら」

「来いよ」

尾花はおゆるしが出たのに喜んでまた威勢良く動き始めた。

「いつでも、組に来い。俺はあと三年は出られないけどなぁ、でもおまえが来たら歓迎してやる」

「ほんとかな」

「俺は嘘は言わねえよ。受けた恩は忘れねぇからよ」

これも恩のひとつなのか。練は笑いそうになるのをこらえた。

「殴って欲しい奴がいるんだ」

「へえ」

尾花が楽しそうに目を輝かせた。

「おまえにもそんなのがいるのか。いいぜ、フクロにしてやる。殴るだけでいいのか、殺してやってもいいんだぜ」

殺す。練は、その男の顔を思い浮かべた。殺したいほど憎んでいるのかいないのか、それを確かめたいと思った。だがすぐに答えは出なかった。ただ、あいつが殴られて顔を腫《は》らしているところを見たい。今はそれだけだった。

練は自分から腕を強く引き寄せて、尾花の唇を吸った。ちょっとしたご褒美をくれてやるくらいのつもりだった。尾花は単純に喜んで、獣じみた声を押し殺しながら激しくのたうち、果てた。

動かなくなった尾花の首のあたりから、甘い匂いが漂って来た。それは移り香だった。白檀というよりはスイカ。練も、そう思った。

1995.10 ―3―

1

　捜査会議が終わったのは十時近くになってからだった。捜査の細かな手順については山背に一任していたので、麻生は報告を受けるだけにした。山背とは方法論が違うと思うことも多いが、現場は任せると決めた以上は余計な口出しをしない方がいい。妻殺しの容疑者に直接会いに行った件では、山背も内心、腹立たしく思っているだろう。だがあの時は本当に、夫が犯人だという確信があったわけではなかったのだ。ただ事実をつき合わせていくとその可能性があることに気づいたので、ふとした出来心で被害者の夫の会社を訪ねた。山背を誘わなかったのは、事件がすでに別の容疑者を起訴することで決着の方向に動いていたからだった。結果として夫は犯行を自供したが、麻生は後悔していた。山背に相談なく動いてしまったことはやはり、失策だった。

　麻生班の捜査員は全員が新宿署に泊まり込んでいる。実際には、午後十一時を過ぎてできる捜査などはさほどないのだから、自宅に戻って朝までゆっくりして来るのはまったく構わないのだが、殺人事件の特捜本部というのは独特の雰囲気を持っていて、ともかく最初の一週間は不眠不休で動くのが一種の共通な美意識になっている。確かに、麻生の経験からも殺人事件は最初の一週間が何より重要だった。それを超えても犯人が絞れない時はたいてい、長引くことになる。証拠は一分一秒毎に消えて行くのだ。

捜査会議では概要だけが説明された、ホテルの宿泊客に対して行われた事情聴取の報告書が、束になって目の前に積まれている。読んでみたいと自分から言い出したものの、その厚みにしばし圧倒された。だがさっと目を通していくと、内容が驚くほど空虚なことにすぐに気づいた。早い話が、韮崎のことやその連れの女のことについて、役にたつ情報を持っている客や従業員は今のところひとりも現れていないのだ。犯行時刻は深夜だったとはいえ、都会の大きなホテルなのだからひとりくらいはその時間に韮崎が泊まっていたのと同じフロアに出入りしていた客がいてもよさそうなものなのだが、どうしたわけかあの階の他の客は揃いも揃って品行方正で、午前一時までには自室にこもってしまっている。多少とも期待をかけていた事件現場の隣室の宿泊客は、深酒をして熟睡していて、何の物音にも気づかなかったという始末だった。もちろん、今日だけですべての事情聴取が終わったわけではない。明日も、たぶんあさっても、うんざりするような作業は続くのだ……訊《き》く方にも訊かれる方にも。

期待していた指紋の方も大した成果を上げなかった。韮崎のものの他にもいくつか指紋は採れているのだが、照合可能なほど鮮明なものがない。誰があの部屋にいて何をしていたにしても、部屋の中の物にべたべた触ったりはしなかったことは確かだった。

そして犯人はもちろん、手袋ぐらいしていたのだろう。

「係長」

麻生が顔を上げると、宮島静香が立っていた。

「今日はすみませんでした。わたし……子供みたいに……」

「警察官だって人間だ。言葉に腹を立てることも言葉で傷つけられることもあるさ。しかし言葉に振り回されて冷静さをなくしたら大きな判断ミスをする可能性は出て来るな」

「はい……以後、心します」

「で、いったい長谷川環に何を言われたんだ？」

「大したことではありません」

「大したことじゃないのに、泣きべそかいてたわけか」

静香は麻生の横に座った。意志の強そうな顔だ、と麻生は思った。

「言い訳をするつもりはありませんけれど……わたし、あの人の前では取り乱したり泣いたりしていないんです。冷静でいたつもりです。間違った噂が耳に入っているようで心配なんです」

「そうだな」麻生は煙草を取り出した。「噂はもう少し派手なものになってる。しかしそれは気にしなくていいだろう。俺やヤマさんがちゃんとした事実を知っていればな」

「はい。ですからお話しします。わたし、仕事はちゃんとやりました。泣いたのは、廊下に出てからです」

「うん。それは信じることにする。で、何が泣くほど悔しかった?」

「あの人はわたしを知っていました」

麻生は静香の言葉に少し驚いて眉《まゆ》を動かした。

「知っていたって、どういう意味だ?」

「わたしが八王子署にいた時に、オリンピック選手候補だったことを知っていたんです。候補者選考会を兼ねた大会で、ミスして五位に終わり、代表を逃したことも」

「なんだ」麻生は苦笑いした。「そういう意味か。しかしそれは不思議でもないな。君の写真は週刊誌にも出たことがあるし、確かテレビでも代表候補者としてドキュメンタリーか何かに出たんだろう? 彼女は記憶力がいいんだな、君の顔を憶《おぼ》えていたんだろう」

「彼女はそれ以上のことを知っていたんです」

「それ以上のこと? 何を?」

「わたしがなぜあの大会でミスをしたのかを、です。あの大会はテレビ放映なんてされませんでした。見学者はいましたけれど、射撃というのはマイナースポーツですから、誰もが気楽に見物に来るというものではありません。マスコミは来ていましたけれど、わたしはしくじりましたから、新聞にも名前が出ただけです。それなのに、あの人はわたしがどんなミスをしたのか知っていました」

「どんなミスをしたんだ」

「最後の最後に集中力を欠いて、大きく的をはずしてしまったんです」

「スポーツにはそういうことは付き物だろう。俺も剣道をやるが、理由もなく突然ふっと緊張の糸が切れて隙ができて負けたという経験は何度もあるよ」

「そうではないんです……わたし……あの時、急に目眩《めまい》がしてしまったんです。理由はわかりません。軽い貧血を起こしたのかも知れません。でもあの人は、それを信じませんでした。わたしがわざと的をはずして負けたのだと言いました」

「わからないな。どうして君とは縁もゆかりもなかったはずの長谷川環が、そんな言いがかりをつける？」

静香は言い澱《よど》むように下を向いたが、すぐに顔を上げた。

「彼女は……わたしが……男女関係に失敗してその仕返しをしたのだと言ったんです」

麻生は意味がわからなかったので首を傾げたまま待った。静香はゆっくりと唇を舐《な》めてから続けた。

「わたしが……当時のコーチだった方とそういう関係になっていて……でもその人には家庭があってわたしは捨てられて……その腹いせに、わざとミスして代表にならないようにしたのだと」

「事実なのか」

麻生は、できるだけ何でもない、という顔を取り繕って訊《き》いた。静香は首を横に振った。

「わざとミスしたなんて、絶対にそんなことはありません！　わたしだって……わたしだって……オリンピックに行きたかったんです……」

静香がすすり泣きを始めた。麻生は内心、どうしたらいいだろう、と動揺した。女に泣かれるのがともかく苦手だった。

「そのために……そのために毎日、どれほど練習して……やりたいこともしないで……どれだけの時間を犠牲にして来たか。それをわざとミスしてフラれた腹いせをしただなんて……あんまりです……」

「事実じゃないなら、気にすることはないじゃないか。そんな邪推や中傷をまともに受け取って腹を立てていても、それこそ時間の無駄だよ。君がオリンピックに賭《か》けていた情熱は君にしかわからない。部外者の長谷川環が何を言おうと、君がして来たこと、君の成し遂げたことは誰にも汚せるもんじゃない」

「でも」

静香が一際大きくすすりあげた。

「……コーチとの関係は……」

「もういいよ」

麻生は煙草に火を点《つ》けた。

「君が話したいなら聞いてもいいけど、君の恋愛問題については俺にはどうしようもないし、第一それこそ、長谷川環だろうと誰だろうと、首を突っ込む権利なんてない問題だ。

君はわざと負けて腹いせをしたのではない。そのことがいちばん大事だ、違うか？　その点さえ堂々と申し開きできるのなら、それでいいんじゃないのかな」

麻生は煙草をくわえたままで立ち上がった。

「今夜は泊まるんだな？」

「はい」

「だったらちょっと、つきあうか。捜査ってほどのもんじゃないんだが」

「係長がご自分で行かれるんですか」

静香が瞬《まばた》きし、何か言いたそうに唇を動かした。小言を言い出す前の母親にそっくりだった。

「また叱られるかな」

「……あの……」

「オブケにだって捜査権はあるのに、どうして机に座っておとなしく報告を待ってろって言われるんだろうな、まったく」

麻生は笑って煙草を消した。

「大丈夫だ、別に捜査をしに行くんじゃない。ヤマさんには許可を貰《もら》うよ」

「そんな、許可だなんて」

「いいんだ、俺とヤマさんとはもともと、どっちが上司って関係じゃないのさ。たまたま俺の方がちょっと早くオブケになったが、来年にはヤマさんもきっと昇進する。正直、早くそうならないかと願っているんだ。ヤマさんはああいう性格だから、みんなの前では俺に敬語をつかうだろ。息が詰まるよ。えっと、ヤマさんは今、どこかな」

「今は韮崎が昨夜、ホテルに入る前に寄った料亭とクラブに行ってらっしゃるはずです。会議の後で行くとおっしゃってましたから。同行は茂田《しげた》さんと高木さん、相川さんのはずです」

それなら、山背に言うのは明日で構わないだろう、と麻生は思った。どのみち捜査というよりは、感傷に近いものなのだから。


静香を伴って新宿署を出てタクシーに乗った。まだ地下鉄はあるだろうが、六本木に出るには乗り換えなくてはならないので面倒だった。

その店は、六本木の交差点から渋谷の方向に少し歩いたところにあった。麻布《あざぶ》署の前を通って行く。一歩毎に懐かしさが甦《よみがえ》って来る。

「昔、ここにいたことがある」

麻布署の方に顎《あご》を動かして静香に教えた。

「最初の所轄研修の時だから、もう十五年は前の話だ。あの当時から、外国人問題と麻薬でけっこう忙しかったな」

二本目の角を曲がって深夜の街並みを歩いた。店の名前はすっかり変わってしまって記憶にあったのは一、二軒だけだったが、基本的な地形が変化したわけではないので、その店までの道を迷うことはなかった。

『ブルームーン・クラブ』と、カタカナで書かれた黒い文字が小さなスポットライトの中に浮かんでいる。アルファベットで表記しないのがその店のオーナーらしい、とふと思う。

「この店は」

静香はどうやら、捜査資料の中にその店の名前があったことを思い出したらしい。

「もしかしたら、韮崎の……?」

麻生は頷《うなず》いたが、何も言わずに地下へと階段を下りた。木製のドアを開けると、低い音でチック・コリアが流れて来た。

店内は空《す》いていた。軽い料理を出す店なので深夜営業は認められているようだが、閉店時刻は午前二時になっている。麻生の記憶ではライヴ・タイムが午後十時で終わり、それ以降はいつもさほど混まなかった。

テーブルにつくと、すぐに白いシャツに細身のネクタイ、スーツのズボンといういでたちの男が注文を取りに来る。昔からそのスタイルは変わっていない。

「何か食べる?」

「あ……いいえ」

「飯は早かったんだろ。俺は小腹が空いたな……コンビーフサンド、昔のまんまだな、メニュー。これにしよう。それとまずビール。生で。静香、もうプライベートタイムだから、酒を飲んでいいぞ」

「あの」静香もちらっとメニューを見た。

「パナシェください」

「飯は？　軽いのなら、ここのライスサラダはいけるよ」

「なら、それで」

「それと、マダムの手が空いてたらちょっと呼んでくれないかな。昔の馴染《なじ》みなんだけど」

男は頷いて去った。

「……マダムって、金村皐月ですよね。ジャズシンガーの」

「うん。俺にとっては、久遠さつきって名前の方がずっと親しみ易いけどね……麻布署にいた頃、たまにこの店に来ていたんだ。久遠さつきが週に何度か歌うのを聴くのが楽しみでね。ＣＤも何枚か持ってるよ」

「知ってらしたんですか、韮崎の愛人だったって」

麻生はゆっくりと首を横に振った。

「まるで知らなかった。あの当時は、マダムにはご亭主がいたんだ……確か、子供さんも。朝の捜査会議で久遠さつきの名前が出て来た時にはちょっとびっくりした」

食べ物と飲み物はすぐに運ばれて来た。麻生はサンドイッチを一口かじって、味も作り方も昔と変わっていないことに小さな感動をおぼえた。ヤクザの情婦になっていようと何だろうと、久遠さつきは久遠さつきなのだ。彼女のこの店もまた、いつまでも『ブルームーン』だった。

「驚いたわ！」

ハスキーな声がして顔をサンドイッチから離すと、目の前に金村皐月が立っていた。

「何年ぶりかしら？」

「憶《おぼ》えていてくれたんだ」

「うーん」皐月は腰に手をあてていたずらっぽく笑った。「正直言えば、忘れてた。でも今、あなたに近づいて歩いて来る途中で思い出したの。麻生さん、よね？」

「ご無沙汰《ぶさた》して申し訳ない、マダム。十五、六年ぶりだね」

「あなた今、どちらに？」

皐月は麻生の真向かいの席に腰をおろした。

「本庁にいる」

「まだ殺人課？」

「殺人だけ扱ってるわけじゃないよ。あ、こちらは俺の同僚で、宮島さん」

「同僚……ってことは、刑事がふたり連れか」

皐月は、小さな溜息《ためいき》をついた。

「つまり、お仕事ね。韮崎のこと？」

「マダム、俺が飲んでるものはなんだ？」

「ビールは清涼飲料水よ」

　麻生は笑った。

「その冗談を他にも言う奴を知ってるよ。ともかく、今はプライベートタイムなんだ。嘘じゃない。ただ、君の名前を捜査資料で見て、驚いて来てみる気になったことも確かだけれどね」

「あなた、知らなかったっけ、韮崎のことは」

「あの当時は君にはご主人がいたよね。太っていて陽気な……ピアノ弾きの」

　皐月の笑顔はとても淋《さび》しそうだった。

「そうだったわね……亭主とは別れたのよ。八二年だったかな。三年かな？　そのくらい。韮崎とくっついたのもその頃ね。だけど、昼間あたしんちに来た刑事にも話したけど、この店はあたしのものよ。韮崎の金は一円だってつかってない。だから愛人って言われるとちょっとムカつくわ」

「その点は誰も疑っていないよ。調べればすぐわかることだしね。ただ今夜ここが開いていたのにには少し、驚いた」

「韮崎が殺されたのに嘆きもしないで平然と店を開けてるなんて、やっぱおかしい？」

「いや」

　麻生はビールを飲み干した。

「何となくマダムらしいという気はする。今夜は熱唱したんだろうな……聴きたかったよ」

「韮崎が好きだった曲ばかり、二時間歌いまくったわ……あたしも何か飲もうかな。麻生さん、ビールでいいの？　もう少し強いのをどう？」

「じゃ、スコッチにしよう。ダブルのロックで」

「バランタインでいいわね？　そちらの刑事さんは？」

「あ、あたしはこれをまだ……」

皐月は立ち上がり、自分で酒の注文を通しに行った。

「係長、これ、おいしいです」

「だろう？　料理の味はぜんぜん変わってない。レシピはマダムが作るんだよ、みんな」

「よく通われたんですか」

「俺たちの給料で毎日ってわけにはいかないけど、久遠さつきが歌う夜はよく来たよ。仕事がない時だけだけどね」

「かっこいい女性ですね」

「歌っている時はもっとかっこいい。だけど……老けたな」

麻生は小さく笑った。

「お互い様なんだろうけど」

「誰が老けたって？」

皐月は自ら盆を持って戻っていた。

「失礼しちゃうわね、十五年も経ってぜんぜん変わってなかったら気持ち悪いじゃないの」

「いや、マダムはぜんぜん変わってない」

「刑事ってのはお世辞がほんと、ヘタ」

皐月が自分の為に用意したグラスには透明な酒が入っていた。

「ジン？」

「最近はこればっかりよ。お酒ってのは不思議ね。ある歳になると、浮気したいと思わなくなる。ジンなんて、昔は松脂《まつやに》くさくて飲めなかったのに。で、本題に入ったらどう？」

「本題って何だい」

「韮崎のことなんでしょう？」

「プライベートだって言ったじゃないか。酒飲んでるのに殺人事件の捜査なんてできないよ」

「それじゃ韮崎のことは何も話さなくていいのね？」

「マダムが話したくないならね。でも話したいなら、聴いてもいい」

「あたしは聴きたいです」

静香が突然言った。麻生は静香の顔を見たが、酔ってはいない。挑戦的な輝きを宿した瞳《ひとみ》でじっと皐月を見つめていた。

「聴かせていただいていいですか？」

「興味があるの？」

「はい」

「仕事として？」

「いいえ」

静香は毅然《きぜん》としていた。

「女として、聴いてみたいんです。こんな素敵なお店があって、実力のあるシンガーで、ご主人までいたのに何で……」

「何でヤクザの情婦になんかなったのか？」

「はい」

麻生は内心、舌をまいた。自分にはとてもこんな緊迫した「取り引き」はできそうにない。

皐月はグラスの透明な酒を飲み、氷の音を楽しむようにグラスを揺すってしばらく静香の顔を見つめていた。それから、ゆっくりと頷《うなず》いた。

「いいわ、話してあげる。簡単なことなのよ……ある晩、韮崎がこの店に来た。そして……えっとねあの席で」皐月は指さした。

「座ってあたしの歌を聴いていた。あたしも歌いながら韮崎の顔を見ていた。そして、韮崎に惚《ほ》れたの。それだけよ……その晩のうちに男と女になって、三ヶ月後に夫と子供を捨てたわ」

「……子供さんまで……」

「連れて行くわけにはいかないでしょ。韮崎はヤクザ、それもどう考えても長生きはできそうにない立場よ。そんな男のそばに子供と一緒にいられる？　夫はいい人だった……甲《か》斐性《いしょう》があるとは言えないけど、子供にはいい父親だったわ。夫に育てられた方があの子は幸せになれる。そう思ったから、夫に渡したのよ。韮崎はちゃんと夫にそれなりのものを払ったわ。もっとも、その金は分割で韮崎に返したけどね、あたしの意地で」

「お子さんを手放してまで、韮崎誠一のそばにいたかったんですね」

「そうよ」

皐月はにっこりした。

「言ったでしょ、惚れたって。誰かに死ぬほど惚れたら、他に何がそれより重要なことになるのかしら。何も勝てないのよ……子供だって無理よ。女に戻った母親にとっては、子供より男なのよ。男だってそうじゃない？　本気で女に惚れたら、女房がいようが子供がいようが、眼中になくなっちゃうんじゃない？」

「それは、人によると思います」

静香は臆《おく》せずに言った。

「どんなに誰かを愛しても、子供は捨てられない人だって多いはずです」

「あたしはそうは思わないけど。ただ惚れ方が足りないだけなんじゃないかしらね。本気で、命がけで惚れたら、子供より大切なものが何かわかるはずよ。ひとりの人間として生きることを選ぶならね」

「人間だから子供は捨てられない、そういう考え方もありますよ」

「あらそう？　だとしたら、あたしは人間じゃなくなっちゃったんでしょうね、もう」

皐月は乾いた笑い声とともにグラスを飲み干した。

「まあいいわ、いずれにしたってもう、韮崎は死んだ……だけど不思議ね。いつか韮崎とはこんな別れが来るんだって自分に言い聞かせながら生きて来たせいなのかしら……今は何となく、さばさばした気分なのよ。今朝知らせを聞いた時にも、悲しいとか何とかいうより……ああ、遂《つい》にその日が来たんだなあって思っただけで。韮崎がいなくなったことで本当に悲しいと感じるようになるのは、しばらく経ってからなのかも知れないわね」

「韮崎さんには他に女性がいましたよね。そのことについては、金村さんはどう思われていたんですか」

「それもあなたのプライベートな質問？」

「はい」

「そう……あたしね、韮崎が他に百人の女を囲っていたって聞いても、きっと何も感じなかったと思うのよ。あたし、韮崎の他の女のことは何も知らないの。あ、女医のことは聞いてるけど、他の女はね、入れ替わり立ち替わりだったの。今何人の女の面倒をみてるのかも聞いてないし、興味もなかったわ。女だけじゃないでしょ、韮崎は」

皐月はくくっと笑った。

「子供みたいな男の子も好きだったから。でもそれだって、どうでもいいことだわ、あたしにとっては。あたしのところに来た時の韮崎はあたしのことだけ考えてくれた。それがあたしにはわかっていたの……韮崎ってそういう人間だったのよ。何人の女や男を相手にしていても、その時その時はいつも本気なの。だから女は本気で惚れることができるのよ。自分の目の前にいる時には自分だけ見てくれる。それなら他のことを思い煩うなんて馬鹿げてるでしょ？　世の中の男の中で、いったいどれだけの男が、ひとりの女の前に出た時に本気でその女のことだけ考えられるような真剣さがある？　大抵の男は、ひとりの女を抱きながらも別の女のことを考えてるもんなのよ。俺にはこの程度の女で仕方ないなぁなんて思いながら、ああもっといい女を抱きたい、なんてね。女優の顔でも思い浮かべてやってるのが現実よ。韮崎はそんな男たちとは違っていた……韮崎は、真剣になれない相手とはつきあわなかった。自分が真剣になれないと思ったら別れたわ。惰性で寝たりする男じゃなかったのよ」

「でも」

静香は抗議でもするように声を張り上げた。

「そんなに何人もの人間に対して、みんな真剣でいられるなんてこと、あり得るんでしょうか？　失礼な言い方になってしまうんですけど、それって、自分に対しては真剣なんだと思い込みたいだけなんじゃないかと」

皐月は静香を観察するような目つきで見てから、ふふっと笑った。

「あなた……あまりいい恋愛の経験はないのね。いい？　他人がいくらそれは思い込みだ、錯覚だってそばで喚《わめ》こうと、そんなことは本物の恋愛には何の影響も及ぼさない。誰かに心底惚れてすべてを賭《か》けている時には、自分がどう感じ、どう思うかが真実になるのよ。それでいいの。恋愛ってのはそういうものなのよ。恋愛に客観的状況なんてものは存在しない。恋愛はね、もともと主観的なもの。ある意味ではその本質が錯覚なの。あなたは騙《だま》されている、目を覚ませってはたでどれだけ騒いだって、その女にとってその男に惚れているということが事実である限り、錯覚もまた真実になるの」

「でも、それでもし不幸になってしまったら……」

「幸福とは何か、あなたにそれが答えられる？」

皐月はグラスの氷をカラカラと鳴らした。

「幸せか不幸せか、それもまた主観的な問題。客観的にみて幸福な状況なんてものは存在しない。その女がそれでいいと言えばそれでいいの。あたしは幸せだと思えば、それが幸せなのよ」

「なんだか……それでは、女性を食い物にする男を擁護しているみたいに聞こえます」

「恋愛は自己責任、でしょ？　子供を騙したっていうならいざ知らず、いい大人が男に騙されたも何もないんじゃない？　世の中には確かに、女を食い物にする男はいるでしょうね。だけどそうした男に搾り取られた女の総《すべ》てが不幸だなんて、いったい誰にわかるの？」

「……わたしには……納得できないお話です。誰かが誰かを騙したとして、騙された方が悪いなんて考え方、わたしにはなじめません」

「当然でしょうね。だからあなたは警官なんてやっていられるんだものね」

皐月は、ふふっと笑って麻生を見た。

「いいじゃない、麻生さん。あなたの部下はどうやら、性格も真直ぐで正義感に溢《あふ》れているみたいね。こんなお嬢さんなら、不祥事とは縁がないでしょうから心配がいらないわね。でも麻生さん、警察ってそんなに真っ正直でやっていけるところなのかしら。あたし、そっちの方が心配なんだけど」

「宮島は警察に惚れてるんだ。だから騙されたって幸せだと思うだろう、きっと」

静香が怒ったような目を向けたので、麻生は咳払《せきばら》いしてその視線をかわした。

「まあそれは冗談として。マダム、ここからは半分仕事になっちゃうんだけど、質問しても構わないかな」

「お酒飲んでるから仕事じゃないって言ったくせに」

「うん、仕事で訊《き》くわけじゃない。ただ、マダムから聞いた情報を韮崎殺しの捜査に役立てることは有り得る、そういう意味だ」

「まわりくどい言い方ね」

皐月は、あはは、と笑った。

「いいわよ、何でも訊いてちょうだい。あたしの歌に惚れて通って、安月給の半分もこの店に落としてくれた刑事さんの質問になら、あたしだってちゃんと答えるつもりはあってよ」

「半分以上だったよ。あの頃は寮にいたんで生活費が安くあがってたから、何とかやってられたんだ」

麻生は顎先《あごさき》を指で触った。夕方剃《そ》ったばかりなのに、もう髭《ひげ》が伸び始めている。

「マダムの知っている範囲で答えてくれればいいんだけどね」

「当然ね。知らないことは答えようがない」

「うん。ゆうべ韮崎がどんな状況で殺されていたのかは聞いた？」

「だいたいは」

皐月は視線を下に落とした。

「湯船の中で喉《のど》を切られていたんですってね。お湯が真っ赤っかだったって」

「韮崎はゆうべ、誰かとホテルの部屋で密会していたんだが、その相手が誰なのか皆目見当がつかないんだ。と言うのはね、韮崎は、その相手と密会することをかなり以前に計画していたらしく、ホテルの部屋の予約を済ませている。つまり、ゆうべどこかで拾った女を連れ込んだとかそういうことじゃない。しかも韮崎は、いつもならばする用心をゆうべに限ってはしていないんだ。舎弟分の男をふたり、別の部屋に待機させてはいたんだが、普段ならば一時間おきにするはずの連絡をせず、ゆうべに限っては、連絡がなくても何もするなとわざわざ念押しまでしていた。要するに韮崎は、ゆうべ密会する予定だった相手に対しては、かなりの信頼をおいていたということになる」

「なのに、その信頼していた奴に喉をかっ切られちゃったってわけね」

「そういうことになるね。変な話だろう?」

「まあ、変と言えば変なんでしょうけど……でもね麻生さん、あたし本当に、韮崎がどんな仕事をどんな方法でやっていたかについては、ほとんど無知なのよ。そりゃ、たまにはけど、合法的とは言えないような仕事をした話だって、してくれたことはあったわよ。で韮崎の気がゆるんで仕事の話をしてくれることもなかったわけじゃない。今だから言えるも、いつもじゃないのよ。特に最近はね……実を言えばこの三ヶ月の間に韮崎と逢《あ》ったのは一度か二度しかなかったの。あたしたち、ほら、もうお互い若いとは言えないでしょ。毎日べたべたくっついて、暇さえ見つけたらやりまくってるって歳じゃないわけ。何て言えばいいのか……結婚して十年も経てば、どんな夫婦だってそうなるんじゃない?」

「つまり、愛情が冷めたわけではないが、さほど頻繁に逢ってはいなかったということか」

「ええ。喧嘩《けんか》してたわけでも何でもないんだけど、お互い忙しければ連絡がないままでも平気、みたいな。知っての通り、韮崎は他にも夜を共にする相手はいたわけだし……悪いけど、韮崎がそんなに信頼していたのに、こっそりホテルで逢い引きしなくちゃならなかった相手なんて、見当もつかないわ」

「あの男はどうかな……韮崎の片腕と言われていた、イースト興業の」

「練ちゃん？」

「知ってるのか」

「知ってるのかって」

皐月は驚いた顔をしてから、大声で笑い出した。

「そりゃ知ってるわよ。だってあの子、もともとはあたしのオトコだったんだもの」

「どういう意味？」

「どういうもこういうも、そういう意味よ、刑事さん」

皐月は笑い続け、苦しくなったのかグラスの氷を嚙《か》み砕いて呑《の》み込んだ。

「あの子は誠さんが拾って来たのよ」

「拾って来た？」

「そうよ。ある晩、もう明け方だったわね、電話で起こされて今から行くって誠さんに言われてね、すごく眠かったんでムカムカしながら、それでも待っていたのよ。そしたらあの子を連れて来たの。ぼんやりした子でさ、初めはちょっとアタマが足りない子なのかと思ったくらい」

「韮崎はどうして山内を君のところに？」

「知らないわよ、気まぐれでしょ、気まぐれ。酔い潰《つぶ》れてたのかクスリでもやってラリッちゃってたのか……線路に寝ていたんだって言ってたわ」

「……線路！」

静香が言いかけた。

「それって……」

「誠さんもそう言ってたわね。死に損ないだって。でもどうなのかな、ただ寝ていただけなんじゃない？　酔っぱらってさ、線路を歩いた経験ってけっこうある人、多いんじゃない？　うちのお客さんでも酔ってさ、線路を歩いてて、路線点検用の電車が来ちゃって死にそうになったなんて話、してた人がいたわよ。ともかくね、そうやってあたしのところに連れて来られたのよ、あの子。どこも行くとこはないみたいだったし、お金も持ってなかったし。まあ何があったんだか知らないけど、掃除と洗濯ができるなら置いてやってもいいかって、二ヶ月くらい一緒に暮らしたの」

「韮崎を裏切って、山内と関係を持ったわけか」

「裏切っただなんて」

皐月はまた笑い出した。

「だって韮崎が拾って来てあたしにくれたのよ、おまえの好きにしたらいいって。韮崎はそういうこと、たまにしたのよ。あたしが迷惑がるのを見て面白がってたんでしょ。自分が囲ってた男の子を連れて来て、気に入ったらやるぞ、なんて言ってね。いつもは怒って追い出すんだけど、練ちゃんはほんとに行くとこがないみたいだったから、追い出すのも可哀想なんでしばらく様子を見てたのよ。割と綺麗《きれい》好きで掃除は上手だったし、洗濯でも料理でも、ちょっと教えてみたらすぐコツを呑み込むんで、あ、この子は思ってたよりずっと頭の回転が早いんだなってわかったわ。そのうちあの子との暮らしが快適になっちゃって、店の仕事も覚えさせてみようかな、なんて思っていたのね。そしたらある日、あの子があたしの為に料理作ってるの見て誠さんったら、子供みたいに嫉妬《しっと》したのよ」

皐月の思い出し笑いは止まらなかった。

「それで、俺のとこで仕事させるからっていきなり、連れて行っちゃったの」

「ひどい。随分身勝手ね」

「でしょう?」

皐月は静香に向かって大きく頷いた。

「あたしはむくれたわよ。練ちゃん返してくれないならあんたとはおしまいだって騒いでやったわ。でも誠さんったら、頑としてあの子を返してくれなかったの。で、その内あたし、気づいたのよ」

皐月は、笑いの発作が収まった気の抜けたような顔で言った。

「誠さん……あの子にイカれちゃってたの。あたし、勘違いしてたのよ。あたしの為に料理を作ってかいがいしく働いてるあの子を見て、あたしの気持ちがあの子に傾いてることに嫉妬したんだと自惚《うぬぼ》れてたんだけど、そうじゃなかったのね。誠さんったら、あたしのとこで何度かあの子を見ている内に、あの子に惚れちゃったのね……一目惚れってのはあるけど、誠さんのは二目か三目で惚れたって感じかな……実のところ、あたしの知ってる限り、誠さんは美少年食いってやつでね、練ちゃんはうちに来た時にもう、どう見ても二十代半ば以上だったでしょう。誠さんの守備範囲からははずれていた。それなのに、何度か顔を見ているうちに、あたしに渡してしまったことを後悔するようになっていたのよ。ま、そんなわけだから、練ちゃんのことはよく知ってるわよ。誠さんのとこに行ってからも、たまに遊びに来ていたし、今だって気が向くとふらっと店に来るもの。だけどまさか」

皐月が眉《まゆ》を寄せた。

「その密会の相手が練ちゃんじゃないかなんて、そんなこと考えてるの？　だとしたら大ハズレよ」

「なぜ？」

「なぜって、どうして練ちゃんと逢うのにわざわざホテルの予約してこそこそする必要があったの？」

「それはそうだね」

麻生は空になったスコッチのグラスを少し上げて、細身のネクタイの男に代わりを注文した。

「確かに、密会の相手が山内だというのは不自然だ」

「不自然も不自然、お話にならないわ」

「だが、韮崎が少なくとも二度、山内の命を狙ったという情報も得ているんでね。山内としては、拡大解釈すれば正当防衛で韮崎を殺す動機はあることになる」

「ナンセンスね。どうせ時間を遣うなら、他のセンを追った方がいいわよ。練ちゃんはたとえ殺されたって、誠さんを殺そうなんてしなかった」

「どうしてそんなに確信があるの？」

はぁ、と皐月は息を吐き出し、それからまた笑った。

「説明したらすごく長くなりそうだし、うまく説明する自信もないからやめとく。ただ言えることは、あたしにはわかる、それだけ」

「OK」

麻生は思わず硬くなっていた表情をやわらげ、運ばれて来たスコッチのグラスを皐月のグラスに軽く合わせて二度目の乾杯をした。

「マダムがそう確信してるってことは、大切な情報として扱わさせて貰《もら》います。で、山内は論外として、本当に他には心当たりってないのかな」

「ひとつ言っておくけど」

皐月は、強い意志のあらわれた瞳《ひとみ》を麻生と静香に交互に向けた。

「あたしね、告げ口なんてしたくないのよ。警察に対してであれ、他の誰に対してであれ、ね。もちろんあなたたち警察は、あたしが何を言ったところでちゃんと裏付けは取ってから行動してくれるんでしょうけど、わかるでしょ、組の連中はそうとは限らないのよ。もしあたしが余計なことを言って、誠さんを殺したのは誰々だ、なんて情報が組の連中、特に誠さんの弟分たちの耳にでも入ったら、問答無用で敵討ちされてしまうことも有り得るのよ。つまり、あたしの不用意な言葉が誰かの命を奪うことになるかも知れないの。だから、そんなに簡単に心当たりなんて口にはできないのよ。もちろんあたしだって、誠さんが殺されたことは悔しい……すごく、すごく悔しい。犯人を知っているならあたしのこの手で仕返ししてやりたいって思うくらいよ。だけど、だからこそ、いい加減なことは言えないのよ」

「当然だね。マダムが慎重になってくれることは、我々にとっても有り難いことだ。我々にしても、人違いで誰かが韮崎の舎弟に殺されるなんて事態になったらやりきれないからな」

「麻生さん、それから、宮島刑事さん」

皐月がグラスを置き、背筋を伸ばしてあらたまった顔になった。

「あたしね、泣きもしないし店を休みもしなくて、あなたたちから見たら韮崎の死を本気で悲しんでいるのかどうか疑わしいかも知れない。でも、命に賭《か》けても言えるのよ。あたし、本当に悲しいし、悔しいの。どうしても、韮崎を殺した犯人が誰なのか知りたいのよ。だからお願い……捕まえて。韮崎を殺した犯人を必ず捕まえて。そして、なぜ殺したのかその理由をあたしにも教えて。それを知らないでこれからの人生、韮崎なしで生きていくなんてあたし、できそうにないの。韮崎がどうして死んだのか、何に対する罰としてあんな死に方をすることになったのか、その理由も含めてあたし、背負いたいのよ……韮崎の思い出と一緒に」

2

「あ、運転手さん、ここで停めて。ひとり降りるから」

麻生は一万円札を静香の掌《てのひら》に押し込んだ。

「レシート貰って、俺の代わりに経費精算しといてくれな」

「だったらあたしが立て替えます」

「いいんだ」

麻生は静香だけタクシーの後部座席に残すと車を降りた。

「静香、署の中じゃよく寝られないようだったら、遠慮しないで家に帰れよ。寝不足でミスされる方が困るんだからな」

「はい。それじゃまた、明日」

「いや、俺も署に戻る」

静香の言葉を待たずに、麻生はタクシーから離れて歩き出した。

どうせ朝八時から捜査会議の予定だった。今から大島の自宅に戻っても、せいぜい五時間しか寝られない。

しかしまあ、それも言い訳だった。麻生は、槙の顔が見たかったのだ。金村皐月が愛人だった韮崎に対して見せた情熱にすっかりあてられて、からだの芯《しん》がほてっているような気がしていた。

槙の店は四谷三丁目の地下鉄の駅から遠くないところにある。四谷署で刑事課長をしている先輩に連れられて初めて行ったのは、一年ほど前のことだった。カウンターだけのこぢんまりとした小料理屋なのだが、酔っても会話の内容にさほど神経質にならなくて済むのが気楽で良かった。槙は、どんな物騒な話題を客同士が交わしていても、まるきり涼しい顔をしていられる女だった。何度か通っている内に、ひとりで行くことが多くなり、槙の酌で飲む回数も増えた。それでも、半年前の夜までは、槙と関係を持つことになるなどとはまったく想像していなかった。

槙はとびきりの美人というわけではない。だが、どこか雰囲気のある女だった。芸者あがりだという噂があったが、本人は過去のことについて何も話さない。気に入っている女ではあったが、恋愛対象だと考えたことはなかった。

半年前のある晩、たまたま暖簾《のれん》をしまう時刻まで店にいた麻生は、良かったらコーヒーでも飲んで帰らないか、と槙に誘われた。近くの深夜営業の喫茶店にでも行くつもりだろうと思いながら、槙が店を出て来るまで外で待っていた。片づけを終えて出て来た槙は、麻生の腕をとり、まったく何気ない顔で言ったのだ。あたしの部屋までタクシーですぐなの。おいしいコーヒー、ご馳走《ちそう》するわ。

考えてみれば、俺は槙に誘われたのだ。今の関係は、槙が望んで始めたことだったのだ。

俺のどこが気に入ったんだろう。

麻生は、たまに自問してみることがあったが、深くは考えないことにしていた。槙の正確な年齢はわからないが、たぶん四十をちょっと越えたあたりか。特定の男がいなければ、肌さみしい夜もあるだろう。


店の前に着いた時、ちょうど槙が暖簾をしまっているところだった。

「あら」

藍染《あいぞめ》の暖簾を畳みながら、槙は笑顔になった。

「良かったわ、まだガスの火を落としていないのよ。何か食べる？」

「いや、飯は食った」

「そう」

それだけで槙は、麻生の望みを察して頷《うなず》いた。

「それじゃ、ちょっとだけ待っててね。すぐ片づけるわ」

「手伝うよ」

店の名前は平仮名で『まき』。何の変哲もてらいもない。槙自体にも、商売人としての欲はあまりないように思う。客の入りが悪ければさっさと店を閉めてしまうし、天気が悪ければ臨時休業だ。だが店はけっこう繁盛しているように見えた。カウンターだけとは言っても、コの字型のカウンターにはそこそこの数の客が座れたし、料理人は槙の他にもうひとり、刺身をさばいてくれる板前がいる。小料理とは言っても、完全な素人料理というわけではなく、値段は安いが味は良かった。板前は十二時に帰ってしまい、槙もだいたいその頃に店を閉めるが、気心の知れた客がいる時には二時頃までつきあってくれることもある。万事、気楽にやっているようだった。何とはなしに麻生は、今の槙の生活は、彼女にとっての「第二の人生」みたいなものかな、と思っている。槙にはきっと、波乱に富んだ第一の人生があり、そしてそれはもう、終わってしまったことなのだ。

板前がカウンターの内側はきちんと清掃して帰っているので、槙は店内を掃除する。明日の開店前にもやるのだろうが、閉店前の掃除も手抜きしない。麻生は雑巾《ぞうきん》を借りて、客が座った椅子の座面をひとつずつ拭《ふ》いて行った。最初の頃は店の掃除の手伝いなど麻生には決してさせてくれなかったのだが、この頃は手を出しても怒らなくなった。そうやって、互いに無言のまま店の掃除をしているのは楽しい。自分には警官よりも、板前か何かの方が向いていたのだろうな、と、麻生は思う。

掃除が済むと、槙が熱いほうじ茶をいれてくれた。カウンターに腰掛けて茶をすすっていると、ついさっきまで皐月の店で体験していたことなどは総《すべ》て、夢だったように思えて来た。

「女は刑事に向かないと思ってたんだ」

脈絡もなく、麻生は言った。麻生の、前触れもなく突拍子もないことを口にする癖には慣れている槙は、黙って頷いた。

「刑事なんてのは繊細だと務まらない。よく男の方が女より繊細だ、女は図太いなんて主張する奴がいるけどさ、あれは嘘だ」

「そうね」

槙は微笑んで言った。

「繊細な人間が戦争なんてひき起こさないわね。男はすぐに戦争したがるものね」

辛辣《しんらつ》な言葉だったが、槙の口を通して放たれると、今日のナイターの結果はね、と喋《しゃべ》っているかのようにあっさりと聞こえた。

「だから、女に刑事は無理だと思ってた。でも今夜、それは間違っていたかも知れないと思ったよ」

「女も繊細じゃないってわかったの？」

「違う、違う」

麻生は笑った。

「そうじゃなくてね、女には女のやり方ってのがあるんだなぁ、と感心したってことさ」

「良かったじゃないの」

槙はまた微笑んだ。

「これからは女性の刑事さん、どんどん増えるんでしょ。正しい部下の使い方がまたひとつわかって、良かったわね」

「何だか、皮肉に聞こえるな」

「あら、そう?」

　槙の笑顔は無邪気で、可愛い。

「ごめんなさい。でもねあたし、麻生さんって、知れば知るほど、刑事に向かない人って気がして」

「言うかな、そういうこと、ズバッとさ」

「傷つく?」

「いいや」

　麻生も笑って湯呑《ゆの》みを置いた。

「自分でもつくづく、そう思ってる」

「訊《き》いてもいい?」

「何でもどうぞ」

「どうして警察官採用試験、受けたの?」

「剣道がやりたかったんだ。剣道を続けながら給料を貰《もら》えるところって言ったら、警察しか思い浮かばなかった」

　槙は笑った。

「そんなことだろうと思った」

「ごめん」

「別に謝らなくていいわよ。あたしだけが税金を納めているわけではありませんからね。でもあまり大っぴらに口にしない方がいいわね、きっと」

「だろうね。しかし俺は、訊かれると今みたいに、すぐ答えちゃうよ」

「言い触らしたいのね……俺は警官なんかになりたくなかったんだぞーっ、て。剣道だけやって、後は総務部で慰安旅行の計画でも立てていたかったんだー」

「意地悪な女だな、君は」

槙はペロッと舌を出した。麻生は、今すぐ槙を抱きたいと思った。欲情をもよおさせる舌の動きだった。もちろん、槙自身はまるで意識していない。


店を閉め終えて、二人は地下鉄の駅へと向かった。タクシーだとほんの十分だが、まだ丸ノ内線の最終があった。槙は地下鉄が好きで、電車がある内はわざわざ地下鉄に乗る。駅からかなり歩かなければマンションに着かないので、地下鉄を使うと三十分以上かかってしまうのに。

地下鉄の駅はけっこう混雑している。終電まで数分だから当然かも知れないが、深夜の零時を過ぎても東京の人間はみな起きて動いて電車に乗っているのだなと思うと、おかしな街だ、と笑い出したくなる。まるで、ネズミかゴキブリみたいな生活だ。そしてもちろん、自分もその一員だ。

槙は電車に乗ると無口になる。つきあい出した最初の頃は、どうしてなのかわからずにいらぬ気を遣ってしまった。だが今ではもう、麻生はそんな槙に慣れている。槙は楽しんでいるのだ。電車に乗るのが好きなのだ。まるで、幼い男の子のように。

赤坂見附の駅から一ッ木通りを腕を組んで歩いた。まだまだ赤坂の喧噪《けんそう》は宵の口だ。焼き肉の香りがあちらこちらから漂って来る。一ッ木通りから脇道を南西にたどる。酒場の賑《にぎ》わいが途絶えた辺りから、マンションの建物が目につくようになり、その中のひとつに槙の部屋があった。高級というほどではないが、そこそこに金のかかった造りだし、賃貸ではない。いくらバブルが弾《はじ》けたとは言え、場所からしても安くはなかったろう。店も自分の名義で大きな借金はないようだし、槙の「第一の人生」では、他のものはともかく金だけはそこそこ摑《つか》めたのかも知れない。

郵便受けから夕刊と数通の郵便物を取り出してから、槙はエレベーターに乗った。店は六時からだが、仕込みや掃除があるので二時頃には部屋を出てしまうのだ。夕刊はいつも、帰ってから読むらしい。それでも、魚の仕入れは板前がしてくれるのでその点、楽だと槙は説明してくれた。

板前の川添という男と槙とはいったい、どんな関係なのだろう、と麻生はふと思った。川添は、板前にはたまにいるひどく無口なタイプだ。話しかければ笑顔らしきものも浮かべて答えてくれるし、一杯どう、とビール瓶を突き出せば、コップで受けて飲んでもくれるのだが、基本的には会話だのお愛想だのは苦手らしい。歳は槙より下だと踏んでいるが、腕は確かだった。十一時半になると注文をさばくかたわら調理場の後片づけを始め、十二時になるとさっと帰ってしまう。朝は六時には築地《つきじ》に魚を仕入れに行き、一度店の冷蔵庫に魚を収めてから、ひと休みして四時過ぎにまたやって来るのだそうだ。槙の店にとっては理想的な男だったが、それだけに、槙はいったいどこで川添を拾ったのだろうかと、いらぬ詮索《せんさく》をしてみたくもなる。麻生はそんな自分の本音に、川添への嫉妬《しっと》があることに気づいて苦笑いする。愛していると言い切れるのかどうかもわからない女に対しても、男というのは所有欲がわくものらしい。やっかいなものだ、まったく。

部屋に入るとまず、槙がコーヒーをいれてくれる。いちばん最初の晩から変わらない二人の儀式だった。槙のコーヒーは旨《うま》い。麻生も一時コーヒーには凝ってみたことがあるのだが、どんなに高い豆をつかい、ミネラルウォーターをつかって理屈では最高というい れ方をしてみても、コーヒーの味というのは日によって違うものだ。槙のコーヒーはいつも、ホッとするような親しみ易い香りと味を持っていた。夜遅く帰ってから飲むのに、あまり主張が強い香りは疲れるからと、馴染《なじ》みのコーヒーショップに頼んで特別にブレンドして貰っているらしいが、ブレンド比は内緒だと教えてくれない。

「だけど、今夜来てくれるとは思ってなかった」

「本を忘れただろ。留守電を聞いたからさ」

「でも、大きな事件があったでしょう、新宿で。前の事件がちょうど終わったとこだったし、あなたが担当するんじゃないかなって思っていたのよ。良かったわね、担当、はずれて」

「とんでもない」

麻生は笑った。

「君の予想通り、俺が担当させられることになったよ」

「ほんと？」

槙はカップを持ったまま目を丸くした。

「それなのに、こんなことしてていいの？」

「こんなことって？　コーヒーぐらい仕事中でも飲むさ」

「違うわよ」

「違うって？　いったい何をしたらいけないんだい、今はプライベート時間なのに」

「うん、もう」

槙は唇をとがらせる。

「言わせないでちょうだい」

「言って欲しいな」

「ばか」

「言ってよ。俺たち、いったい何をするんだ、これから」

「じゃあ教えてあげる。あなたはそれを飲んだらタクシーで帰る。あたしはお化粧を落として風呂《ふろ》に入って、歯を磨いて寝る。わかった？」

「ほんとに帰ってもいい？」

槙はカップの縁から麻生を見ていた。

「だめ」

こらえるのが辛《つら》いほど、欲情が突き上げる。プロセスも会話も面倒になりかけていた。このままリビングの床に槙を押し倒して、着物の裾《すそ》をまくりあげて槙を貫きたかった。だが、麻生は鼻で息をしてゆっくりとコーヒーを飲み、気持ちをなだめた。槙は潔癖症で、シャワーを浴びる前のからだに触れようとしただけで激しい拒絶反応を示すのだ。

一杯のコーヒーの後は、先にどうぞ、と言われてシャワーを浴びる。麻生がシャワーを浴びている間に槙は着物を脱ぎ、その始末をするらしい。着物というのは脱いでからしっかり手入れしておかないと、そう頻繁に洗えるものではないのですぐに傷むのだと。槙は着物を着慣れている。小料理屋の女将《おかみ》だから当たり前なのかも知れないが、一度他の客が、女将さんの着方は堂に入ってるね、と声を掛けていたことがあった。子供の頃から踊りなんか習っていたんじゃないか、と。槙は肯定も否定もしなかったが、彼女の「第一の人生」において、着物が槙の身近にあったことは確かだろう。

シャワーから出ると、槙が部屋着に着替えて化粧も落とした顔でバスタオルを抱えていた。サマードレスのような簡単なワンピース一枚で、素顔になっている槙は、本当に可愛らしい、と麻生は思う。目尻《めじり》の皺《しわ》や口元が少したるんでいることなどを、隠そうともせずに見せてくれるのは、自分を特別な男として意識していないからなのかそれとも、心をゆるしてくれているからなのか。いずれにしても、麻生は槙の素顔が大好きだった。いつもだってそう化粧が濃い方ではないのだが、素顔には独特の懐かしさのようなものがある。たぶん、槙は地方の出身言葉を選ばずに言うなら、農村の嫁さんのような懐かしさだ。たぶん、槙は地方の出身ななのだろうと麻生は見当をつけていた。

槙にはおかしな癖がある。濡《ぬ》れた男のからだを自分で拭《ふ》かないと気が済まないのだ。最初、麻生はそれがひどく恥ずかしかった。まるで幼稚園の子供にかえったように、母親の前で素っ裸で立ち、からだを拭いて貰うのだ。何度も自分で拭きたいと言ったのだが、槙はゆるしてくれなかった。槙にとって、それは電車に乗っているのと同じような楽しみになっているらしい。

最近はもう、麻生は観念して槙のしたいようにさせていた。槙が腋《わき》の下にタオルを近づけたら言われる前に万歳してやるし、前が終われば後ろを向いて背中や尻を拭かせてやる。変な癖だが、槙には似合っているような気もする。槙は、水商売などしていなければ、肝っ玉母さんになっていたような女なのかも知れないと思う。

「はい、拭けました」

槙は言って、もう一枚用意していた乾いたタオルを麻生の腰に巻いた。

「ビールでも飲む?」

「自分でするよ。シャワー、浴びておいで」

槙は頷《うなず》いた。麻生はキッチンの冷蔵庫を開けて缶ビールを取り出した。食事はほとんど店で済ませるので、女の家の冷蔵庫なのにさほど食べ物が入っていない。それでも、コンビニで買ったらしい甘いデザートのカップが二、三個並んでいるのが微笑ましかった。

玲子も甘いものは好きだった。いつも冷蔵庫には、何かしらおやつが入っていた。非番の午後などに、ふと出来心で玲子のおやつを食べてしまうことがあった。夕飯の後、冷蔵庫を探している玲子の背中に、ごめん、食べちゃった、と謝ると、玲子はぷうっと頰を膨らませて見せてから、朗らかに笑った。

なぜだか、胸の奥が痛んだ。もうそんな時期はとっくに過ぎたはずなのに。


女が懐かしいのだ、と麻生は思った。冷蔵庫に甘いおやつをしのばせておいたり、男のからだをタオルで拭くのを楽しんでいるような、女の習癖が懐かしいのだ。

缶ビールを片手に居間に戻り、テレビをつけた。もういちばん遅い時間のニュースも終わっていて、プロ野球の結果が流れていた。ぼうっと見ていたが、最近は野球にも興味がなくなっているのでひとつも頭に入らない。テレビは消して、まだ畳まれたまま開かれていない夕刊を手に取った。

韮崎事件についてはけっこう大きく出ていた。論調は、暴力団の抗争事件と断定されている。まあそれは、そうだろう、と思う。韮崎のような人間が殺されて、それが暴力団絡みではないと考える方がどうかしている。

謎の密会相手。その相手が誰なのかわかれば、事件は解決するだろう、おそらく。だが今夜は捜査班に収穫はないようだ。何かあれば携帯が鳴るはずだった。

裸のままでベランダに出てみた。ベランダとは言ってもルーフテラスになっていて、かなりの広さがある。真夏にはバーベキューもできるほどだ。目隠しに周囲を不透明なプラスチック板で覆ってあるので、近隣の家の窓から裸の男の姿を見られる心配はなかった。だが空には覆いがない。月には覗《のぞ》かれる。

十月半ばなのに、不思議なほど暖かい夜だった。寒気を感じたらすぐに引っ込もうと思っていたのに、シャワーでほてったからだが夜風に気持ちいいくらいだ。だが十分もそのままいたら風邪をひくな、と思った。熱でも出して捜査の指揮が執《と》れなくなったら、また管理官に大目玉だ。

韮崎は不思議な人間だった。皐月の言っていたことは、本当のことなのだろう。静香が皮肉ったように、皐月の思い込みなどではない……たぶん。

複数の男と女を相手にして、そのひとりひとりに真剣でいられる男。その一方で、冷酷無比に自分の邪魔をする人間をこの世から抹殺して来た男。

ふと、皐月が話してくれた山内練と韮崎の出逢《であ》いのことが、気に掛かった。

酔って線路に寝ていただけなのか、それとも……

自殺。なぜ？

あいつはどうして、自殺なんかしようとしたんだろう。それはいつのことだったんだ？　刑務所から出てすぐか？

帰るところもなく、金もなかった。とすれば、刑務所から出た直後なのかも知れないが、保釈で出ていれば保護司が付いているから、金が無くても飢え死にすることはまず、あり得ない。そうなる前に、住み込みで飯が食える仕事ぐらいは見つけて貰《もら》えるだろう。だが刑期が満了して仮釈放期間が過ぎれば、保護司にも義務はなくなる。そこから先は、自分で生きていかなくてはならないのだ、前科という重い荷物を背負って。

それにしても、どうして実刑判決など出たのだろう。

麻生は腑《ふ》に落ちなかった。長年の経験で、どの程度の罪でどんな事情ならば、どのぐらいの判決が出るかの見当はつくようになっている。強姦《ごうかん》未遂と傷害だから、求刑が二年か三年というのはわかるとしても、初犯で、完全な出来心で、本人はあの通りの気弱な青年で泣き虫で、おまけに堅気の大学院生、過去に問題を起こしたこともない。ごめんなさい、もう二度としませんと泣いて謝っていれば、まず執行猶予が付くケースだった。麻生は山内を「落とした」時点で、執行猶予ですぐに社会復帰できるだろうと信じて疑わなかったのだ。だが現実には、実刑判決が出て山内は服役していた……


「何してるの！」

槙が金切り声で背中に抱きついて来た。

「風邪ひいちゃうじゃないの！」

「大丈夫だよ、今夜はあったかい」

「大丈夫なわけないでしょう」

槙は母親が子供を叱るように断定すると、麻生の腕を引っ張って部屋の中に連れ戻した。

「もう十月半ばなのよ」

「わかってる。金木犀《きんもくせい》が香ってた」

「ほんとに、あなたって子供みたい」

槙は腰に手をあてて麻生を睨《にら》んでいたが、やがて、ぷっと吹き出した。

「いやね、あたしったら。いいおじさん相手に何を言ってるのかしら」

「おじさんはご挨拶《あいさつ》だな。俺がおじさんなら君もおばさんだよ」

「けっこうよ。あたし、立派なおばさんになるのが人生の目標なんだから」

槙は笑いながら、麻生の胸に頭を預けた。シャンプーの香りがする。

「星でも眺めてたの？」

「いいや、考え事してた」

「考え事？」

「うん」

麻生は槙の頭を撫《な》でた。

「ある男のことをね、考えてた。昔、つまらない事件で逮捕したんだ。執行猶予が付くケースだと思ったんで、少々強引に落とした。検察に持ち込まれる前に自白してる方が執行猶予は付き易いからね」

「それってつまり、付けてあげたかったって、こと？」

槙は不思議そうな顔で下から見上げた。

「刑事って、そこまで考えるものなのね」

「いつもじゃないよ。いつもはむしろ、量刑についてはあまり考えないようにしてる。俺たちの仕事に裁くことは入ってない」

「白状すれば刑が軽くなるぞ、なんて、テレビドラマでは言ってるわよ」

麻生は笑った。

「少なくとも俺の部下には絶対に言わせないよ、そんなセリフは。俺たちに裁く権利はないんだ。そこを勘違いすると、大きな間違いを犯すことになる。だけど」

麻生は、槙の背中を抱いて、ソファに倒すように横たえた。

「だけど、たまには魔がさす」

「魔が……さす?」

「うん」

バスタオルをとると、槙の乳房の白さが目に痛いほどだった。若い女の乳房のように、恥も外聞もなく張り切って膨れているというわけではなく、槙の乳房は遠慮がちで、少し、頼りなく下がっている。麻生は、そんな槙の乳房が好きだった。どうしてなのか、張り切った異様に大きな乳房には、嫌悪感をもよおしてしまう。かと言って、やっと膨らみ始めた子供の胸にも興味はない。このくらいがちょうどいい。麻生の掌の中で、ベージュ色だった乳首が赤らんで、ほんのわずかだけピンクがかるのがとても、いい。

「どう魔がさした……の?」

前戯の最中に会話をするのも、槙が好きな「形」だ。槙は、決して無口な女ではない。板前の川添が喋《しゃべ》らない分、客と軽妙に会話して間を持たせなくてはならないのだから当然だが。それにしても面白いのは、興奮して来るといつもよりもっと、槙がお喋りになることだった。ただ自分が喋るだけではなく、麻生にも矢継ぎ早に質問して答えさせる。世の中には本当にいろんな女がいる。玲子は、麻生の手がからだに触れた途端に一言も喋らなくなり、喘《あえ》ぎすらこらえて漏らさないよう苦労しているように思えることもあった。

「可哀想になったんだ」

「可哀想って、なぜ?」

「あんまり、情けない奴だったから」

「情けないって、どう？」

「……インテリだった。若くて……泣き虫でさ」

「泣いたの」

「ずっと。ガキだったんだ。大学院生で、論文書いてて、ストレス溜《た》まってたんだと思う。それに、暑かった。むらむらして、女の子襲って失敗した」

「ああ」

槙は喘ぎながら頷《うなず》いている。わかるわ、良くわかる、とでも言いたげだ。

「おばか……さんね……でも……かわいそう」

「うん。けど、同情ばかりしてらんない。被害者は、顔に怪我した。カッターで切られて」

「それじゃ、仕方ないわね……あう」

「それに」

今夜の槙は、特別いい、と麻生は思った。大胆で、敏感だ。

「刑務所に入って、無事でいられる顔じゃなかったんだ」

「え？」

意味がわからなかったらしく、槙は顎《あご》をひいた。槙に正気に戻られたらつまらないので、麻生は忙しく指を動かして、槙の顎がまた上を向くようにした。

「女みたいな顔してたんだよ。わかる?」

「ああ」

槙はちょっと笑った。

「そういう……こと」

「うん。ムショに放り込まれたら、懲役以外の労働もさせられるタイプだったんだ。ともかく、自白させてしまえば、問題ないだろうと……思った。反省してますで押し通せ、って、言ってやった。なのに、実刑になってたんだ。長い間、そのことを知らなかった」

「あなたの……せいじゃ……ないんでしょ」

「うん。でもね」

麻生は、どう説明していいのかわからずに黙った。確かに自分のせいではない。だが、山内の言動にはおかしなところがある。そして、及川も、何か隠している。ただの逆恨みで憎まれているというのとは、どこか違う……

くそっ!

余計なことを考えたせいで気が散った。

そうだ、及川だ。あいつは何か、俺に隠してる。問い詰めてみなくては。

麻生はそこまでで考えるのを止めて、別の話題を探した。もっと槙のからだに集中できるよう、何も考えなくても喋り続けられる話題を。

＊

「飯はいいよ」

麻生はネクタイを締めながら断ったが、槙は断固として言った。

「食べて行かなくちゃ、ダメ」

麻生は諦《あきら》めてテーブルについた。白い飯と納豆、目玉焼き。白葱《しろねぎ》と油揚げの味噌汁《みそしる》。漬物に、小松菜のおひたし。いつものことながら立派過ぎて、苦笑いしてしまった。

「ねえ槙、君は普段だと、昼まで寝るんだろ？　俺が泊まったからっていつもこんなに頑張られたら、恐縮しちゃうじゃないか」

「勘違いしないで」

槙は、いただきます、と呟《つぶや》いて先に箸《はし》をとった。

「あたし、いつも七時には起きてるのよ。朝御飯は毎日、こんな感じよ」

「どうして？」

「どうしてって」

槙はウインクした。

「食べてからまた寝るのが好きだから」

この女のことが好きだ、と、麻生はあらためて思った。

槙は小さな皿に自分の飯茶碗《ぢゃわん》から御飯粒を少し取り分け、ダイニングの窓際に置いてある写真の前に供えた。今年の夏に死んだ愛猫の写真。

「なあ」

麻生は食後の茶をすすりながら言った。

「猫、欲しかったら買いに行こうか」

槙は微笑んで首を横に振った。

「もう生き物はいいわ……死なれるとこたえるもの」

愛猫の名はフーコ。十六歳だった。死因はたぶん老衰だろう。前の晩、麻生の膝《ひざ》の上で機嫌良くゴロゴロやっていたのに、翌日の午後、槙が泣きながら携帯に電話して来た。フーコが目を覚まさない、と。静かで穏やかな最期だった。

茶トラの雌で、器量のいい猫だった。だが片方の耳の先が少し欠けていた。捨て猫で、槙の知人が仔猫《こねこ》の頃に拾った時にはもう耳の先が欠けていたらしい。その知人が海外に移住するので譲り受けて以来、槙と一緒に暮らして来た猫だった。槙の第一の人生を、フーコは知っているのだろうか。

「もう行かないとな」

麻生は立ち上がり、上着を着た。

「今夜は？」

座ったままで槙が訊《き》く。珍しいことだった。槙はいつも、次がいつかを麻生に尋ねない。

そう言えば、ゆうべの槙はいつもより激しかった。槙の自分に対する気持ちが変化しているのかそれとも、何か嫌なことでもあってそれを忘れたいのか。ただのストレスなのかも知れないし、女の心の中はまるでわからない。

来るさ、と答えたかったが、韮崎事件の進展いかんでは徹夜になる。

「わからないんだ。電話するよ」

槙は頷《うなず》いた。だが麻生を送って立ち上がろうとはせず、茶をすすっていた。

麻生は、重い足取りで部屋を出た。出勤したくなかった。

1987.4

1

扉が開いた途端に、冷たい風がさっと吹きつけて頬をかすめた。花冷えの季節だった。

練は一瞬、進路を塞《ふさ》がれたような気がして立ち止まった。そんな練を、男は促すように顎で指図した。

「行きなさい」

「どうも、お世話になりました」

教えられている通りの挨拶《あいさつ》を述べ、頭を下げて外に出た。その男に何かの世話になった記憶などはないのだが、そうして礼をしてここを出るのがしきたりらしい。

背後で扉が閉まった。とうとう追い出された、そんな気さえした。喜びはなかった。

これまでに、二度、仮釈放の機会を逃していた。もちろん、わざと逃したのだ。仮釈放が決まると問題を起こして懲罰を受け、釈放は延期になった。それで満期まではいられると思っていたのに、なぜなのか、三度目の仮釈放が決まってしまった。どうしてそんなに追い出したいのだろうと、腹が立った。勝手に放り込んでおいて、今度はまた、自分たちの都合で放り出す。三度目は、問題を起こす暇を与えられなかった。部屋の連中とろくに別れの挨拶もすることができないまま、釈放準備の独居房生活を強制された。面倒なので諦めておとなしくしていたら、あっという間に釈放の日が来てしまった。

外国人の収容が増えて、房も人手も足りないのだという噂があった。もともと練のような、初犯で罪状も軽い懲役囚が府中に入れられることは珍しいらしい。それでも、周囲が重犯罪者や暴力団員ばかり、というわけではなかった。交通刑務所が一杯だという理由で暫定的に府中に入れられている、どこからどう見ても犯罪とは縁のなさそうなサラリーマン出身者もいた。話を聞いてみると、免許取り消しを受けて無免許状態のまま三年間も運転を続け、あげくに子供を轢《ひ》き殺したとか言っていたから、殺人者には違いないのだが。

練は溜息《ためいき》をついた。

目の前には誰もいない。誰も。

なぜ自分が、そんな馬鹿げた望みを抱いていたのか不思議なのだが、練はそれでも、自分がそれを期待していたのだということに、その時、気づいた。

根拠もないのに。

期待は裏切られた。誰もそこにはいなかった。保護司でさえが、仕事が忙しいので迎えには行かれないと言ってよこしたらしい。どうでもいいことのように思えたが、外に出たら寄り道せずに、その保護司のところへ行けと、きつく言い渡されていた。まだおまえは自由というわけではない。刑期はあと三ヶ月、残っているんだから、と。

だったら入れておいてくれればいいのに。

保護司の住所は小金井市《こがねい》緑町《みどりちょう》。行ったこともないし、どうやって行けばいいのかもまるでわからない。練は、途方に暮れて空を見た。そして、空の広さに驚いた。

ようやく、塀の外に出た喜びが静かに湧き上がって来た。

出てもその先の人生をどうするあてもなく、生まれた村にも帰れないと思うと、中で死にたいと思ったことも何度となくあった。仮釈放の機会を二度も自分からふいにしたのも、外に出てさまよう不安から逃れたい一心だった。

だが、運動場の限られた空間から眺める空と、今、見ている空とは確かに、広さが違っている。

練は首が痛くなるまで空を見つめ、白い雲を眺めていた。

刑務所に入った時に私物預かりになっていた銀行のキャッシュカードは返して貰《もら》っていたので、北府中の駅前で金をおろそうとしたのだが、銀行がどこにあるのかわからなかった。それでも懲役中に貯めた金が数千円は残っていたので、電車賃にはなった。

中央線に小金井という駅があったはず、というおぼろげな知識をたよりに、練は北府中から武蔵野《むさしの》線に乗り、西国分寺で中央線に乗り換えた。だが自分の知識が曖昧《あいまい》だったことに中央線に乗り込んでからやっと気がついた。小金井という駅はなく、武蔵小金井か東小金井のどちらかで降りるしかないのだ。緑町がどちらの駅に近いのかまるでわからない。どちらの駅の方が大きくて、バスの路線が多そうなのかも見当がつかない。ままよ、と手前の武蔵小金井で降りると、駅前はけっこう開けていてバスターミナルがあったのでホッとした。

何人かの通行人に住所を書いた紙を見せ、ようやくどのバスに乗ったらいいのかわかった。銀行に寄り、ともかくキャッシュカードの残高を確認する。二年前にそこにいくら入っていたのかは忘れてしまったが、十五万と少し残っていた。二万だけおろして、バスに乗った。

＊

保護司の家は昔は農家だったのか、かなり大きな家だった。近くに小金井団地があるせいか道は整備されているのだが、平日なので人の姿は少なかった。

池田、という表札の呼び鈴を鳴らすと、すぐに返事があり、五十がらみの女性が現れた。

「山内くん?」

親しげにくん付けされて、練は戸惑った。

「はい」

「主人から、来たら待って貰うよう言われてますんで、どうぞ」

池田夫人は無防備に練に背中を見せて家の中へと入って行く。たぶん、もう何人、何十人とムショ帰りの人間の面倒をみて来た夫婦なのだろうが、いつもいつも殊勝に感謝されて立派に更生して、というわけにはいかないだろうに、と、練はひねくれたことを考えながらその後について歩いた。

「ごめんなさいね、主人も迎えに行きたかったみたいなんですけどね、突然仕事が入ってしまって。ひとりで心細かったでしょう」

池田夫人は、俺の年齢を勘違いしてるな、と練は考えていた。彼女の口振りはまるで、少年院を出て来た十七歳のガキに対するような感じだ。おまけに、菓子を載せた皿まで出して来た。笑いたかったが、我慢して頭を下げた。

「お腹は空《す》いてませんか」

「いえ」

「遠慮しないでちょうだいね。今、主人に電話しましたから、もう一時間もすると戻って来ると思いますから」

練は、池田夫人の茶飲み話につきあいながら保護司の池田裕次郎を待った。池田夫人は練の過去や犯した罪については何も問わず、ひたすら夫や自分の周囲の他愛《たわい》ない話を喋《しゃべ》っている。場慣れしているとでも言うのか、その辺りの気の遣い方は見事だった。

練はいくらか安堵《あんど》していた。母親から、田舎に戻って来るなと言われて天涯孤独になったような気でいたのだが、池田夫妻を頼っていれば何とかなるのかも知れない……何とか。

池田裕次郎は一時間も経たずに戻って来た。大柄で、酒でも飲んでいるのかと思うほど赤黒く日焼けした男だった。

「申し訳なかったね、山内くん」

池田は人の良さそうな笑顔をしていた。だが目つきは鋭い、と練は思った。

「いつもだったらちゃんと迎えに行ったんだがね。いや、私は小平《こだいら》の方でアパートをいくつか経営してるんだが、普段は暇でね。時間を持て余すのも何だから、まあ、少しでも何か世間の役に立てればと保護司なんかやってるんです。親代々の地主百姓で、父親が晩年に農業をやめてね、畑にアパート建てて遺《のこ》してくれたんです。そんなだからまあ、気楽な身分なんで。それがねぇ、昨夜アパートの一部屋で事故があって」

池田は細君のいれた茶を一気飲みする。

「近くの病院に勤める看護婦さんなんだけど、恋愛問題で悩んで自殺しちゃってね……ゆうべ遅く、遺体が発見されて、まあそれで今朝から警察に出向いたり何だかんだと」

「大変でしたね」

練は小さな声で言った。池田は、練がちゃんと口をきけると知って安心したのか、ますます笑顔になった。

「山内くんのことは、だいたい、聞いてます。まあその、何だ、君の場合はね、事故みたいなもんだったわけだから。君みたいに順調にいってた人が躓《つまず》くと、かえって辛《つら》いこともあるだろうけどね、腐らずに、焦らずにね。えっと」

池田は居間に置かれた書き物机の引き出しを開け、茶色の封筒を取り出した。

「これ、山内くんのご実家から預かってました。先日、ここに見えてね」

「……母が……ですか？」

「いや、お姉さんかな。ご結婚されている」

「ああ……はい」

練は頷《うなず》いた。姉の雛子《ひなこ》は東京に嫁いでいる。

「私が保護司になるとご実家に連絡したんで、ご実家からことづかったっておっしゃってましたよ」

練は茶封筒を開けた。折り畳まれた手紙は、ちらっと開いてみたが読まなかった。筆跡は姉のものだった。姉の性格はわかっている。どんなことを書いてよこしたのかも見当はつく。母からの手紙はなかった。期待した自分が馬鹿だ、と密《ひそ》かに思った。姉からの手紙の他には、通帳が一冊と印鑑ケースがひとつ、入っていた。通帳の額面は、三百万。

練は顔を上げた。一瞬、通帳の意味がわからなかった。だが目が合った池田の顔つきで、ようやく事態が呑《の》み込めた。池田は苦いものを呑み込んでいるような顔をしていたのだ。

練は、もう一度封筒の中を確かめた。紙切れが一枚出て来た。相続放棄に関する全権委任状だった。鉛筆で薄く、実印を捺《お》す位置を指定してあった。印鑑証明も添えろとメモも書かれている。

練は、また通帳を見た。

「手切れ金か」

練は声に出して言っていることに気づかなかった。

「そんな風に考えてはいけない」

池田の太い声が言った。

「ご実家にだっていろいろとあるだろうし、君の事件で、お母さんもお父さんも大変な心痛だったことは間違いないわけだから……ね。そのお金だって、大金だよ。君の再出発の為にご両親は精いっぱいのことをしてくれたと、そう解釈しなくては」

父が何かしたはずはない、と練は腹の中で笑った。いや、この筋書きを書いて母に強制したのは父だろう。あんな奴は相続からはずせ、勘当だ、と父は怒鳴ったのだ。そして母はそれに逆らわなかった。この金はたぶん、母のへそくりだ。母の実家もそこそこ裕福な農家だから、母にもこの程度のへそくりはあったろう。

三百万で息子と手を切った母親。

控訴せずに裁判を終わらせてくれ、後生だから、とあの女が泣いたから、自分は諦《あきら》めたのだ。どうせ手を切るつもりだったら、なんで最後まで戦わせてくれなかったのか。

練は、今はじめて、悔しいと思った。目の前の光景がぼやけているのは意識していたが、それが滲《にじ》んでこぼれ落ちている涙のせいだとはわからなかった。

「山内くん」

池田は動揺していた。練の悔し涙の理由を誤解したのだろう。

「いいかい、これだけは言っておくよ。他人を恨んではいけない。恨めばまた道を踏み外す。そして今度は、もっともっと深い溝に落ちる。誰のせいでもない、自分の人生の責任は自分にあるんだ。君はね、これからが勝負なんだよ。まだ若いんだから、これから取り戻すんだ、失ったものを。決して、ヤケになったり、開き直ったりしたらだめだ。いいね、わかったね？」

練は頷かなかった。腹の底が冷えている。頭の芯《しん》に、ジージーと鳴き続けている蟬がいる。

池田は小さな溜息《ためいき》をついたが、すぐに気を取り直したような明るい声になった。素直ではない前科者を扱うことなど初めてじゃないんだ、というように。

「それで、これからのことなんだが。知っての通り、君の刑期はまだ少し残っている。その刑期が満了するまでは、君には総《すべ》ての権利が与えられているわけじゃない。まず、旅行は、国内しかできないし、行き先も目的も総て、私に連絡してくれないと困るよ。君がいつでも私と連絡の取れる態勢でいてくれることが、仮釈放の重要な条件だからね。残り刑期の間にやっかい事を起こすと、君をもう一度収監するかどうか判断されることになる。だから、決して警察の手をわずらわせるような揉《も》め事《ごと》は起こさないよう充分注意して貰《もら》わないとならない。これは、必ずしも違法行為だけをさすわけではないからね、そこを特に注意して下さい。示談が成立するような個人的な喧嘩《けんか》などでも、素行に問題があると判断されれば、君は再び収監されて、残りの刑期を務めなければなりません。嫌な言い方だが、品行方正でいることが必要なんだ、残り刑期三ヶ月の間はね。理解できるかな？」

練は頷いた。

「次に、いちばん大事なことだが、仕事を決めないとならない。仮釈放期間はぶらぶら遊んでいてはいけないんだ。労働に従事し、社会に貢献することが必要です。と言っても、まあ普通に働いて、真面目に生活していればいいんだから、そう難しく考えることはない。世間の人達が毎日していることをするだけのことです。ちなみに、仕事のあては？」

練は否定した。

「うん……まあ君のように高い教育を受けている人は、じっくり探せばきっといい仕事が見つかると思うんだが、取りあえず、あてがないようなら、私が用意した仕事に就いてみて貰えますか。詳しいことは後で説明するが」

「お願いします」

練は頭を下げた。取りあえず刑務所から出てすぐに飢え死にする心配はいらなくなった。

だが、戻る家が永遠になくなったことも事実だった。


四月だ。朽木《くつき》の桜はまだ早いだろう。川の土手にはたんぽぽが咲き始めて、土筆《つくし》を集めるのにいい頃だ。

帰りたい、と、思った。もう二度と帰ることができないとわかって、今、帰りたかった。

最後に帰ったのはいつだったか。実験が忙しいからと、何年も帰っていなかった。論文を無事に書き終えたら帰るつもりでいた。就職が決まっていて、外資系で、一、二年先にはアメリカの大学に企業留学させて貰うことになっていた。そしてその後はもしかしたら本社に転勤になるかも知れないと言われていた。そうなると故郷がまた遠くなる。その前に、一度帰るつもりでいたのだ。だがもう、それは永遠に叶《かな》わない夢になった。どうして帰っておかなかったんだろう。こんなことになるのなら、どうして。

2

六畳一間で流しとユニットバスが付いただけの簡単な部屋だった。それでも家賃は随分高いと感じた。長期の好景気経済が進行中で、不動産の価格は鰻登《うなぎのぼ》りらしい。

不満はなかった。住居にも仕事にも。職場は印刷工場で、仕事は紙の運搬。一日中、作業服に軍手で汗を流している。フォークリフトの運転もできるようになった。幸い入所中に免許が切れていなかったので、更新もして、二トントラックも乗り回すようになった。社長が池田の親友とかで、これまでにも何人か、ムショ帰りを受け入れている会社らしい。同僚たちは過去のことについてうるさく詮索《せんさく》しなかったし、おしなべて親切だった。だが池田についてはいろいろと情報も得られた。池田がごくたまに見せる目つきの鋭さには理由があったのだ。池田は肝臓を壊して退職するまで、警察官だったそうだ。

池田は、せっかく大学院にまで進学したのだから、その内に知識の活《い》かせる仕事に変わったらいい、とアドバイスしてくれた。経済がいい時期なので、探せばいくらでも就職口はあると。実際、少しでもコンピュータが扱える人間なら大歓迎という職場は多そうだった。練は印刷工場の仕事が気に入っていたが、それでも単純な興味から、コンピュータ関係の本を買い漁《あさ》った。自分が塀の向こう側に閉じこめられていた一年と数ヶ月の間に、技術は格段に進歩してしまっている。

仕事が終わると部屋でコツコツと勉強を始めた。一日はあっという間に過ぎ、毎日が嘘のように充実している。まるで、一年数ヶ月も刑務所にいたことなど、他人の人生の一部のようだった。三ヶ月の間、誰ともセックスをしなかったというのも久しぶりで、したいとも思わないことには自分で少し驚いていた。あの中にいた時には、その行為だけが自分の居場所を確保し、誰かの保護を受ける為の手段だったのだ。それに、快感は確かにあったから、自分でもその行為が好きなのだと思い込んでいた。思い込もうとしていた、のか。いずれにしても、自分にはもうああした行為は、必要がないのだ、と思った。その内には女に興味が出て来て、自分は元の、当たり前の「男」に戻ってしまうだろう。

残り刑期は満了した。池田は自分の家に練を招き、ささやかな祝いの膳《ぜん》を用意してくれた。

「これで君は、名実共に自由の身だ」

池田は上機嫌でビールを飲んでいた。

「この三ヶ月君の仕事振りや生活を見させて貰《もら》って、私は本当に感心してます。君はもう大丈夫だ。ひとりでもちゃんとやっていかれるでしょう。だがいつだって困ったことがあったら相談してくれていいからね。刑期を務めあげたと言っても、君の前科の記録は残ってしまう。この先、何かで嫌な思いをすることもあるかも知れない。だが最初に言ったように、決して腐ってはいけないよ。短気を起こしたら負けだ。君の人生は長く、無限の可能性を秘めているんだから、ともかくこらえてコツコツと……」

酒が入って饒舌《じょうぜつ》になった池田の、いつ終わるとも知れない演説を聞き流しながら、練は久しぶりのビールを舐《な》めるように味わっていた。大学に入るまでいたずらでも飲んだことがなかった酒だったが、飲み始めてみて、自分が強い方だというのはわかった。父も兄も酒は強かった。母方も強い人が揃っていると聞いたことがある。姉ですら、顔色ひとつ変えずにビールを一本あけてしまう。だが、酒が好きだと思ったことはない。学生の時のコンパでも、周囲が酔って盛り上がっていくほどにさめてしまい、段々つまらなくなる。おまえは性格が暗いぞ、と言われたこともあった。自分では、暗いとか明るいとかは考えたことがなかった。ただ幼い頃から、どうしておまえはそんなにおとなしいんだ、と、父がイライラしながら怒鳴るのは聞いて育った。

おとなしい。本当に、そうなんだろうか？

練にはあの晩の記憶がない。いや、自分では、ある、と思っていた。確かに夢を見ていた気がするのだ。どんな夢だったのか、目覚めた途端に忘れてしまったのだが。いずれにしても、自分は寝ていたのだと信じていた。パソコンに向かっているのに疲れて電源を落としたのが何時だったのか。それさえ証明できたら、総ての悪夢から解放されたのかも知れない。だが憶《おぼ》えていなかった。一人暮らしで明日の予定があったわけでもないので、寝る前に時計を見る必要などなかったのだ。ただ疲れて眠くなったので、パソコンを切り、そのまま寝た。論文の追い込みに入ってから、実験で学校に泊まっている時以外は万年布団だった。横になればそこに布団がある。真夏だったので、いつもトランクスとTシャツだけで生活していたから、着替える必要すらなかった。クーラーのない部屋だったが、窓を開けていればいくらか風は通った。ひっくり返るように布団に転がって、そのまま泥のように眠った……のだと、自分では信じていた。

だが、そうではない、とみんなが寄ってたかって否定した。そうではない。おまえは眠らなかった。布団を抜け出して夜の町に出て、カッターで女の顔を切った。

記憶喪失なのかも知れない。あの時は、絶対に自分のしたことではないと思っていた。何かの間違いであり、誰かのミスなのだと。だが一年数ヶ月の間に、自分で自分の性格がわからなくなってしまった。自分になら、できたのかも知れない、と思うようになっていた。ただやったことの記憶をなくしているだけなのかも。自分は少なくとも、ただおとなしいというのとは本質的に違う性質を持っている。そのことを、練は自覚した。

練のことを嫌っていた男がいた。同房の中では、その男だけがことあるごとに練に辛《つら》く当たり、恥をかかせて喜んでいた。

「おまえみたいなオカマが大っ嫌いなんだよ」

その男は、わざと唾《つば》を飛ばしながらそう言った。時には、本当に唾を吐きかけることもあった。なぜそんなにその男に嫌われなくてはならないのか、練にはよくわからなかった。練がその男に対して何かしたおぼえは一切なかったし、迷惑をかけたこともなかった。逆らったことすら、なかった。結局、そいつはホモフォビアだったのだろう。同性愛者や同性愛的行為全般を憎んでいる、というより、恐怖を感じているのだ。田村がそういったことには詳しくて、いろいろと教えてくれた。理不尽な話だ、と練は思った。

ある時、何気なしに、その男の意地悪にはもう耐えられない、というような愚痴を、北村の前でこぼした。別にどうしてくれと頼んだわけでもない。ただ、愚痴っただけだ。その日の夜の自由時間に、北村は珍しく、尾花や井野と何かごそごそ話し合っていた。三人は普段はあまり仲が良くない。ただ、練をダッチワイフ代わりに愛用している、という点にだけ共通点があるような連中だ。変だな、とは思ったが、自分には関係のないことだと思っていた。

翌日の作業で、練を嫌っていた男、高岡が、大怪我をした。どうしてそんなことになったのか、誰にもわからなかった。高岡は医療刑務所に入院し、房からいなくなった。北村も、尾花も井野も何も言わず、顔色も変えなかった。田村ですら、黙ったままだった。宮田も伊藤も、高岡のことは一切口に出さなかった。

そして練はただ、不思議な爽快感《そうかいかん》をおぼえていたのだ。何がどう関連していたのか、あるいは何もかも総《すべ》て無関係だったのか、そんなことはどうでも良かった。高岡がいなくなってせいせいした、それが練の偽らざる気持ちだった。関係があってもなくても、気分が良かったので、北村たちにはできるだけサービスしてやった。別に礼をしたという意識はなく、ただ、高岡が憎悪しながら聞き耳を立てていると心配しなくて済む分だけ、大胆になれたというだけのことだった。

数日後、田村が、何かの拍子に練の顔を見ながら呟《つぶや》いた言葉が、練の耳にずっとはりついたまま離れない。

おまえってさ、けっこう、恐い奴かもな。

「山内くん、君ももっとどうだい」

池田は練のコップにビールを注いだ。

「君は本当に、優秀な青年だよ。いや、先が楽しみだ。君は立派に更生するだろうし、それどころか、今に大成功するよ。いや、私にはわかるんだ。君はね、意志の強い人間だよ。目の光り方が違う。それに頭も恐ろしくいい。真直ぐに真面目《まじめ》にやってさえいれば、君はきっと人生の勝利者になれるよ。そしたらね、どうかな、田舎にだって堂々と帰れるんじゃないかな。ね」

帰れはしないのだ、と練は言いかけて止めた。この先、練が成功するとかしないとか、そんなことは問題ではない。父が生きている限り、父は自分をゆるさない。父にゆるされない限りは、自分は決して、朽木には戻れない。

兄の墓はどこにあるのだろう。山内家の先祖代々の墓に入ったのだとしたら、場所は知っているけれど。

兄にとって、政治家になれないことが死を意味したのだろうか。兄の人生は、政治家になれないとわかった途端、終わらなければならない種類のものだったのだろうか。

兄はいつも正しかった。正しくて強くて、優しかった。父親のように気分に任せて怒鳴ったりはせず、ひ弱で女っぽい練に対して父親が見せる理不尽な態度をたしなめていた。

練が同級生に虐《いじ》められたと知ると、必ず仕返しに行ってくれた。成績も抜群で運動神経も良く、何をさせてもできないことがなかった。山内の家の長男は神童や、とみんなが口を揃えた。次男ははあ、人形みたいな子やけどなあ。あれは歌舞伎でもやらせたらええんとちゃうか。

父にとって、兄は宝だった。姉のことも練のことも、父はあまり関心を持っておらず、兄だけに打ち込んでいた。現役で京大に入り、滋賀県議の事務所に勤めてから東京に出て、衆議院議員の秘書になった。その議員の次女と婚約して、次の衆院選でデビューする予定でいた。練の就職が内定した時、二人だけで飲みに出掛けた。いつものように陽気で、力強く、自分の力を信じて疑わない男だった。そしてあの晩が、兄の顔を見た最後になった。

池田はすっかり酔っぱらっていた。練が真面目に三ヶ月働き、今後も問題なさそうだということがそんなに嬉《うれ》しいのだろうか。練は不思議な気持ちだった。池田にとっては、前科者を引き受けて更生させることが、生き甲斐《いがい》になっているのだ。

いずれにしても、今の生活に不満はなかった。このまま穏やかに、好きなコンピュータの勉強と仕事とを続けて行くことができるなら、他に欲しいものもないし、どうしたい、こうしたい、というあてもない。印刷会社での身分はあくまで臨時雇いで、ボーナスも出ないし社会保険も付いていない。だが一年も真面目に勤めたら、正社員に登庸する制度はあると社長には言われていた。それまでの給料は、家賃と食費でぎりぎりだったが、母親から貰《もら》った「手切れ金」のおかげで、本ぐらいは買える。

練はビールを飲みながら、ようやく、自分の人生は最悪のところを脱したのかも知れない、と思い始めていた。帰る故郷はなくしてしまったが、寝場所だけは確保できたわけだ。

3

八月の暑い晩だった。その月いっぱいで印刷会社を辞める同僚の送別会があった。いつもの同僚の他に、見慣れない男の顔があった。昨年まで同じ会社に勤めていて、今は自分で小さな印刷所を始めたという話だから、練以外の同僚たちには馴染《なじ》みの顔のようだった。四十代半ばぐらいで、恰幅《かっぷく》も押し出しも良く、声も大きかった。やたらと酒を飲んでいたが、真っ赤になって騒いでいるところからして、酒自体がそんなに強いというわけではないらしい。絡むというほどタチが悪くはないが、もういい加減にしろよ、と周囲からたしなめられてもグラスを離そうとしなかった。

練も勧められるままにけっこう飲んだが、酔うほどのことはなかった。練が酒が強いと知って、同僚たちはかなり意外だったらしい。最初は面白がって勧めていたが、いくら飲ませても平気だとわかるとかまわなくなってくれた。

いつの間にか、昨年退職したという男が練の隣りにいた。村沢という名前だった。村沢の話は面白くなかった。自分がいかにこの会社で真面目に働き、貯金をし、独立したかの自慢話ばかりだったのだ。だが、練は逆らわずに頷《うなず》いて聞いていた。

一次会を終えたところで、二次会はカラオケだと聞かされ、練は辞退してそこで同僚たちと別れた。すでに足下がおぼつかなくなっていた村沢も、練と一緒に駅の方に向かって歩き出した。

「あんたんち、どこ」

村沢が馴れ馴れしく練の肩に手をかけて訊《き》いた。

「すぐそこです」

「歩いて行けるの」

「十分くらい」

「だったら、あんたんとこ行って、飲み直そう」

練は驚いた。村沢の真意がわからなかった。

「僕のとこは……ビールぐらいしか置いてなくて」

「買って行きゃあいいんだよ。まだ十一時前だぜ、自販機で買えるさ」

「でも、もう酒は……」

「強いじゃないか、あんた」

村沢は笑った。

「飲みっぷりに驚いたぜ。やっぱりなあ、どんなにおとなしそうな顔してても、マエのある奴はどっか違う」

練は村沢の顔を盗み見た。狡《ずる》そうな笑いを浮かべている。

「心配することはねえって。誰にも言わないからよ。なにせ、俺も同じ境遇だ」

村沢は大声で笑った。

「十年もあんなシケた会社で我慢したんだぜ、仕方ねえよな、マエがあるって知ってて雇ってくれるとこなんかいくら景気がいいったって、そうそうはないんだからよ。だけどまがりなりにも独立できてホッとしたぜ。なあ、あんた、良かったら俺んとこ来ないか。なにせ何から何までひとりでやってるからさ、からだがいくつあったって足りないんだよ。どうせ今の会社の給料じゃ、女を買いに行くこともできないだろう。俺んとこなら、ま、もう少しは出してやれると思うな」

村沢は練から離れて家路につくつもりはなさそうだった。こんな男に雇われる気などはまったくなかったが、仕方なく、練は自分の部屋へ村沢を連れ帰った。

途中で買い込んだ酒をだらしなく飲み続けながら、村沢はまた、自慢話を始めた。それに自分で飽きると、今度はなぜ刑務所暮らしをすることになったのか、子供の頃まで遡《さかのぼ》って話し始めた。うんざりはしていたが、前科を隠して生活していればそんな話を大っぴらにする機会もないだろうから、話したくてたまらないのだろうと思って我慢した。ただ、あんたはどうなんだ、あんたは何をした、と訊かれたらやっかいだと思って用心した。何しろ、訊かれてもどう答えればいいのかわからないのだ。

だが村沢は自分のことばかり話していて、練には質問しなかった。やがて酒がなくなり、村沢もいつの間にか盛大なイビキをかいて眠ってしまった。

練は中途半端に酒が入ったのと、村沢の毒気のようなものにあてられて寝つかれなくなり、畳に転がっている村沢のからだにタオルケットをかけると、横に寝転がってスタンドのあかりで本を読み始めた。蒸し暑い夜で、村沢の酒臭い息と体温のせいで、窓を全開にしていても部屋の中はむっとしていた。

ようやく眠気がさしてうとうとし始めた時、背中に気配を感じた。練は、村沢が寝返りを打ったのだろうと思った。だが違っていた。ひどく酒臭い息が耳の後ろから吹きかけられた。反射的に這《は》って逃げようとしたが、背中にのしかかられた。村沢の体重はかなりあって、胸が苦しくなった。

「いいだろうが」

村沢は練をなだめるような声で囁《ささや》いた。

「な、な、いいだろうがよ。どうせ、掘られてたんだろう、その顔だもんな、慣れてるだろうがよ」

練は黙ったまま暴れた。村沢という男が嫌いだった。こんな奴にやらせてやる義理はないと思った。無性に腹が立った。

「黙っててやるんだぞ」

村沢は笑いながら言った。

「知られたいのかよ、ムショ帰りだってよぉ。それも聞いたぜ、府中だってな。何やらかしたんだか知らないけどよぉ、府中じゃ軽いってことはないだろうが。別にいいだろうが、減るもんじゃないしよ。四年もいたからな、若いのを端から食ってたんだ。出てからしばらくは女のことしか頭になくって、女ばっかり追いかけ回してたが、最近それも飽きてな。あんたの顔見たら久しぶりに掘りたくなったんだ。なあ、させてくれ、なあ」

村沢が笑っているのがともかく気に入らなかった。尾花も井野も、こんな馬鹿にした笑い方はしなかったし、北村だってもう少しましだった。

暴れている内に、電気スタンドに手が触れた。夢中で摑《つか》み、背中をねじって上にのっている村沢の額めがけて叩《たた》きつけた。

パリン、と電球が割れた。ゲッと声をあげて、村沢は額を押さえた。練は跳ね起きて、村沢の顔をまともに蹴《け》りつけた。

「てて、てめえ！」

鼻血が噴き出した。スタンドのあかりがなくなったので、窓から入り込む月光の中に、黒い液体を滴らせた村沢の顔がぼんやり見えていた。

「こ、こんなことして、タダで済むと思うなよ！　俺が社長に言いつけたら、おまえなんかすぐクビだ。マエのある野郎を雇う会社なんて簡単に見つかると思ったら大間違いだぞ！」

どこまでも矮小《わいしょう》で卑屈な男だと思った。嫌悪感で吐きそうだった。練は、自分が何をしているのか意識しないままに、村沢の顔をもう一度蹴りつけ、ひっくり返った村沢の髪を鷲摑《わしづか》みした。

「出て行け」

それだけ言って、ドアの外に叩き出した。ドアを閉めて鍵《かぎ》をかけると、村沢が喚《わめ》きながらドアを蹴りつける音が何度か響いた。だがやがて、引きずるような足音と共に、静寂が戻った。


夜明けまで、練は部屋の真ん中に座り込んでいた。

ひどく惨めで疲れていたが、また、ひどく恐かった。やはり自分という人間の奥底には、何かとんでもなく凶暴なものが隠れていたのだ。

あいつらの言った通りだった。あの世田谷署の刑事の言った通り、女を襲って怪我をさせたのは、自分なのだ……きっと。

子供の頃から、腕力と握力が他の子よりあるのは知っていた。体力測定の時には、教師が驚いたし、鉄棒などは得意中の得意だった。だが、その力を喧嘩《けんか》に使おうと考えたことはなかったし、喧嘩は苦手でどうやっても勝てなかった。何よりも、大嫌いだったのだ、暴力が。ふるうのもふるわれるのも、ひたすら恐かった。父親に女々しいと蔑《さげす》まれても、ゆるしを乞《こ》いながら逃げ回る方が良かった。それが自分の性格だと思っていた。その奥底に、獣のように殴ったり蹴ったりできる自分が棲《す》んでいるなどとは、想像したこともなかった。

練は顔を覆った。夜明けの、薄紫色の光の中で、自分の両手は死人のそれのように蒼《あお》い、と思った。

池田に宛てて短い手紙を書いた。世話になったお礼と、部屋のことや会社のことで後始末にかかる面倒を詫《わ》びた。通帳と印鑑を置き、受け取って欲しいと書き添えた。

何も持たなかった。持つ必要はないような気がした。自分の正体がわかった以上、一刻も早く、総《すべ》てを終わりにしたかった。

1995.10 —4—

1

長い会議だった割に、めぼしいことは何ひとつなかった。徹夜で不夜城を歩き回った捜査員もいたが、収穫はほとんどゼロに等しかった。だが、韮崎が殺されるまでの数時間については、かなり詳細に行動の裏付けが取れた。

韮崎が春日組の組事務所を出たのは午後六時。その前に謎の若い女とホテルにチェックインしているが、そのことについては組員は誰も知らなかったと答えている。舎弟に運転させた車で、午後七時過ぎ、赤坂の料亭『司《つかさ》』に到着。会食の相手は武藤組組長と武藤組の若頭をはじめとして、同じ東日本連合会のいくつかの組の最高幹部数名。九時半に、韮崎は会を中座して司を出たが、この時すでに会議の重要な部分は終わっていて、後は親睦《しんぼく》会《かい》のようなものだったそうで、残りの参加者たちも十時過ぎには同じ赤坂のクラブへと河岸《かし》を変えている。韮崎だけは、舎弟と共に六本木のクラブ『華座《はなざ》』へ。ここで山内と落ち合った。店にいたのはほんの三十分ほどで、韮崎は山内と店を出ている。この時、韮崎が連れていた舎弟は組に帰された。韮崎は山内と二人で逢《あ》う時に他に誰かそばにいるのを嫌がったということだ。この後、二人は山内の車で山内のマンションに向かったらしい。少なくとも韮崎はそう舎弟に告げていた。だが目撃者は今のところ出ていないので裏付けはできていない。しかし、十一時五十五分過ぎまでに、韮崎は新宿のホテルに姿を現した。いや、現したらしい。韮崎がチェックインした部屋から、護衛目的で泊まっていた沢木たちの部屋に、十一時五十五分に内線電話がかけられた記録がある。また沢木たちの供述でも、日付が変わる頃に韮崎から電話が入ったとされていた。もしこの電話が本当に韮崎によって、内線でかけられていたとすれば、少なくとも韮崎は十一時五十分頃までにはホテルに入っていたことになり、逆算すると、山内の部屋には小一時間もいなかったということになる。この内線電話が何らかの工作である可能性もあるが、今の段階では、工作の理由になりそうな事柄は見つかっていない。一方、山内の秘書である長谷川環は、十一時五十分に山内の部屋に行き、そのまま朝まで山内と一緒だったと供述している。これが嘘ではないとすれば、その時刻、少なくとも韮崎は山内の部屋にはいなかった。何となく微妙ではあるが、ここまでの関係者の言葉に嘘がないと仮定するなら、韮崎は日付が変わる前にホテルに戻ったということになるだろう。

山内は結局、昨日は病院にいて出て来なかった。今日の午後に退院するので、新宿署に寄ると及川に伝言があったらしい。

捜査四課からの報告で、韮崎の葬儀が二日後に決まったことがわかった。当局からの要請にもかかわらず、かなり大がかりな葬儀になるという情報がある。当日は、関西や九州方面から顔と名の通ったヤクザの親分、幹部連中が大挙して押し寄せて来る可能性があり、羽田と東京駅の警備について特別対策チームが設けられることになった。

しかしまあ、と麻生は内心思う。俺たちには関係ないけどな。

今のところは、韮崎を誰が殺したのかについては噂以上のものは拾えていないというのが捜査四課の今朝の結論だった。普通、抗争事件絡みの殺しであれば、自然とどこの組の誰が命じた殺しなのかは漏れ伝わって来るものらしい。だが今回は、春日組と対立している昇竜会、神崎組共に、韮崎の突然の死にかなり動揺しているふしが見られると言う。

捜査一課と所轄の捜査班からの報告では、ホテルの宿泊客で韮崎とその連れの女を見たという者がようやく見つかった点だけがいくらか評価できた。一人の目撃者は韮崎が若い女とチェックインしてから二十分後に、ホテルのカフェテラスで二人を見ていた。この時カフェテラスは空《す》いていて、韮崎たちと目撃者の他には数組の客しかいなかったらしいが、カフェテラスの従業員は韮崎とその連れのことを憶《おぼ》えていなかった。二人はそれだけ、目立たない地味なカップルだったのだろう。だが目撃者となった客は、韮崎の写真にすぐに反応した。また、連れの女の顔についても、今日の午後に似顔絵の作成に協力してくれることになっている。麻生は、自分でその目撃者に会ってみようと決めた。

もうひとりの目撃者は、ホテルの地下駐車場で韮崎らしい男に会っていた。駐車場からホテル内に上がるエレベーターの前で、韮崎らしい男がエレベーターが来るのを待っていたらしい。目撃者はその時、車を駐車場に入れたばかりだった。たまたま駐車した位置からエレベーターがよく見えたので、エンジンを切って荷物をおろす間、何となく見ていたと言うのだ。だが目撃者が荷物を持ってエレベーターのところまで行った時にはもう、韮崎らしい男は先に上がって行ってしまっていた。

肝心の時刻については、目撃者は時計を見ていなかったと言ったが、駐車場のチケットからおおよその見当はついた。駐車場に車を入れたのが午後十一時四十四分、それから空きスペースを探し、駐車するのに三分かかったとして、韮崎らしい男の姿がエレベーターの前にあるのに気づいたのは四十七、八分のことだろう。もしそれが本当に韮崎だったとしたら、そのまま自分の部屋に直行した韮崎が内線で沢木に連絡したのが五十五分というのは、まさにぴったりの数字になる。ただ問題なのは、こちらの目撃者は韮崎のほとんど背中しか見ていなかったので、本当に韮崎だったのかどうか確信は持てないと言っていることだった。

韮崎の行動がはっきりして来るにつれ、ホテル内に目撃者を求めることにはあまり期待が持てないこともまた、はっきりして来た。ともかく、韮崎のチェックインを「手伝った」若い女の身元を突き止めることだ。そう、彼女はもちろん、韮崎とともに真夜中のホテルにいた人物ではない。ただチェックインの時、誰かに見られた時の用心に、韮崎が連れて来たというだけの女なのだ。だがその女が誰かわかれば、韮崎がどんな言い訳をその女にしていたのか知ることができる。

韮崎の愛人たちのアリバイは徹底して調べられ、裏を取られていた。まず皐月については、は、六本木の店を出たのが午前二時少し前だと従業員の供述で確認されていて、その後はタクシーで自宅マンションに戻っている。彼女はいつも無線でタクシーを呼んでいるので、皐月をその晩乗せた車と運転手はすぐに見つかっていた。皐月がタクシーを降りたのは午前二時二十分になるかならないかというところだったらしい。皐月の住むマンションは、小田急線の代々木八幡《はちまん》の駅にほど近いところにある。韮崎の死体が発見されたのは午前三時過ぎ、代々木八幡から西新宿まで車を飛ばせば五分かそこらだから、ぎりぎり犯行は可能である。が、いかにも慌ただしい。

愛人の中では二番手に貫禄《かんろく》のある女医、野添奈美については、いちおうアリバイがあった。その時間、彼女は友人の医師から頼まれて、その医師が経営する世田谷区内の個人病院で夜勤のアルバイトをしていたのだ。勤務時間は午後九時から翌朝の八時までで、救急患者がいなければ仮眠はとれるが、看護婦から入院患者の夜間見回りの報告を受ける為に、午後十時、午前一時、午前四時、と三時間毎に三回、看護婦の誰かと話をしなくてはならず、また、その間に病院を抜け出してしまうと万一救急患者が運び込まれた場合に総《すべ》てが発覚してしまう危険があるわけで、何もそんなに忙しい合間を縫ってわざわざ人殺しをしなくてもいいだろう、という話になる。それだけではなく、野添医師の姿は当夜、いろいろな時間にいろいろな人間によって目撃されていて、到底抜け出して西新宿まで出掛けて戻ったとは考えられない。

三人目の女、皆川幸子、芸名篠原ゆきに関しては、アリバイははっきりしていない。皆川幸子は一人暮らしで、通いの家政婦がいるが、その家政婦の話では、滅多《めった》に外出もせずに一日中マンションにいることが多いらしい。買い物は好きだが、ほとんどデパートの外商から買うので出掛ける必要がない、と本人は言っている。だが定期的に週に一度はエステティック・サロンに通っており、韮崎が殺された日の午後もそのエステに行っていた。家に戻ったのは午後五時過ぎ、家政婦は六時までマンションにいて帰った。その後は一度も外に出ずに、いつもの通り家政婦が支度した夕飯を食べ、ビデオを見て十一時には寝てしまったと供述している。起床は翌朝の七時で、留守番電話に吹き込まれていた沢木からの連絡ではじめて韮崎の訃報《ふほう》を知ったと言う。電話は韮崎の指示で一日中留守電にしてあるらしい。

結局、皆川幸子に関してはアリバイは成立していない。だが、いつもと同じ時刻に寝ていつもと同じ時刻に起きました、という供述を、嘘だったと証明するのはかなり難しい。

男妾《おとこめかけ》の方はと言えば、麻生自身が及川たちと一緒に聞き出した江崎達也の供述に矛盾はなく、彼の場合も皆川幸子同様、アリバイはないと言っていいが、だからと言って怪しくもない、というところ。

いていた。

一方、山内の供述はまだ取れていないが、山内の行動についてはかなり細かく調べがついていた。

山内は午前十時半に新宿一丁目にあるイースト興業に出社。来客は多かったが外出はせず、五時半、秘書の長谷川環が退社する時刻に合わせて外出。六時半頃から、新橋の活魚料理屋『沢の』の二階座敷にて会食。会食相手はまだ不明だが、店の者の話では、山内の他に座敷にいた人間は二人だったらしい。予約は長谷川、で入っているが、これは長谷川環が自分の名前で予約したということだろう。山内は退社時からひとりで車を運転しており、新橋では有料駐車場に預けていた。会食は九時少し前に終了。山内は車で六本木に向かい、『華座』で韮崎と落ち合った。たぶん、会食の「成果」を韮崎に報告することが目的だったのだろうと、麻生は考えた。山内が誰と会っていたのかは、韮崎殺しとは無関係かも知れないが、捜四や捜二には興味深いネタに違いない。

山内の行動にもこれと言って不自然な点はない。『華座』を出た後、山内はもしかしたら、韮崎を西新宿まで送るつもりだったのかも知れない。だが時間が余っていたので、山内のマンションに寄って酒の一杯も飲んだのか……そうだとすれば、山内はもしかしたら、韮崎が西新宿のホテルで誰と会うつもりでいたのか知っていたのか……

2

「ほんとなのか、ヤマさん」

麻生は、山背の報告に驚いた。

「ウラは取れたのか？」

「まだです」

山背は署内なのを気にしてか、あらたまった言葉で言った。

「もう少し我々だけでつついてみたいんですよ。会議に出してしまうと、捜四がかき回す恐れがあります」

麻生は腕組みした。

「しかし、隠してたってわかったら、後で揉《も》めるな」

「まずいですか」

「いや」麻生はニヤッとした。「構わないさ。及川が泣こうが喚《わめ》こうが、韮崎殺しはもともとこっちのヤマなんだ」

「捜査会議では四課の連中の方が前に座ってますからね、みんなむくれてます」

「席順なんかどうでもいい。しかし皆川幸子に男がいるなんて、よく簡単に飛び出したな、そんな大ネタ」

「山下のお手柄です。あの野郎、静香のことでボーッとしてばかりいるんで、ちょっと活入れてやろうと思った矢先にヒット飛ばすんだから、やりにくいったら」

皆川幸子に当夜のアリバイについて聴きに行った山下は、一緒に行った相川が幸子に質問している間に、幸子の部屋の中を歩き回っていた。それは麻生班独特の聞き込み方法で、嘘をつく可能性のある相手に対して、ひとりが質問している間にひとりが歩き回ることで、精神的なプレッシャーをかける方法なのだ。後ろめたいことがある人間、隠し事をしている人間は、ちょっとしたことでも気に掛かってイライラする。そのいらつき具合から相手の心の動揺を推し量り、また、いらつかせることで嘘が下手になるよう仕向けることもできる。

皆川幸子は相川の質問によどみなく答えてはいたが、山下が部屋の中をうろつき回り、写真立てを手に取って眺めたり、壁に掛けられた絵の署名を読んだりしている間中、明らかにそわそわとして、山下の方ばかり見ていたらしい。だがあえて無視しようとしていた点が、相川の鼻に匂った。何も後ろめたいことがなければ、どうして部屋の中を見て回るのか、とか、勝手に触らないで欲しいとか、もっとはっきりした反応を示すはずだ。相川は山下にサインを送った。山下は、演技ではなく本気で部屋の中の物を観察し始めた。そして発見した。カレンダーが二組あった。ひとつは壁に掛けられた、洒落《しゃれ》た布製の万年カレンダーで、外国の土産か何かだったらしい。もうひとつは、猫の写真のついた卓上カレンダー。だがおかしなことに、よくよく見ると猫のカレンダーの方は今年のものではなく、昨年のものだったのだ。山下が幸子に、なぜ昨年のカレンダーを飾っているのかと訊《き》くと、幸子は、猫の写真が可愛いからだと答えた。

「山下の奴、直感で嘘だとわかりました、なんて偉そうに言ってましたよ」

山背が低く笑った。

「ま、まぐれ当たりにしてもよく気づいたもんですが。その卓上カレンダーには日付のところにところどころ、小さな丸印が付いていた。山下の奴、平然と、この印は何ですかと訊いたそうです」

「度胸だな。人権問題にされるぞ」

「って言うより、まったく気づいてなかったんでしょうね、女ってのはよく、生理が始まった日をカレンダーにメモっておくんだってことに。しかし残念なことしました。あの美人タレントがどう答えたのか、その時の顔を見損なった」

麻生は苦笑いした。

「ヤマさんまでヤバイこと言わないでくれ。で?」

「まあ皆川幸子も小娘じゃないですから、堂々と答えたらしいですよ。妊娠は望んでいませんので、記録していたんです、って。山下はやっと気づいて、どうも失礼しました、と卓上カレンダーを元に戻そうとした。その時、ふと思い立って幸子にわからないよう、先の月まで何枚かめくってみた。去年のカレンダーなんだから当然、十二月まで生理が始まった日はメモされてないとおかしいのに、十一月と十二月は丸印がなかった。それでピンと来たらしいですよ。だが日付をメモするわけにはいかないでしょ、女の生理日を聞き込みしてメモって行ったなんて、変態刑事になっちまう。で、頑張って憶《おぼ》えられるだけ憶えたそうです」

「その日付を今年の日付に置き換えてみたわけか」

「ええ。そして家政婦に確認した。ビンゴでした。毎月一回だけ、幸子は買い物に出ると言って外出するんだそうです。いつもは外商から買ってますが、ブランド物は直営店で買いたいと言って、銀座や青山を歩くんだとか。その日がぴったり、猫のカレンダーに書き込まれた、去年の生理が始まった日、だったわけです。つまり猫のカレンダーは、男と密会する日をメモする為のもので、わざと昨年のものを使って韮崎をごまかしていた。手帳なんかにメモったんじゃ、かえって危ないとでも思ったんでしょうかね、手の込んだことをするもんです」

「ただそれだけじゃ、男がいたって証明にはならないぞ」

「もちろんです」

山背は鼻の脇を掻《か》いた。

「しかも、幸子はひとりでは外出しないんですよ。春日組で使い走りをやってる、タツオと呼ばれてる若い男が幸子の運転手をしてまして、幸子はどこへ行くにもタツオが運転するベンツに乗って出るんだそうです。それで、そのタツオ、本名はえっと、細川辰夫にちょっと訊いてみたんですが、月に一度のお買い物デーの時には、銀座なり青山なりの路上で待つように幸子に言われていた。短くても二時間、長いと三時間以上は待たされた、と言ってます。二時間あればまあ、どっかにシケ込んでやることをやるには充分でしょう」

「かなり忙しいがな」

「そうでもないですよ、OLの不倫なんかじゃあ、昼休みの一時間でカタつけてるのもいるらしいですから。いずれにしても、幸子には月に一度、二時間から三時間の空白の時間があるわけです。そして、カレンダーの偽装なんて手の込んだことをしていることからして、その空白の時間に韮崎に知られたくないことをしてたことは、間違いないと思いますね」

「つっついてみるか」

「やる価値はあると思います。少なくとも、会議に出す前に、脈がありそうかどうか我々でつっきたいとこですね。ほんとに男がいたってことになったら、幸子は命がけだったってことになる。韮崎のような男に、何不自由のない生活をさせて貰《もら》っているのに他の男をくわえ込んでたなんてことがバレたら、タダで済むはずはない」

「韮崎殺しの動機としては突飛な気もするが」

麻生は顎《あご》を掌で擦《さす》った。

「捨てておくには惜しいネタだな。いいよヤマさん、会議にはまだ出さないでいいから、ほじってみてくれ」

山背は嬉《うれ》しそうに頷《うなず》いた。

＊

ホテルのカフェで韮崎と若い女を目撃した証人、前川雄一は、いかにも営業マンといった雰囲気の男だった。きちんと整えた髪に、二着でいくら、替えズボンが付いていくら、という量販店のスーツを着て、ネクタイだけがちょっと派手だ。あぶら取り紙でも常に携帯しているのか、三十代の男のくせに顔はやけにさっぱりとしている。

麻生は、質問する静香の邪魔をしないよう、静香より下がった位置に椅子を置いて座った。

「お忙しいところをわざわざありがとうございました」

静香が丁寧に頭を下げると、前川は明らかに面食らった。こんな若い美人刑事から、これほど丁寧に接して貰えるとは予想していなかったのだろう。

「い、いえその、出たついでですから、どうせ」

静香の機嫌でも取るようにへらへらと笑う。

「か、会社、近いですしね」

「一昨日は、どんな御用事でグランクレールに？」

「あ、待ち合わせです、待ち合わせ。商談ですね。あそこのカフェは広くて気持ちがいいでしょう、だからよく使うんです」

「わざわざ捜査本部にお電話をいただいたということですが、被害者の韮崎誠一さんの顔は、新聞でご覧になったんですね？」

「新スポーツ東京です。ヤクザの大幹部だなんて、もう驚いちゃって。あの時はちっとも、そんなふうには見えなかったから。でも警察が情報を求めているって書いてあったんで」

「本当に助かりました。実は、韮崎さんをホテル内で見かけたという人がほとんどいないので困っていたんです。ありがとうございました」

静香はまた頭を下げる。いくら何でも丁寧過ぎる、と思ったが、前川には効果的だったらしい。前川の目つきはすっかり静香を賛美するそれに変化していて、静香の為だったらどんなことでもする気になっているように見える。

「それで、前川さんはどうして韮崎さんのことを憶えていらっしゃったんでしょうか。と言うのも、カフェの従業員は、二人連れの客が座っていたことは憶えていたようですが、それが韮崎さんだったことはまるで憶えていなかったんですよ。前川さんは、随分記憶力がよろしいんですね」

「いやその」前川はだらしなく笑った。「記憶力なんか良くはないんです。物覚えは悪い方なんで。ただ、あの時ね、一緒にいた女性のことがすごく印象的だったもんだから」

「どう印象的だったんですか。お綺麗《きれい》だった？」

「美人でしたよ」

前川は即座に頷いた。

「でも、ただの美人じゃなかったんですよ。そっくりだったんです」

「そっくり？　どなたにですか？」

「名前を言っても、刑事さんは知らないんじゃないかなあ。生田咲子」

「いくた、さきこ？　タレントさんですか？」

「アイドルタレントです。でもデビューして二年くらいで消えちゃったっつーか、とうとうブレイクしないまま終わったっつーか。いや、何か恥ずかしいんですけど、僕ね、学生時代にアイドル研究会にいたんです。それで、先物《さきもの》買い専門で」

「先物……買い？」

静香は何度も瞬《まばた》きしている。

「まだ全然名前の売れてない、デビューしたばっかりの女の子を追っかけるんです。その頃だとテレビなんかほとんど出して貰えなくて、デパートの屋上なんかで歌わされるんですよ。それにみんなで押し掛けて、こう、応援するわけです。掛け声なんか掛けたりして。写真撮りまくったり、握手したりね。そういう売れてない時だと、プロダクションのガードも甘いんで、ツーショットで写真撮らせてくれたりするんですよ」

「つまり、先行投資みたいなものですね？　もしその子がブレイクして人気者になったら、っていう」

「それはありますよ。大ブレイクして大物になっちゃっても、俺たちはデビューした頃を知ってるんだぞ、俺たちがブレイクさせてやったんだぞー、みたいな優越感っつーか。でもそういう例は少ないんです。ほとんどは、消えちゃうんですよ。芸能界ってそういうとこみたいですよ。だから、別に後で有名にならなくたっていいんです。誰も知らない、まだみんなが騒いでない女の子を追っかけてるんだ、俺たちがいちばん乗りなんだっていうのが楽しいわけです」

静香は感心したように頷いている。素直な子なので、本当に感心しているのかも知れない。静香には縁のない世界なのだ。

「それじゃ、韮崎さんと一緒にいた女性がその、生田咲子さんという人に？」

「そっくりでした。僕、生田咲子は一年くらい追っかけたから、顔は良く知ってます。初めはもう、完全に本人かと思ったくらい似てましたよ。それで声を掛けようかどうしようか、でも男連れだしなあって迷ってたんです。それでつい、相手の男も観察しちゃったんですよ。だから新聞見た瞬間に、あれーっ、て」

「でも結局、声はお掛けにならなかったんですよね？」

「掛けませんでした。よくよく見たら別人だったから。生田咲子は泣きぼくろがあったんです。左目の下のとこに。それに、目の下のほら、ここんとこが膨らんでいて」

「涙袋ですね」

「そう。ぷっくりしてるのが可愛かったんですけど、それもへっこんでるし。何か、顎の形とかも違ってるみたいだったな。で、別人だと結論したわけです。他人のそら似なんだって」

もちろん、ほくろなどはすぐに除去できる。顎にしても涙袋にしても、整形で解決できる問題だった。

麻生は、たぶん、その女は生田咲子という元アイドルと同一人物だろうと思った。韮崎の周囲にはすでにひとり、元アイドルタレントという女がいるのだ。

二人目がいても、全然おかしくはない。

ものだ。

3

生田咲子の消息はすぐに判った。前川が、以前に生田咲子が所属していた芸能プロダクションの名前を憶《おぼ》えていたのだ。どんな場合でも、オタクは情報源としてはかなり使えるものだ。

生田咲子はもともと、堀本プロダクションという業界大手が毎年行っている新人オーディションから出たタレントだった。堀本プロに連絡を取ると、生田咲子は二年前まで所属していたが、掛川エージェンシーというこれも業界大手のプロダクションに移籍したことをすぐに教えてくれた。掛川エージェンシーはいろいろと噂のあるプロダクションで、グループサウンズ時代にがっちり貯め込んだ元ロックギタリスト、掛川潤一が社長を務めている。裏世界とも深く繋《つな》がっている会社らしいが、経営は健全で、タレントの数も多い。

だが麻生は、掛川エージェンシーという名前を聞いた途端に、繋がった、と思った。掛川潤一が韮崎誠一の高校の同級生だという話を、ずっと以前に何かで聞いた記憶があったのだ。念のため韮崎の経歴と、掛川エージェンシーの事務員に電話で聞き込ませた掛川潤一の経歴とを照会してみると、ドンピシャリだった。

「名門の都立受験校ですね」

山背は驚いたように、高校名を読み上げた。

「ここを出て、掛川はグループサウンズに、韮崎は東大に、かぁ」

「え、韮崎って東大ですか！」

そばで聞いていた相川が大袈裟《おおげさ》に驚いた。

「文学部だとさ。専攻はフランス文学……どひゃ！」

「そう驚くことじゃない」山背が相川の肩を叩《たた》いた。「暴力団の幹部や親分のジュニアで東大出ってのはけっこういるぞ。私立の名門小学校にベンツで通ってるガキも大勢いる。地獄の沙汰《さた》も金次第なら、教育だって金次第なのさ。金さえあれば、頭のできは少々悪いガキでも、徹底的に家庭教師漬けにして何とか押し込めるもんだ」

「なんか許せませんね、心情的に」

「おまえがムキになることはない」麻生は言った。「俺と同様おまえだって、どんなに金をつぎ込まれても東大は受からん。それより保、掛川エージェンシーに行って生田咲子の消息を直接尋ねて来い」

「電話じゃなくてですか。電話の方が早い……」

「係長が行けと言ってるんだから、黙って行け！」

山背が厳しい声で言った。

「ちゃんと手帳を出して、韮崎誠一殺害事件の捜査で、と念押しするんだ。それと、山下を連れて行け。今日のあいつにはツキがある」

相川はバタバタと会議室を出て行った。麻生班の為に新宿署が貸してくれている、いちばん小さな会議室だった。

「保はドンですからね、何か摑《つか》んで来ますかね」

「韮崎殺しの捜査本部から直々に聞き込みが行けば、向こうだって下手な嘘はつけない」

「石橋の龍お得意の、プレッシャー戦術か」

麻生は、入って来た男に向かって露骨なしかめ面をした。

「ここは麻生班の打ち合わせ部屋だぞ、及川」

「入室禁止とは書いてなかったんでな。それより龍、生田咲子の件をなんでこっちに言わない」

「今夜の会議で報告する。それまでに事実固めだよ」

「ふざけやがって」

及川は笑っている。

「おまえら、まだ何か隠してるだろ。あのお嬢さんはどこにいる?」

「コミに回ってるに決まってるだろ」

「いい度胸だ」

及川は麻生の胸ぐらを摑んだが、それをすぐに離した。

「四課を舐《な》めてくれてありがとよ、龍」

「どういたしまして。丁度いい。おまえに話があった。ヤマさん、ちょっと出るよ」

麻生は及川の腕を摑んで会議室を出た。

「もうちょっと気の利いたとこで話さないか？　うまいコーヒーの飲める店とかな」

「ここで充分だ」

麻生は煙草を取り出した。新宿署の地下駐車場、公用車の中だった。

「狭い方が殴り合いになっても目立たなくていい」

「なんか険悪だな。龍、俺が何をしたってんだ、言ってみろよ」

「何か隠してる」

「そんなこたお互い様だ」

「違う、捜査のことじゃない。おまえ、何で俺を山内に会わせた？」

「なんでって、事件の重要参考人のひとりだからさ、もちろん」

「あいつは俺を憎んでる。俺にはわかる」

「思い過ごしだよ。あのガキはもう、そんな子供っぽい感情で動くようなタマじゃねぇよ。どうせおまえにパクられなくたって、他のヤツがパクッてたんだ。そんなことで逆恨みするほど、あいつも暇じゃねぇだろ」

「及川先輩」

麻生は口調を変えた。

「先輩は今でも、自分を憎んでおられますか。自分が破滅するのを楽しみにしておられますか」

及川は答えなかった。黙って自分も煙草を取り出す。だが火を点《つ》けずに唇にぶら下げたままでいた。

「先輩は、おっしゃいましたね。自分が結婚すると打ち明けた時に、はっきりおっしゃいました。いつか必ず、おまえを破滅させてやると」

「……謝っただろ」

及川はシートを倒して寝転がった。

「おまえのことは自由にしてやると言ったはずだ……もともと、俺が卒業した時点でおまえは自由だった。……あれからの十年は余計だったんだ」

「どうして気が変わられたんですか？」

「別に、無理して気を変えたわけじゃない。あんまり生き生きと幸せそうなおまえを見てたら、馬鹿馬鹿しくなっただけだ。俺たちの関係は学生時代の馬鹿騒ぎの延長だった。俺もいつまでも若くない。そのことに気がついた……なあ龍、何が言いたい？　今さら持ち出してどうするんだ？　ルール違反じゃないのか、こういうのはよ」

「あんたは何か隠してる」

麻生はハンドルに額をつけた。

「あんたの悪意を感じるんだ。あんたは面白がっていた。俺と山内が再会するのを楽しんで見ていた。何か起こると期待していた……どうして山内は実刑になったんだ？　及川、そのことについて、あんたは何か知ってるんじゃないのか？」

「自分で調べたらいいだろう」

及川はわざとらしく欠伸《あくび》をした。

「そんなに気になるんなら、調べればいいのさ。それとも、調べるのが恐いか？」

「なんでそんな言い方をする？　どうして俺が恐がらないとならない？」

「別に」及川は笑った。「おまえが変にこだわるから、何か後ろ暗いことでもあるのかと思ったのさ、十年前の捜査にな」

「あれは簡単な事件だった」

麻生は、回想しながら言った。

「ガイシャがホシの顔を見ていて、面通しで山内に間違いないと証言した。それから逮捕したんだ。それまでは任同で、法的にも問題ない。情況証拠も揃っていた。最後には自白も取れた」

「だったら何をそうびくつく」

「びくついてなんか、いない」

「びくついてるよ」

及川は上半身を元に戻した。

「おまえは変だ、龍。山内がおまえに何かしたか？　ただ酔っぱらってゲロ吐いただけじゃねえか。いきなりドスで腹でも刺そうとしたんならともかく、ただゲロが服にかかったくらいで憎んでるだの何だの言われたんじゃあ、山内だって気の毒だぜ」

及川の笑い声は麻生のカンに障《さわ》った。だが及川は頑《かたく》なだ。こいつが何を隠しているにしろ、それは、冗談で済まされるようなものではないらしい。

「わかったよ」麻生は小さく溜息《ためいき》をついた。「自分で調べる。おまえにはもう訊《き》かない」

「勝手にこんなとこに呼び出して、昔のことまで持ち出して、あげくにおまえに用はない、か」

及川の声は冷たかった。

「女房が逃げてからのおまえは、ろくなもんじゃねぇ。そんなに逃げた女房が恋しいなら、警察なんて辞めて日本中探して歩いたらどうなんだ?」

「それこそ関係ない話だ。なんで持ち出す」

「おまえの方が先に余計なことを持ち出したからだよ」

及川はやっと煙草に火を点けた。

「いいか、龍。おまえが、山内が自分を憎んでいると感じるのはな、おまえの方に、山内に対して負い目があるからだ。俺たちの商売に逆恨みなんてものは付き物だ。いちいち気にしてたらやって行かれない。普段のおまえなら気にしないだろう。だが今度は違う。おまえは妙にこだわってる……おまえの方がこだわる理由を持っているんだ……たぶんな」

「捜査に問題はなかった」

「そう言い切れるならもう忘れるこった。あいつは韮崎殺しの容疑者のひとりだ。感情的にひっかかりを持ったまま当たれば、判断が狂うぞ」

「……なぜ教えてくれない?」

「虫のいい野郎だぜ、まったく」

及川は乾いた笑い声をたてた。

「俺がおまえに親切にしてやる義務でもあると思ってんのか?　さっきの質問に答えてやるからよく聞けよ、龍」

及川が横を向いた、と思った途端、及川のくわえていた煙草が麻生の頬の間近にあった。ほんの一センチ先に火の点いた煙草を感じて、麻生の頬がじりじりと焼けた。麻生は苦痛に顔をゆがめてからだを離そうとしたが、及川がその肩を押さえ込んでいた。

「おまえのことは殺すつもりでいた。今でも機会があればそうしたいと思ってる。麻生」

及川の声が、遠い昔のあの声に変わっていた。

「灰皿だ」

麻生はこらえた。遥《はる》か記憶の彼方《かなた》にかけられた呪文《じゅもん》が、今でもまだ効力を発揮している。麻生の顔は屈辱で紅潮した。だが、理性とは別の何かが、及川の命令を聞けと脳に囁《ささや》いている。

「聞こえなかったのか?　灰皿を出せ、麻生」

麻生の頭の芯《しん》が痺《しび》れた。何も考えられなくなった。考えない方が楽だった。自分はそれを望んでいたのかも知れない、と思った。だからこんなところで、及川と二人きりになったのだ。

玲子を失って、麻生は自分が、玲子を知らなかった時代に戻りたがっているのを感じていた。玲子を忘れてしまう為に、時を巻き戻してしまいたいと願っていることを。

唾液《だえき》をできるだけ溜《た》めて口を開け、舌を少し突き出した。舌のくぼみから唾液がこぼれないよう、息を止めて。信じるしかないのだ。及川がそのつもりならば、唾液の溜まっていない部分を煙草の火で焼いてしまうことができる。目を閉じていた。及川の残忍な目を見ていたくなかった。ジュッ、と小さな音がして、舌のくぼみがわずかな熱を感じた。それだけだった。麻生はそのまま口を閉じた。舌の上に吸殻を載せたまま。呑《の》み込めば死んでしまうかも知れない。だが灰皿は、それを吐き出すことが赦《ゆる》されない。下級生という名前の奴隷を、上級生がいたぶる時の他愛《たわい》ないお遊びだった。上級生の許可が出るまで、吸殻は舌の上に載ったままだった。紙が溶け、葉がほどけてニコチンが体内に吸収される恐怖におびえながら、奴隷はひたすら待つしかなかった。吐いてもいい、と許しが出るのを。

及川は許可しなかった。黙って助手席のドアを開け、出て行った。

麻生は吸殻を吐き捨てた。

不思議と爽快《そうかい》だった。及川に虐《いじ》められることは、過去に戻ることだ。遠い過去に。玲子の存在など自分の人生のどこにもなかった、あの時代に。

1987.8

1

尻《しり》が痛くなって来た。

ここに座り込んでどのくらい経つのだろう？　時計を持っていないので、時間の見当がつかなかった。

どうして新宿駅で降りたのか自分でもよくわからない。その車両に乗っていた客の大半がどっと降りたので、つられて降りてしまっただけだろう。そのまま人の流れに身を任せて歩いている内に、ふと気がつくと地下通路にいた。今度は人の流れに少し逆らって、静かな方へとたどって歩いた。目的があったわけでも、何か考えていたわけでもない。自分が何をしたいのかもよくわかっていなかった。

ただ、もうあの小さなアパートには二度と戻れない、自分がこのどん底から這《は》いあがるチャンスは消えたのだ、という漠然とした諦《あきら》めだけがある。死ぬつもりで電車に乗ったような気もするが、今はもう、それすらどうでもいいような気がしていた。この、都会の地下通路のずっと奥には、いったい何があるのだろう？　純粋な好奇心から、練は歩いた。

誰も行かない方へ、行かない方へと足を進めて。

ところが、その内に周囲の雰囲気が変化した。人の数が少しずつ増え、その人々があかりに集まる羽虫のように、そこに集まっていた。

不思議な場所だった。誰か人でも待っているのか、自分より年下くらいの若い男たちがぽつり、ぽつりと壁に寄り掛かり、あるいはしゃがんで座り込んでいる。少し離れたところに共同便所がある。何も考えずに、周囲の連中と同じように壁に寄り掛かり、やがて疲れて座り込んだ。そのまま壁に背中をあずけ、ぼんやりと共同便所を見つめていた。

変な便所だった。女の方の出入りが、男の方に比べて極端に少ない。と言うより、男の方の出入りが頻繁過ぎる。

何か法則性があるような気もした。たまに、壁に寄り掛かっている若い男の前に別の男が立ち、そのまま二人で便所に入って行く。並んで入るわけではないが、一分も遅れずに後に続くのだから不自然と言えば不自然だ。そして、座り込んでいる自分の前にもそうやって何人かの男が立った。だが何も言わず、練も何も言い返さなかった。すると男はすっと練の前を離れ、別の若い男の方に行ってしまう。何度かそんなことが繰り返された後で、ひとりの年取った小柄な男が練の前に立った。

男はひどく汚い歯をしていた。煙草の脂《やに》で黄色く汚れている上に、上の真ん中の歯が斜めに欠けている。男がニッと笑ったので、その欠けた前歯が剝《む》き出しになった。

なぜ立ち上がったのか、理由などはなかった。ただ、他の男たちは無表情だったのに、その年寄りだけは笑った。それが面白かったのだ。男は嬉《うれ》しそうに顔をほころばせ、便所に向けて歩き出した。いったいいくつぐらいなんだろう。六十か、七十か。身なりはさほど汚くもないので、浮浪者ではないらしいが、裕福というわけでもないだろう。子供も独立し、公団住宅に妻とふたり、年金で細々と暮らしている、そんな感じか。練は男のあとについて便所に入った。

中はまた、一種異様だった。普通なら男便所の個室というのはたいてい開いているものなのに、個室の前に列ができている。ドアが開くと、中から男が二人ずつ出て来て、二人ずつ入って行く。前歯の欠けた男が個室に入り、練もそのまま中に入った。その時になって、その個室で何が行われるのかの予想はついた。練にはある種の衝撃だった。あんなことは、刑務所の中だけで行われているものだと単純に信じていた。それにしても、こんな狭い中でいったい、どんなふうにしたらいいんだろう。壁に手をついて立ったままやればいいんだろうか。だが、予想とは違うことが起こった。練が壁に手をつこうかどうしようか迷っている内に、年取った男が練のジーンズのジッパーに指をかけて引き下げ、せっかちな仕種《しぐさ》できつめのジーンズを無理にずり下げた。ひどく中途半端なところまで脱がされたので、足を動かすことができなくなった。後は、ただ呆気《あっけ》に取られているだけだった。男はまるで絶食していた犬が骨にしゃぶりつくような勢いで、練の男性器に吸いついてしまった。あまり強く吸われたので勃起《ぼっき》するより先に痛みが走った。何が起こっているのか考えをまとめる暇もなく、男の舌でのぼりつめ、達して果てた。男は、最後の一滴まで吸い尽くすように精液を呑み込み、なかなか口を離さずにいつまでも尿道口を舐《な》めていた。

「も、もういいよ」

練は男の頭を掌《てのひら》で押しのけた。男はやっと顔を離して立ち上がった。それからニタニタしながら、今度は自分のズボンのジッパーを下げた。そういう仕組みか。練は、ようやくルールが呑み込めて安堵《あんど》した。お互い様なら金のやり取りはなくて済みそうだ。さっきの分を払えと言われても、財布には千円札が二枚しかない。

個室はひどく狭くて、それに臭かった。便器を跨《また》ぐようにして男が仁王立ちしている前で膝《ひざ》をかがめるのはけっこう大変だ。男は小柄だからいいが、練は百七十三ある。ジッパーをあげて自分の身支度をしてから、作業に取りかかった。恐れていたほど不潔な臭いはせず、いちおう洗ってあるような感じだったが、もしかしたら、この前にも何度か誰かに舐めさせたから綺麗《きれい》なだけかも知れない。それを考えるとかえって嫌だったが、金を要求されるよりはましか、と思った。

年寄りなので時間がかかるかと思ったが、先に練のものをくわえたせいで興奮していたのか、呆気なく終わってくれた。

便所を出る手前で、男が囁いた。

「兄ちゃん、新顔だな」

練は頷《うなず》いた。

「またここで会おうな」

男が何か、練の手に握らせた。それから鼻歌を歌いながら歩いて行く。今夜はもう、これでおしまいにするらしい。時刻はわからないが、そろそろ明け方だろう。これから始発の電車に乗って、妻が待つ公団住宅の一室にでも戻るのか。

掌を開けてみると、くしゃくしゃになった千円札が三枚、入っていた。何だか申し訳ないような気さえした。相殺するつもりなのかとばかり思っていたのに、三千円。


こいつらはみんな、ホモなんだ。

あらためて、壁に寄り掛かったりしゃがみ込んだりしている若い男たちの顔を見る。妙な安心感をおぼえた。世の中には、こんな場所もあるのだ。塀に囲まれた異質な世界ではなく、開けていて自由で、いつでも街の喧噪《けんそう》へと帰って行かれるこんな近いところに、こんな場所が。


ふと、視線を感じて振り返った。色の白い、よく太った男がじっと練を見ている。若い。たぶん、五歳は年下だ。視線が合うと、男はにっこりした。可愛い感じのする顔だ。小学生のように邪気がない。ぷくぷくした丸い顔の中で、細い目がやけにきらきらと光って見える。

男が近寄って来た。ちょっと困ったな、と思う。この世界のしきたりは知らないが、相手は年下なのだ、今度はこっちがいくらか払わなければならないのかも知れない。

「金、ないんだけど」

練は素早く言った。

「それにもう、帰ろうかと思ってたんだ……腹が減って」

「うん」男の声は甲高い。「僕も。いいラーメン屋、知ってるよ。うまいよ」

「こんな時間にやってるのか」

「二十四時間だよ」

男ははしゃいだように笑った。

「奢《おご》ってあげるよ。バイト代貰《もら》ったんだ、今日」

「バイト、何してんの」

別に男に興味があったわけではない。ただ、誰かとまともな会話をするのが楽しかった。

「カキョ」

「え？」聞き取れなかった。「何だって？」

「カキョだよ。家庭教師」

「ああ」変に縮めるなよ。「俺もやったことある」……逮捕される前だけどね。

「学生？」

「院生」

「修士？」

男は、話が合うので嬉しそうだった。

「二年」

「専攻はなに？」

「比較文学」

男は、ふっと溜息《ためいき》をついた。

「就職がないんだよね。潰《つぶ》しが利かないから、文学部は。上に進むしかないんだ。だけど上に進んでも、国費留学できないと一流大学の講師の口はないもんね。国費の枠って少ないからなあ。結局、地方の二流私大あたりに収まるしかないんだろうなぁ、って、かなり憂鬱《ゆううつ》」

「田舎に行きたくないのか」

「そりゃ、ないよ。田舎に行ったら、こういうのできないもん」

「毎晩来てるの？」

「ううん。ほんとはハッテンバはあんまり好きじゃない。でも今日は、何となくふらふらっとね。良かった、あんたに逢《あ》えて」

何か期待されているのか。ラーメン一杯で何をしろと要求するつもりなんだろう。まあいいか。練は笑いをかみ殺した。こいつなら、清潔そうだし、あまり強くなさそうだし。

男は、ケンジ、と名乗った。名字は言わなかったし訊《き》きもしなかった。練も、ただレン、とだけ教えた。字は？　と訊かれたので、練習嫌いの練、と言うとケンジは笑い転げた。

「僕も練習、大嫌いだったんだ。だから卓球部にいたのに万年補欠」

地下道から地上に出たが、想像していたような早朝の雰囲気はなく、まだ世の中は闇に包まれていた。人通りはさすがにいくらか少ないが、それでも車は多いし、歩いている酔客はいくらでもいる。新宿のような街を不夜城と呼ぶのは本当だな、と思う。

ケンジに連れて行かれたラーメン屋は、新宿二丁目のはずれにあった。二十四時間営業というのは大袈裟《おおげさ》で、いちおう朝は五時まで、開店は午後六時だ。店に入ってやっと時刻がわかった。午前四時五分、思っていたよりはまだ少し早い。

ラーメンは、練の舌には少ししつこかった。こってりとしたとんこつスープで、麺《めん》も太い。それでも、夜通し起きていたのでさすがに腹が減っていて、旨《うま》いと思った。ケンジは太っている割に食べるのが遅い。箸《はし》の動かし方もどことなく上品で、躾《しつけ》のいい育ち方をしているのだな、とわかる。

食べ終わると、約束通りケンジが金を払った。ケンジの財布に一万円札が何枚か入っているのが見えたので、遠慮はしなかった。

「ねえ」ケンジが、歩きながら練の手を握った。「ホテル代もあるよ……もしまだ、眠くなかったらでいいけど」

どこにホテルがあるのか知らないので、ケンジの歩く方向にそのまま足を合わせた。ケンジは頬のあたりを女みたいに赤くしている。大胆に誘ってラーメン一杯で男を買った割には、恥ずかしがりだ。

男同士を平然と受け入れるラブホテルが存在することも、練には驚きだった。もっともラブホテルとはどこにも書いていない。その代わり、ビジネスホテル、とやたらと強調してある。

新宿二丁目の噂は知っていた。だが東京に住んでいても来てみようと思ったことはなかった。新宿は大学のある場所と離れていたので、コンパなどで寄ることもあまりなかったのだ。

ホテル代はさほど高くないようだったが、午前二時以降は泊まり料金になります、と書かれていた。そのまま朝までここで寝られるとわかって、練は正直なところ、嬉《うれ》しかった。

ひとつ、戸惑ったことがあった。ケンジは受け身だったのだ。練は、責め手の経験がなかった。あと一歩のところで女の子に逃げられた経験があるだけだ。仕方なく、頭の中でそれまでの経験を丹念に裏返し、手順を組み立てた。幸運だったことに、ケンジは肛門《こうもん》性交を嫌がった。ケンジの口振りから、塀の外にいるホモはアナルセックスをしない者の方が多い、ということを知った。塀の中にいる偽ホモはみんな入れたがるのに。この世の中は、笑い話みたいな事実で溢《あふ》れている。

喜劇の一場面のように不器用にドタバタと、ケンジとじゃれ合って時間が過ぎた。ちょっと触っただけで女のような声をあげるケンジのからだが、練には面白かった。白くてぶよぶよしていたが、男の臭いがほとんどしない。太り過ぎの天使みたいな奴だ、と練は思った。天使は両性具有らしいし。

69の姿勢になってようやく形がついた。予想していたよりもケンジは強くて、一度放出したばかりなのにうっかりすると口の中に入ったままでまた硬くなる。自分より若いのだ、と思う。ラーメン一杯とホテル代分、と割り切って、ケンジが降参するまでつきあった。

「強いんだねぇ」

肩で大きく息をし、目尻《めじり》から涙をこぼしながらケンジが感心した声をあげた。

「細いのに」

「鈍感なだけだよ。さっき、便所で絞りとられたばっかりだったし」

「見てたよ。ジジ専なのかと思った」

「何だって？」

「爺《じじ》イ専門。年寄り好きってこと。あんなジジイと入るからさ。練、この街は初めて？」

「うん」

冷蔵庫の缶ビールを取り出す。この代金も、ケンジが払ってくれるだろうか。

「ホモってヘンだよね」ケンジが愉快そうに笑う。「ジジ専とか外専とか、ジャリ専、デブ専、ダレ専」

「ケンジだってホモじゃん。外専とダレ専がわからないぞ」

「外専は外国人好き。中でも白人好き、黒人好き、ラテン好きって分かれてる。ダレ専ってのは、誰でもいいってこと。誰でもいいなんてノンケみたいで節操がないから、軽く見られるんだ」

「ケンジもダレ専なの？」

「ううん」ケンジは大きな欠伸《あくび》をひとつした。「僕はねぇ、練みたいな顔の綺麗《きれい》な、乱暴しない年上がいい。これはけっこう、珍しい好みなんだよ。普通はさ、二丁目でモテるのは、デブとかクマ系だから。練は？　ほんとはどんなのがいい？」

「ケンジみたいのがいいよ。清潔で臭わない奴」

「嘘だ」ケンジはまた、ころころと笑った。

「なんか、わかったもん。練もウケ専でしょ、ほんとは。やり難《にく》そうだった」

「そう言えば、さっき金貰《もら》ったんだ、三千円」

練は思い出して訊いた。

「金って、くれるもんなの？」

「ハッテンバでは貰えないよ、ふつう。お互い、しゃぶりたくてたまらないから集まるんだからさ、持ちつ持たれつでしょ。あの爺さん、練のこと好きになったんだよ、きっと。練、お金稼ぎたいの？　だったら米屋の前に立つか、商売させてくれる店に行かないと」

「米屋？」

「中通りにあるんだ。夕方くらいから、その米屋の前にウリやる連中が集まるよ。ウリセンバーは二十歳くらいまでの子しか置かないから、そっからはみ出た連中だけどね。米屋の前にいるから、ヨネ子とか呼ばれてる。練なら綺麗だから、もしかしたらウリセンバーでもまだいけるかも知れないけど。二十二だってごまかしてまだウリセンやってる奴、知ってるよ。そいつほんとは、二十八なんだ」

「ギリギリだな」練は笑った。「俺、もう三十だよ、もうじき」

「ウッソー」ケンジは女子中学生のような声を出した。「全然見えなかった！　二つくらい年上かなって思ってた。でも米屋の前の連中はセミプロでさ、ガッガツはしてないけど、あまり稼げないみたいだよ。本気で稼ぐなら、商売ＯＫの店に話をつけておかないと」

「商売がダメな店もあるんだ」

「ダメな方が多い。客同士の自由恋愛は歓迎だけど、金で売る奴はお断りっていうのが普通だよ、どっちかって言うと。練、お金、困ってるの？」

「うーん」

困っている、というのかどうかよくわからなかった。手持ちの金がほとんどないのは事実だが、なくて困るものなのかどうか、それが皆目わからない。もともと、何もかも終りにしてしまうつもりであのアパートを出て来たのだ。持ち金がなくなったらホームから電車にでも飛び込めば、それで済むような気もする。

「仕事がないことは、ない」

「ウリやるんなら、フー、って店だと安心だって聞いたことあるけど」

「フー？」

「WHO」

「ああ、そのフー、か。どこにあるの？」

ケンジは、ホテルのメモ用紙に几帳面《きちょうめん》な地図を書いて渡してくれた。

「バックに変な組とか付いてないんだって。もっとも、二丁目はそういうバックのない店の方が多いらしいけど。そこはジャリじゃなくて、大人の男を買いたがる客が集まるんだ。でも練、仕事なら今さ、けっこうあるみたいだし、ウリなんかしない方がいいよ。エイズ、恐いじゃない」

「流行《はや》ってるの、やっぱり」

「らしいよ。バーで飲んでると、誰それが陽性だったらしい、なんて話、みんなしてる」

ケンジは本当に身震いした。この街では、エイズはもはや、他人事《ひとごと》ではないのだ。

缶ビールを一本飲み干して、ケンジは先に帰って行った。ホテル代と缶ビール代を枕元に置いて。午後から院の授業があるらしい。練は、懐かしい思いでケンジの話を聞いた。ほんの二年前、自分も確かに、ケンジと同じ世界にいたのだ。ケンジは、また会おうとは言ってくれなかった。何度か会うと惚《ほ》れてしまうタチなので、できるだけ一晩限りにしているのだ、と言う。少し前に手痛い失恋をして、しばらく恋愛は懲り懲りなのだと。何だか少し、淋《さび》しかった。束の間、友達になれたような気分でいたのに。

チェックアウトが十時だったので、九時五十分に目覚ましをセットし、すっかり乱れてところどころ生臭い染みのついたシーツの上に横たわった。ダブルの、ちゃんとしたマットレスの付いたベッド。ベッドで眠るのも本当に久しぶりだ。

目を閉じると、なぜか田村の顔が浮かんで来た。田村は今頃、どうしているんだろう。自分が先に出てしまって、また北村の相手をさせられるようになってクサっているんじゃないか。

田村のいる組も新宿にあると言っていた。新宿にいたら、いつか田村に逢《あ》えるだろうか。田村に逢えるまで、電車に飛び込むのは待ってみようか。それまで金が続けば、の話だけれど。

2

『WHO』と、小さく銀色の文字で刻印された木製の扉は、けっこう重かった。押して入ると、聞き覚えのあるジャズのメロディが流れている。考えていたような淫靡《いんび》で不潔な感じのする店ではなくて、練は少しホッとした。開店時刻の五時からまだ三分過ぎたところで、客は誰もいない。

「いらっしゃい」

普通の男の、太い声が聞こえた。カウンターの中で、長い髪を後ろで束ねた、顎髭《あごひげ》を生やした男がグラスを拭《ふ》いていた。練はカウンターに座った。

「あの」千円札を一枚置く。「これで飲めるものってありますか」

カウンターの中の男は、ふっと笑った。

「ビールの小瓶」

「お願いします」

コップが置かれて、小さな外国製ビールの瓶が添えられた。手酌でコップを満たし、半分ほど飲む。

「金がないって言いたいわけか」

カウンターの男は苦笑いした。

「誰に聞いて来たのよ、おたく」

「ケンジって子に」

「ここなら商売させるって?」

「安全にできるって……聞きました」

「ただ黙認してるだけだよ。トラブルはご免だからね……自由恋愛ってことでさ」

「それでいいんですか」

「それでって、どういう意味よ」

「あの……場所代みたいなものは」

「言ってるでしょ、自由恋愛を黙認してるだけだって。ただ、何時間も席をあったためられちゃうと困るからね、ご覧の通り、狭いからさ、何しろ。一時間に一杯、何か飲んでよ」

それは厳しい条件かも知れない、と練は思った。このビール代を払ってしまうと、持ち金は三千円を切る。三時間以内に相手を見つけないとアウトだ。

「後払いでもいいよ」

男は、練の顔色を読んで笑った。

「ショートで戻って来てから飲み代払ってよ」

ショート、の意味は想像がついた。泊まりにせずに、セックスを済ませたらさっさと戻って来る、たぶんそんな意味だろう。練は頷《うなず》いて、残りのビールを舐《な》めた。飲み干してしまうと格好がつかなかった。


六時を過ぎると客が入って来るようになった。それでも、練の顔をちらっと見て、黙ってカウンターに座る男ばかりだった。誰も話しかけて来ない。ケンジが言っていたように、自分のような顔は塀の外ではウケないのかも知れない。二本目のビールを頼み、運を天に任せた。七時近くなって、明らかに買う側ではなく売り手だと思われる人間も現れ出した。服装が仕事帰りという雰囲気ではないし、カウンターの中の髭の男に目配せしていることからそれがわかる。様々なタイプの売り手がいた。花柄のシャツを着た、遊び人風の男。白いTシャツにジーンズの学生風。髪を赤く染め、黒いシャツにサテンのパンツを穿《は》いた、バーテン風。買う側はほとんどが会社帰りのサラリーマン風だった。それがこの店の客層なのだろう。

七時。三本目のビールを頼もうとした時に、隣りの席に背広を着た中年の男が腰掛けた。

「何、飲んでるの」

初めて話しかけられた。

「ビール？　もう少し強いの、どう？」

「いただきます」

練が小声で言うと、男はスコッチのダブルを二杯、注文した。カウンターの中の髭男が練に目配せした。お茶っぴきにならないで良かったな、と目だけで笑っている。

スコッチを飲みながら、自己紹介じみた世間話を少しした。練は適当な嘘を言い、相手の男も半分以上は嘘を並べたのだろう。グラスが空になったところで、男は、じゃ、行こうか、と立ち上がった。有り難いことに、飲み代も総《すべ》て払ってくれた。

ホテルがゆうべと同じだったので、練は少し躊躇《ちゅうちょ》した。こうした場所はやはり、限られているのだろう。だがフロントマンは何も気にしていないようだった。一晩に何度も出入りする客も多いに違いない。

男は、斎藤、と名乗っていたが、本名のはずはなかった。練は偽らずに、練、と名乗ったのだが、愛称だと思われたようだ。

斎藤はこうしたことに慣れているらしく、冷蔵庫の缶ビールを練にすすめながら、いきなり交渉に入った。

「バックは構わないのかな？　できるんなら一万出すけど」

色気も何もない。ケンジとのじゃれ合いが懐かしかった。自分が、今から売春をするのだ、という事実が、喉《のど》の奥に刺さった魚の小骨のように、ちくちくと痛んだ。

「ゴム使って貰《もら》えるなら」

練は言った。虚勢を張っているのだと自分で自分が痛々しかった。慣れているプロだと思わせたいのだ。だがすぐに見破られてしまうだろう。

それでも、初めての相手としては斎藤はいい客だった。乱暴はしないし、何より、持ち物が貧弱で楽だった。

仰向《あおむ》けで足を高くあげさせられていたので、半分のけぞるようにして腰を打ちつけている斎藤の、鼻の穴ばかりがよく見えた。田村がこの新宿に戻って来るまでに、自分は何人の客と寝ることになるのだろう、と練は考えていた。ずっと生きていたいなら他に仕事はあるはずだ。死にたいなら、さっさとすればいい。結局、自分にもわからないのだ。死にたいのか、死にたくないのか。田村のことは口実だった。ただ、結論を先延ばしにしているだけだ。

「香水でもつけてる？」

不意に、斎藤が訊《き》いた。何のことかわからなかったが、自分の体臭に気づいたのだ、とわかった。

「いいえ……生まれつきなんです」

斎藤がいきなり、上半身を密着させて練の腋《わき》の下に鼻を突っ込んだ。

「すごい」

斎藤が笑った。

「いるんだねぇ、本当に」

「何がですか?」

「言われたこと、ないかい?　からだから甘い匂いのする男ってのは、危険なんだよ」

「……危険?」

「恐ろしく頭が良くて、世界を征服できるほどの勇気もある。でも短気で凶暴で、一歩間違うと暴君だ。有名なところではね、織田信長がそうだったらしい。体臭が蜜《みつ》のように甘い匂いだったんだ」

1995.10 ——5——

1

排水溝に引っ掛かった髪の毛の束を見て、環はぎょっとした。どうしてこんなに抜け毛が多くなったんだろう、最近。やっぱり、精神的圧迫、ってやつなのかしら。

ボディソープの泡が消えると、環はシャワーブースを出て素っ裸のまま鏡の前に立った。自分でも、この乳房の形は相当いいと、満足している。高い手術代を払っただけのことはある。乳首に通信販売で買ったクリームを忘れずに擦り込んだ。色素沈着を薄めて、茶色の乳首もピンクになります、と書いてあったけれど、効果が出てるのかしら、ほんとに。もう半月使ってるのにさ。

大きめのバスタオルは環のリクエストだった。と言うより、勝手にデパートの外商に注文して届けさせたのだ。英国製で、ものすごく高い。たかがバスタオルに二万五千円もした。自分の金ではとても買えやしない。

バスタオル一枚で部屋を横切り、木製の頑丈なドアをノックした。返事はないが、拒絶もされないのだから入ってもいいだろう。

山内はまた、パソコンと睨《にら》めっこだ。この男は暇さえあればパソコンを睨んでいるが、金儲《かねもう》け以外に考えることはないのだろうか。

「社長」

環はとっておきの、甘えた声で言った。

「お風呂《ふろ》、空きましたよ。入ります？」

「入らない」

山内はそれだけ言って、顔も向けようとしなかった。環はむかっ腹が立った。無視されるのは大嫌いだ。

バスタオル一枚しか身に着けていない姿のまま、環は山内の横に立った。それでも何も言われなかったので、無理矢理《むりやり》膝《ひざ》の上に座ってやった。

「邪魔しないでくれ」

山内は鬱陶《うっとう》しそうに環の頭を自分の顔の前からどける。環はひるまなかった。いつだってこうなのだから、気になどしていられない。シャツのボタンをはずすと、いつもの通り、下着は着ていなかった。乳首に吸いついて舌でなぶってやると、明らかに反応して腹筋が波打つ。

「いい加減にしろ。仕事してんだから」

感じてるくせに、かっこつけちゃってさ。どうせ性感帯はあたしと大して違わないとこにあるんじゃないのさ。さんざなぶられて肥大してるじゃないのよ、この乳首。

「環」山内の声が尖《とが》った。「降りろ」

やり過ぎると爆発するから引き際は大切だ。山内がキレたら、あの韮崎でさえがお手上げだった。

「退屈なんだもの」

環は拗《す》ねたような声を出した。

「社長、全然外出しなくて息が詰まらない？」

「出掛けたいならどこでも行って来いよ」

「どこに行ってもデカがついて来るんじゃね。あいつら、いつまでああやって見張ってるつもりなのかしらね」

「誠一を殺《や》った奴が捕まるまでだろ」

山内の顔に、苦痛が走った。

「さっさと捕まえろよ、畜生」

「そう言ってやったら？　あの及川に」

「言ってやるさ」

山内は、不意にキーボードから手を離し、ほとんど無意識なのか摑《つか》んだ鉛筆を片手でボキッと折って放り投げた。

「やりたいのか」

山内がようやく環の顔を見る。

「うん」

山内が立ち上がった。環は走るようにして、先に寝室に飛び込んだ。

「いい気持ち」

環は満足していた。鏡に映っている自分の痴態が、ことのほか綺麗《きれい》に見える。四つん這《ば》いになっているので、自慢の乳房が実にバランス良く垂れて下がり、突かれるたびに揺れるのがいい。

完璧《かんぺき》な肉体だ。ここまで完璧にするのにいくら注ぎ込んだか、思い返すと溜息《ためいき》が出そうだ。でも後悔はしていない。

「ああ……いい、いいっ！」

叫んで首を振ると、いっそう激しく乳房が揺れた。

山内はとてつもなく強い。その気になれば、一度も射精せずに一晩中ピストンしていられるんじゃないかと思うくらいに。たぶん、性的興奮を頭でコントロールすることができるのだろう。ベテランのAV男優みたいなものだ。韮崎に拾われる前は、かなりハードな風俗で働いていたなんて噂もあるけど、ほんとなのかしらね。でも、山内のセックスは冷たい。ハートがない。テクニックもあるし強いから、するのは好きだけど、終わるとちょっとむなしい気分になってしまう。韮崎の玩具《おもちゃ》にされている時にはあんなに乱れて、女そのものみたいな声で騒いでたくせに。

ああ……ん。ん……

今日はやけに早いじゃないの。どうしたのかしら？

「社長？」

「ごめん」

山内は、ごろっとベッドにひっくり返った。

「油断した」

「イヤぁ」

環は唇を尖らせた。

「イキ損ねちゃったじゃないのぉ」

「自分で何とかしてくれ」

「イヤよぉ。もう一回やり直しぃ」

「頭が疲れてんだよ。勘弁してくれ」

環はベッドの上で胡座《あぐら》をかき、煙草をくわえた。

「仕事、うまく行かないの？」

「まあな」

「株価の操作って難しいんだ」

「簡単だったら、世の中金持ちだらけだよ」

「社長はもう、充分お金、持ってるじゃない。どうしてそんなにお金が必要なのよ」

「別に俺が必要なわけじゃない」

「なんで自分で稼いだお金、春日にみんなくれてやっちゃうのよ。韮崎はもういないんだもの、春日に流してやる義理なんかないじゃないの」

「金をつくらないと殺される」

「まっさかぁ」環は笑った。「社長、春日に感謝されることはあっても殺されるなんてあるわけないじゃん。今までだってものすごいお金、稼いであげたんだもん」

「だからさ」

山内は、環の唇から煙草を横取りした。

「今まで稼いだから、これからも稼がないとならないんだ」

「変なの」

「環、おまえもう、俺のとこ離れてもいいぜ」

「契約は五年だよ」

「いいよ、もう。借用書は返してやる。どこでも好きなとこ、行け」

「そうは行かないわよ。あたし、今の生活けっこう満足してるんだもん。最近さあ、例の仕事言いつけてくれないから退屈なのよねぇ」

「おまえの顔はもう、けっこう知れ渡っちゃったからなあ。あまり派手にやってると、そのうち捜二に目をつけられる」

「警察が口出せる問題じゃないじゃない。自由恋愛の末の話し合いなんだからさ」

「告訴されたら終わりだ」

「できるもんですか。自分たちの恥になるのよ」

「警察が説得すれば、そのうち、捨て身で告訴するのも出て来るよ。いずれにしても、おまえは充分働いてくれた」

「社長、あたしに飽きた？」

「そういう話じゃないだろう、もとから」

「あたしは社長が好きよ。簡単に捨てようたってそうはいかないからね」

「どうでもいいんだけど」

山内が環の乳房に手を伸ばした。

「どこらへんに入ってんの、シリコン」

山内は純粋に興味があるらしく、乳房をいじりまわし始めた。

「シリコンじゃないも－ん。生理食塩水のパックなの。最新技術なんだから。シリコンと違ってね、いつでも好きな時に取り出せるし、万一パックが破けても副作用がないの。触り心地もいいでしょう」

「高かっただろう」

「まあね。でも満足してるわ。やっぱ、あそこ、腕がいい。次はさ、鼻もいじろうかなって思ってるのよ。ほらあたしの鼻って、ちょっと低いじゃない？」

「環は整形ばっかりしてんだな。自分の顔がそんなに嫌いか」

「嫌い」

環は言い捨てた。

「親からもらったものはみんな大嫌い。徹底的に変えてやりたいのよ。親に似てるとこなんか一ヶ所だって残しておくのは嫌なの。社長だってそうなんじゃない？　親のこと嫌いなんでしょ、あたし、わかるもんね」

山内は笑った。

「親のことが大好きなんて奴は信用できないさ」

「その通り。あたしねぇ、昨日、ほんっとにむかついたのよ。ほら、韮崎殺しの捜査本部にいる、あの女！　もういかにもさ、いいとこのお嬢様って顔しちゃってさ、なんであんなのがデカなんかやってるわけ？　馬鹿にしないで欲しいわよ、まったく。顔見てるだけでムカムカしたから、すっぱ抜いてやったのよ」

「何を？」

「不倫」

環は愉快でたまらなかった。

「週刊誌でちらっと読んだのを思い出したんで言ってやったの。あの女、ピストルでオリンピック候補になるとこだったんだけど、選考会でミスしたのよね。それで引退しちゃったのよ、本番は来年なのにさ。妻子持ちのコーチとデキちゃってて、三角関係がもつれて引退したんじゃないかって、週刊誌でほのめかしてあったから、そのことぶちまけてやったのよ、同僚の前で。そしたらさあ」

環はあまりおかしくて、ひっくり返って笑った。

「涙浮かべてんだもん、もう、サイコーにおかしいったら!」

「デカなんかからかうの止めとけ」

山内が輪にした煙を環に吹きつけた。

「あいつらは執念深い。下手にかまうと、仕返しされるぞ」

「上等じゃないの。仕返しできるもんならしてみろって言うのよ」

「巻き添えはごめんだからな」

「社長って案外、権力に弱いのね」

「何とでも言え。俺は必要もないのに警察と喧嘩《けんか》なんかしない主義なんだ」

「社長さぁ」環は山内の胸に頭を載せた。「あいつと寝てんじゃないの、及川と。あいつ、どう見てもゲイじゃん。あんな清潔そうなデカなんていないよ、ぜったい。いつ見てもヒゲは綺麗《きれい》に剃《そ》ってあるしさあ、それにあいつ、素手で手すりとか触らないもんね。ハンカチ出してその上から摑《つか》んでんだよ、笑っちゃったわよ」

「あれで一時は、世界一になったこともある男だぜ」

「何よ、世界一って」

「剣道の世界選手権。優勝経験があるらしい」

「なんだ、つまんない。それがどうしたって感じ。それより、ね、もう一回しよう。ね、ねね！」

「ド淫乱《いんらん》」

「社長に言われたくないわよ、ウリセンだったくせに。いいじゃない、ねえ。さっきのじゃあんまりだよ、考え事してる内に終わってんだもん」

環は、山内の足の間に滑り込んだ。ペニスと顔とは共に持ち主の個性をよく表す。山内のペニスは、標本にしたいほど整った形をしている。どれだけ弄《もてあそ》ばれて来たのかわからないのに、勃起《ぼっき》するとその先端は、羨《うらや》ましいほど若々しい桜色になる。

2

「こんなとこでいいんですか？」

生田咲子は、不思議そうな顔で刑事課の応接室を見回した。

「取調室っていうのに、入るんだと思ってた」

言うことがあまり無邪気なので、麻生は思わず笑ってしまった。

「生田さんにはお話を伺いたいだけですから。取り調べるつもりはありませんよ」

山背が優しい声で言う。猫なで声の山背というのは古くからの知り合いにはかなり気持ちが悪いのだが、ホームドラマの父親のようなキャラクターに誤解されるのか、話し掛けられた相手はけっこう、気をゆるす。麻生は、自分にはできない芸当だな、と今さらのように感心した。

「ともかく、わざわざいらしていただけて本当に助かりました」

「いいえ……どうせ暇だからいいんですけど、あの、でも、ほんとなんですよ！」

生田咲子は突然大声で言った。

「あたし、韮崎さん死んだの、ほんとに知らなかったんです。知っていたらもっと早く、来てました。ほんとです！」

もちろん、嘘に決まっている。この女が慌てて新宿署に駆けつけて来たのは、相川と山下が掛川エージェンシーに直接乗り込んでプレッシャーをかけたからだ。掛川エージェンシーでは、生田咲子はとっくに芸能界を引退してプロダクションを辞めたのでどこにいるのかわからないと説明したらしいが、こうやってしっかり、本人と連絡はついていたわけだ。

「あたし、ほんとに旅行してたんです。一人旅って好きなんですよ、いつも、思い立った時にふらっと車で出かけるんです。旅先では新聞も読まないしテレビも見ないことにしてるから、今朝までほんとに、知らなかったんです」

「もうそのことは、気になさらなくていいですよ。こうして駆けつけて来ていただいたわけですから、遅過ぎたということはちっとも、ありません。それより、一昨日の昼からのことをお話しいただけると有り難いのですがね。あなたは、韮崎誠一さんと一緒にホテルにチェックインした。それは間違いないわけですよね」

「ええ、チェックインだけはしました。しましたけど、あたしは泊まってないです。ほんとです」

「お泊まりにならないのに、どうして一緒にチェックインなどしたんですか？」

「だから、韮崎さんに頼まれたのよ。電話がかかって来て、悪いけどホテルのチェックインだけ一緒に済ませてくれないかって」

「それはいつのことですか」

「一昨日のお昼ぐらいです。久しぶりに電話をくれたんでどうしたのかと思ったら、ホテルに泊まりに行こうって。すごく嬉《うれ》しかったのに、チェックインだけでいいなんて言われて、がっかりしちゃった」

つまり、この娘は韮崎とそういう仲だったということだ。韮崎というのは本当に気の多い男だ。

「常識的に考えると、随分風変わりな依頼だと思うんですが、あなたはどう感じました？」

「別に、どうも感じなかったけど。韮崎さんは大事な商談をホテルですること、多かったみたいだから。会っていることを知られたくない相手との商談なんで、ダミーになってよ、って言われたんでそのまま信じただけです。いいけど、その代わり何か奢《おご》ってよってねだったら、ケーキとコーヒー奢ってくれたけど」

「それだけ？　ケーキとコーヒーだけだったのかな、韮崎から貰《もら》ったものは」

「えっと」

生田咲子は舌で唇を舐《な》めた。

「お小遣いも、少しね」

咲子が愛想笑いをした。山背もつられて微笑んだが、目だけは笑っていない。

「単刀直入にお聞きしてもいいですか」

山背は声色を少し変えた。

「あなたと韮崎さんの関係なんですが、愛人関係、ということで理解させていただいても、よろしいでしょうかね」

「韮崎さんは独身だったでしょ、だったら、恋人関係って言ってもらえないかしら」

「確かに、そうですね。失礼しました」

山背はまた、思わず信用してしまうような笑顔になった。

「しかし、韮崎さんには他にもたくさん、恋人がいらした」

「そんなことあたし、興味ないもの」

「嫉妬《しっと》はお感じにならなかったんですか？」

ふふ、と生田咲子は魅惑的に微笑む。自信のある女の笑顔だった。

「韮崎さんって、一緒にいる時に他の女のことを感じさせるような人じゃなかったもの。お金持ちだしいい男だし、一人占めできるなんて最初から思ってやしないわ。他の女のことなんか気にしなければ楽しくやれるのよ、それでいいじゃない」

「韮崎さんとはいつ頃、どこでお知り合いになられたんですか」

「事務所の社長と友達だったのよ、彼。それで一緒に食事なんて行くことがたまにあって、その内に、ね。でもあたし、芸能界って向かなかったのよね。昨年、事務所を辞めちゃったから、今は芸能界の仕事はしてないの」

「また立ち入ったことをお伺いするんですが」

「何でもどうぞ。人の私生活に立ち入るのが警察の仕事なんでしょ」

「その点は誤解があるようです。我々警察には民事不介入の原則というのがありましてね、私生活には極力立ち入らないようにするのが、本来の姿です。しかし、その私生活が刑事事件の解決に関係しているかも知れないとなると、これがちょっと、立場が微妙になるわけでして」

「前置きはいいから、何が知りたいの？」

「今現在、あなたは何によってその、生計をたてていらっしゃるのか、その点ですね」

「なんにもしてないわ。プーよ」

　生田咲子はけらけらと陽気に笑った。

「あたしね、けっこう堅実なタイプなのよ。だから芸能界にいた時、真面目に貯金してたの。そりゃあんまり売れてはいなかったけど、それでもさ、イベントコンパニオンよりは稼いでたもの、これでも。贅沢《ぜいたく》しなければ、まあ何とか暮らしていられるのよ。刑事さん、あたしのこと、ブランド物ばっかり欲しがるような金のかかる女だと誤解してるんでしょ？　人は見かけによらないものなのよ、ほんとに。嘘じゃないわ、あたしの貯金通帳、見せてあげてもいいのよ。あと二年くらいなら、倹約すれば生活できるくらいのお金はあるんだから」

「二年後はどうするつもりですか」

「そうねぇ」生田咲子はあっけらかんと言った。「結婚でもしようかなぁ。ねえ、警視庁の独身の刑事でさ、将来出世しそうな人、誰か紹介していただけない？　あたし、お料理もけっこうできるし、いい奥さんになれると思うのよ」

「いいお話ですね。部下に言ってみましょう。喜ぶ者は多いと思いますよ、相手があなたなら」

山背は麻生に目配せした。麻生が軽く頷《うなず》くと、山背は本題に入った。

「ところで、これからお尋ねすることには少し、真剣に思い出して答えていただきたいんですが」

「何かひっかかる言い方ねぇ。今までだって真剣に答えていたつもりなんですけど」

「すみません。ではより一層、真剣に思い出していただきたい。韮崎誠一さんは、あの日、具体的に誰と商談をするつもりだったか、名前は言いましたか」

「いいえ。そういうことを女にぺらぺら喋《しゃべ》るような人じゃなかったわ」

「何か匂わせるようなことも？」

「残念ですけど、まったく」

「あの夜の予定についてはどうです。商談が何時頃終わるから、そうしたら遊びに来ていいとか何とか、そういう話は出なかったわけですか」

「期待はしてたのよ」

咲子は、ちょっぴり恨めしそうな顔になった。

「買ったばかりの携帯電話だし、鳴らないかなぁって、真夜中まで待ってたわ。でも午前一時になってもうんともすんとも言って来ないから、諦《あきら》めてドライヴに出たのよ。そのまま伊豆まで飛ばして、友達の別荘に泊まっていたの。ほんとのことよ。別荘に着いたのは午前四時くらいだったわ。管理人さんがちゃんと知ってるから、アリバイを疑うなら調べてちょうだい」

生田咲子は、別荘の持ち主として麻生でも名前を知っている男性タレントをあげ、伊豆のどのあたりにその別荘があるのかも細かく説明した。

「だけど、あたしのアリバイなんて疑っている暇があったら、他に調べた方がいい人はいると思うんだけどなぁ」

咲子はいたずらを企《たくら》む子供の顔になって、ちらっと麻生を見る。ほとんど口を開かないでいる麻生の方が上司だと見抜いての視線だろう。麻生は、興味を押し殺して静かに言った。

「何かいいアイデアをお持ちのようだ。ぜひ、お知恵を拝借したいですな」

「いいんだけどさぁ、告げ口だって思われるの嫌なのよね」

「もちろん、情報源があなただということは、決して漏らさないようにしますよ。あなたにしてみても、素敵な恋人だった韮崎さんを殺した犯人は憎いはずだ。その犯人を逮捕できるかも知れない情報をお持ちでしたら、我々に提供していただくのは、韮崎さんへのいい供養になるのではないかな」

「そうよね」

咲子は、はじめて殊勝な顔になった。

「考えたらあの人、死んじゃったのよね……もう逢《あ》えないんだわ。すっごくアタマに来る話よね。いいわ、教えてあげる。あたしね、あの日、ほんとのこと言うとさ、夜になって一度、あのホテルに戻ったのよ」

山背の片眉《かたまゆ》がきゅっと吊《つ》り上がる。麻生も思わず、いくらか身をのり出した。

「もしかしたら、韮崎さんに逢えるかなぁ、なんてちょっぴり期待もあったし、それから実はね、あの日、カフェテラスにハンカチ忘れちゃったことに、夜になってから気がついたの。ホテルに電話したら、フロントに届いたお忘れ物ならばお預かりしておりますので、ご確認にいらしていただければ、って言われたんで行ってみたわけ。ハンカチの忘れ物ってけっこう多いらしくて、電話だけではあたしのものかどうか確認できなかったの」

「時刻は？」

「九時過ぎくらいよ。ホテルに訊《き》いて貰えれば嘘じゃないってわかるはずだわ。忘れ物はベルキャプテンが預かっててくれたんで、あたしのハンカチがないかどうか調べさせて貰ったの。ちゃんと見つかったわ。たかがハンカチ一枚でも、エルメスだとねぇ、諦めるの、もったいないものね。ま、ともかく見つかって良かったなって、帰りかけたところで、あの女に気づいたわけよ」

「あの女、とは、どちらの御婦人ですか」

「御婦人だなんて」

咲子は憎々し気に唇を曲げた。

「そんな上等なもんですか。幸子よ、皆川幸子。知ってるでしょ？　図々しく妾面《めかけづら》して、マンションなんかに住んじゃってさ。何よ、もともとは掛川社長の女だったくせに。韮崎さんも韮崎さんだわ、いくら親友だって、他人のお下がりなんか貰ってお金注ぎ込んでたんだから、男なんてだらしないもんよね、ほんと。ああいうさ、ちょっと淋《さび》しげに見える女、ってのに弱いんでしょ、男って。だけどねぇ、ああいうのがほんとの悪女面なのよ。油断できないんだから、ほんとに。あの夜だって、男連れだったのよ。どうせ幸子は否定するに決まってるでしょうけど、刑事さん、しっかり調べて、あの女が韮崎さんを裏切ってたって証拠、突き付けてやってよね」

「つまり生田さんは、皆川幸子さんが韮崎さんを殺した可能性があると考えておられる、そういうことですね」

「知らないわよ、可能性があるかないかなんて」

咲子はやり場のない怒りを麻生に対してぶつけていた。

「そんなことは警察の考えることでしょ、あたしはただ、あの夜の九時に、あの女があのホテルにいた、それを見たって言ってるだけなんだからね。あたしがあの女が犯人だと言ったなんて、勝手に解釈しないでちょうだい。だけど男連れだったのは絶対に見間違えじゃないわよ。幸子がいくら否定したって、そのくらいは確かめられるでしょ、日本の警察は優秀なんだからさ！」

1989.5

「路子《みちこ》さん、いるの？」

塚原富美子《とみこ》は、煮物が入った器を持ったままで、玄関先から声を掛けた。不用心に鍵《かぎ》もかけていないが、玄関に路子がいつも履いているサンダルが揃えて置かれていたので、家の中にいることは間違いがなさそうだった。

「路子さん、路子さーん」

何度か声を掛けてみたが、返事はない。

「しょうがないねぇ、まったく」

富美子はふうっと溜息《ためいき》をひとつつくと、ごめんなさいよ、あがらせて貰《もら》いますよ、と大声で言ってからサンダルを脱いだ。

勝手知ったる他人の家、富美子はずんずんと奥に入り、襖《ふすま》を開けた。路子はそこにいた。またいつものように、小さな庭に面した縁側に腰掛けて、ぼんやりと庭を見つめている。

「煮物をたくさん、炊いたんでさ」富美子はことさらに明るい大きな声で言った。「少しどうかと思ってさ。ご主人も好物でしょう、里芋とイカなんだけどね」

路子が視線をようやく富美子に向けた。

「あ、富美子さん」

「今日は顔色、いいじゃないのよ。そろそろ季節も良くなって来たし、たまには散歩がてらに買い物にでも出てみたらどう？　新宿の三越で今、婦人服のバーゲンやってんだよ。折り込みが入ってたんだけど、メーカーもんがさ、半額だよ、半額」

富美子は煮物を台所に持って行き、冷蔵庫に入れた。それからまた奥の部屋に引き返すと、仏壇の前に座って線香をともし、位牌《いはい》に手を合わせた。

真新しい位牌の横には、小さな写真も飾ってある。その写真の中には、あどけない笑顔で笑っている、幼い子供がいた。

富美子の鼻がつんとして、また涙が出そうになった。ほんとに可愛い子だったのにねぇ、ほんとに。どうして神様ってのは、こんなひどいことをなさるのかねぇ。

「気持ちはわかる、なんて軽く言ったりはしないけどね」

富美子は、路子のそばにそっと寄った。

「いくら嘆き悲しんでいたって、真子《まこ》ちゃんは戻って来ないんだよ。あんたがいつまでもそんなふうだとさ、天国の真子ちゃんも悲しくって、この世に未練が残ってしまうよ」

「ねえ富美子さん……知ってます？」

「なんだい？」

「今朝ね、弁護士が来たんですよ」

「弁護士？」

「あいつらに雇われてる、弁護士です」

「ああ……なるほどね。で、なんだって？」

「民事裁判を起こさないでくれたら、三千万、くれるそうです」

富美子は何も言わなかった。はらわたが煮えくりかえるような思いはあったが、わずか生後九ヶ月の女の子に三千万は、どう考えても相場より高い金額だ。仮に民事裁判を起こして損害賠償を請求したとしても、そんなには勝ち取れないだろう。何と言っても、交通事故には違いないのだ。それも、路子に過失がまったくなかったとは、どう贔屓目《ひいきめ》に見ても言えない状況だった。相手が暴力団員だからといって、裁判を起こせば完全に有利だ、というわけにはいかないだろう。路子の夫である望月省吾《もちづきしょうご》も、そのことは充分わかっているようだった。

だが、可愛い盛りの娘を失った路子の脳裏には、ただ憎悪だけがあるに違いない。

まだ蕾《つぼみ》もつけていない紫陽花《あじさい》の葉の上に、かたつむりが一匹とまっている。

東京のど真ん中、西新宿の高層ビルがこんな間近に見える一画なのに、このあたりは本当にのんびりとして、いつまでも垢《あか》抜けない。それでも、バブル経済とかのおかげで土地の値段が信じられないほどあがり、固定資産税が払えなくなって、家も土地も売り払ってどこかに越して行くお隣りさんはあとを絶たない。幸い富美子の住む家は借家だったので、固定資産税がどれだけ上がろうと関係はなかった。大家が家を売り払ったとしても借家人の権利で家に住み続けることはできるから、当分は立ち退きなんて話も無縁だろう。だがいつまでそうしていられるのか。どこかの大企業がこのあたりの土地をまとめて買収して、大きなビルを建てるから出て行ってくれと言われたら、いつまで抵抗できるものかまったく心もとない。

この望月の家とは、大昔からのつきあいだった。富美子と省吾とは小学校の同級生。成績が良くて男気があって、省吾はクラスでも人気者だった。富美子だって、憎からず思っていたことはある。中学で、富美子は地元の公立に入り、省吾は何と、国立に進んだ。大したもんだ、と近所の大人たちもびっくりした。その省吾は今や、大学教授である。公立なので給料は安いみたいだが、学者様なんだから本当に、大したもんだ。

だが、そんな望月省吾も、人生の全てが順風満帆というわけではなかった。まず省吾の両親が相次いで早死にし、ひとりっ子だった省吾は、大学生の頃からこの家でたったひとりで暮らすようになった。そして三十を過ぎてからやっと結婚したのに、最初の妻は気の毒なことに、嫁いで来て二年たらずでインフルエンザで死んでしまった。それから十五年、省吾はひとりでこの家に寝起きし、黙々と研究し、淡々と大学に通っていた。

富美子自身は生家から数百メートルという幼馴染《なじ》みの家に嫁いで、すでに子供も四人育てた。近所にひとりぼっちで暮らしている、淋《さび》しそうな昔の遊び友達がいて気にならないわけはない。おかずのひとつも作っては持って行くし、暮れには大掃除も手伝ってやった。

そんな省吾が、とうとう一昨年、再婚した。

省吾が路子をこの町に連れて来た時、近所中が本当に大騒ぎだった。路子は省吾よりかなり年下で、まだ三十五に届くか届かないか、というところ。しかもその年齢よりさらにずっと若く見えた。ともかく、こんな垢抜けない町にはもったいないほど、艶《つや》やかな女だったのだ。


噂をする連中もいた。あれは普通の女じゃないよ、もとはぜったい、水商売だね。

だったらどうだっていうのさ。富美子はそんな噂を流す連中に腹を立てた。過去に水商売をしてようがどうしようが、そんなこた関係ないだろうが。今はちゃんとした奥さんで、ほら、省ちゃんの嬉《うれ》しそうな顔ったら、見なさいよ。

去年、真子が生まれて、望月家は幸せの絶頂だった。そばで見ていて羨《うらや》ましくなるほど、省吾と路子の仲は良かったのだ。そして真子は、母親に似て天使のように可愛らしかった。いちばん下の子供ですらもう成人式を終えてしまい、孫が三人もいる富美子にとっては、望月家の真子もまた、新しい孫のようなものだった。産後に軽い感染症にかかってしばらく寝たきりだった路子の為に、富美子は無償で世話をかって出て、真子のおしめも取り替えた。

神様はほんとに、残酷なことをなさる。

富美子はまた、涙が出そうになるのをこらえた。それでも、自分が泣くわけにはいかなかった。路子を励まし、何とかまともに生活できるようにしてやらないと。

「煮物だけじゃあ、お腹は膨れないよね。路子さん、どうだい、一緒にスーパーまで行かない？」

「ごめんなさい」

路子は弱々しく微笑んだ。

「あたし……頭が少し痛くて。お夕飯は、うちの人が戻ったらどこかに食べに行ってもらいますから」

「食べに行くったって、丸谷食堂も先月で閉店しちゃったし、ろくな店がないじゃないの。いいよ、ならさ、あたしこれから買い物に行くから、ついでに適当に買って来てあげるよ。料理は面倒だろうから、できあいのものでもいいよね。刺身か何かにしようか」

「……すみません」

路子は、座ったままの姿勢で額が畳につくほど頭を下げた。そのまま倒れ込んでしまうのではないかと、富美子ははらはらした。

金は立て替えておいて、後で省吾から貰《もら》えばいい。富美子はサンダルをつっかけて夕方の路地に出た。

スーパーでは鰻《うなぎ》の安売りをしていた。鰻なら、アルミホイルでくるんで炊飯器の中に入れておけば、省吾が戻ってからでもおいしく食べられるだろう。面倒なので、自分と夫、それに同居している次男夫婦と孫の分まで鰻にしてしまった。もちろん、ひとりに蒲焼《かばや》き一枚ずつでは予算オーバーだから、適当に買って炊きあがった飯にまぜ込んで鰻飯にしよう。それで錦糸卵でも飾れば格好がつく。後は、煮物もあるし、味噌汁《みそしる》の具はワカメと豆腐でいいだろう……

「あの、失礼ですが」

呼び止められて振り向くと、見たことのない男が立っていた。ごま塩になった髪を丁寧に撫《な》でつけて、眼鏡をかけた中年の男。随分上等そうな服を着ている。

「塚原さんでいらっしゃいますね」

「そうですけど、おたく、どちら様？」

「こういう者ですが」

名刺を受け取ることなど久しぶりだ。

高安法律事務所　弁護士・新藤洋次郎

「弁護士って、あんたまさか、あの暴力団の……」

「三十分でいいんですが、ちょっとご相談したいことがあるんです。お時間をいただけませんでしょうか」

「どうしてあたしに？　もしかして勘違いしてるのかも知れないから言うけどね、あたしは望月さんとこの親戚《しんせき》でも何でもないんですよ。ただ親しくしてるんでついでに買い物してるだけで」

「承知しております。ぜひ、折り入って塚原さんにご相談したいと思いまして、お探ししていたところなんです。御自宅に行きましたところ、お嬢さんが買い物だろうとおっしゃって」

「あれは嫁だわよ、娘じゃないよ。だけど、あたしには法律のことなんかまるでわからないんだから、あたしと何か話し合ったって無駄ですよ。望月さんに裁判起こして欲しくないんだったらさ、望月さんに言わないとね」

「午前中にお伺いしたのですが」

新藤は狡《ずる》そうな顔で苦笑した。

「どうもこちらの真意を誤解されてしまいましたようで。わたくしどもは決して、責任逃れをしようとしているわけではないのです。お金で全部解決して、それで涼しい顔をするつもりなどは毛頭ございません」

「そりゃあんた、娘を殺された母親にそんなこと言ったって無駄だね」

富美子は冷たく言った。

「多めに金を払うから民事告訴しないでくれだなんて、責任逃れじゃなくって何なのさ」

「わたくしどもとしましては、裁判などになって、これ以上望月さんの奥さんを苦しめるようなことはしたくない。ですから裁判にせずに解決したいと申し上げているだけなのです」

「なんだって？　どうして裁判になると、路子さんがもっと苦しむことになるのさ」

「御説明いたします。ですからどうか、お時間を」

新藤が深々と頭を下げた。鬱陶《うっとう》しいとは思ったが、新藤の口振りが気になる。

富美子は承知して、新藤と共に、スーパーの隣りの喫茶店に入った。

1989.10

「御苦労さまでした」

田村は深々と頭を下げ、手を伸ばして立岡《たつおか》の提《さ》げていた鞄《かばん》を受け取った。

「なんだ、淋《さび》しいな、おまえら二人だけか」

「すんません、最近はうるさくて、出迎えは二人までにしろと言われてまして。横の方にみんなおります」

「そうか」

立岡の尊大な態度は、三年半の刑務所暮らしでも全然変わっていないようだ。

「おまえはいつ出た」

「一年前です。出てから関西に行ってまして、先週やっとジュクに戻らせてもらいました」

「関西って、どこだ」

「大阪の、下田さんのとこに預かってもらってました。ほとぼりが冷めるまでってことだったんですが、やっと親父さんが一倉《いちくら》の奴等と手打ちできましたんで、戻りました」

「客人待遇で一年か。いい身分だったな」

「大変な時に楽させてもらって、申し訳ないと思ってます」

門から離れて二分ほど歩いたところに、黒塗りの車が三台停まっている。一張羅のスーツに身を固めた組員たちが七名、立岡を待っていた。一斉に頭が下がる。立岡は顎で挨拶《あいさつ》を受けると、田村が開いたドアから後部座席に乗り込んだ。


「神崎は相変わらずみたいだな」

立岡は、田村が火を点《つ》けた煙草をゆっくりとふかした。

「中でまで、偉そうにしてやがる神崎の連中を見たぞ。親父さん、血圧上がりっぱなしだろう」

「もう大変です」

田村は小さく頭を振った。

「親父さんは経済に弱い」

立岡は声を低めた。

「そこがうちの最大の弱点だ。このバブル景気に不動産を満足に扱えないのはうちぐらいなもんだぞ」

吐き出した煙を外に出す為に、田村は窓を少し開けた。

「本家の方はどうなんだ？」

「本家はもう、韮崎さんの時代だそうです。みんなそう言ってます。跡目も、諏訪さんでなくて韮崎さんが継ぐだろうと」

「物騒な話だな。諏訪さんの女房は会長の娘だろうが。それで跡目が誠一さんのとこに行ったりしたら、一騒動だ。会長の体調は」

「あんまりいいこともなさそうです。最近は修善寺《しゅぜんじ》にいることが多いみたいですわ。兄さん、今夜は親父さんが兄さんの慰労会するそうですんで、よろしくお願いします」

「辛《つら》いなあ」立岡は笑った。「組に挨拶《あいさつ》だけ済ませたら早く家に戻って、かあちゃんの股《また》ぐらに潜り込むつもりだったのになあ」

「一度戻られて、姐《あね》さんに会われたらいいですよ。自分、七時に迎えに行きます」

「そうしてくれるか」

　立岡はうまそうに煙を吐き出した。

　立岡の妻は元レースクィーン、結婚前は新宿の高級クラブでナンバー1を張っていたような女だった。三年半も離れていれば、股ぐらが恋しいのも無理はない。

＊

　三軒目で、立岡も組長もいい加減酔っぱらっている。だがこの店は組長のとっておきで、滅多《めった》に連れて来て貰《もら》えない高級店だったので、田村は、豪華な内装やどれだけ金をかけて整形したんだろうと思うくらい綺麗《きれい》な女たちに目を奪われ、ついついのぼせたような気分になっていた。いつもなら自分たちのような下っ端は外で待たされるところなのだが、立岡が特別に、と、最後までそばに置いてくれた。立岡が戻って来てくれて、田村はホッとしていた。組長の命令だったとはいえ関西に一年も行っている間に、若い連中はすっかりよそよそしくなっている。その前に二年半刑務所にいて、合計で四年近くも組を離れていたのだからそれも仕方のないことではあるのだが。

もう自分も若くはない。いつまでも下っ端をやってはいられない。そろそろ何らかの役に就いて、若い連中をつかう立場になりたかった。だが組を取り巻く情勢は必ずしも楽観的になれるようなものではない。武藤組長は男気のある親父さんだが、いかんせん、感覚が少し時代に遅れている。本家を牛耳っていると言われる韮崎誠一と何かにつけて張り合ってばかりいるが、経済に強く機を見るのに敏な韮崎に比べると、かなり分が悪い。

それでも、田村は組長に惚《ほ》れていた。親父さんの行くところへならどこまでもついて行く。そう素直に思っている。

場が一瞬静かになったので、田村は顔を上げた。親父さんが店の入口の方を睨《にら》みつけている。立岡が驚いた顔をしながら立ち上がった。

「誠一さん」

「立岡の兄さん、お久しぶりです」

韮崎誠一が、後ろにひとり男を従えて現れたのだ。

「長いこと、御苦労さまでした」

韮崎は深く腰を折って頭を下げた。

「お元気そうで、何よりです」

「あんたも元気そうだ。噂は聞いているよ。さすがに誠一さんは大叔父貴《おじき》の血をひいているだけあって、剛胆にして緻密《ちみつ》、本家は今や誠一さんでもっているようなもんだとな」

「それはお褒めが過ぎます。組長に聞こえたら怒られます。今夜はおくつろぎのところにお邪魔してすみません。たまたま寄りましたら、兄さんと武藤の叔父貴がいらしてると聞きましたもので。叔父貴」

組長は片手を上げただけだった。

「まあ、座れ。つっ立ったままでいるんじゃねえ」

「ちょうどいい機会なんで、叔父貴にも紹介させていただきます」

韮崎は、後ろにいた男を顎《あご》で前に立たせた。

田村は、ぽかん、と口を開けた。

「ここのところ、わたしがパートナーにして一緒に仕事をしている男です。名前はお聞きおよびかと思いますが」

韮崎の合図で男は頭を下げ、名刺を組長と立岡に手渡した。

「イースト興業の山内と申します」

「あんたが、山内さんか」

組長が顔を上げた。

「凄腕《すごうで》だそうじゃねえか。ついこの間も、品川の土地のことで大きな商売したって聞いたが」

「運が良かっただけです」

韮崎と山内は、田村の斜め前に座った。

「土地なんてものは、いつまでこんな状態で値段が上がるかあてになりませんよ」

「ほう？」

立岡が驚いた顔になった。

「経済の専門家も、日本は土地がないから土地の値段だけは下がらないと言ってるのにかい」

「それは錯覚です。人間ひとりに必要な土地なんてそんなに広いものではありませんからね」

山内は、綺麗に整えた長い髪をしていた。田村は呆然《ぼうぜん》として、その端整な顔を眺めていた。

「それじゃ、土地は下がるのか？」

「まだしばらくは上がる一方でしょうが、そのうちには下がります。今の状態は、よく持ってあと五年くらいでしょう。転がして儲《もう》けるなら、できるだけ早い方がいい。欲を出して手元に長く置き過ぎたら怪我をします」

「面白いことを言う男だな」

立岡は笑った。

「誠一さん、あんたはどう思ってるんだ」

「この男の言葉は神託のようなものですよ、兄さん」

韮崎も笑った。

「いや、予言かな。それも、黒い予言だ。こいつは人間じゃない。悪魔なんです」

田村は、山内が自分を見ていることに気づいた。理由もないのに膝《ひざ》が震える。どうしてなのか、山内が恐かった。なぜこの男はこんなところにいるのだろう？　いったいどうして、韮崎誠一と一緒に現れたのだろう……

「すみません、ちょっと便所へ」

田村は立ち上がり、逃げるように便所に駆け込んだ。酒に酔っているわけでもないのに吐き気がする。洗面台に顔を伏せると、胃液がせりあがって来た。

「田村」

背中で声がした。顔を上げると、鏡の中に山内がいた。

「やっぱり、田村だ」

「お、おまえ……なんで……どうして……」

「田村だ」

山内の長い腕が田村の背中を抱いた。

「やっと逢《あ》えたな。新宿にいれば、いつか逢えると思っていたんだ」

「答えろ」田村は、声が震えそうになるのをこらえた。「なんでおまえが韮崎さんと一緒にいるんだよ！」

「そんなこと、どうでもいいだろう」

山内の腕が、田村のからだを半回転させた。

「どうでもいいさ、そんなこと。些細《ささい》なことだ」

急に目の前が暗くなった。山内の掌が両目を覆っていた。その掌を払い除《の》けるより早く、今度は呼吸ができなくなった。

田村の口の中で、燃えている小さな炎のような舌が、力強く暴れ回っていた。

1995.10 —6—

1

新聞の記事をもう一度読み返してから、塚原富美子は大きな溜息《ためいき》をひとつついた。

「あれは何年のことだったたっけねぇ……」

「八九年だよ、確か」

家の中には富美子以外誰もいないので、それはあくまで独り言に自分で返事をしただけなのだが、富美子は夫が返事をしたのが聞こえたような気になった。夫の行雄《ゆきお》は変なところで記憶力のいい男だった。二年前に心筋梗塞《しんきんこうそく》で呆気《あっけ》なく逝ってしまったが、いいひとだった、と思い出すたびに残念になる。共に足腰立たなくなるまで一緒に暮らしたいと思っていたのにさ。


そうだ、八九年だ。気の毒なことだった、本当に。

天罰だよね。新聞記事を畳み、富美子はゆっくりと立ち上がった。

仕方ないさね。この男は畳の上で死ねる身分じゃなかったのさ。どうせヤクザ同士の争いで殺されたんだろうが、本人も覚悟の上だったたろうよ。

「富美子さーん」

玄関で山田徳子が呼ぶ声がする。相変わらずのだみ声だ。長いこと水商売をしていた人だから酒と煙草で喉《のど》が潰《つぶ》れてるのは仕方がないとしても、大声を出すと慣れていない人間には怒鳴り散らしているようにしか聞こえないので、玄関先で喚《わめ》かれると喧嘩《けんか》でもしているのかと近所に思われそうで恥ずかしい。

「富美子さん、富美子さーん。いないのー?」

塚原富美子は慌てて玄関に急いだ。徳子は気が短い。

「ちょっと何してたのよ、留守かと思ったわよ」

引き戸を開けると徳子はずかずかと入り込んで来て、どっかりとあがりかまちに腰を下ろした。

「はいこれ、回覧板」

徳子から回覧板を受け取る。町内会の秋祭りについて、と書かれている。

「亭主が好きだったんだけどねぇ、祭りで神輿《みこし》かつぐの、さ」

富美子はまた行雄を思い出して溜息をついた。

「あれでも江戸っ子だったからねぇ」

「あんた、江戸っ子ってのは神田から東で三代続いた人だけにつかうんだってさ。この辺りはさ、江戸時代は江戸じゃなかったんだそうだよ」

「そんなこたどうでもいいわよ。心意気の問題なんだから、心意気の。あら、今年の祭りは子供神輿を出すの？」

「大祭なのよ、今年は。あんたんとこのお孫さん、どうする？　神輿かつがせるんなら、はっぴ新調するかい？　うちとこの次男の子がさ、新調するんで高松屋に頼むから、富美子さんとこのおちびさんもそうする？　あそこなら顔がきくからまけさせられるわよ」

「安物でいいわよ、はっぴなんか。ほら、スーパーに売ってるじゃないの、祭りの時期になるとさ。あれで充分。今どき、わざわざ手縫いの贅沢《ぜいたく》なもんを新調するなんてあんたんとこくらいのもんよ」

「そういうとこケチるとね、いい運が向かないんだよ」

徳子は真面目な顔で言う。

「松本さんとこがいい例さ。金はあるくせにあそこの親父は昔っからドケチで、町内の催しもんにも寄付一円だって出したことがない。それであげくに息子がアレだろ」

徳子は口元で掌《てのひら》を裏返し、立てて見せた。

「あの息子、ここんとこ見ないね」

「もう三年は戻って来ないって言ってたわよ、奥さんが。どこで何してんだか音沙汰《おとさた》もないってさ。やっぱり父親と大喧嘩したらしいんだけどね、あたしは息子の気持ちがわかるねぇ。あの親父じゃ家出したくなるよ、誰だって」

「そんなにケチなの」

「ケチなだけじゃないわよ、偏屈でおまけに誰かれ構わず馬鹿呼ばわりしてさ。息子や奥さんのことも、気に入らないと殴る蹴《け》るの好き放題だったんだってさ。だけどねぇ、男の子だもの、息子が高校生にでもなればさ、体力的に勝てないわよ。それで殴り合いになって自分の息子に半殺しにされて入院だよ、あたし悪いけどその話聞いた時には笑っちゃったわよ。ざまあないわよね。ま、天罰だね」

「でもあの子……可愛い顔してたのにねぇ。そんな乱暴するようには見えなかった」

「顔がどんなでも男に変わりはないからね。むしろああいうのの方が根は凶暴なのかも知れないね。それはそうとさ、あんた、新聞見た？」

「ああ」

富美子は頷《うなず》いた。

「あの記事でしょ、韮崎とかいうヤクザが殺されたって」

「あたし記憶が曖昧《あいまい》なんだけどさ、韮崎ってあの、路子さんの、でしょ」

「そうだろうと思うけど、親戚《しんせき》か何かってこともあるからはっきりしたことは言えないわね……でもまあ、本人だとしたら天罰だろうって今も考えていたとこよ」

「路子さんはこの記事、読んだのかねぇ」

「さあ……もう長いこと連絡もないからね」

「あんたんとこにも連絡よこさないの、あのひと！　あんなに世話になっといて、まあ随分じゃないさ」

「仕方ないわよ。人間、後で幸せになれたらさ、どん底だった時に味方してくれた人のこと感謝もするんだろうけど、ずーっとどん底だったらそんな気持ちも起きないだろうしね。路子さんの場合はさ……生涯、あの時のことを笑い話になんてできないんだろうから。逆縁を味わった親の気持ちっていうのは、本人以外に誰にも理解なんかできないもんでしょ」

徳子は殊勝な顔で頷いていたが、それでも路子に対しては不満を感じているようだった。それも無理はないと言えば無理はない。あの頃、この町内の人達はみな、真剣に路子のことを心配していたのだ。路子が暴力団を相手に民事訴訟を起こすと言い出した時も、とばっちりを食うんじゃないかとおよび腰になっていた町内会長を怒鳴りつけたのは徳子だったし、それが結局取り止めになってからも、路子のことを何くれとなく気遣って近所はみな親切にしていたという自負がある。

だが、考えてみれば、そのこと自体が路子にとっては重荷だったのかも知れない。触れてほしくない傷口をいちいち指先で撫《な》でられるような真似をされれば、誰だって鬱陶《うっとう》しいと感じるようになるだろう。その上、夫の省吾があんなに呆気なく死んでしまって。

まあ呆気ないというなら、うちの亭主だって呆気なかったけどさ。心筋梗塞とくも膜下出血と、どっちの方が痛いんだろうか。望月省吾は富美子と小学校からの同級生、つまりおない歳だったのだ。自分もいつくも膜下出血でぽっくり逝くかわからない、と、富美子はぶるっとからだを震わせた。

夫の省吾が死んで間もなく、路子はどこへともなく姿を消してしまった。省吾が加入していた生命保険を三千万くらい受け取ったという噂だったが、それ以外のもの、あの家も土地もすべて、相続放棄してしまったと聞く。そして、近所の誰にも挨拶《あいさつ》せず、何通かの詫《わ》び状のような書き置きを残して、路子はこっそりと引っ越して行った。もう三、四年前のことだ。それ以来、路子からは何の連絡もない。まだバブルが弾《はじ》けて間もない頃で、家や土地は売るつもりならそこそこの値段で売れただろう。それを投げ捨てたということは、生命保険の金が手に入ったので浮かれて出て行ったのとは違うのだ、ということだ。路子には何かの覚悟があったように、富美子には思えてならなかった。

だが仮にそうだったのだとしても、もう富美子にはどうしてやることもできない。所詮《しょせん》、人生はひとりひとりが背負うもの。富美子自身にしてみたところで、何もかも順調な人生を歩んで来たわけではないのだ。長男が中学の時には悪い仲間に入って不良と呼ばれ、さんざ辛《つら》い思いをしたし、次男は高校の時に交通事故に遭って、右足の膝《ひざ》を痛め、そのせいで今でも足をひきずって歩いている。次男の結婚が決まった時には正直、次男の嫁になってくれる女性が天使に見えたものだ。娘にだって苦労はさせられた。今だから冷静に振り返れるが、長女が結婚前に妊娠していると判った時には、長女を殺して自分も死のうかとまで考えたことだってある。孫も全部が全部、出来がいいわけではないし、その上、あんなにいいひとだった夫にはもう死に別れてしまった。

まったく、早過ぎるよ、あんた。富美子はまた天国の夫に対して愚痴を言った。今は人生八十年なんだよ、この先二十年もひとりでどうやって生きていけばいいのさ。退屈だよ、あんた。

いずれにしても。

富美子は徳子がだらしなく開け放したまま帰ってしまった玄関の戸を閉めて洗面所に行き、顔を洗った。

路子さんの人生は路子さんのものさ。あのひとが自分で我慢して納得して、立ち直らない限りは他人にはどうにもなりゃしない。

＊

久しぶりにめかしこんで出掛けて来たので、ひどく疲れた気がする。

富美子は大きな紙袋を両手に二つずつ、合計四つもぶら下げたまま、座れるところはないかと探していた。昔はデパートにも喫煙場所がたくさん設けてあって、金をかけずに座って休むことができたものだが、今は違う。館内禁煙の表示ばかりが目について、トイレの近くにも喫煙場所が見当たらない。それどころか、ちょっと腰掛けるベンチさえもない。座りたければ、喫茶室に入ってコーヒー代を払え、というわけだ。それだって、喫煙席があるのかどうかあやしいものだった。

本気で禁煙しようと思ったことは何度もある。だが結局できないまま、この歳になった。夫にも先立たれて、子供たちはいちおう独立したし、もう肺癌で死んでもいいか、と半ば開き直っている。万一、癌と判ったら入院費が一日五千円出る保険にも入った。個室だなんだと贅沢さえ言わなければ、一日五千円で何とかなるだろう。一時見舞金が二百万だか別に貰《もら》えるとも書いてあったし。

バーゲンなんかに来なければよかったんだ。

富美子は自分自身に腹を立てながら、うろうろと歩いて階段を下りた。

あの新聞記事のせいだ。昨日、おせっかいな徳子がわざわざ知らせにやって来て、読んだことを忘れようとしていたのに忘れられなくなったやつ。あのせいで、昨日は一日中、胸がむかむかとしてすっきりしなかった。家事をしていてもテレビを見ていても、路子や省吾、それにあの、可愛らしい女の子の笑顔が頭の中をちらちらしてどうしようもなかった。その上、ゆうべはご丁寧に夢まで見た。あの子が生まれた時、駆け込んで来て玄関で嬉《うれ》し泣きしていた省吾の夢だった。

目覚めた時、富美子は自分の頰にも涙が流れていることに気がついた。省吾と一緒に嬉し泣きしたのか、それとも、夢の中でも自分が望月一家の未来を知っていたから哀れだったのか、どちらなのか自分でもよくわからない。ただ、このままでは今日もろくな一日になりそうにない、と思ったのだ。それで、新聞の折り込み広告にあった、この新宿のデパートのバーゲンにやって来た。

あたしも馬鹿だね。

富美子はひとり笑いした。

何も、バーゲンに来るのに一時間もかけて化粧して、よそゆきのブランド物なんか着て来る必要はなかったのにさ。

だけど、こんな格好をするのは本当に久しぶりだ。不思議なもので、夫が生きていた時には友達を誘ってあちらこちらと出掛けるのが楽しくて仕方なかったのに、夫がいなくなってしまった途端、どこにも行きたいと思わなくなった。十代の終わりに結婚してしまった富美子は、夫が死ぬまでひとりになった経験がなかった。そして、ひとりになって初めてわかった。

どこかに行きたい、ひとりになりたいと思うのは、戻って来た時に誰かが「お帰り」と声を掛けてくれると確信しているからなのだ。今の自分は、どこにどれだけ行っていようと誰にも気に掛けて貰えないし、戻って来ても誰も「お帰り」と言ってはくれない。しばらく一緒に暮らしていた次男夫婦もマンションを手に入れて出て行き、夫も死んだ。出掛けたってしょうがない。

ほんと、しょうがないよ、まったく。

いよいよ座るところが見つからずに、富美子はイライラしながら婦人服売り場に迷い込んだ。別に目的があったわけではない。女の本性のようなもので、洋服が並んでいると眺めてみたくなるものなのだ。

もちろんバーゲン品以外に金を払うつもりなどはないのだが、富美子はエレベーターを探すついでにぶらぶらと、有名店のブースをひやかして歩いた。最近はデパートもリストラだか何だかで、テナントばかりになってしまった。買い物をしても目になじんだ包み紙ではなく、ブランドのロゴがでかでかと入った袋に入れてくれたりする。若い連中にはそれがかっこいいのかも知れないが、富美子はどうも苦手だった。すれ違う人にいちいち、どこそこのブランド品を買ったんだよ、と宣伝しながら歩くというのは恥ずかしいことのように思えるのだ。

それでも、富美子にだって憧《あこが》れのブランドはある。一度でいいからシャネルで買い物がしてみたい、と富美子はひそかに思っているのだが、誰にも言ったことはない。徳子なんかに知られたら、ひっくりかえって笑われるのが目に見えていた。

まあ、どうせシャネルにはあたしが着られる服なんかないわね。

富美子は自分のウエストサイズを思い出して苦笑いした。その時、富美子の目にその姿がうつった。

……路子、さん……？

他人のそら似だ。そう、よく見れば顔だちが違っている。路子はもっと優しそうな、ふっくらした顎《あご》をしていた。あの女の顎は尖《とが》っているじゃないか。でも……でもよく似てる。

その女性は、ブティックの店員をしていた。銀座の有名店で、富美子が若い頃から名が知られていた老舗《しにせ》だった。扱っている服ももちろん高級品ばかりだが、客層は富美子と同じくらいの年齢が多いのだろう、デザインが好みだった。路子によく似たその店員は、富美子より少し若そうな、いかにも金持ちの奥様ふうの客に熱心に何か勧めている。

見れば見るほど似ている気もするのだが、他人にも思えるのが不思議だった。路子が姿を消したのはわずか三、四年前のこと。もし本当に路子だったなら、すぐそれとわかったはずだ。ああそうか、もしかしたら、路子の姉とか妹とか、血縁者だという可能性はあるな。

富美子はゆっくりとそのテナントに近づいて行った。店員は他に一人いて、そっちの方は台帳のようなものに書き込みをしている最中だった。

「あのね」

富美子は、そっとその店員に声を掛けた。

「あそこにいるあの店員さん、だけど」

「はい？」

店員は顔を上げた。

「知り合いに似てるのよ。でも昔の知り合いなんで声を掛けて人違いだったら恥ずかしいでしょ。それで訊《き》きたいんだけど」

「ああ、はい」

店員は少しだけ不審感をあらわしながら、それでも丁寧に言った。

「高山のことでございますね」

「高山さんっていうの……望月じゃなく？」

「はい、高山と申しますが」

何を馬鹿なこと言ってるんだろうね、あたしは。富美子は頭の中で自分を笑った。望月というのは省吾の家の姓じゃないか。嫁に来た路子の血縁なら、望月でないのは当たり前だ。

「あ、そう……あの、あの人にさ、妹さんかお姉さんがいるなんて、あなた、御存じじゃないかしら？」

店員の不審感は強くなったようで、明らかに警戒する目つきになった。

「申し訳ございませんが、お客さま、店員のプライバシーですので、そういうことは。あの、何でしたら高山を呼びましょうか？」

「いいのよ」

富美子はすぐに言って愛想笑いした。

「いいの、いいの。そうね、プライバシーよね、プライバシー。ごめんなさいね、変なこと訊いちゃって。ただね、昔の親友だった人の妹さんにあんまり似ていたもんだからさ……だけどいいわ、勘違いかも知れない。それに、その親友って、死んじゃったのよ、もう。病気でね。だからほら、人違いだとしたら縁起でもないでしょう。いいのよ、いいの。

だから気にしないでちょうだい」

富美子は愛想笑いを崩さないようにしながら足早に立ち去りかけた。その時、店員が言った。

「あの、高山には確かに、妹がおりますが……その……とても若いですよ。二十歳ぐらいだと思います。姉はいなかったと思います」

店員はとても小さな声で囁《ささや》いた。

「高山の妹でしたら、この階にあるジュネスという喫茶室にいると思います。十分ほど前に高山に会いに来たんですけど、高山の休憩時間までジュネスで待つと言ってましたから」


病気で死んだって嘘が効いたのかしらね。

富美子はジュネスを探して店内案内図を見た。

まあそれは嘘じゃないね。省吾は確かに、病気で死んだんだからさ。姉じゃなくて夫だった、それだけのことだわ。

ジュネスはその階の奥まったところにあった。小さな喫茶室だが、買い物途中でひと休みする場所が他にないせいか、とても混んでいた。富美子は迷った。二十歳そこそこの妹がいるだなんて、そんなことは路子から聞いたことがない。だから、さっきの高山という店員は路子本人ではないのだ、たぶん。それなのに、どうしてその若い妹の顔が見たいだなんて思ったんだろう？

まあいいわ。富美子は溜息《ためいき》をついて、空席を探した。ともかくもう疲れた。足もだるいし、紙袋を提げたままの両手はしびれている。コーヒー代はもったいないが、一息つく頃合だった。

空席は幸い見つかったが、メニューには驚かされた。高いのだ。いちばん安いブレンドコーヒーで四百八十円。とんでもない値段だ。しかも富美子は、コーヒーはそんなに好きではない。コーヒー以外のものはもっと高い。オレンジペコ、という紅茶が次に安くて五百三十円だ。信じられない。たかが紅茶で！

それでも富美子は、そのオレンジペコに決めた。周囲を見回して、紅茶はポットでサービスされることを見て取ったのだ。あれならば、うまくすれば三杯飲める。甘い物も食べたかったが、紅茶だけでも予想外の出費なので我慢した。地下の食品売り場でケーキを買って帰れば、同じ値段で二個食べられるし。

富美子は生活に困っているわけではない。次男夫婦が独立した後、得意の料理の腕を活《い》かしてお惣菜《そうざい》を売る小さな店を始めた。店と言っても借家の車庫だった部分を改築した、猫の額ほどの場所で煮物や佃煮《つくだに》を売っていただけだったが、からだがきつくなって二年ほど前にやめるまで、そこそこ客がついていて、そのおかげでいくらかの貯《たくわ》えはあったし、死んだ夫の生命保険金も貰《もら》ったし、それに、今年からわずかばかりだが国民年金も貰っている。富美子と同じ年頃の日本人の平均と比較すれば、裕福だと言ってもいいだろう。それでも富美子には、長年身に染み付いた倹約癖が残っていて、同じもので少しでも安く手に入る方法を知っているのに、目の前にあるものを買うということはできない性分なのだ。

紅茶が運ばれて来るあいだに、富美子は店内を品定めするように見回した。高級店を気取って値段ばかり高くしてあるが、どこか安っぽい店だった。このデパートも昔は一流ともてはやされて、おつかいものにはわざわざここまで品物を選びに来ないと気が済まなかったものだが、若い客を集めようとしたせいだろう、随分軽い感じになってしまった。この喫茶室もそうだ。いくらインテリアに凝った振りだけしていても、メニューにこってりとアイスクリームを盛り上げた極彩色のパフェを並べてしまってはぶち壊しだろう。

ああまた。その色とりどりのパフェと取っ組み合っている女がいる。かなり綺麗《きれい》な顔をしているが、食べ方が何とも下品だ。どうしてあんなにいちいち舌を出さないとクリームが舐《な》められないのよ。ああいうのをセクシーとか言ってもてはやすから、強姦魔《ごうかんま》があとを絶たないんだ。

……え？

富美子は、何度か瞬《まばた》きしてからハンカチを取り出し、自分の目をこすって、それからまたその女を見た。そして、確信した。

絶対に間違いない……あの子だ！

だけどまさか、まさかあの子が……

その時、新たな驚愕《きょうがく》が富美子を襲った。

オープン形式の店だったので、富美子の座っている位置から店に向かって近づいて来る人間の顔がよく見えた。あの、高山 某《なにがし》という女性だった。こうして正面から見ると、ますます路子を思い出させる顔だ。だが富美子はそのことに驚いたのではなかった。その、高山という女性が、極彩色のパフェを下品に食べ続けている人間に真直ぐ顔を向けており、そして信じられないことに、店に入るなり迷わずその人間の前に座ったことに、富美子は衝撃を受けた。

あの子が……高山某の妹!

そんな馬鹿なことがあるはずはない。そんなことは、あり得ない。嘘なのだ。妹などと嘘をついてあの子は高山某と待ち合わせしている。だが……だとしたら、高山某はやはり……路子? それとも、路子とごく近い誰か……

富美子は混乱していた。富美子の頭の中にはいくつかの仮説が浮かんでは消え、消えては浮かびしていたが、どれひとつとして自分で信じられるほどにまともなものはなかった。ただわかっていることは、自分は置き去りにされた、ということだけだ。そう……あれほど親切にしてやり、世話をしてやったのに、あたしは無視されたんだ。路子にも、そしてあの子にも！

あの子のことを理解してやろうとした大人は、あの子の周囲にはひとりもいなかった。昔から変わった子、おかしな子と陰口ばかり叩《たた》かれて、おまけに親までもあの子を邪険に扱っていた。それでも、あたしはあの子のことが「わかる」ような気がしていたのだ。変な子だと思うことに変わりはなかったが、頭がおかしいなどと思ったことはない。それどころか、あの子はとても利口だった。

おばさん、おばさん、とよく慕ってくれたのに。

富美子は悲しかった。その場で泣き出してしまいたいほど、悲しかった。

他人に親切にしてやることに、いったい何の意味があるのだろう。結局、新しい、より良い人生が手に入った人間は、昔のことなど思い出したくないと考える。そして、辛《つら》い時に親切にしてくれた人のことまでまとめて総《すべ》て、忘れてしまおうとするものなのだ。

あの子もきっと、そうなのだろう。

それも無理はないのかも知れない。今のあの子を見てしまうと。

昔の知り合いなど全部死んでしまえばいいと、あの子はきっと思っているのだ……あたしも含めて。

富美子は立ち上がった。いつのまにか運ばれたオレンジペコは、カップに注がれてもいなかった。レジで金を払い、そそくさと店を出る。背中に視線を感じたような気もしたが、振り返って確かめてみる勇気は湧かなかった。振り向いた時に、自分の存在を疎ましく思っている二対の目があったらと思うと、恐くてとても振り返れない。

人に嫌われるような人間にだけはなりたくないと、それだけが富美子の人生に一本立った、柱のようなものだった。別に礼など言って貰えなくても、感謝などされなくてもそんなことは気にならない。周囲の人間達に親切にするのは、富美子の習性のようなものだった。それでも、そうして親身になって他人の面倒をみてさえいれば、少なくとも嫌われることはないだろうと富美子は信じていたのだ。

だが、他人の人生にかかわるということは、そんなに単純なものではなかったのだ。

この歳になってそんなことに気づくなんてね。

富美子は、ハンカチで涙を押さえながらエレベーターを探した。

バーゲンなんかに来なければよかったよ、ほんとに。

2

「いやあ、お久し振りです、麻生さん」

榎本《えのもと》一郎は麻生の手を握って大きく上下に振った。

「ほんとに何年振りですかね」

「世田谷から本庁に戻ったのは八五年の八月だったから、十年になりますか。いや、その後確か、品川でお会いしましたよね」

「あの漫画家殺しの事件ですね。そうでした、そうでした。わたしは応援に行っただけでしたけどね、麻生さんのチームが解決したんでしたね、あの事件も」

「捜査本部全員の力です」

麻生は決まり文句のように言ってから、腰をおろした。

榎本の前にはアイスミルクらしい白い飲み物が置かれている。胃でも壊しているのだろうか。それとも、健康対策か。いずれにしても、濃いコーヒーに砂糖をたっぷりいれて何杯もおかわりをしていたあの当時の榎本とは、どうやら心掛けが違うようだ。

麻生も見習ってアイスミルクでも頼もうかとふと思ったが、外は十月にしては暑いくらいですっかり喉《のど》が渇いていた。牛乳では口に残って余計に喉が渇きそうで、アイスコーヒーを頼んだ。


「それにしても、韮崎殺しの方はどうなんですか」

榎本は周囲に気遣って小声になる。

「抗争事件なんでしょう？　なのに本部ができたってことは、やっぱり戦争になりそうだってことですかね」

「解決が長引いていいことはひとつもないですからね」

麻生は出されたお絞りで顔を拭《ふ》いた。汗がひいてすっきりと気持ちがいい。

「ともかく一刻も早く、カタをつけるつもりです」

「目星はついてるんですか」

「いや、ぜんぜん」

麻生は笑って、コップの水を飲んだ。

「正直なところ、抗争事件だという確信すら得られていない状況なんです。まあそっちの方はわたしの専門じゃないが、及川もかなり焦ってますよ」

「及川さんにしてみたら、自分の手で韮崎を仕留められなかったのは悔しいだろうな」

榎本は、ははは、と笑った。

榎本は学年で言えば及川と同期になる。大学は違っていたが、剣道の大会ではしょっちゅう顔を合わせていた。その後、本庁の捜査一課から所轄に研修に出た際に、世田谷署で榎本と再会した。榎本は当時、世田谷署の防犯課に勤務していた。その後転勤を繰り返し、今は町田署に捜査二課長として赴任しているらしい。昨日、ようやく連絡がついて会う約束を取りつけたのだが、わざわざ新宿まで出て来て貰《もら》うのは気の毒なので町田まで行くからと言ったのに、たまには都会の空気も吸わせてくださいよ、と榎本の方から新宿に出向いて来てくれた。電車で一本とはいえ、勤務中なのがわかっているだけに心苦しかった。

「それで、あの女子大生の件なんですがね」

ひとしきり互いの近況報告を済ませた後で、榎本がコピーした紙の束を麻生に手渡した。

「わたしも世田谷を離れてもう六年になるもので、正直、あそこには親しい知り合いもいなくなってるんですよ。それでもまあ、あの当時の捜査資料の閲覧くらいなら頼める奴は見つけました。えっと、強行犯係の稲村《いなむら》という男です」

麻生が手帳を取り出したのを見て、榎本は稲村、と繰り返した。

「下の名前は光政。巡査部長です。今朝電話したらたまたま暇だって言うんで、あの事件に関する資料をまとめといて欲しいと頼んでおきました」

「ご面倒をおかけして本当に申し訳ありません」

「全然気にしないで下さい。稲村には貸しがありましてね」

榎本はまた声を低めた。

「いい奴なんですが、パチンコにはまっちゃって町金から金を借りちまいましてね、上にバレそうになって泣きつかれたんですよ。監査が入るって噂があって。町金から二百万以上金を借りてるとなると、問題を起こす前に辞めさせろって話になるかも知れない。この時代ですからね、公務員は辞めたくないですよ、誰しも。たまたまわたし、父親が脳溢血《のういっけつ》でぽっくり逝っちゃって、まあ財産ってほどのもんじゃないんですが、神奈川の方に土地を相続したとこだったんです。どうしようか迷っていたんですが、稲村に泣きつかれて決心がつきまして、売ってしまいました。正直、ホッとしましたよ。土地を売らないで持ちこたえるとなると相続税を支払わないとなりませんからねえ。でまあ、二百万全部は無理でも、半分くらいは貸してやることができました。後の半分は親戚《しんせき》をかけずりまわったとかで、町金の借金の方は綺麗《きれい》にできたわけです。稲村の首も無事繋《つな》がったって次第でして」

「榎本さんも人がいいなあ」

「馬鹿だって言われましたね、女房には」

榎本は大声で笑った。

「そんなもの返してくれっこないじゃないの、ってね。しかし公務員を続けて今の仕事をやっていくつもりなら、仮にも上司から借りた金を返さずにほったらかせるもんじゃありません。稲村もそれは重々承知しているようで、ちゃんとボーナスのたびに二十万ずつ返してくれてますよ」

「それは良かった。榎本さんみたいな人から借金して返さないなんて奴は、わたしが制裁をくわえてやるところだった」

麻生は笑いながらも、榎本が質問したそうな顔をしていることには充分、気づいていた。それはそうだろう、十年も前の事件、それも、はっきり言えば大した事件とも言えないような事件について、どうして今さら調べようなどとしているのか。しかも未解決事件だというならまだしも、犯人はちゃんと逮捕されて裁判もとっくに終わり、警察としては完全に終わった事件なのだ。

しかし榎本は、質問する代わりにさらに声を低くしてこう言った。

「……何か関係があるんですか、韮崎殺しと」

「関係が、と言うと？」

「だって……名前をしっかり読むまではわたしもまったく思い出さなかったんだが、このね、山内という男です。これ、韮崎の組の企業舎弟なんじゃないですか？　わたしは町田に異動になる前、赤坂の捜査二課にいたんです。一年ほどでしたがね。その間にずいぶん、名前は耳にしました。世田谷にいた時には、あの事件と直接かかわったわけじゃなかったんで下の名前まで記憶してなかったからなぁ。山内、なんて名字は珍しくもないですからね。昨日麻生さんから電話を貰って、それでやっと記憶の中で二つの名前が結びついたんですよ」

「事件と関係があるかどうかはまだまったく」

麻生は慎重に言った。

「ただ、この男の過去を洗うとあの世田谷の事件に行き着いた、それだけです、今のところは」

「容疑者の一人ということですか」

「うーん」

麻生は苦笑いした。

「韮崎の周囲にいた人間は、まあ言ってみれば今のところ全員容疑者なんですよ。アリバイの有無すら無関係だと言ってもいい。あっちの世界では、人の命も金で買えますからね」

「まあそういうことでしょうな。韮崎事件に関しては、実行犯の割り出しだけでは事件は解決しないかも知れない」

「その通りです。ただ……他でもない、榎本さんですから喋《しゃべ》りますが……エモノがほぼ、割り出されたんですよ。それがね……ヤクザの抗争事件に使われたにしては、奇妙なものなんです」

「ほう?」

榎本の顔に、刑事らしい好奇心がありありと現れた。

「いや、チャカではなかったというのは知ってましたが……鋭利な刃物と報道では出ていましたね」

「昨夕、本部に科研から正式な報告が届きました。傷口の細胞組織の断面や、傷の幅、厚みその他から、使われた刃物は非常に鋭利な、そして極薄のものであることが判っていました。特に特徴的だったのは細胞組織の断面です。これが実にその、不謹慎な言い方だが、美しかった。その切断面の形状が似ている刃物をいくつか絞って比較検討して貰《もら》った結果、極めてよく似た切断面になる刃物が特定されたんです。そしてその刃物は、傷口の形状や厚みなどの条件とも矛盾しなかった」

「気をもたせますな」

榎本は笑った。

「ええ、実はわたしもこれを口にするのがちょっと楽しみだったんです」

「おやおや。麻生さん、あんたは本当に変わらないね。昔っから謎々のようなことが好きな人だった」

「まったく謎々ですよ。使われたエモノは、医療器具、つまり、手術用のメスであった可能性が非常に高い、ということです」

榎本はしばらく黙ってアイスミルクをすすっていた。麻生とは違って捜査一課の経験はない男だったが、それ以外の部署はほとんど経験しながら、犯罪捜査に二十年を捧《ささ》げて来た人物だ。この事実に興味がないわけがない。

「つまりですね」

榎本は、ゆっくりと言った。

「ホシはヤクザじゃないわけだ……及川さんはどうしました? その報告を聞いて」

「椅子を投げました」

麻生が言うと、榎本は膝《ひざ》を叩《たた》いて笑った。麻生は笑わずに続けた。

「迷惑な男です、まったく。あの椅子は新宿署の備品なのに。それでなくても、ああした大きな所轄は本庁に対しての反発が強いんですよ。折り畳みの安物とは言ったって、椅子を壊したことで管理官から文句を言われるのは、捜査本部の実動部隊長ってことで、結局わたしなんですから」

「まあ仕方ないでしょう。大学の先輩というのはいつまで経っても、後輩には迷惑な存在なんです」

榎本は笑い続けながら、膝をのり出した。

「医療用のメスなんて小さい刃物は、ヤクザならまず使わない。武器は虚勢の象徴ですからね、きちんと腹のさらしに挟めるドスってのもまた、彼らの重要な小道具です。あるいは日本刀。ともかく、男、を感じさせる武器を彼等は好む。メスというのはだいたい、語感が女々しい。いや、麻生さん、ダジャレじゃありません。彼らはそういうことも気にするものなんです。もちろん、カッターやアイスピックを使う連中もいることはいるが、少数派でしょうね。あるいは、そこにそれがたまたまあったので使った、程度のものだ。だが医療用のメスは、そこにたまたまあるようなもんじゃあない。まさか、韮崎が殺されたのはホテルの医務室だったわけではないんでしょう？」

「客室でした」

榎本は頷《うなず》いた。

「ホシは意図的にメスを持ち込んだ。つまり、初めから殺害の道具として医療用のメスを選んだわけだ。そんなヤクザがいるとは思えない。メスを手に入れられる人間というのは限られて来ますからね」

「まあ、それが順当な考え方でしょう。しかし可能性としては、プロのヒットマンだという考え方は依然、残ります。人間の皮膚や血管を切るには医療用のメスがもっとも適している。何しろ、それ用に設計された刃物なわけですから。そうなると、プロの殺し屋でメスを専門に使う奴が出て来たとしても不思議はない。これまでにも、剃刀《かみそり》の刃や千枚通しを使うヒットマンというのは例があります」

「医療用のメスも前例が？」

「いえ、わたしが把握している限りではありません。だがこれまで日本では活動していなかったヒットマンかも知れないですからね。とまあ、これは及川の考え方なんです。及川としては、ホシはどうしてもヤクザ関係であってくれないと困るわけです」

「麻生さんの考え方はどうなんです」

「わたしの考えですか」

麻生は顎《あご》を指でひねった。剃《そ》り残しの髭《ひげ》があることに気づいた。

「そうですね……考えを述べるにはまだ材料が足りませんね、正直なところ」

「あて推量でいいじゃないですか。我々二人だけの間の話だ」

「ほんとのあて推量になりますが……ホシは素人です。少なくとも、ヤクザではない。今のところ根拠と言えるのは、エモノの問題ではなく、韮崎のとった行動ですね」

榎本は頷いた。

「あれだけ敵の多かった男ですからね、ふだんから警戒は怠らなかったはずだ。それがホテルの個室にヒットマンを招き入れたというのはどうも考え難《にく》い」

「ええ。もちろん、わたしは殺し屋です、と名乗って韮崎に近づくわけはないから、韮崎が相手を殺し屋だと見抜けなかったという考え方はできますが、それにしたって韮崎がホテルの個室で二人っきりになるとしたら、相当に気をゆるした相手だったということになる。ま、そんなことでわたしは、ホシは素人、動機は怨恨《えんこん》とみているんです」

「いよいよ、麻生さんたちの仕事になったわけだ、この事件は。及川さんは憮然《ぶぜん》としているだろうなぁ。今回は出番なしですか」

「とんでもない。及川にはフル回転で働いて貰ってますよ」

麻生はほとんど口をつけていなかったアイスコーヒーをすすった。氷が溶けてすっかり水っぽくなっていた。

「取りあえず、明後日が韮崎の葬儀なんです。今夜は通夜ですよ。都会のど真ん中でやられたらたまらんので、及川たちが春日の組長に圧力をかけて、韮崎の父親と縁のある八王子の方の寺でやることになったようですが、それだって大騒ぎだ。今夜から明日にかけて、新幹線と飛行機で人相の悪い奴らがごっそりと東京にやって来ます。そういった連中の扱いは我々では無理ですからね。それに、捜査が長引いてなかなか殺害犯人が検挙されなければ、韮崎の舎弟だっておとなしくしてはいないでしょう。そいつらが何かよけいなことをすれば、それに対する報復もまた始まる。放っておけば大変なことになる。奴らが相打ちして全滅してくれればいいんですが、そうはいかないでしょうからね。流れ弾が通行人に当たりでもしたら、我々みんな減給ものだ」

「笑い話じゃないな」

榎本は肩をすくめた。

「一日も早く麻生さんが成功することを祈っています。で、それから」

榎本は、テーブルの上に置かれたままになっていた紙の束をめくった。

「まあ昨日の今日なんで、追跡調査というほどのものはできなかったんですがね。十年前、一九八五年七月の事件ですが、世田谷署が検察に送致した翌々日、七月十八日に山内は起訴されていますね。裁判は一審だけで確定、判決は二年の実刑でした」

「榎本さんはどう思われますかね」

麻生は、榎本の表情に注意しながら訊《き》いた。

「重過ぎる気はしませんか」

「何とも言えませんね……わたしはこの事件に関しては、あなた方の手伝いをさせて貰っただけですからね。いちおう覚醒剤《かくせいざい》絡みでないことだけ確認する為に、家宅捜索に同行しましたが。被害者の怪我の具合についてもよく知らないし。罪状だけみれば、強姦《ごうかん》未遂に傷害です。程度によっては十年くらったって不思議じゃない……まあただ、初犯で出来心だったとすれば、実刑は重いという感じは受けますな、確かに。被害者の怪我というのはどの程度のもんだったんです？」

「何針か縫いました。事件が起こった晩、わたしは当直だったんですよ。それで通報を聞いて現場に急行したわけです。何しろ署から近かったですからね、いちばん乗りでした。被害者は地面に寝ている形でしたが、意識はしっかりしていました。出血がかなりあったんで心配したんですが、医者に連れて行ってみると、切られたのは頬だけだったんです。他に、揉《も》み合いになった時についた痣《あざ》が手足に少しありました。怪我、というほどのものではなかったですが」

「若い女性の頰、というのが問題なのかも知れない」

榎本は首をひねりながら呟《つぶや》いた。

「わざと顔を狙ったのだと裁判で立証されたとしたら、実刑もありますよ。女性の顔を傷つけたというのは裁判官に対しての心証が大変悪くなる。それと計画性ですね。出来心ではなく、たとえばふだんから被害者の女性、あるいは女性全般に対して悪意を抱いていた、危害をくわえようと考えていたと認定されたら、このケースでも実刑は出るでしょう。凶器を手に入れた経緯などがすべて偶然なのか計画的なのかによって、事件の性質はまるで違ったものになる」

「やはりその点ですね」

麻生は腕を組んだ。

「……我々は、少なくとも取調べの段階では、計画性はなかったと判断していたんです。凶器のカッターは確かに、ふつうの学生が使うものよりはだいぶ大きかった。ただそれを購入した理由は不自然なものとは思えませんでした。山内は理工系の学生で、当時としてはまだ高価だったパソコンをすでに所有していたんですが、そのパソコンが入っていたダンボールを廃品回収に出そうとしたら断られたので、仕方なく細かく切って燃えるゴミと一緒にしようと思い、大きなカッターナイフを買ったということだったんです」

「パソコンなら憶《おぼ》えてますよ」

榎本が少し懐かしそうな顔になった。

「狭い六畳の一間でしたよね、トイレも台所も共同の、学生アパートだった。家具らしい家具がなんにもない部屋なのに、パソコンがでん、と机の上に置いてあって、こんなもん扱えるほど利口なのに、なんだって痴漢だなんて馬鹿な真似やらかしたんだろうなあ、なんて同行していた仲間と話したのを思い出しました」

「今は事情も違うんでしょうが、あの頃はパソコンが壊れたら、箱に入れてメーカーの修理工場だか何だかに直送しないとならないのがふつうだったそうなんです。その為に、パソコンを買うと箱は大切にとっておいた。でもパソコンを買い替えることにしたので、本体は下取りに持って行かせるから箱は不要になった。ところが特殊な厚みと成形のダンボール箱で、廃品回収屋に大き過ぎると断られた。それで大型カッターが必要になった……矛盾はない、と思いました」

「計画性を否定する要素は、他にもあったんですか」

「どちらかと言えば、計画性を臭わせる要素が少なかった、と言った方がいいと思います。第一に、犯行そのものが稚拙過ぎる。確か、時刻は午後十時だかそんなものですよ……ああ、ここに書いてある。通報が午後十一時七分ですね。一一〇番通報したのは、被害者を助けた男性です。彼の話では、犯人を撃退してから被害者を落ち着かせるのに十分かそこらかかったということでしたから、犯行時刻は午後十時半から十一時の間です。新玉川線も世田谷線も、最終にはまだ時間がある。駅から上馬の方に帰る人はかなりいたはずですから、本来なら人通りだってけっこうあったわけです。たまたまあの晩あの時刻に人通りが途絶えていただけなんですよ。何しろ地元も地元、署から走れば五分くらいのところで起こった事件でしたから、そのあたりの事情は完全に把握できていたわけです。仮に計画的な犯行だとするなら、どうしてそんな人通りがある場所を犯行現場に選んだのか、逆に謎になりますからね。まさか、わざと捕まろうとしたわけではないでしょうし。それに街灯の問題もありました。犯行現場は建築途中のビル工事現場で、暗いと言えば暗いんですが、真ん前に街灯があったんです。つまり、工事現場の中に入ってしまえば確かに暗いけれど、前は充分に明るかった。事実、被害者を助けた青年も、たまたま現場の前を通りかかった時に女性の悲鳴のようなものが聞こえたので周囲を見回したら、街灯の光で工事現場の中がぼんやりと見え、そこに人影があって争っているように思えたので、これは痴漢だと直感して飛び込んだ、と言ってましたから。まともな頭のある人間なら、そんな場所で痴漢をしようなんて考えないでしょう？　つまり、山内はあの時逆上していた。論文がうまく進まずにイライラして、頭に血がのぼった状態だった。我々はそう考えました。それで、早めに自白させて裁判で真摯《しんし》に反省していると態度で示させれば、まず執行猶予を取れるな、と思っていたわけです。いや、そんなことを考えるのはもちろん越権行為で、刑事がしたらいかんことなんですが」

「わたしだって考えますよ……どうもね、つい同情したくなるような犯罪者というのはいますからね。実刑と執行猶予付きとでは、それこそ天と地ほどの開きがある。こんなやつを刑務所に入れるのは可哀想だなぁ、と、正直、思うことはあります」

「しかし、わたしの考えは甘かったらしい。判決で実刑が出たということは、犯行は悪質で計画的だったと認定されたということになる」

「あるいは、本人がまったく反省の色を見せなかったか」

榎本の言葉に、麻生は顔を上げた。榎本は、麻生に言うというよりは自分自身に確認させるように話した。

「執行猶予が付くかどうかの最大の決め手は情状酌量の余地があるかどうかだ、というのは当たり前なんですが、実のところは被告本人に反省の色が見られるかどうかがその鍵《かぎ》を握っている。そうでしょう？　情状なんてものは、犯罪の大部分が抱えてますからね、酌量の余地があるかどうかなんて、正直、誰に判断できるのか、という話なわけですよ。同じ環境や条件でも犯罪者にならずに、苦労を重ねて耐えている人間だっているわけだ、その意味では、いちいち酌量していたらきりがない。やったことはやったこととして、全員刑務所に入れる方が筋は通っています。だから執行猶予の現実的な意味付けは、ちゃんと反省しているんなら今度だけはゆるしてやるから、もう絶対するなよ、ということだ。その執行猶予が付かなかったとすれば、裁判所は山内がまったく反省していないと判断した、そうも考えられるんじゃないか、と」

麻生の脳裏に、あの時の顔が浮かんだ。

あまりにも頑《かたく》なに自分の犯行を否定していた、あの顔。

そうか。

麻生はようやく、納得がいった。山内は自白を翻したのだ。そして、無実を訴えて戦った。主張は無実なのだから反省する必要も理由もない。だから山内に反省の色が見えないと裁判所が判断したのは正しいだろう。自白を撤回して無罪主張をする戦法は、有罪ならばどうあがいても死刑以外に判決はあり得ないだろうと予測される場合などに選択されることがある。もちろん、弁護士は職業倫理の問題として、主張するからには被告の無実を信じていなければならないが、実際にはそのあたりがどうもあやしい、という無罪主張もないわけではない。裁判所はそうした無罪主張にはことのほか厳しい。主張にもかかわらず判決は有罪とする場合には、被告がまったく反省していないと判断し、合理的に考え得る範囲で最大の処罰を科すことが多い。山内のケースもそれだったとしたら、判決が実刑になってしまった理由はそれで納得できる。だがそれならなぜ、一審だけしか裁判は行われなかったのか。執行猶予が付いたのならともかく、判決は実刑だったのだ。普通に考えれば、当然控訴しているだろう。ましてや無罪主張をしていたのだとしたら、控訴しない方がおかしい。まさか、判決が出た途端に反省して刑に服することにした、などという、安易な法廷ドラマのようなことが起こったわけではあるまい。

不可解だった。麻生は、言い様のない不安を感じていた。山内の裁判には、何か自分の想像もできないようなことが起こった感じがした。

まったく不愉快な一日になってしまった。せっかく、気分を変えたくてデパートに行ったのに。

3

買い込んだ品物を並べてみても、一向に気分は晴れなかった。無駄な金をつかったという後悔ばかり湧いて来る。いつもなら、買い物をした後はしばらく楽しい気持ちでいられるのにさ。

塚原富美子は、スカーフやらブラウスやらを袋から出しもせずに箪笥《たんす》に突っ込むと、冷蔵庫を開けた。デパートまで出掛けて食料品を買わずに帰って来るなんて、随分まぬけなことをしたものだ。

仕方なく、冷蔵庫の残り物で夕飯を済ませてしまうことにした。と言っても、めぼしいものは何もない。昨日作った蓮《はす》のきんぴらに、煮豆が少し。ししゃもが一パック。これでいいか。ししゃもを取り出して焼くことにした。

換気扇も古くなった。魚を焼くと臭いが家中にこもる。すぐに、二階のどこかの部屋で昼寝していたはずの飼い猫が足下にやって来た。

「ちょっとお待ちよ、チビ。まだ生焼けだよ」

チビ、とは名ばかりの大きな猫だった。おもしろいもので、どんな家でも飼い猫が複数いると、その中の一匹は「チビ」になる。この猫もそうだった。兄弟姉妹合わせて六匹もいた中の一匹で、母猫の飼い主は六匹全部まとめて「チビ」と呼んでいた。だが貰《もら》い手が決まって次々と猫が減って来ると、残ったそれぞれにちゃんと名前を付けるようになった。それなのに、この子だけいつまでも「チビ」と呼ばれ続けていたのだ。生後半年近く経ってから富美子がひきとることになった時、もうチビは完全に、自分の名前を「チビ」だと憶え込んでいた。面倒なので富美子もそのまま「チビ」と呼び、家族もそう呼んだ。いくら大きく重くなっても「チビ」のまま。もういい加減年寄りだが、まだまだ元気だ。茶虎の雌で、愛嬌《あいきょう》があるので近所でも人気者だったのだが、去年自転車にはねられて右の前足を骨折し、それ以来、外に出すのはやめにした。猫も雌で年寄りだと、外に出なくても別段苦にならないらしく、特に不満そうなそぶりも見せずに暮らしている。なんだかあたしにそっくりじゃないか。富美子は笑い出した。

そして、笑いながらふっと心に湧いて来たある考えにとらわれて、ししゃもを焦がした。

4

何をしているのかしら？

宮島静香は、さっきから新宿署の玄関の前を行ったり来たりしている人物に、歩道橋の上からずっと目を留《と》めて歩いていた。

中年の女性だ。いや、若く見えるがあれで六十くらいはいっているのかも知れない。ふくよかな体型のせいで歳が若く見えるのだ、きっと。

落とし物でもしたのかしら。

駅まで戻れば交番はあるが、目の前に警察署があるのだからいっそここに、と思って入ろうとしてみたものの、何となく気後れしているのかも。確かに、最近の東京の警察署はどこも真新しいビルになって、総合商社の本社ビルです、という雰囲気だから、気軽に落とし物を届け出に入るというわけにはいかないのだろう。

静香は相手を警戒させないようにゆっくりと、微笑みながら近づいた。

「あの、新宿署に何か御用でしょうか」

相手はビクッとした。

「よろしかったらお手伝いいたしますよ。どういった御用件なんでしょう」

「あ、あなた、婦警さん？」

「はい。どうぞ中へお入りください。受付がありますから、そこで用向きをおっしゃればどの課に行けばいいのか教えて貰えます。わたしも一緒に行きますから」

「さ、殺人課も、この中にあるんですか？」

静香は驚いたが、顔に出さないように努力した。

「捜査一課のことですね。刑事課の中にございますけれど……あの、何かお困りのことでも？」

「ちょっと相談しようかなと思って……あの、韮崎っていうヤクザが殺されたでしょ、あれのことで」

今度はさすがに、表情の変化を抑えることができなかった。それでも相手がおびえた目をしたのを見て取って、静香はできるだけ優しい笑顔で言った。

「情報提供者の方でいらっしゃいますね？　ありがとうございます。よろしければわたしがお話を伺います」

静香は相手を促して署の中へと導きながら、そっと手帳を出した。

「新宿署の者ではありませんが、韮崎誠一氏の事件の捜査本部におります、宮島と申します」

相手も驚いたようだった。だが同時にほっとしたようにも見えた。

「遠慮なさらないで、どんな小さなことでもいいですから、教えてくださいね」

静香は相手を直接刑事課の会議室まで連れて行こうと考えた。事件が起こると情報提供者を名乗る人間からは電話が随分かかってくる。直接警察署にやって来る人間もたまにはいる。だがそのほとんどが、事件解決とは何の関係もない事柄を、関係があると信じ込んでいるだけなのだ。それでも、その中にひとつでも真実、事件解決へと繋《つな》がる情報が混じっていれば、それを逃すことはゆるされない。そしてこの女性は、何となく、そのたったひとつの奇跡を摑《つか》んでいるのではないか、という気がする。根拠はないのだが、その女性のまなざしが真剣過ぎるのがひっかかる。人のよさそうな丸い顔に、おびえた瞳《ひとみ》が不釣り合いだった。ふだんはもっと血色もいいに違いないが、今は頰の色が白く抜けている。血圧が下がっているのだ。よほど心配なことがあると思えた。

「どうぞ、こちらへ」

静香は受付に寄り、空いている会議室を探して貰った。できるだけ威圧感を感じさせない小さな部屋がいい。かと言って刑事課の内部にある事情聴取室では、狭過ぎて不安になるかも知れない。

部屋が決まると、エレベーターを待ちながら相手の名前を訊《き》いた。塚原富美子、と女性は名乗った。

応援に呼べたのは相川しかいなかった。相川はからだが大きいので、富美子を怖がらせないかと心配だった。だが幸い、相川はどちらかと言えば童顔だ。富美子は部屋に入って来た相川の顔を見た途端、明らかになごんだ表情を見せた。孫の顔でも思い出したのかも知れない。

「お話いただけるのは、韮崎誠一氏殺害事件についてのことですね？」

静香が念を押すと、富美子はまた不安げな表情に戻った。

「その、誠一、っていうのはどうなのかわからないんですよ」

富美子はおどおどと言った。

「あたしは、韮崎、という名前しか知らないから。もしかしたら殺されたのはあたしの知っている韮崎の父親とか息子とか、そういう可能性もあるのかも」

「韮崎氏の父親はすでに亡くなっています。また、韮崎氏には息子はいませんでした」

「それじゃやっぱり」

富美子は一度口を噤《つぐ》み、小さく頭を振った。

「あいつなんだ……」

「えっと、お名前は塚原富美子さん……富美子、は、美しさに富む子、でよろしいのかしら」

富美子がくくっと笑って頷《うなず》いた。

「それではまず初めに、ご住所を教えていただけますか。それと連絡先の電話番号もお願いいたします」

静香は聞き取り用の用紙に情報提供者の氏名を書き込んで待った。だが、富美子はまた下を向いてしまった。

「塚原さん、韮崎氏が暴力団員であることでご心配になるお気持ちはよくわかります。でも、大丈夫です。どんな情報をお知らせいただくにしても、あなたのお名前が外に漏れる心配はありません」

「そういうことじゃないんですよ……あたしの名前なんか、別にさ……ただ、ただね、その、証拠はどこにあるんだって言われたらそんなものないから……」

「情報をお知らせいただくだけでいいんです。証拠だとか裏付け捜査は我々が行います」

相川が熱のこもった声で言った。富美子は相川の顔を見て、またいくらか笑顔を取り戻した。それでもまだ、決心はついていないようだった。

時間をかけなくては。静香は立ち上がった。

「お飲物でも用意いたしましょうね。何がよろしいかしら。コーヒー、ジュース、ウーロン茶もありますけれど」

「お茶でいいです」

富美子は下を向いたままだった。静香は相川に目配せして部屋を出た。

自動販売機の飲み物を買い、トレイに載せて戻った時、部屋には相川しかいなかった。

「トイレだってさ」

相川は座ったままで言った。

「あのおばさん、いったい何を知ってるのかな」

「相川さん、あの人の住所と電話番号、控えていただけました?」

「いや、訊こうとしたらトイレに行きたいって言うもんだから」

静香は反射的に部屋を飛び出した。女性用のトイレは部屋からすぐのところにある。中に入ってみたが、誰もいない。大声で名前を呼んだが、個室からも返事はなかった。

静香は走ってエレベーターに飛び乗り、玄関ホールへ降りた。もう間に合わないだろうとは思ったが、それでも、彼女が地上を歩いてJRの新宿駅に向かったとすれば、探し出すことができるかも知れない。十五分以上も小走りに探し続けて、とうとう静香は諦めた。

新宿駅まで出るには地下道を通る方法もあるし、南口の方が便利だと思えば署の前から右手に折れて甲州街道を通った可能性もある。あるいは、西武新宿駅に向かったのかも。いずれにしても、手後れだった。

相川を責めるつもりはなかった。あの場合、絶対に富美子が逃げ出す隙を作ってはいけなかったのだ。

塚原富美子は、確実に何かを知っている。そしてそれはおそらく、今度の事件を解決する鍵《かぎ》になる事柄なのだ……たぶん。

相川は蒼白《そうはく》になっていた。静香は、相川の前で頭を下げた。

「すみませんでした……わたしが迂闊《うかつ》でした」

「そういうこと、言うなよ」

相川の声はしゃがれて聞こえた。

「俺のせいだ……俺がぼんやりしてたから。宮島、あの人、何を言おうとしていたのか見当がつくか？」

静香は首を横に振った。

「署の前でうろうろと迷っているのを見つけて、連れて来ただけなんです。会議室に入るまでにさっさと住所を聞き出しておけば良かったのに……わたしの考えが浅かったんです。でも名前は本名ではないかと思います。すらすらと出て来ましたから」

「だろうな。でも、塚原富美子なんてわりと平凡な名前だぞ。日本中にどのくらいいるか……」

「彼女は近所から来ていますよ、相川さん。少なくとも、都内には住んでいるはずです」

「どうして判る？」

「サンダル履いてましたから」

静香はふふっと笑った。

「よほど慌てていたんでしょうね。ちゃんと上着はいいものを着てたのに……いずれにしても、一泊しないと来られないような遠くから来ていたのではないことは確かだと思います。都内に住む塚原富美子、年齢五十歳以上の女、背格好で絞って行けば、必ずあの人に行き当たると思います」

「あ、それと宮島、さっきの会議室にこんなものが落ちてたんだけど」

相川は一枚の写真を静香に手渡した。

「あの人が落としたものだと思うんだ。これも手がかりにはなりそうだ」

写真には、赤ん坊が写っていた。生後何ヶ月だろう……五ヶ月か六ヶ月くらい？　静香も従姉妹《いとこ》の産んだ赤ん坊を抱かせて貰《もら》ったことがあったが、生後六ヶ月だったその赤ん坊と同じくらいの大きさに思えた。

「お孫さんかしら」

「たぶんそうだろうね。孫の写真をいつも持って歩いてるんだ……俺、今の人のこと主任に報告して来る」

「わたしも行きます」

「いいよ、俺が謝るから」

「そういう問題ではないんです」

静香は、厳しい声で言った。

「方針を決定して貰わなければなりません。今の塚原富美子さんに関して、どの程度の重要性を認めるか。麻生班として決定していただかないと、動けません」

5

榎本と別れてから麻生は捜査本部に戻った。本心ならそのまま、十年前の山内の裁判で何が起こったのか調べて回りたいところだったが、韮崎事件とそのこととは今のところまったくの別問題で、山内の件はいわば私用だ。本部をいつまでも留守にしておくわけにはいかなかった。

捜査本部では、相川と静香が山背から怒鳴られている最中だった。山背はあまり本気で怒らない人間なのだが、適当にお灸《きゅう》をすえるのは自分より上手だ。たぶん、中間管理職に向いたタイプなのだろう。

自分はその点、まったくだめだ、と麻生は思っていた。それどころか、自分がそもそも警察官という職業に向いているとすら思ってはいない。この十数年抱えたままで過ごしてしまった違和感が、このところますます強くなっているような気さえする。

しかし、警察を辞めて自分は何をしたらいいのか。そこまで考えるとその先は、面倒だから考えないことにしている領域に入ってしまう。実際、定年後の人生や老後のことについては、麻生は極力考えないようにしている自分を知っていた。

生きていたくないのかも知れないな。

説教を垂れ終わって二人を解放した山背が、何があったのか説明してくれている間に麻生は、ぼんやりとそう思った。

「つまりまだ、その塚原富美子って女が何を知っているかはまるでわからないわけか」

「手がかりでも聞き出せていたら良かったんだけどねぇ。ただ静香の話だと、ともかくひどくおびえているように見えて、無理をしたら逃げ出してしまいそうな有様だったとか」

「無理をしなくても逃げちゃったんだから、無理をしてでも喋《しゃべ》らせた方がよかったたな」

麻生は笑って言ったのだが、山背は大真面目に頷《うなず》いた。

「今、そのことを二人に言ってやったんだよ。これは殺人事件の捜査で、俺たちが相手にしてるのは殺人者なんだぞってね。仮に何か決定的なことをその塚原が知っていたとして、塚原が警察に行ったことが犯人にわかったらどうするんだ、犯人が塚原を殺そうとしないという保証なんかないぞ、それが問題なんだってさ。ま、二人ともわかってはいたんだろうけど」

麻生は腕組みした。山背の言う通りだ。本当に問題なのは情報が聞き出せなかったこと

ではなく、そっちの方だ。

「ともかく、その塚原って女を探させよう。所轄から誰か借りられないかな。保は動かし

たいから、静香に助っ人をつけてやろう」

「円谷さんに頼んでみます。それはそうと、例の凶器の件だけど、四課は韮崎の愛人だっ

た女医に狙いをつけたみたいだね。五時過ぎに、あの野添という医者を呼びつけてまだ絞

ってる」

「女医さんが人を殺すのにメスを使ったってのか」

麻生は笑った。

「あたしが犯人でございます、とのろしをあげて人殺ししたわけか。まさか及川も本気で

そんなこと考えてるんじゃないんだろ」

「こういう筋書きなんじゃないかな。凶器のメスは野添医師の診療所から持ち出された。

野添医師はそれを知っていて捜査本部にそのことを隠していた。つまり、野添医師はメス

を持ち出すチャンスがあった人間が誰なのか、知っている、と。実際、あの女医の診療所

にはうさん臭い連中がたくさん出入りしているらしい。そんな医者のところに堅気の患者

が通うはずはない。ま、お得意さんは鉄砲の弾で胴体に穴があいちまってるような奴とか、小指の先から血を流して、爪のついた先っぽを持って駆け込んで来るような奴らばかりだろう。医療器具の管理だってまともにやっていたのかどうか、あやしいもんだ」

「だからと言って、自分の愛《いと》しい男が殺されたんだ。黙っているというのは変だろう」

「だからこそが、及川さんの狙いだろうね。もし凶器が本当に野添医師のところから持ち出されたものだとすれば、野添医師は犯人をかばっている可能性がある。どうしてそんなことをするのか。問題なのはそこだってこと」

「その医者はまだ署内にいるのかな」

「いますよ。係長、どうします？」

山背は言葉の調子を変えた。

「便乗させて貰《もら》いますかね、我々も」

＊

ともかく、いい女だ、と麻生は思った。

上背もあって堂々とした体格だが、目鼻立ちは繊細で、特に唇の形が素晴らしい。女医というよりは女優の雰囲気がある。決してだらしのない格好ではなく、どちらかと言えば禁欲的な雰囲気のする濃紺のスーツを着ているのだが、それがかえってセクシーに見える。スーツの胸元は、今にもボタンが弾《はじ》けて飛びそうなほど盛り上がって、見事なバストだった。韮崎の数多い愛人の中でも、皆川幸子と並んで美しさという点では双璧《そうへき》と言ったところだろう。だが自信に満ちあふれた物腰や声の調子は、皐月とよく似ていた。皐月が第一夫人ならこの女は第二夫人といった立場だったと及川から聞いたが、さしずめ、皐月が北政所《きたのまんどころ》でこの女は淀殿《よどどの》か。

麻生は質問を山背に任せて、部屋の壁に背中をつけて立っていた。野添奈美は、麻生のことは完全に無視して山背を睨《にら》みつけていた。

「課が違うとか言ったって、同じ捜査本部なんでしょう？　どうしてそう、同じことばかり何度も何度も訊《き》くのよ」

「風通しが悪いんですよ」

山背は大袈裟《おおげさ》に頭を振った。

「我々も困っているんです、実のところ。ご迷惑をおかけして本当に申し訳ない」

「まったく申し訳ないとは思っていない顔よね」

野添医師は笑った。

「でもまあいいわ、あなたたちはさっきの連中に比べたら紳士みたいだから、もう一度だけ答えます。韮崎誠一を殺した凶器がメスであろうとなかろうと、うちの診療所にあるメスは一本も紛失していません。以上終わり」

「断言されますね」

「事実ですもの。あなたたちがどう解釈してるのかは知らないけど、あたしはまだ医者なのよ。免許を剝奪《はくだつ》されたわけじゃないの。医師法は遵守してるつもりだし、劇薬とメスや注射針の管理は怠っていませんよ。うちはディスポーザブルが使える余裕はないんで、一本ずつ熱湯消毒してますけどね」

「針までですか」

「当然でしょう？　あなたたち、今新宿でエイズがどのくらい流行《はや》ってるか、ちゃんと認識してます？　ウィルスに汚染された血液のついた注射針がそのへんに落っこっちゃってて、子供でも拾って指か何か刺したら、どうするの？　どんなに患者がたて込んだって、毎日針の数やメスの数、ピンセットの数まで数えて消毒して終わるのよ。朝も、まず、数を数えて消毒。それが基本よ。他の医者なら一度くらいのミスはゆるされるのかも知れないけど、あたしは首の皮一枚で繫《つな》がってる状態なんだから、そんなことでミスなんか絶対、しないわ」

「しかし、残念ながら、メスの数が朝と夜とで合っていた、というあなたの言葉を裏付ける方法がありません。あなたの診療所には看護婦がいないんですよね、確か。他に証人がいないわけだから、信じろと言われてほいほい信じるわけには、我々の立場上、いかないんですよ」

「別に信じてくれなんて言ってないわよ。好きなようにしたらいいじゃないの。あたしは事実を述べているだけよ。メスだろうと針だろうと、購入した医療器具は全部台帳に書き込んで、廃棄処分した日付と数も記録してあるわ。それでも見てもらう以外に、あたしだってどうしようもないもの」

「わかりました。台帳を提出していただけるのでしたら、拝見いたします」

「いいけど、先にあいつらが持って行ったと思うわよ。あたしをここに連れて来る時に、令状も見せないで勝手に診察室をひっかき回してたから。お行儀のいい殺人課と違って、マル暴はやんちゃさんたちねえ、ほんとに」

「我々が相手にするのは死人ですからね、何しろ」

山背は凄味《すごみ》のある笑顔になった。

「四課は生きてぴんぴんしているヤクザが相手です。元気でなければ務まらないんでしょう」

「あなたたちが相手にしなくちゃならないのは死人じゃないわよ。死人をつくった奴よ」

野添医師はまた山背を睨みつけた。

「あたしは怒ってるのよ。猛烈に、怒ってる。誠一を殺した奴をあんたたちがいつまで経っても逮捕できないなら、あたしが見つけ出して復讐《ふくしゅう》してやる」

「ほう。何か心当たりでも？」

「そんなもんがあったら、とっくに飛び出して行ってるわよ。見当がつかないからおとなしくおうちにいるんじゃないの、あなたたちが犯人を逮捕したってニュースが流れるのを今か今かと待ちながらね」

「まったく心当たりはないわけですか」

山背は顔の前で指を組み合わせ、顎《あご》をのせるような仕種《しぐさ》をした。山背が自分では気づいていない癖のひとつだった。

「当て推量でも何でもいい、我々を助けていただける情報をあなたならお持ちなんじゃないかと期待していたんですが」


「誠一を殺したいと思っていた人間は、ひとりやふたりじゃない」

野添奈美は、皐月を思い出させるあの口調で静かに言った。

「彼のしていたことが正しいだなんて、あたしも言わない。彼がもし警察に逮捕されていたら、裁判で死刑になっていたかも知れないし、そんな彼をいさめなかったおまえも同罪だと言われたら、あたしも死刑になっても仕方がない……彼とつきあっている間、あたしはずっとそう自分に言い聞かせて来たの。でも、だからって彼が殺されたことまで納得して受け入れるつもりはないわ。そこまであたしは、大人じゃないのよ。だから心当たりがあるくらいならとっくにそう言ってます。彼を殺したいと思っていた人間の名前を挙げろと言われたら、それはいくらでも挙げられるわよ。だけどそんな名前は警察がとっくに摑《つか》んでるものばかりよ。彼は自分が何をしているのか、何をしてしまったのかについて、あたしに全てを話してくれていたわけではない。あたしもそれは望まなかった。全てを知ってしまったら、彼を殺して一緒に死ぬ以外に、良心をなだめる方法がなくなるだろうと思っていたから。あなたたちには信じられないことかも知れないけど、あたしにはまだ良心があるのよ、これでもね」

「その良心を犠牲にしてまでも、あんたはあの男と寝たかったんだな」

麻生は、自分がどうしてそんな言葉を口にしたのか自分でも驚いていた。山背はもっと驚いたのか、眉《まゆ》をひくりと上げたまま止めている。

麻生は壁に背中をつけたままで野添奈美を見つめていた。奈美は、今はじめて麻生を見た。

「男に惚《ほ》れるっていうのは、そういうことよ」

奈美は言った。乾いた口調だった。

6

「あの女医は無関係だろうな」

麻生はハイライトを深く胸まで吸い込んだ。いつもはふかすだけにしていたのに、なぜか今は精神安定剤でも欲しいような心境で、ついつい呼吸が深くなる。だが煙草を喫うと気持ちが落ち着くというのは錯覚だと、しばらく前の新聞記事で読んだのを思い出した。ニコチンはかえって精神を落ち着かなくさせ、イライラを増しているらしい。そうかも知れないな、と麻生は指に挟んだ煙草を眺めて思った。何かで動揺している時は、煙草の消費が早い。

なぜ野添奈美の存在が自分をいらつかせたのか、それははっきりしていた。あの女が余りにも、自分が極悪人を愛していたことに対して開き直っていたのが腹立たしかったのだ。彼女は絶対の自信を持っている。ひとりの男を愛し抜いていたという事実に対して。だが、誰にわかる？　韮崎が長生きしていたら、いつかは彼女の愛だって消えてしまったかも知れないのだ。永遠に続く恋心なんて存在するはずがない。人の気持ちは変わるものだ。

悔しいのだろうか。麻生は、山背に見られないように下を向いて、声を立てずに笑った。そうだ、俺は悔しいんだ。韮崎はあの女に惚れ抜かれて死んだ。あの女だけじゃない。皐月もそうだった。その一点だけでも、韮崎の人生は俺のそれより上等だったと言えるのかも知れないのだ。こんな不公平なことってあるだろうか。俺は少なくとも、明確な法律違反はせずに生きて来たつもりだし、最低限社会のルールは踏まえて、誰かの迷惑になったり誰かを理不尽に苦しめたりはしなかったはずだ。それなのに、俺はひとりの女から裏切られた。韮崎はどうだ。あれだけ好き放題にやって、大勢の人間を泣かせて、それでもなお、愛された。

馬鹿馬鹿しい。なんで韮崎を殺した奴なんかむきにならないとならないんだ。

「根拠はあるのか、龍」

及川はガムを噛《か》んでいた。性懲りもなく禁煙を始めたのだろう、また。何日続くか見物《みもの》だ。

「ないね」

麻生は今、及川と言葉を交わしたくない心境だった。だが及川の方は頓着《とんちゃく》していない。及川は昔からそうだった。頭も心も、切り替えが早くて徹底しているのだ。及川の剣道はそんな性格を如実に反映していた。何があっても、どこを攻められても、動揺は一瞬。次の瞬間には反撃に対する計算が開始され、相手が束の間の勝利に酔っている間に、勝負はついている。

「だが、頭がいい女だ。自分の商売道具で殺人なんかしないだろう」

「裏の裏をかいたってこともある」

「警察は推理小説に出て来る探偵じゃないことぐらい、あの女は理解しているよ。探偵は無駄な捜査はしないが、警察は無駄な推理はしない。裏だろうと表だろうと、凶器がメスなら医者から調べる。あの女が本気で人を殺そうとしたなら、間違っても医者を調べようとは思わない方法で殺したさ」

「そういうのが無駄な推理だ、龍」

及川は笑った。

「おまえは刑事より探偵向きだよ。だがまあ、俺もあの女ははずしていいだろうと考えている。実のところ、あの女のアリバイはほぼ完全だ。アルバイトで夜勤をやってた間に、救急患者を二人も診てる。それにあの女の性格からして、韮崎を殺したいと思ったら自分の手で殺すだろうからな」

「アリバイがはっきりしてるのに、わざわざ引っ張って叩《たた》いたのか」

「診療所の中をガサ入れする時間が欲しかったのさ。令状なんか請求してるより引っ張った方が早い」

「無茶苦茶《むちゃくちゃ》だな。それで何か出たのか」

「いいや。実のところ、探し物があそこにあるとは思っていなかったがな」

「探し物？」

「チャカだ」

及川はガムを紙の中に吐き出した。

「韮崎のチャカが見あたらない……現場になかったんで、韮崎の自宅を徹底的に捜索した。だが出なかった。韮崎の愛人の家も、山内のとこ以外は全部探した。誰も預かっていなかった。舎弟も知らないと言い張ってるが、ま、下手に知ってるなんて口走ればそれだけで手が後ろにまわるんだから、本当のことは言わないだろうがな。いずれにしても、舎弟連中のアパートにも端からガサはかけるつもりだ」

「なんでそんなにチャカにこだわる？」

「奴の愛用品だった。もちろん、俺たちは奴がそれを持っているのを見たことはない。だが噂で聞いていた。S&W四十五口径のリボルバーだ。最近リボルバーを使うヤクザなんか滅多《めった》にいないだろ？　韮崎はそのチャカにこだわりを持っていたはずなんだ。それがどこからも出て来ない。俺は、ホシが現場から持ち去ったんじゃないかと睨《にら》んでる」

「山内のとこはなんでガサかけない？」

「無駄だからさ」

及川は笑った。

「俺たちは数ヶ月に一回は山内のヤサになんだかんだ理屈つけてガサかけてるんだ。ま、ほとんど嫌がらせだけどな。それで奴のヤサから見つけて嬉《うれ》しいもんが出たことはただの一度もない。チャカなんてやばいもんを、探して見つかるようなとこに隠すはずがないからな。この忙しいのに遊んでらんねぇってことだ」

及川は立ち上がった。

「韮崎の通夜に行く。おまえも来るか」

「いや」

「誰かよこしといた方がいいぜ。誰が殺《や》ったにしても、そいつが心証的アリバイを作りに通夜や葬儀に出る確率は高い」

「誰か行かせるよ」

麻生は煙草を灰皿に潰《つぶ》した。

「俺は行くとこがあるんだ、他に」

「オブケが現場うろつくと、部下に鬱陶《うっとう》しがられるぜ」

「わかってる。だから、部下の行かないとこに行くことにしてるんだ」

麻生が言うと、及川は派手な笑い声をたてて部屋から出て行った。

＊

「光栄だな」

麻生は、ドアを開けた長谷川環に向かって言った。

「わざわざ招待して貰《もら》って」

「来てくれるとは思わなかった」

環は面白そうな顔で麻生を見ていた。

「伝言はしたけど、無視されると思っていたわ」

「無視なんてできるわけがないだろう。捜査に協力してくれようとしている一般市民を」

「あたしは特殊市民よ。あんただってそう思ってるくせに。ともかく入ったら？」

環がからだをよけたので、麻生は中へと入った。

質素な部屋だった。いちおう二間はあるようだが、建物も古いし内装もくたびれている。立地がいいので家賃はそう安くはないだろうが、それにしても、一分の隙もなくめかしこんでいる環の有様とその部屋とは不釣り合いだった。いったいこの女は、イースト興業からいくらくらい給料を貰っているんだろう。

「缶ビールしかないのよ。飲む？」

「いちおうは仕事のつもりで来たからな。遠慮しておくよ」

「あたしは飲ませて貰うわよ」

「どうぞ」

環は冷蔵庫から缶ビールを取り出した。

「そのへん適当に座って。そこのクッション使っていいわ」

麻生はフローリングの床に置かれた、猫の顔のついたクッションに座り込んだ。環はビールをぐいぐいやりながら麻生の正面に座る。ビールがあまり旨《うま》そうなので、喉《のど》がぎゅぎゅっと鳴りそうだった。

「話っていうのは、何なのかな」

「せっかちなのね」

「時間がもったいないんだ。せっかく君みたいな美人から部屋に誘われたんだから、ゆっくり時間をかけて話を聞きたいのは山々なんだけどね、俺が捜査本部にいないと探す奴がいるんだよ」

「誰？」

「管理官って言って、うるさい奴なんだ。俺がちゃんと仕事してるかどうかいつも監視してる」

「してないとわかったらどうするの？」

「俺のボーナスを削る算段をする」

環は笑った。

「いいじゃないの、あんたって今、ひとりもんなんでしょ。お金がそんなに必要なの？」

「住宅ローンが残ってるんだ。バブルの真っ最中にマンション買ってね、青息吐息だ。それより、俺がひとりもんだってどうして知ってる？」

「見たらわかるわよ。シャツもネクタイもよれよれだし、靴下の左と右で色が違うわ」

麻生はあぐらを組んでいる自分の足を見た。本当だった。右が濃紺で左は黒だ。なんだって間違えたんだ、くそっ。

「離婚したの？」

「結婚したことなんかないよ」

「嘘つき」

環はケラケラ笑って、空き缶をゴミ箱に放り込んだ。

「その歳でノンキャリアがオブケになれたってことは、結婚してたってことでしょ。そうでなかったら、ホモかと疑われて出世なんかできない。公務員はそうだって聞いたことあるわよ」

「誰に」

「税務署の男。ナンパされて寝たことあんのよ」

「世間のいい加減な噂話にまどわされちゃいけないな。事実、及川は俺より二つ年上で結婚歴がないが、ちゃんと出世してる」

「及川は特別。あいつは出世させとかないと危ないもん」

「危ないって?」

「無茶するでしょ。あいつ、警部補時代に武藤組の和田って奴の奥さんどつきまわして、あやうく訴えられるとこだったんだって。それも、ただ和田の居所がわからなくて、奥さんに訊《き》いたら口答えされたってだけの理由で。あいつは異常よ。ヤクザって聞いただけで興奮して見境がなくなるんだわ」

　環の言葉にはいくばくかの真実はあるな、と麻生は思った。及川を出世させないと無茶《むちゃ》をされるので警部にまつりあげたというのは、なかなか鋭い考察だ。

「ま、ともかく話を聞くよ。君がわざわざ本庁の捜査一課に電話して伝言してくれた内容はこうだったね。韮崎事件に関して大切なお話があります。できれば今夜、電話して下さい。お会いしたいと思います。さて、その大切なお話ってのはいったい、何なのかな」

「口実よ。ごめんなさいね。ただあなたに逢《あ》いたかっただけなの」

「退屈で誰かと遊びたいなら、及川にしてくれないかな。俺はほんとに忙しいんだ」

　麻生はそう言いながら煙草を取り出した。環がピンク色のアルミの灰皿を、フリスビーでも飛ばすように麻生に向けて放った。

「及川はゲイだもん、つまんないわよ。あたしさ、あんたってすごくタイプなのよ」

百円ライターはガス欠だった。そう思った途端に、今度は女持ちの小さなライターが宙を飛んで来た。よく気のつく女だ。この気のまわりの早さを、山内が気に入ったのだろう。

「君とじゃれたい気持ちはあるんだ、ほんとに」

麻生は軽くふかして煙を吐いた。野添奈美を相手にするのと比べれば、こんなガキはたやすい。

「暇な時なら、お誘いはありがたく受けたいよ。だがあいにくと今は暇じゃない。だからすぐ本題に入ってくれないかな、お嬢さん。いったい君は、何を企《たくら》んでるんだ?」

「あたしね」

環は自分も細い煙草を指に挟んでいた。

「知ってるのよ……誰が韮崎を殺したのか」

麻生は環を観察した。嘘をつこうとしている女の顔なのかどうか、まだ判断できなかった。

「ほんとよ」

「OK。じゃ、その名前を教えてくれ。そしたら俺は明日にも暇になる。それからまたこの部屋に来たら、歓待して貰えるんだろ? 楽しみだな。さ、早く仕事を終わらせてしまおう。韮崎を殺した奴の名前は?」

「江崎達也」

環は、落ち着いた声で言って、煙を輪にしてひとつ吐いた。

「知ってるでしょ。韮崎の可愛がってたウリセンのガキ」

「信じられないな」

麻生は心の動揺を悟られないように注意して言った。実際、出た名前の意外さに驚きの声をあげてしまいそうだった。

「あの子が韮崎に死なれて得なことはなんにもないだろう？　韮崎のおかげであんな贅沢《ぜいたく》な生活ができていたんだから」

「ほんとは恨んでたのよ、あの子。韮崎のこと」

「どうして？」

「韮崎があの子に目をつけた時、あの子にはカノジョがいたの。あいつノンケなのよ。ただ金になるからウリやってただけ。でさ、店を辞めて韮崎に囲われたのも、お金が欲しかったからなの」

「それはそうだろう。愛人ってのはそういうもんだ」

「うん。でもあの子バカだから、カノジョと別れなかったの。韮崎の目を盗んで逢ってたのよ。それがバレたの」

「それで？」

「それであの子に、死にたいのかどうかはっきり決めろって言ったらしいわよ。あの子は死にたくない、助けて下さいって言った。韮崎は、達也を殺す代わりにあの子のカノジョをソープにたたき売っちゃった。組の奴らにマワさせた後でね」

麻生は、もよおして来た軽い吐き気を抑えて訊いた。

「それで、その女の子は今、どこにいるんだ？」

「そんなこと知らないわよ。あちこち転がされて、ススキノにでもいるんじゃないの。生きていればの話だけどさ。どうせシャブ打たれてんだろうし」

麻生は手帳を出した。

「その子の名前はわかるか」

「黒田ゆり。ゆり、はどんな字なのか知らない。今はどんな名前つかってるのか知らないけど、昔は店でリリーって名前で通してた。キャバクラにいたの」

「君が、江崎達也が韮崎を殺したと考えてるのは、その動機の部分だけでかい？　それとも他に理由があるのかな」

「知ってたのよ、だって」

「何を」

「だから、韮崎があの晩、あのホテルに行くことをよ」

「どうして君はそのことを知ってる？」

「あたしが六本木で遊んだ帰りに社長のマンションに寄った時、あの子から電話があったの。韮崎さんはそこにいるかって訊かれたから、いないわよ、って答えたのよ。そしたらあの子、もうホテルに出掛けたのかな、随分早いなって、呟《つぶや》いたのよ。あたし、何のことかわからなかったけど、ともかくここにはいないからねって電話、切っちゃった。だってあたしその時、忙しかったんだもん」

「忙しかった?」

「テレビ見てるとこだったの。有線のロックチャンネルで、テクニカル・シスターズのビデオが流れてたんだもん」

「なんだ、テクニカル・シスターズって」

「インディーズのバンド。インディーズはライヴじゃないとなかなか見られないから、ビデオは貴重なのよ」

「女の子のバンドなのにそんなに熱中してるの」

「女の子のバンドじゃないもんね。すごいワイルドな連中なんだから」

「男のバンドなのになんでシスターズなんだ」

「そんなのどうでもいいじゃないの。ともかくね、その時は電話に邪魔されたんでむかついて、すぐ切っちゃったのよ。だけど後でよく考えてみたらさ、あの子、あの晩韮崎がホテルに行くって知っていたわけでしょ。でもそんなこと、あんたたちに言った?」

「いいや、言わなかった」

「ほら見なさいよ。それが最大の証拠じゃないの」

「わかった。江崎達也を調べてみよう」

「逃げられないでよ。あの子、あれでけっこう、すばしっこいとこあるんだから」

「ひとつ訊いてもいいかな」

麻生は手帳を閉じて、環の顔をじっと見つめた。

「君はどうして、江崎達也を警察に売ろうとする?」

「何よその言い方。気に入らないわね。あたしは市民の義務をはたしただけでしょ」

「君は警察も韮崎も嫌いなはずだ。そう言ったよね。なのに、韮崎を殺した犯人を警察に教えるなんて矛盾してやしないかな」

環は立ち上がった。そして、ごく自然な仕種《しぐさ》で麻生のあぐらの上に跨《また》がった。

「だから言ったじゃないの……あんた、あたしのタイプなのよ」

嘘つき女め。

麻生は、環の瞳《ひとみ》に浮かんでいる狡《ずる》そうな光と、嘘をついている人間に特有の瞬《まばた》きや唇を舐《な》める舌先を観察した。こんな目つきや舌の動きを、麻生は二十年も見続けて来たのだ。

麻生は環の視線に自分の視線を合わせた。思った通り、環の瞳は麻生の視線を避けてすっと横に動く。

いったい、この女は何を企んでいるのだろう?

「そんなに見つめないで」

環は頭を麻生の肩にのせて、麻生の耳たぶを舐めた。

「あん、時間がないなんて言わないでちょうだい。どうせ今夜は韮崎の通夜でみんないないんでしょ？　ねえ、泊まって行って」

自分の背中で環がどんな顔をしているのか、麻生には想像がついた。

この女の素性を徹底して洗ってみよう。

麻生は、思った。

7

焼香の列は短かった。主だった参列者はもう帰ってしまったのだろう。本来なら、東京の覇権を争っている大組織である春日組の、ナンバー2と言われた男の通夜である、精進落としの席も大きく設けられて、その世界では顔の売れた連中が酒を酌み交わしていて当然だった。だが今回は、及川たちからの圧力に病床の春日泰三が屈したのか、意外なほど地味な通夜になっていた。それも、都心を離れた八王子の、小さな寺だ。

麻生は、喪章を上着の袖《そで》にとめて焼香の列の最後についた。暴力団の幹部であっても被害者は被害者。今自分がしている仕事は、あくまで、その被害者を殺害した容疑者を逮捕することだ。何よりもまず被害者の霊前にその決意を報告させて貰《もら》うのは、麻生が一課員となった最初の頃に、上司から教え込まれた習慣だった。

遺影をゆっくり眺める暇などはなかったが、それでも、笑っている韮崎の顔は穏やかだ、と思った。実際には笑っている韮崎の顔など見たのはそれが初めてなのだが。

ともかく、あんたを殺った奴《や》は捕まえてやる。だからあんたも、地獄であんたが殺した奴らに謝れよ、な。

韮崎は相変わらず微笑んだままだった。

山背の姿も、他の麻生班のメンバーの姿ももう見当たらない。四課員の乗った警察車両は寺の駐車場に何台か見えていたが、声を掛ける気にはならずに寺を出て、JRの駅に向かって歩き出した。

麻生の前を、喪服姿の男女が数名歩いている。どう見ても裏の世界の住人には見えない集団だ。歳の頃が四十代半ばかそれより少し若いくらいで、見当がついた。たぶん、韮崎の学生時代の友人か何かなのだろう。いくら昔は友達だったと言っても、指定暴力団の幹部として死んだ男の通夜に来るのは勇気がいっただろうに。麻生は別に彼らに追いつくつもりはなかったのだが、もともと大股《おおまた》で早足な方だったので、次第にその集団との距離が詰まり、会話が耳に入って来るようになった。

「……ってこと、つまり？」

女性のひとりが隣りの男性に訊《き》いていた。

「純粋悪なんてもの、実在しっこないじゃないの。ただ人を殺したいから人を殺した、なんてこと、あり得ないのよ」

「いや、絶対ないとは言えないだろう？　事実、ただ盗んでみたかったから物を盗む人間はいるんだし」

「カミュの描いた世界はあくまで小説よ」

「韮崎はカミュ派ではなかったよな」

別の男が言った。

「あいつはサルトル派だった」

「ポール・ヴァレリーじゃなかった？　彼の卒論、ヴァレリーだったわよ、あたしの記憶では」

「森川は韮崎とつきあってたんだろ」

含み笑いしているかのようなくぐもった声で、また別の男が言った。

「正直、恐くなかった？」

「別に。だって知らなかったもの、韮崎君がヤクザの大親分の息子だなんて。あの人、入学した時は韮崎じゃなかったし。二年の時よね、確か、父親の籍に入ることになったからって名前が変わったの。それだって詳しいことは話してくれなかったから」

「別れた理由ってそれじゃなかったの？」

「違うわ」女性は小さく笑った。「ふられたのよ、あたし。あの時はショックだったけど……でも今にして思えば、あの時別れていなかったら、あたし今頃、大変だったかもね」

「極妻だったかも」

「凄《すご》かったよね」

別の声がひそひそと言った。

「あたしたちの前にいたグループ、あれ絶対、ヤクザ屋さんよね。顔つきが違ったもの」

「今夜来ていたのはほとんどヤクザ屋さんだろ、だって。それにしては意外に上品な人が多いと思ったけどな」

「ヤクザ屋さんも偉くなると上品なのよ、きっと。でもほら、駐車場の手前にちゃんと、パンチパーマもいたわよ、五、六人」

「けど芸能人も来てたよね、驚いちゃった。フォーカスとかフライデーされたらどうするんだろ」

「ヤクザだからって通夜にも行ったらいけないなんて、マスコミだって言えないさ。現に俺たちだって来たじゃないか」

「三井とか村田は遠慮するって言ってたけどな。山口とか河野とか、女はまあ、しょうがないかな、と思うけど、旦那《だんな》もいるからさ。でも男は来ないってのは冷たいよな」

「しょうがないわよ、誰だってヤクザは恐いもの。それに八王子ってのがねぇ、遠いわよねぇ」

彼らの声は甲高く、ほとんど学生の会話のようだった。ふだんの生活では分別のついた大人を演じていたとしても、学生時代の仲間と会えば再びその時代の気分へと戻るのだろう。

韮崎にも、青春はあったのだ。共に若い時を過ごした仲間がいて、恋人もいた。俺の葬式に、学生時代の仲間はどれだけ来てくれるんだろう。

麻生は心なし歩調を早め、韮崎の昔の友人たち一行を追い越した。

俺の学生時代。

剣道、剣道、剣道。クラスメイトの顔も名前もほとんど思い出せないほど、授業には出ていない。かろうじて単位を取れる最低限、それも代返を頼みまくってようやく出席を確保していた。しかも、留年はゆるされなかった。一、二年生の内に単位不足の為に留年したものは退部、という部内規律があったのだ。寝る時間をどうやって作っていたのか、思い出しても不思議なほどだった。早朝から道場に駆けつけて掃除、武具の手入れ、朝稽古《あさげいこ》をつけて貰って授業に出る。だがその合間に、担当している先輩をアパートや下宿に迎えに行かなくてはならないし、時には昼食の世話もさせられる。授業に出ている時間帯だけは自由がゆるされたが、終わったら部室に飛んで行って雑用をこなし、道場で先輩の稽古を見学する。その後、先輩から稽古をつけて貰い、終わると洗濯、また掃除。先輩に呼ばれれば飲み会にもついて行くが、荷物持ちと先輩を下宿まで送り届ける要員なので酔いつぶれたりしたら大変だった。

充実していた、と言えば聞こえがいいが、忙し過ぎてものを考えている余裕がなかった、と言った方が真実に近いだろう。試験が近づいて来ると、本当に寝る時間がなくなった。担当させられている先輩の度量にもよるのだが、試験前夜にわざと雑用を山ほど押し付けて後輩をいびる意地の悪い男もいたのだ。幸い、及川はそんなことはなかったが。

及川は、ひとりが好きな男だった。

稽古も他の連中とはほとんどしない。早朝、朝日が差し込む道場で素振りを繰り返す及川を見ているのは好きだった。三年生にしてすでに大学選手権二連覇を成し遂げていた及川は、すべてにおいて別格だった。インターハイ個人総合三位の実績がなければ、及川の担当などさせては貰えなかっただろう。及川は雑用係よりも、稽古相手を麻生に求めることが多かった。同期で入部した者の中には先輩のいびりに耐えかねて退部してしまった者もいたし、担当させられていた先輩を殴って田舎に帰ってしまった者もいた。それほど厳しい上下関係だったのだ。そんな中では、決して甘やかしてはくれなかったとは言え、宴会で裸踊りを命じたり飲めない酒を一気飲みさせるような野蛮なしごきをしない分だけ、及川の担当になったことは幸運だったのかも知れない。少なくとも、同期の連中には羨《うらや》ましがられていたことは確かだった。及川は、理由を説明しない人間だった。気に入らないことがあると黙って殴る。武具の扱いがぞんざいだったから殴られたのだ、と気づくまでは何度も殴られる。気づいて謝るまで、及川は許さなかった。その代わり、自分の機嫌が悪いからと意味もなく後輩をいびるような真似はしない。だがもちろん、特に優しかったわけでもない。酒が入れば他の上級生と一緒になって、下級生を肴《さかな》にした。

及川の剣は尊敬していたし、憧《あこが》れていた。だが及川という人間自体は、麻生にはよくわからなかった。あの頃、麻生もそして他の下級生も、考えていたことはただひとつだけだった。早く上が卒業して、自分たちが「奴隷」を持てる日が来ればいいのに。

実際、三年に進級して新入生を付けてもらえることになった時には、言いようのない優越感に酔ったものだった。用もないのに下級生を呼び付けて、あれやこれやと言いつけてもみたくなった。だがそういう時期はほんの一時で過ぎる。次第に麻生は、四六時中誰かがそばに付いている状況自体が鬱陶《うっとう》しくなり、下級生を自由にしている時間が長くなった。ひとりの方が気楽で良かった。その時になってみて、及川も実はそうだったのかも知れない、と気がついた。及川も自分も、その点では似たもの同士だった。何だかんだ言っても結局、ひとりがいいのだ。

及川が弱味を見せたのは、あの晩だけだった。大学選手権三連覇がかかっていた大会の前夜。

及川はスランプだった。ずっと稽古につきあっていた麻生にはそれがわかっていた。決して口には出せなかったが、及川は負けるかも知れない、と麻生は思っていた。及川の持ち味だった、どんな状況に陥っても冷静さを失わない、柔軟で我慢強い剣が、どこか張り詰めて硬く、タイミングが悪ければ折れてしまうような剣に変わっていた。

及川は、道場の真ん中で座禅を組んだ。麻生は正座してそれを見ていた。

不思議な晩だった。いつもは道場にいても外の喧噪《けんそう》が聞こえて来るのに、その晩に限って世界は本当に静かだった。

「負けてもいいよな」

不意に及川が言った。麻生は驚いて顔をあげた。

「なあ、麻生。俺が負けたらおまえは俺を笑うか」

とんでもない、と思った。だから必死で首を横に振った。実際、どうして笑うことなどできただろう。

及川は笑った。

「勝ち続けてもいつかは負けるんだよな。勝負ってのはそういうもんだよな。死ぬまで勝ち続けることなんか、できないんだよな」

誰に言っているのでもなかった。及川はあの時、自分自身と対話していたのだ。

いつの間にか、背後の会話が聞こえなくなっていた。振り向いてみると、韮崎の同窓生たちの姿はなかった。

道を間違えたのか。麻生は舌打ちした。駅に向かう道には、ひとつ前の角で曲がらなくてはならなかったのだ。戻るのが面倒だな、という気がした。この先で曲がっても同じ道に出るんじゃないだろうか。だが、曲がってみると意外なことに、そこは空き地だった。違法投棄されたのか、タイヤのなくなった車が一台、月明かりに照らされていた。

そのボンネットの上で、誰かが煙草を喫っていた。うっすらと煙が漂って夜空に溶けて行くのが見える。

麻生は、ゆっくりとその人間に近づいた。

「山内」

声を掛けても、山内は顔をこちらに向けない。

「こんなとこで何やってんだ」

「道、間違えただろう、あんた」

山内が笑った。

「俺も間違えたんだ」

「電車で来たのか」

麻生は意外に思って訊《き》いた。

「車は使わないのか」

「すっとぼけやがって」

山内がぷっと煙草を吐き捨てる。

「こんな時に、つまんねぇ速度違反か何かで引っ張られたらかなわねえもんな」

「そんなえげつない別件なんかかけるかよ」

麻生は笑った。

「道交法なんかで引っ張ったら検事に睨《にら》まれる。もうちょっとうまくやれないのか能無し、ってな。それより山内、吸い殻を拾って持ち帰れ」

「あんたは女教師か」

「親切で言ってやってるのになぁ。こっちの方がやばいってわからねえのか。火が点《つ》いたまんまの吸い殻を投げたんだぞ、放火未遂になる」

山内は、自分が捨てた吸い殻に目をやり、まだ火が消えていないのを見て渋々ボンネットから下りた。足で踏み潰《つぶ》した吸い殻を指先でつまんで、上着のポケットに入れる。

「素直でよろしい」

麻生は顎《あご》をしゃくった。

「新宿まで一緒に出よう」

「馬鹿言うなよ、おっさん。なんでデカなんかと電車に乗らないとなんないんだ」

「どうせ帰るんだろうが。ついでにおまえに訊きたいことがあるんだよ。いいから歩け」

麻生が歩き出すと、山内は距離を開けてついて来た。だがその内に早足になって麻生の前に出ると、ひょこひょこと踊るような格好でどんどん歩いて行く。後ろから見ていると長い脚を持て余しているかのように思える。時たま、道ばたの石ころを器用に蹴飛《けと》ばした。

「おまえの秘書がさっき、俺を部屋に呼びつけて耳を舐《な》めたぞ」

「行く方が悪い」

山内は声の調子ひとつ変えなかった。

「勘弁してやってくれ。環は変態なんだ。スケベで汚いおっさんを見ると我慢できないらしい」

「韮崎を殺したのは江崎達也だと言ってる」

「ふうん」

「興味ないのか？　韮崎を殺《や》った奴を憎いとは思わないか？」

「達也にできるわけない」

「知ってるのか、江崎達也を」

「当然でしょ」

山内は笑った。

「寝たこともあるって。三人でだけど」

山内は、反応を楽しむように間合いを開ける。麻生は咳払《せきばら》いを呑《の》み込んだ。こいつのペースにはまってたまるか。

「そう言えば電話があったよ、達也から」

「何だって？」

「契約してくれないかってさ。月三十万でいいとか言ってた」

「どうするんだ、囲うのか」

「俺、ガキは駄目なんだよね。それに達也が執着してるのはあのフェラーリだから、どうしようもない。達也はあの車を俺が相続すると思ってるんだ」

「そんな約束を生前に韮崎としてたのか？」

「まさか」

山内はまた笑った。

「誠一は俺には何ひとつくれなかった……形のあるものは、何ひとつ、な。死ぬ時だって何も遺《のこ》さない」

「遺言状は明日、葬儀の後で開封されるらしいぞ」

「俺には関係ない」

「長谷川環はなんで、江崎達也が犯人だなんて俺に吹き込んだのかな。おまえ、心当たりあるんじゃないか？」

「だから言ってるだろ。環は変態なんだ。あんたとやりたかっただけだよ。で、どうしたの。しちゃったの」

「俺もガキは駄目なんだ」

麻生は歩きながら煙草を取り出した。

「あの女は、韮崎に恨みがあるとか言ってたぞ。親の借金のカタに売られて、妹は自殺したってさ。それで韮崎を殺そうとしたら反対に半殺しにされたとか言ってたな」

「あんた、それ信じた？」

「いいや。話ができ過ぎだ。だがあの女が韮崎を嫌ってたって点は、本当なんじゃないかと思ってる。その点についてはどうなんだ、おまえに何か意見はあるか」

「別に。ま、達也が誠一を殺したってよりは、環が殺ったって方がまだしも信じられるけどさ」

「江崎達也のガールフレンドが韮崎に売り飛ばされたってのは本当なのか」

「そう言えば、そんなこと言ってたかな、誰か」

山内はとぼけているというより、本当に忘れていたような調子だった。

「達也はほんとは女が大好きで、誠一の目を盗んじゃナンパに歩いてたんだ。バレたら命ないぞっていくら脅しても、我慢できなかったみたい」

「どうもわからんな。そんなに女の子がいいなら、なんでホモにからだ売ったりするんだろう」

「菜食主義の肉屋と同じだ」

山内はけらけら笑った。

「ウリセンってのはヘテロが多いんだよ。店がヘテロを雇いたがるんだ」

「なんで？」

「ゲイは選《え》り好みが激しいし、客と本気になられるといろんなトラブルの原因になる。ヘテロなら、商売と割り切ってるからどんな客とでも寝られるし、客と恋愛沙汰《ざた》なんか間違っても起こさないだろ。俺があの街にいた時にも、本当のゲイでウリやってる奴ってのは数えるほどしか知らなかったな」

「本当の話なのか」

麻生は、山内の背中に言った。

「おまえ、ほんとに売春なんかしてたのか」

「山内はくるっとからだを反転させた。

「あんたに文句言われる筋合いじゃないだろ。男のウリってのは法律違反じゃないんだから」

「法律なんかどうでもいい」

麻生は腹が立って来た。

「おまえはやり直せたはずだ。なんで立ち直ろうとしなかった？」

「相変わらずオレ様な物言いだよなぁ、あんた」

山内は、肩を一度上下した。

「あんたの言う立ち直るってのはさ、どういうことなわけ？　まさか、何もなかったことにして刑務所から大学に戻って、書きかけだった論文出して内定してた会社に入ればよかったとか、そういうことは言わないだろ、いくらあんたでも」

「道が険しくなったとしても、登る方法はあっただろう、と言いたいだけだ。俺もこんな商売して、いろんな奴の人生見て来たんだ、実刑くらった人間にとって、外の世界がきついだろうってのはわかる。でもな、おまえは若かったし、頭も良かった。高い教育も受けていた。売春以外に生きる道がなかったわけはないんだ」

「そう思うんなら、いっぺんあんたも入ってみれば、刑務所」

「山内」

「うるさいんだよ」

　山内は足下にあった空き缶を思いきり蹴飛ばした。

「うるさい。あんたに何の関係があるんだ、いったい。自分がパクった奴がちゃんと更生して社会の片隅で健気《けなげ》に生きてないと気が済まないなんてのは、いくらデカでもわがままが過ぎるってもんじゃないの？　あんたは自分の仕事をしただけだ。それで俺のことは忘れたんだろ？　だったらずっと忘れてればいいんだよ。思い出すな！　好き勝手な時だけ思い出されたら迷惑だ。俺が更生するかどうかそんなに気掛かりだったなら、なんでムショ出る時に迎えに来なかった？　ムショ入ったことすら知らなかったくせに、今になって昔の恩人みたいな顔でごちゃごちゃ言うなんてのは、なんか違うだろうがよ、なあ？　デカってのは、自分が以前にパクった奴と町で顔合わせたら知らない振りして姿隠《すがた》すもんだろ、それが思い遣《や》りってもんだろう？　あんたのやってることは、おせっかい通り越して嫌がらせだぜ」

「嫌がらせするつもりなんかないよ」

　麻生は山内に追いついた。

「言い方が気に障ったなら謝る。ただ、軌道修正するなら今しかない、そう言いたいだけなんだ。おまえがどんな事情で売春なんかやって、韮崎と知り合ってヤクザになったか、訊くなって言うならもう訊かない。だがこれからのことは違う。韮崎の葬儀が終わったら、真剣に足洗うこと考えろよ」

「だから」

山内は笑い出しながら言った。

「だからなんで、あんたがそんなこと俺に言うわけ？　あんたに何の権利があんのよ、いったい」

「権利の問題じゃない。気になるんだ」

「どうして」

「信じられないからだよ！」

麻生は苛立《いらだ》って大声を出した。

「何かが間違ってるんだ、そうとしか思えない。おまえは……おまえは変わり過ぎた。そりゃ人生なんだから、途中で変わることはあるだろう。刑務所に入ったのに人生が変わらない方がおかしい。でも、おまえの変わり方は、異常だ」

「異常？」

「うまく言えない」

麻生は歩きながら頭を振った。

「俺には表現力ってやつがないからな。でもな、今のおまえがひどく無理な姿勢でいる、それだけはわかる」

「あんた、有線テレビで昔の青春ドラマの再放送とか、見てたりしない？」

「有線なんか入ってない」

「悪いことする奴にさ、おまえは本当はそんな子じゃない、自分に嘘ついちゃいけない、とかって言って、ラグビーボール放るやつ」

「見てないってば」

「そっくりだぜ、それに出て来るバカ教師に」

「悪いことしてるって自覚はあるわけだな」

「ないね」

山内はニヤッとした。

「善悪の判断なんて、俺には興味がない。俺が判断しなくたって、法律ってやつが判断してくれる、な、そうだろ？　だったら簡単だ。捕まれば悪い。捕まらなければ悪くはない。現実問題として、俺はまだ商売では捕まってない。つまり俺の商売は悪くないんだ」

「ひとつだけ、質問させてくれるか」

ＪＲの駅が見えて来た。麻生は歩調をゆるめた。

「おまえは商売以外のことで韮崎の片棒を担いだことがあるのか」

「それはつまり」

山内がまた、足を停めた。

「誰か殺したかってこと？」

山内は、下を向いたまま笑った。

「その質問にはノーとしか答えられないじゃん。なんで訊《き》くわけ」

麻生は、つい溜息《ためいき》をついた。

「訊きたかったんだ。それだけだ」

「あ、そ」

山内は頭を下げた。

「それでは刑事さん、わたしはこれで」

「電車に乗らないのか」

「あんたは乗ったらいい。じゃあな」

「待てよ」

麻生は山内の腕を摑《つか》んだ。礼服の下の硬い筋肉に驚く。

「どこに行く？」

「どこだっていいだろう。俺は、デカなんかと電車に乗ってちんたら帰るのなんかまっぴらなんだよ。環のことであんたの質問には答えたんだ、もう解放してくんない？　それともなに、まだなんか用事があるんですかね、刑事さん」

「どっかで飲んで行こう」

「なんだって？」

「精進落としだ。つきあえよ」

「いい加減にしろよ、この税金泥棒。酒が飲みたいなら誠一殺した奴を挙げてからにしてくれ」

「アル中なんだってな」

麻生は山内の腕を放した。

「及川が言ってたよ。毎日浴びるように飲んでるって。だったら少しくらい余計に飲んだっていいだろう」

麻生は腕時計を見た。

「終電まで二時間はある。そのへんで一杯やろう。経費でおごってやる」

「経費って俺らが払う税金じゃねえか」

「心配するな。税金なら俺だって払ってる。デカと電車に乗るのはまっぴらでも、横に座って酒飲むくらいなら我慢できるだろ」

「しつこいおっさんだな。ひとつだけ質問させろとか言ったくせに」

「思い出したんだよ。まだもう少し、おまえに訊きたいことがあったのさ。ああ、あそこでいい」

麻生はチェーン店の居酒屋の看板を顎《あご》で示した。

「あそこなら、底が抜けるほど飲まれても経費で落ちそうだしな」

8

「自分が飲みたかっただけじゃん」

麻生がコップ酒を半分ほど一気に飲んだのを見て、山内はジンロックをくっと空けた。

「俺をダシにして税金で酒飲みやがって、タコデカ」

「ぶつくさ言うなよ。おまえさっき、酒が切れてイライラしてただろう。どうだ、アルコールが入ってちょっと落ち着いたか」

「こんな安酒、いっぺんションベンしたら終わりだっつーの。しかもデカ相手に飲んでるからクソまずい」

「おまえ、人も変わったけど言葉も汚くなったなぁ。そうだ、それがいちばん奇妙なんだ。おまえ、確か関西だろう。なんでべらんめぇなんだ?」

山内は通りがかった店員に二杯目を注文し、空のグラスに残った氷を一片、ボリボリと嚙《か》んだ。

「誠一が、嫌いだったんだ、関西弁」

「言葉まで変えたのか、韮崎の望み通りに」

山内は上目遣いに麻生を見た。

「逆らったら殺されるんだぜ、仕方ないだろ」

「嫌々応じたのか」

「別に」山内は、小さく笑った。「そんなに愛着があったわけじゃない」

「そのからだも、韮崎の好みか」

「からだ？」

「筋肉を作ってある。特に腕だ。見た目は細いが、その腕はボクシングやってるな」

「へえ。よくわかるじゃん」

「韮崎がやれって言ったのか」

山内は頷《うなず》いた。

「韮崎は、おまえを改造して楽しんでたんだな。さっき自分が何を言いたかったのか、やっとわかったよ。おまえは自分の意志で変化したんじゃない。韮崎に作り変えられたんだ。だから異常に見えた……及川から聞いたが、おまえ、韮崎に殺されかかったんだってな。それも二度も。もしかしたら、おまえ、韮崎から逃げようとしたんじゃないのか？」

山内は答えずに、店員が運んで来たジンに口をつけた。麻生もそれ以上は訊かなかった。黙っていることが、山内の答えになっていると思った。

「おまえと韮崎の間に何があったにしても、韮崎は死んだ。もう全部終わったんだ」

麻生も二杯目を頼んだ。

「さっきの話に戻るぞ。いいか、真面目に聞けよ。韮崎の葬儀が済んだら足を洗え。俺はそっちの世界のしきたりは知らないが、暴対法もできたんだし、本気で抜けようと思ったら抜けられないことはないはずだ。及川だっておまえにそう勧めてたじゃないか」

「いいけどさ」

山内は、呟《つぶや》くように言った。

「足洗って、何すんのよ、俺」

「金は持ってるんだ、商売だって何だってやったらいいじゃないか」

「商売なら、今でもやってるでしょ」

「まともな商売があるだろう、他に。今おまえがイースト興業でやってることは、詐欺だの恐喝だの乗っ取りだの、その類《たぐ》いのことばっかりじゃないか」

「失礼なおっさんだな、ったく」

山内はグラスを置いた。

「ま、いいけどよ。でもその話をするのは、あんたが誠一殺した奴を挙げてからにしたいな」

「韮崎殺しのホシが挙がったら、足洗うか？」

「考えてやってもいい」

山内は煙草を取り出した。ダンヒルのメンソールは、やはりこいつの愛用品だったらしい。

「だけど、俺が足洗ったらあんたもデカ辞めてくんない？」

麻生は運ばれたコップ酒をまた半分一気に流し込んだ。

「俺は金を持ってない。警察を辞めたら食うのに困るんだ」

「囲ってやるよ、月額五十万にボーナスつけて」

山内はけらけら笑いながらまた氷の塊を噛み砕いた。

「あんたなら達也と違って女にモテるタイプじゃないから、うろうろナンパしに出歩いたりしないだろうしな」

「有り難い申し出だが、俺にも好みってもんはある。悪いけどな、胸のない奴に興味はないんだ。それに今のところ、そっちの方は間に合ってる」

「女がいるのか、その口振りは」

山内が目を細めたので、麻生は不安を感じた。槙の存在をこの男に知られるのは何となく嫌だった。

「いないよ。そんな暇も金もない」

「ねえ、ひとつ訊《き》いていい？」

山内が半身を乗り出した。

「あんたの女房、なんで逃げたの？」

殴り倒してやりたい、と一瞬思った。だがすぐに怒りは消えて、代わりに恐怖に似た感覚が麻生を支配した。

「……そんなこと、どうして知ってるんだ」

「噂だよ、噂」

「及川か？」

「なんで及川の旦那《だんな》があんたの女房の話なんか俺にするのさ」

「おまえらは変に仲良しだ」

麻生は肘《ひじ》をつき、山内の瞳《ひとみ》の奥に隠れている何かを探り出そうとした。

「寝てるのか、あいつと」


「あんたってさ、どっかおかしいよな。普通、そんなこと訊かないだろう、こういう場合。俺がイエスって言ったら、及川さんの首、どっかへ飛んでっちゃうんだぜ」

「そんなことぐらいで飛ぶような首じゃないよ、あいつのは」

麻生は溜息《ためいき》をついてコップ酒を飲み干した。

「四課の連中がその筋の親分の愛人とデキたとか、女房と寝ちまったとか、そんなのは珍しい話じゃないことぐらい、おまえも知ってるだろう。マル暴は俺たちとは仕事のやり方が違う。相手の情報を得る為に互いの私生活に深入りするケースは多いんだ。結局それが命取りになることもな。いずれにしても、俺は及川の道徳観念にまで口出しするつもりはない。ただ及川なら、韮崎の情報を得る為におまえと寝るくらいはするだろう、と思っただけだ。それが事実だろうと構いはしないけどな、俺について寝物語で笑い話にされるのは我慢できない」

「あんたの話なんか」

山内は空になったグラスを覗《のぞ》き込んでいた。

「出たことないね、一度も。自意識過剰なんじゃないの、あんた。それとも、及川さんがあんたに何かするんじゃないかって、おびえてるとか？　心当たりがあるってこと？」

「及川はいつから知ってたんだ、世田谷の事件でおまえをパクったのが俺だってこと」

「さあね。俺は言わなかった」

山内が空のグラスを頭の横に上げ、三杯目を注文する。

「ピッチが早いぞ」

「人のこと言えるかよ、水みたいに酒飲みやがって。それで何なんだよ、俺に訊きたいことって。早く本題に入らないと終電、出ちゃうぜ。俺はタクシーで帰れるけどよ、あんたはそんな金、持ってないんだろ？」

「いざとなったらおまえに送ってもらうから心配しなくていい。それより、また昔の話を持ち出すけどな……おまえ、裁判で無罪主張したのか」

「いつの裁判よ。細かいのならしょっちゅう呼び出されてるんでわかんねえよ」

「世田谷の事件のだ、もちろん」

山内は黙っていた。ジンが運ばれて来るまで。

ジンに口をつけてから、ゆっくりと言った。

「今さら、どうしてそんな質問するんだ？　裁判は終わったし、俺は服役した。つまり、あんたが正しい、俺が間違っていたって結論は出てるんだ。それでいいだろう、もう」

「自白したはずだ」

麻生は言って、両手の指を組み合わせ、額を押し付けた。

「おまえは自白した。調書に署名もして拇印《ぼいん》も押した。俺はおまえを殴ってもいないし、無理に指を押さえ付けて拇印を押させたわけでもない。どうしてなんだ？……なんでなんだ……素直に認めてたら、実刑は免れていたはずなのに」

「あんたのプライドか」

「なんだって？」

「あんた、本庁の一課では天才だって評判なんだってな。ノンキャリアで大した大学も出てないのに四十前に警部ってのは、異例の出世の部類なんだろ？　及川さんは途中で世界選手権に優勝して一階級特進してるが、あんたはそんな御褒美もなしに、実績だけでのし上がった」

「及川は準優勝だ……だけど優勝した奴が登録違反か何かで失格になって繰り上がったんだよ。その話をすると機嫌が悪くなるんで誰も言わないけどな」

「へえ」

山内は笑って、グラスを空けた。水どころか、ピーナッツのひと粒でも口に放り込むような感じで強い酒を飲む。

「ま、どっちにしても、あんたは殺人課の刑事としてはずば抜けて優秀だと言われてる。

そのあんたが自信を持って逮捕した俺が、自白までしといて裁判で無罪主張したんじゃ、あんたの自尊心がゆるさないわけか」

「自尊心の問題じゃない……納得がいかないんだ。あの事件は、疑問の余地なんかまったくなかった。俺じゃなくたって出した結論は変わらなかったはずだ。それなのにおまえは頑固だった。一時は、否認のまま送検するしかないかと諦《あきら》めかけたくらいだった。でもそれはさせたくなかったんだ……早目に自白していれば検事の印象がいい。求刑が軽くなる可能性があると思った。求刑が軽い方が執行猶予も付きやすい。俺は……おまえを見ていて、こんなやつ刑務所に入れたくない、そう思った……どう考えても、魔がさしただけだ。実際、そうだったんだろ？　なのになんで、無罪主張なんかしたんだ……無罪主張っての は、認められなければまったく反省していないことの根拠になっちまう。そんなことはおまえの弁護士だってわかっていたはずだ。実刑になる危険が大きいのに、それでもあえて無罪主張した理由はなんなんだ？　俺にはそれがわからない。おまえとおまえの弁護士に何か勝算があったんだとしたら、それを教えて欲しい」

「だから、それを知りたいと思うのがあんたの自尊心なんだよ」

山内は、それまでとは調子の違う静かな声で言った。

「あんたは仕事に関しては完璧《かんぺき》主義者なんだな。それは結構なことだ。でもな、あんたには他人の胸の中がまるで見えてない。想像もできてない……俺は、もう話したくないんだ。思い出したくもない。結果は出た。俺と俺の国選弁護人は完敗した。あんたの勝ちだ。それで俺は塀の向こうに行った。書きかけの論文も、内定していた就職先も、その会社が約束してくれていたMITへの企業留学も、全部パーだ。親からは勘当されて、ムショん中では女の代用品にさんざ掘られて、外に出たら出たで行くとこがなくて堕《お》ちるとこまで堕ちた。もうたくさんだろう？　これ以上、俺にどうしろって言うんだ？　あんたが言うところの無謀な無罪主張のツケはちゃんとこのからだで払ったんだ。なんでだとかどうしてだとか、答えないといけないか？　答えたくないって言っても、あんたのプライドを満足させる為にだけ、説明しなくちゃなんないのかよ……俺のことがちょっとでもかわいそうだと思ってるんなら、もう二度とあの時の話はしないでくれ。俺は、あんたには、話したくないんだ。わかるか？　話したく、ない」

酒の味がしない。麻生はコップを置いた。

「わかった」

麻生は頷《うなず》いた。

「悪かったよ……もう訊《き》かない。悪かった」

「わかってくれてよかった」

山内は氷だけしか入っていないグラスを揺すってカラカラと鳴らした。

「めんどくせぇなあ。ボトルごと持って来させたらよかった」

「カシを変えるか」

「底なしだな、おっさん。女房に逃げられてアル中になったデカなんて、でき過ぎてて笑えもしねぇぜ」

「おまえに言われたくない。アル中はお互い様だ。どうせおまえ、今夜はずっと飲むつもりでいるんだろうが」

「なんでわかるわけ？」

「韮崎の葬儀は明日の午前九時からだ、酔って寝たら起きられないだろ」

「俺、葬式には出ないよ」

麻生は驚いた。

「なぜ？」

「俺は身内でもないし、正式な組員でもない。誠一の舎弟ですらない。葬儀に出る義理はないさ……別れはさっき、済ませた。二度も誠一の死顔なんか見たくないもんな。さよならは、一度でいいだろ」


「だったら」

麻生は勘定書を手に取った。

「もう帰って寝ろよ」

「なんだよ、カシ変えるんじゃないの」

「このまま飲んでたらおまえ、泣くだろう。ひとりの方がいいんじゃないのか、そういう時は」

「冷たいんだな」

山内は笑って立ち上がり、残っていた氷を口に押し込んだ。氷を噛《か》むのが好きなのか。子供みたいだ、と麻生は思った。

「男が泣くのを見てるってのは苦手でな」

「女ならなぐさめて、ついでにいただいちゃうわけ」

「美人だったらな」

レジで金を出したが、領収書は取らなかった。こんな酒が経費にできるわけがなかった。

「送ってってやるよ。ジュク署でいいのか」

山内はタクシー乗り場に向かっていた。麻生は時計を見た。今から新宿署に戻っても、山背はいないだろう。主任クラスはさすがに道場に泊まりはせず、自宅に戻っている。どうせ仮眠するなら慣れている本庁の方が良かったが、今夜は我慢するしかなさそうだ。明朝の捜査会議は、韮崎の葬儀が始まる時刻を考えて午前七時に設定されていた。

「悪いな」

「帰り道だ。だけど」

山内はニヤッとした。

「中で泣くかもよ、俺」

山内は泣かなかった。代わりに、ずっと鼻歌を歌っていた。麻生の知らないメロディだった。

道は空《す》いていたが、狭い空間の中で、会話を交わさずに誰かとじっと座っているのは辛《つら》かった。山内の鼻歌は途切れなかったので、何か話し掛ければ答えは返って来ただろう。だが、自分が本当に訊きたいことについては、山内は話してくれない。世田谷の事件の裁判で何が起こったのか。そして、韮崎との間に何があったのか。結局、自分で調べなくてはならないということだ。

だが、どうして自分はその二つのことを、これほど「知りたい」と感じているのか、それがわからない。裁判で何が起こったかについて知りたいという気持ちについては、山内が指摘した通り、ちっぽけなプライドがそれを求めていることは否定しない。確かに、自信を持って送検した容疑者が裁判で自白を翻して無罪主張したというのは、汚点とまでは行かなくても小さな傷には違いない。しかし、それだけではない、と麻生は思っていた。それだけではない……何か、ひどく不安なのだ。もしかしたら自分は何かとても大切なことを忘れてしまっているのではないか……そのことがすべての元になっているような……

そして、韮崎のこと。

無理に自分を納得させるなら、韮崎の過去に繋《つな》がることは全て、韮崎を殺した犯人へと結びつくのだ、ということはある。だから知りたいのだ、と。だがそんなものは、自分で考えても笑ってしまいそうなくらい、ただのこじつけだった。

　窓の外から町の明かりが入り込み、山内の横顔は逆光の中に沈んでいた。それでも時折、フロントガラスから飛び込む対向車のヘッドライトに、ぼんやりと表情が浮かびあがる。その内側にあるものがまるで読めない、空虚な顔だった。感情を押し殺しているのが手に取るようにわかる。やっぱり、ひとりにしてやれば良かったな、と麻生は後悔した。韮崎は明日、灰になる。今ならばまだ、魂は抜けてしまっていても韮崎の肉体は棺《ひつぎ》の中にちゃんとある。今夜は、山内と韮崎の関係にとって、この世での最後の夜なのだ。

　新宿が近づいた。高層ビルの林が、衝突防止用の赤いライトの点滅でその存在を示している。

　不意に、差し込んだヘッドライトに浮かんでいた山内の顔が歪《ゆが》んだ。限界が来たのだ。山内の目《め》尻《じり》から、透明な雫《しずく》があふれて、こぼれた。それでも、鼻歌は続いていた。声が震えても、山内はやめなかった。

「ジュク署でいいんだろ」

　山内が言った。

「運転手さん、京王プラザの方、入ってくれる?」

「いや、その手前でいい。適当に降ろしてくれ」

「署に戻らないの」

「明日の朝、捜査会議が七時からなんだ。ジュク署で椅子並べて仮眠するより、サウナにでも泊まるよ」

麻生は開いたドアから降りて歩き出そうとした。だが山内も車を降りてしまった。

「なにやってんだ、おまえ。青山に戻らないのか」

「俺もサウナ行こうかなと思ってさ」

「おまえが行くようなとこには行かないぞ」

麻生は笑い出した。

「まともな店で、ちゃんと寝るだけだぞ」

「なんで逃げるんだよ」

山内はふてくされていた。こいつがふてくされると、本当に幼い顔になる。

「あんたってとことん、冷たいやつだよな」

「気をきかしてるつもりなんだがな。ひとりでいたいだろうと思ってさ」

「そういうとこ、あんたは誠一に似てるよ」

山内はポケットに手を入れたまま、むくれた顔で麻生に追いついた。

「おまえがひとりでいたいだろうと思った、とか言って、ほんとはひとりになりたいのは自分なんだ。そういうタイプだよ。相手がひとりになりたくないと思ってるんじゃないか、とはぜったい、考えない」

「つまりおまえは、ひとりでいたくないのか。だったらそう言ったらいいだろうが、素直に」

「あんたみたいな鈍感な奴ってちょっといないよな。ふつう、そういうことは言わなくても察するもんだろ」


「昔からなんだ」

麻生は、どこに向かうともなしに歩き出しながら、肩を並べている山内に言った。

「昔から、鈍感だって言われ続けてたよ。たぶん、脳に何か機能的欠陥があるんだろうな。俺には他人の心が読めない」

「それなのに、なんで天才なんて言われちゃうわけ？」

「天才ってのは、皮肉なんだ」

麻生は笑った。

「俺の本庁での渾名《あだな》は、石橋の龍、っていうんだ」

「なんかかっこいいじゃんか」

「石橋を叩《たた》いても渡らない臆病者《おくびょうもの》って意味だよ。別件はかけない、見込み捜査もしない、任同で引っ張ってから逮捕ってのもほとんどしない。しないって言うより、できないんだな、自信がなくて。俺にできることは、証拠を探して探して、それをひとつずつ積み重ねて結論を出すことだけなんだ。不器用で、他には方法も知らない。だから、捜査本部が十中八九本ボシはあいつだと狙いをつけて動いている時にひとりだけ、全然違うとこを歩き回っていたりした。ずっとそうだった……ところがたまたま、俺の引っ掻《か》き回したところから本物の本ボシが出て来た……そんなことが何回か続いたんで、皮肉を込めて天才だとか言い出すやつがいたんだ。天才ってのはつまり、ふつうじゃないってことだ。あいつは変人だ。そういう意味なんだよ」

「でもそれが才能ってやつだろ。あんただって、そう思ってるんじゃないのか」

「まあな」

麻生はハイライトを取り出した。

「謙虚になるつもりはない。結果として俺の捜査が正しかったとしたら、それは才能だ。だけど、そんなことに何か意味があるのかと、つい考えちまう。おまえみたいな例に出くわすとな。俺があの時おまえをパクってなければ、おまえは修士論文を出して就職し、留学してたぶん、世の中の役に立つようなもんでも作っていたんだろうな。そっちの方がずっと良かったんじゃないか、おまえを見ているとそう思っちまうんだよ、つい。韮崎のことにしたってそうだ……韮崎が生きている間にやったことを考えれば、大して苦しみもしないであの世に行けたのはむしろラッキーだったんだ。なんでわざわざ、韮崎を殺した奴を逮捕しないとならないのか、正直、わからんのだ」

「刑事としては最低の考え方だな」

「その通りだ」

麻生は、煙草に火を点《つ》けた。

「話にならん。だけど、これが俺の性格だ。要するに俺は、デカには不向きなんだ……最近、それがよくわかって来たよ。だから、韮崎を殺した奴を挙げたら転職するってのも悪くはないかと思い始めてる。おまえに囲われて妾《めかけ》になるのはまっぴらだけどな、俺に似合った、もっと気楽な人生を探すのはそう悪い提案じゃないのかも知れない」

「女がいるな、やっぱり」

山内はひとりで頷《うなず》いた。

「野郎が新しい人生、なんてもんを考えるのはたいてい、新しい女ができた時だもんな」

「利いたふうな口きくな。それより、どうすんだ。本気でサウナ行って仮眠するのにつきあうつもりなのか」

「なんでそんなもんにつきあわないとなんないんだよ。あんたの方が俺につきあってくれんだろ、今夜は。精進落とししようって誘ったのはあんたの方なんだからな」

「まだ飲むか」

「いいや」

山内はまた、鼻歌を歌いながら歩き出した。

「通夜をするのさ」

「通夜？」

「知りたいんだろ、あんた。俺と誠一がどこで、どんなふうに出逢《であ》ったのか。知りたそうな顔してる」

「そんな顔してない」

「してるね。あんたは知りたいんだ……俺があれからどんなふうに堕《お》ちて、どんな底を這《は》い回ってたのか」

「そんなもの知りたいわけ、ないだろうが。まっぴらだ」

「知ってもらわないとな」

山内は、麻生の背中に肩をぶつけるようにして前に進ませた。

「そのくらい、知ってたっていいはずだぜ。それがあんたの仕事だったとしても、あんたは俺の人生をその手でひん曲げたんだから」

「曲げたのはおまえ自身だ」

麻生は言ったが、山内は黙って自分も煙草をくわえた。

9

小田急線の線路が見えていた。新宿からけっこう長いこと歩いた気がしたが、どのあたりなのか深夜なのでよくわからない。参宮橋の近くだろうか。

麻生は、皐月の言っていたことを思い出した。韮崎がはじめて山内を皐月の部屋に連れて来た時、韮崎は、山内を線路で拾ったと言ったのだ。死に損ないだと。そうだ……麻生は、捜査資料の中にあった皐月の住所を思い出した。あれも、この近くのはずだ。山内がどこで韮崎の通夜をするつもりなのか納得して、麻生は黙ってついて行った。山内は、原点に帰ろうとしているのだ。韮崎と出逢った、最初のその場所に。

「けっこう、変わっちゃったな……線路に下りられないな」

「下りる必要なんかないじゃないか」

麻生は思わず、山内の腕を摑《つか》んでいた。

「おまえまさか、馬鹿なこと考えてるわけじゃないんだろ？」

山内は笑った。

「そこまでロマンチストじゃない」

山内は、線路を覗《のぞ》き込むような格好をして眺めていた。

「あのあたりだったかな……始発を待ってたんだ。そしたら誠一が来て、俺を蹴飛《けと》ばした。誠一は皐月ねえさんのとこに行く途中だった。乗って来たジャガーが故障して、後始末を舎弟に任せてぶらぶら歩いていて俺を見つけたんだ」

「韮崎はなんでおまえのこと、拾ったりしたんだ？」

「知らないよ」

山内は線路に向かって身を乗り出していた。

「気紛《きまぐ》れだろ。あの晩は誠一も、ちょっと参ってたんだ。嫌なことがあったのさ」

「嫌なこと？」

「誰か殺したんだってさ……詳しいことは知らない。俺が飯食ってる時、そんな話、皐月ねえさんにしてたよ。だけど調べたって無駄だぜ。誠一は自分の手は汚してないもんな、たぶん」

「……わかってるよ。きっと他の奴が自首して出て、刑務所に行ったんだろう」


「……なんでって訊《き》かないの？」

山内は麻生に背中を向けたままで言った。なんで、なぜ、死のうとなんてしていたのか。もちろん、知りたかった。

「話してくれるなら、聞きたいよ。でも話したくないなら、話さなくていい」

「話したい気分になって来た」

山内はクスクス笑っていた。

「聞いてくれる？」

「……ああ」

心臓が高鳴っているのがわかる。無性に不安で、麻生はライターを取り出した。だがもう煙草はない。さっき箱から抜いたのが最後の一本だった。

「チョコレートのせいなんだ」

麻生は、山内が言った言葉の意味がわからなかった。

「……なんのせいだって？」

「チョコレートだよ、チョコレート」

「……チョコレートって、あの、食べるやつか」

「他に何があるんだよ」

山内はまた笑った。

「バレンタインだったんだ」

「……バレンタイン」

「酒の話してんじゃないぜ。二月十四日だよ。知ってるだろ。あんただって義理チョコとか、貰《もら》うだろ？」

「それはわかる。だけどそれがどうして」

「だからさ」

山内はからだを反転させ、防護柵《さく》に寄り掛かった。

「俺がいた店でも、バレンタイン・デーにいろいろやってたんだよ」

「おまえがいた店って」

「パープル、って店。老舗《しにせ》のＳＭクラブだった、ゲイ専門の。初めはバーで客見つけてたんだけど、効率良くなくてさ……俺みたいな顔って、実は二丁目ではあんまりモテないんだ。もっと若いと違ったんだろうけど。それで毎日、三食食えるか食えないかって生活していた時に、たまたまパープルの支配人が客になってくれたんだ。スカウトしてたんだろうな、フリーでウリやってる奴の中から、店に出せそうなのを一本釣りってやつ。おまえは顔がきれいだから、Mで売れば稼げるぞって言われた。女みたいなのはSMクラブでもあんまり需要はないんだけど、きれいな顔してる奴を虐《いじ》めて喜ぶ変態はけっこう多いからって」

煙草を買っておかなかったことを後悔していた。その先は聞きたくない、そう思った。だが山内は機嫌良く笑っていた。麻生はライターをポケットにしまい、自分も防護柵に背中をあずけた。

「支配人の言った通り、俺は売れた。血がたくさん出ない程度のことならどんなことでもさせたもんな……今だったら相手を殺してでも拒絶するようなことでも、あの頃は平気だったんだ……感覚が麻痺《まひ》していて、毎日が夢の中の出来事みたいだった。店の寮になってたマンションで寝泊まりして、昼間はごろごろしてるだけ。夕方から店に出て、縛られてぶたれて靴で踏まれてションベン飲まされて、尻の穴にいろんなもん詰め込まれて、何度か気絶すると閉店時間。封筒に入った金を受け取って、ラーメン食ってマンションに戻って、酒飲みながら同室の奴が見てるエロビデオを一緒に見て、眠る。目が覚めたらなにか食って、またごろごろして、店に出て縛られて犯されて、金貰って部屋に戻って、酒飲んで……」

「わかった」

麻生は空を見た。月がもう、だいぶ西に傾いている。

「わかったよ。それで？」

「それで、バレンタイン・デーだった」

山内も空を見ていた。

「俺はプレゼントのチョコレートになったわけ。手足を縛られてさ、いつもはロウソクのロウを垂らすんだけど、あの晩は溶かしたチョコレートを垂らされたんだ」

「……火傷《やけど》しないのか？」

「ちゃんと考えてあんだよ。ショートニングをたくさん入れて、低い温度で溶けるように調整してあるんだ。だからロウソクより楽なんだけど、ロウソクと違って舐《な》められるだろ」

山内は煙草を取り出して火を点《つ》けた。

「一本くれ。切らした」

麻生が言うと、山内は箱ごと放ってよこした。一服して、何とか人心地がついた気がした。

「狭い部屋だから、チョコレートの匂いは鼻に来るんだ。甘ったるくて鬱陶《うっとう》しくて、三人目の客の時には吐き気がして来た。髪の毛とかにもべたべたつくから後が大変だし、客がいつもと違ってやたらと舐めまわすんで、疲れるんだ。もういい加減にしてくれ、と思っていた時に、俺がいちばん嫌いだった客がやって来た。そいつは立派な変態のくせに、やるだけやって射精すると人が変わったみたいにすましかえって、こんな汚らわしいとこになんで来たんだろう、って顔になる。拳《こぶし》は禁止されてて、奴隷を殴る時は必ず平手でお願いします、って壁に貼ってあるのに、間違えた振りして拳を使うんだ。それで店のもんを呼ぼうとすると一万円札を出してへらへら笑うような奴だった。そいつがチョコレートにやたらと興奮しやがったんだ。サービスで痛がってる振りをしてたらどんどんエスカレートして、最後は俺のからだん中に流し込みやがったんだ、指で広げて、どぼどぼって。あんたさ、想像できるかよ。俺さ……その時になんか、急に目が覚めたんだな……尻の穴にチョコレート流し込まれてまで、なんで生きてないとなんないんかなぁ、そんな感じ。嫌気がさしたんだ……そういうこと全部と、そういうことをさせてる自分とに、同時に、かな」

西の空に落ち掛かった月のそばで、やたらと明るく輝いている星があった。麻生は、その星がやけにぼやけて見えているのはどうしてなんだろう、と考えていた。

「で、店が終わって、俺は部屋に戻らないでここに来たんだ。ほとほと愛想がつきてたのさ、俺自身と、俺の人生に。始発が来たら全部終わりだ。そう思って、線路に寝た」

夜はなかなか明けない。もう永遠に夜明けは来ないのかも知れない。

麻生は、自分が泣いていたことにやっと気づいた。それを見られるのが嫌だったので、しゃがみ込んだ。

「面白かった？」

山内の声が随分遠いところから聞こえているような気がした。

「なあ、感想を言ってよ、俺の話、笑えただろ」

「いいや」

麻生は答えたが、吐き出した息の音しかしなかったように聞こえた。

「なんだ」山内がクスクスと笑う。「笑って貰えるかと思ってさ、全部話したのに。これ、秘密にしてたんだぜ。誠一だって知らなかったんだ。チョコレート、ケツの穴に入れられたから死にたくなりましたなんて、あんまり馬鹿馬鹿しくて他人には言えないもんね」

「……俺には話してくれたんだな」

「あんたには聞く権利があるだろうなって思ったのさ。なんたって、あんたが立派に職務を遂行した結果として、MITに留学する代わりにパープルで働くことになったわけだもんな。こんな面白い話、ちょっと聞けないでしょ、他では」

「山内、だけどな、俺はあの時」

「ストップ」

山内はポケットから新しい煙草の箱を取り出した。

「別に責めてるわけでも、恨みごと言ってるわけでもないからさ、あの時の話はやめよう。ただ、人生なんて先はどうなるかほんと、わかんねぇよなぁ、そういう話だから。でもな」

煙がすっと空気の中を流れる。いくぶん紫がかって見えるのは、いくらか空気に朝の気配が混じりはじめたからなのだろうか。

「誠一が死んだら何もかも終わりだ、さあ新しくやり直そう、なんて、簡単に言ってくれちゃうとな、俺だって言いたくなるわけ。誠一があの朝俺を拾わなかったら、俺はミンチになってこの世から消えてたんだ。あんたそれでも、俺と誠一が出逢《であ》ったのが間違いだったんだって、言えるかよ。そうあんたが言うんだったら、俺は今からこの金網をのぼって線路に下りる。間違ってたんなら、やり直すのはそこからだ、そうだろ？　そしてあんたは、ミンチになった俺の肉とか骨とかバケツに拾い集めてそれから言ってくれ。良かったな、山内、これで韮崎と出逢う前のおまえに戻れたぞ、ってな。俺はどっちだって構わないんだ。ただ、あんたの言葉を聞きたい。俺は誠一と出逢わない方が良かったのか、それとも、出逢って良かったのか、あんた、どっちだと思うんだ？　答えてよ、なあ」

「韮崎に」

麻生は、声が震えるのをこらえた。

「感謝する」

一番電車の音がした。新宿駅を出る音だろう。風に乗って、ここまで聞こえて来る。

「俺さ」

山内の小さな声がした。

「悪いけど、泣くわ、やっぱ。あんたもう、行けば」

麻生はしゃがんだままで首を横に振った。

「ひとりにできっこ、ないだろう、ここで」

「……下りないよ。線路には、下りない」

麻生は地面に座り込み、目を閉じた。

金木犀《きんもくせい》の香りがどこからか漂って来る。

月はもう沈むだろう。束の間、空にはあの滲《にじ》む星だけが輝く。

嗚咽《おえつ》が聞こえて来た。

韮崎は灰になる。だが、韮崎が山内の命を助けた事実だけは、この先も永遠に消えずに残る。韮崎の存在を否定してしまえば、山内はここで死ぬしかなくなるのだ。

俺は、間に合わなかったのだ。麻生は思った。もっと早く、韮崎が生きている内に山内と再会していれば……山内のことを思い出して、そして探していれば。

生きている韮崎からなら、山内を引き離すことができたかも知れない。だが、死んでしまった韮崎は、永久に山内を所有したままなのだ。

なぜ思い出さなかったのだろう。あれほど、あの時のあの青年の、行く末が気掛かりだったのに。

俺は、冷たい人間なんだ。山内の言う通りだ。

所詮《しょせん》は仕事だった。逮捕した人間のその後の人生など、刑事が考えることではないと割り切っていた。だがもし俺がもっとおせっかいで、この男のことを思い出して、今頃どうしているだろうかと電話の一本でも世田谷にかけていたら、実刑を受けたこと、服役したこと、出てからヤクザな生活をしていることなどすぐにわかったはずだった。韮崎が生きている内に、それをしていたのなら。

始発がやって来た。頭の後ろに風が起こる。

嗚咽は次第に大きくなり、山内は声をあげて泣いていた。金網を両手で摑《つか》み、頭を何度も打ち付けながら。

韮崎。おまえは狡《ずる》い奴だ。

ひとりだけ先に楽になっちまいやがった。

空が明るくなる。新しい朝が来る。どこかで鳥が鳴き出した。

麻生は立ち上がった。金網に両手をかけたまま地面に膝《ひざ》をついている山内の背後に、そっと立った。

「夜は終わったよ……通夜もおしまいにしないか」

泣き疲れて静かになっていた山内は、素直に立ち上がった。

「時間はあるから、送って行くか」

「ひとりで帰れるよ……ガキじゃないんだから」

「なあ山内」

麻生は、腫《は》れた瞼《まぶた》で眩《まぶ》しそうに朝日の最初の一射を見つめている山内の背中に、言った。

「韮崎を殺した奴は、必ず挙げてやる。それが済んだら、また飲もうな」

「あんたと」

山内は、溜息《ためいき》をひとつついた。

「友達になっちゃうわけ、俺」

「別に嫌ならいいが……アル中同士でうまくやれそうじゃないか」

「まずいんじゃないの、ヤクザと飲み歩いたら」

「だから」麻生は言った。「やめればいいんだ、ヤクザなんか」

「どうせ足洗ってカタギになるんだったら」

山内は、たった今まで大声で泣いていたのが嘘だったようにふてぶてしい笑顔で言った。

「酒より、寝たいよ。あんたを抱きたい。突っ込んでみたい。その件、考えといてね」

山内は笑いながら、大股《おおまた》で歩いて行った。麻生は後を追わなかった。

翻弄《ほんろう》された。それが感想だった。

ひどく疲れて、頭痛がした。


槙に逢《あ》いたい。そう思った。

10

「ネクタイぐらい、予備を持ち歩いたらどうなんだ」

広げた資料の向こう側に、及川がどかっと座った。

「ケツどけてくれ。邪魔だ」

「女のとこから直接会議に出たにしちゃ、小汚いな。どこにいた？　酔いつぶれてガード下にでも寝てたのか」

及川は麻生が読んでいた資料の上に、地味なストライプのネクタイを放った。

「換えとけよ。おまえんとこには若い女がいるだろう。女って奴は、こういうとこめざといぞ」

「別にいいだろう。俺は独身なんだ、どこで寝ようと俺の勝手だよ」

そうは言ったが、麻生は自分のよれたネクタイに視線を落とし、素直にはずした。

「おまえのにしちゃ、地味だな」

「地検に行く時用だ。それよりおまえ、何やってんだ？」

「見たらわかるだろう。調べてるんだよ」

「何を」

「韮崎が過去、関わったとみられる事件の調書だ」

「麻生班ってのはオブケが調べもんまでするんだな」

「趣味なんだよ」

「金のかからねぇ趣味で羨《うらや》ましいぜ」

及川は笑って机からおりた。

「それで、何か出そうか」

「多過ぎる」

麻生は思いきり伸びをして、ついでに欠伸《あくび》した。

「まったくとんでもない奴だったんだな、韮崎ってのは」

「そのくせ、ぶち込めたのはたった二回、それも長い方で三年だぜ。俺たちの苦労がわかるだろ」

「尻尾《しっぽ》を出さないことにかけては天才的だったわけだ」

「用心深かったんだな、恐ろしく。残忍だ非道だと言われた割りには、アタマに来て殺《や》っちまったんだろうって事件はほとんど起こしてない。韮崎は、その存在が自分にとって役に立つのか邪魔なのか、そこをとことん考えてから、邪魔だと判断すると確実に消した」

及川は言葉を切り、近くにあった椅子を引き寄せた。及川の顔つきは険しかった。麻生は資料を閉じた。

「おまえのヤマだ、これは」

及川は低い声で言った。

「韮崎事件はヤクザの抗争事件じゃない……顔見知りによる犯行、動機はたぶん、怨恨《えんこん》だろう」

麻生は内心、少し驚いていた。凶器の見当がついた時点でそう結論するのが妥当だとは思ったが、及川がこんなに早く諦《あきら》めるとは思わなかったのだ。

「俺たちはおまえのサポートにまわる。だがな、龍。あまり時間がない」

麻生は頷《うなず》いた。及川は苦しそうに見えるほど渋い顔で顎《あご》を擦《さす》っている。

「もう事件から三日経った。春日の奴ら、特に韮崎の舎弟は相当苛立《いらだ》っているだろう。そろそろ神崎や昇竜会の連中にちょっかい出し始める奴らも出て来る。長引けば、韮崎を殺したのが誰かなんてことには関係なく、戦争は始まっちまう。今度ばかりは、おまえの才能に期待するしかないかも知れん」

「問題は、韮崎が誰に会っていたのか、だな」

「誰ってだからそれが」

「いや、違うと思う」

麻生は小さく首を振った。

「今おまえも言ったろう。韮崎は用心深かった。ふつうの用心深さじゃない、恐ろしいほど用心深い男だったんだ。しかも冷静だった、いつ、何時でも。自分の喉《のど》をメスで切り裂く可能性のある人間と、わざわざホテルで逢い引きしたなどとは絶対、信じられない。おそらく韮崎は、まったく別の目的で誰かと会っていたんだ、あの晩。自分の舎弟にも誰と会うのか言わなかったほど、秘密にする必要のある相手だった。いいか、及川。舎弟にも知られたくない、ということはつまり、組に知られたくない、ということだろう？もし密会の相手が、どんな形であれ韮崎の私生活の部分と関係している人間だったとしたら、組に知られてそんなに困ることなんてあるんだろうか」

「……可能性としては、組長か若頭あたりの女房とか妾《めかけ》とかと逢っていた、まあそんなことぐらいかな」

「恐ろしく用心深い男が、組のすぐ近くのホテルでそんなことをすると思うか？」

及川は顎を擦り続けている。

「……しないだろうな……ま、組長の今の女房はもう五十過ぎだが、仮に韮崎が血迷って組長の女房とデキたとしたって、新宿で密会するなんてのは無謀だ」

「キーポイントはそれだ」

麻生は自分も顎を擦った。コンビニで買ったシェービングフォームと剃刀《かみそり》で髭《ひげ》はなんとか剃《そ》ったが、急いでいたので剃り残しが随分ある。

「韮崎が密会の場所をわざわざ組の近くに選び、そのくせ誰と会うつもりなのか舎弟にも秘密にした、そこが問題なんだ。俺は春日組の内部のことには詳しくないが、韮崎と、若頭の諏訪との仲ってのは、あまり良くないという話じゃなかったか？」

「悪いというほどでもないだろうが、確かに、組の中はおおまかに韮崎派と諏訪派に分かれてると言っていい。数の上でも実力でも韮崎派の方が優勢ではあるんだが、諏訪には分家の武藤がついてるんだ。武藤組の組長だ。諏訪とは下っ端の頃から一緒に苦労して来ていて、まあ盟友みたいなもんなんだな。諏訪が若頭になれるよう、自分から身をひく形で武藤組をつくり、分家になった。この武藤はいわゆる武闘派ってやつで、ともかく力で対抗勢力を潰《つぶ》そうとする。そういう人間だから当然、韮崎みたいな経済優先の現代的ヤクザには抵抗感を持つんだろう。諏訪本人よりも、武藤の方が韮崎を嫌っている。武藤組は分家では最大勢力だし、春日ファミリーの中でも力は大きい。武藤の後押しがあるおかげで、諏訪はかろうじて韮崎派を押さえていられるというのが、ま、今の状況だ。諏訪って男は韮崎に比べるとスケールが小さい、いわば小悪党なんだな。奴が韮崎より先に出世したのは、年齢が上だったことと、何より組長の娘を女房にしたってことが大きい。それだって、組長としては娘を韮崎にやりたかったんだっていうのがもっぱらの噂だ。だが韮崎は、自分は生涯独身でいたい、と断ったらしい」

「どうしてなんだ?」

「嘘か本当か知らないが、韮崎には子種がなかったんだとさ」

及川は、肩をすくめて笑った。

「韮崎ってのはさすがに昭和の仁侠史《にんきようし》に残る男の息子だけあって、変なところで義理堅かったんだな。子種がないのに組長の娘と結婚するわけにはいかない、その娘との結婚を断るからには、今後も誰かと結婚はできない、そういう論法なんだろう。しかし、まあ口実だったんだろうけどな。韮崎は女房なんてものを持って、たとえ形式上のことであってもひとりの女に縛られるのは嫌だったんだろうさ。それはともかく、で、諏訪と韮崎がしっくりいってなかったことが、今度の事件とどう関係して来るんだ?」

「あくまで想像で根拠はないが、韮崎はあの晩の密会をどうしても新宿でしなくてはならない理由があったように思うんだ。さっきも言ったが、単に組に知られたくないというだけなら、何も新宿なんかで密会しなくてもどこか遠いところでやれば良かったんだからな。それがわざわざ何日も前にホテルを予約してまで、新宿でする必要が韮崎にはあった。とするとそれは、新宿から動けない誰か、と関係して来るんじゃないだろうか」

「……新宿から動けない……誰か?」

「たとえば、寝たきりで動けないとか、入院しているとか」

「……春日泰三か! しかし泰三はあの晩、入院先の病院を出ていない」

「そのあたりはよく調べた方がいいだろうな。深夜の病院なんてのは人手が余っているわけじゃない。職員のひとりも抱き込めば、記録に残らない方法で入院患者を夜間外出させることぐらい、そう難しくはないだろう。そう考えると、取りあえず辻褄《つじつま》は合うんだ。泰三をこっそり病院からぬけ出させるとしたら、長時間というわけには行かない。だからできるだけ病院に近いところがいい。しかし、春日の他の組員がうろうろしているかも知れない新宿では、人知れず誰かと会う場所など限られて来る。しかも、その場所に出入りしているところも誰にも見られたくはないわけだ。そうすると、あのホテルはうってつけということにならないか？　地下の駐車場から客室フロアまで直接エレベーターで上がれるわけだから、人に見られる危険性は最小限にとどめられる。そして、病院の目と鼻の先だ」

「まさかそれじゃ、春日泰三が韮崎を？」

「いや、それはないだろう。その可能性が少しでもあると思えば、韮崎はあんな手の込んだ密会を企てたりはしなかっただろうし、第一、おまえから聞いた話の範囲では春日泰三には動機がない。だろ？」

「……ないな。少なくとも、俺たちが摑《つか》んでいる範囲では。泰三は韮崎を可愛がっていたし、韮崎の父親と泰三とは本当に無二の親友だったって話だ。韮崎自身も、これまでただの一度も泰三に逆らったということはないようだ……娘を貰うのを断った以外はな」

「そうなるともっとも考えられる状況は、こうだ。あの晩、春日泰三は、若頭の諏訪にも知られたくない極秘の密会をしたんだ。そのお膳立《ぜんだ》てをしたのが韮崎だ。泰三は、諏訪ではなく韮崎にだけ、密会について相談していたわけだ。韮崎が舎弟にも嘘をついて泰三があの晩ホテルにいることを知られないようにしていたのは、万が一にも何かのはずみで諏訪の耳にそのことが入ることを、絶対に避ける為だった。誰と密会したのかは俺には見当もつかないが、ともかく泰三は無事に密会を終え、韮崎は泰三を病院に送り届けた。しかし舎弟をホテルに待機させている以上は、ホテルに戻っている必要がある。だからもう一度ホテルの、あの部屋に戻った」

「そこに殺人者が待っていたわけか」

「いや……韮崎が呼んだんだろう、おそらく。韮崎としても、極秘の密会を計画して実行するにあたっては相当神経をつかっていたはずだ。無事にすべて終わってホッとして、ともかく人肌が恋しくなったか、すっきりしてゆっくり寝たいと思ったか……いずれにしても、そんな深夜に誰かを呼びつけるとしたら、まあ、セックスが目的だったと考えていいと思う。それも余計な気をつかわなくていいように、ふだんから馴染《なじ》んでいる相手を呼びつけたと考えると、すべてしっくり来る。だからこそ韮崎はまったく警戒していなかったんだ。そして、まさかおまえが、と叫ぶ暇もなくあの世に行ったわけだな」

及川はゆっくりと顎をひねりながら大きくひとつ息を吐いた。

「……どうやら、その線だな。しかしそうなると、容疑者は韮崎の愛人の中にいるということになる」

「まあ可能性だけ考えるなら、韮崎がどこかのホテトルかウリセンバーにでも電話して、セックスの相手を宅配して貰《もら》ったという線だってあるんだろうけどな。しかし、そんな行きずりの相手がたまたま医療用のメスを持っていて、しかもたまたま韮崎を殺したいほど恨んでいるとか、あるいは相手が誰でもいいから喉笛をかき切ってやりたいと思っている殺人鬼だった、なんて話は考えるだけ時間の無駄だろう。これまでの調べでは、韮崎の愛人の中で確固たるアリバイを持っているのは野添奈美だけだな。彼女はいちおう除外してもいいと思うが、どうだ」

「いいだろう」及川は頷《うなず》いた。「あの女はその気になったら殺人だってやりかねない女だが、殺したらさっさと自首して来るタイプだしな。その観点で言えば、金村皐月もはずしていいんじゃないかと思うが」

「アリバイはボーダーラインだ」

「うん。しかし、どうだろうな。金村皐月は韮崎のいわば正妻だ。韮崎も皐月だけは他の愛人たちとは区別して特別に扱っていたふしがある。一仕事終わってホッとして、さて一発やって寝ようか、という時にだ、わざわざ正妻をホテルに呼びつけたというのはしっくり来ない」

「たぶん、はずしていいだろうな」

麻生も頷いた。

「しかし野添奈美の場合とは違って、殺害の可能性は残される。保留、だな。他の愛人たちはみんなアリバイ無しか」

「山内のアリバイだけは長谷川環が証言しているが、あんなもんはまったくあてにならん。後の連中はほぼ、アリバイ無しと考えていいと思う。龍、そっちの方を潰す作業はおまえに任せてもいいか」

及川が立ち上がった。

「俺たちは春日泰三が誰と極秘の密会をしたのか、そっちを探らせて貰う……もしかしたら、春日組は大勝負に出ようとしていたのかもわからん」

及川はそそくさと部屋を出て行きかけた。及川の眼中にはもう仕事のことしかないのだ。

麻生はまた捜査資料に目を落とした。その時、遠くから声がした。

「龍」

麻生は顔を上げた。

「……悪かったな。あんなことするつもりじゃなかった」

「俺が悪いんだ」

麻生はまた下を向いた。

「余計なことを言った」

「どうしても気になるか……世田谷の事件のことが」

「なんで実刑が出たのかはわかったよ。ただ、どうしてあんな馬鹿な戦法を奴と奴の弁護

う？」

「弁護士の名前は、藤浦勝人《ふじうらかつと》だ。一之瀬卓郎《たくろう》の事務所にいる。一之瀬卓郎は知ってるだろ士がとったのか、それがわからない」

麻生はその名前を反芻《はんすう》した。そして、思い当たった。人権派弁護士として主に冤罪《えんざい》の疑いがある事件を担当することで名の知れた男だった。

「及川、おまえ、なんでそんなことまで知ってるんだ」

及川は答えずに、小さく首を横に振り、そして、部屋を出て行った。

1989.9

1

鍋《なべ》の蓋《ふた》をそっと持ち上げると、湯気がもわっと溢《あふ》れて来た。香りは悪くない。菜箸《さいばし》を使って野菜の煮え具合を確かめる。問題ないだろう。

練はガスの火を止める前に、ねじれた煙草をポケットから取り出して炎に顔を近づけた。火を止めて一服すると、ホッとする。

誠一は週に一度くらいしか自宅で夕飯を食べなかったが、味にはうるさかった。いつも、皐月に電話で助けを求めて、メニューからレシピまで教えてもらう。今夜は蕪《かぶ》と鶏肉の煮込みに、ラタトゥイユ、ガーリックトースト、ブリーチーズのフライにブルーベリーのソースをかけたもの。それと、すりつぶしたブラックオリーブとレバーペースト。誠一の好物ばかりで、どれも皐月の得意料理だ。

料理のめどがつくと、練はキッチンの隅に置かれた古いソファの上に転がった。それが練のベッドであり、この四LDKのマンションでたった一ヶ所の「自分の場所」だった。狭いし、横になると足がはみ出る。それでも半月前と比べたら天国のように楽になった。

このソファがマンションの大型ゴミ置き場に捨てられているのを見つけるまでは、誠一の舎弟分の男がくれた寝袋を床に敷いて中に潜っていたのだ。

もし練がねだったら、誠一はきっと、部屋でもベッドでも羽布団でも用意してくれただろう。だが練はねだらなかった。何ひとつ、誠一には買って貰いたくなかったのだ。練は、皐月のところから無理に連れて来られたことに腹を立てていた。二ヶ月間、皐月と暮らしていてとても幸せだったのに。

それでも逆らうつもりはなかった。どうせ、一度は捨てた命だった。それを拾ったのが誠一なのだから、この命もからだもすべて、誠一のものなのだ。

好きにしたらいいさ。煮るなり焼くなり、好きにしたらいい。

練は、誠一の煙草入れからくすねた煙草を喫い終わると、パソコン雑誌に目を通した。皐月が毎月買って、店のアルバイトを通じてこっそり届けてくれるのだ。その一冊の雑誌だけが、練の一ヶ月の娯楽のすべてだった。表紙から裏表紙まで、何度も何度も、何度も読み返す。広告のコピーひとつずつまで丁寧に読んだ。

もう、取り返しはつかないだろう。あのアパートを飛び出した夜に、すべては終わったのだ。だがそれでも、練は、雑誌の中に詰まった情報が愛《いと》しく、懐かしく、それに触れていると束の間、安らいだ気持ちになれた。

自分がこれからどうなるのかなど、考えても仕方がない。韮崎誠一はヤクザだった。飽きられれば、どこかに売り飛ばされる運命なのだ、たぶん。女と違って三十過ぎの野郎なんか、風俗では使えない。きっと、タコ部屋にでも放り込まれて倒れるまで働かされるか、マグロ漁船にでも乗せられることになるんだろう。

どうでもいい。もう、どうでも良かった。ただ、その日一日、死なずに眠れれば、ラッキー、だ。そして、二度と目覚めなければもっと、ラッキー、だ。

玄関でドアが開いた音がした。練は雑誌をソファの下に隠し、ゆっくりと誠一を出迎えに行った。

広い玄関の三和土《たたき》に、誠一の舎弟が二人、突っ立っている。その内の一人は若い。まだ二十一かそこらだ。沢木とかいう名前で、練に親切だった。寝袋をくれたのもこの男だったし、たまに煙草や漫画を持って来てくれることもある。練は本当の年齢を誠一にも教えていなかったので、沢木は、練のことを自分とそう違わないと思い込んでいるらしい。練が来てから、部屋の掃除だの料理だのをしなくてよくなったので仕事が楽になったと笑っていた。

「もういい。明日は九時に来い。修善寺に行くから、そのつもりで支度して来いよ」

「わかりました！」

舎弟二人は声をそろえて一礼し、出て行った。

「明日から修善寺だ。二泊はして来るから、荷物詰めとけ」

誠一はネクタイをゆるめて、リビングのソファに転がった。

誠一が幹部を務めている春日組の組長は、最近からだの調子が思わしくないとかで伊豆修善寺の別荘に籠《こも》っている。誠一は月に一度、組長の見舞いに修善寺に出かけた。

練は誠一が放り出したネクタイを拾った。誠一は目を閉じている。ひどく疲れた顔だ、と思った。誠一は疲れている時ほど練を欲しがる。

練はネクタイをかたづけるついでに、洗面所の棚から携帯用のワセリンを取り出し、ジーンズのポケットに押し込んだ。途中では絶対に止めてくれないので、用意しておかないと余分に泣かされることになる。

キッチンに寄って、鍋の中身をキャセロールに移し、オーブンに入れた。一時間で解放してくれるかどうかはわからないが、時間的に腹は減っているだろうから、まあそんなものだろう。タイマーをセットして、ミネラルウォーターとパスティスを盆に用意し、リビングに戻った。

珍しく、誠一はテレビのニュース番組を見ていた。贔屓《ひいき》のプロ野球球団の試合結果が気になるようだ。グラスに注いだパスティスは薄い黄色だったが、水を注ぐと白く濁った。誠一は変な酒が好きだ、と思う。パスティスはとても薬臭いし、変に甘味があって、練の好みではなかった。

酒を舐《な》めながら、スポーツニュースが始まるのを辛抱強く待っている誠一は、まったくその辺のサラリーマンと変わらない。

ようやく野球の結果が出た。誠一が贔屓にしている球団はボロ負けしていた。練は、心の中で舌打ちした。

テレビが消された。誠一はグラスを持ったまま、片手でズボンのベルトをはずした。後は練の仕事だった。

跪《ひざまず》いている練の頭に、誠一が時々、酒を垂らす。なんでそんなことをするのか理由がわからない。練は、冷えた酒が垂らされるたびに、びくっとするのを抑えられなかった。そのびくっとした弾みがいいのかも知れない。くわえさせたまま喋《しゃべ》らせたり歌わせるのが好きな客がいたが、あれと同じことか。誠一のものは巨大というほどではなかったが、長くて硬度があった。髪を摑《つか》まれて押し付けられると、喉《のど》の奥の奥まで届いてしまって、死ぬほど苦しかった。その苦しんでいるところを見ているのが、いちばん好きらしい。

「乗れ」

誠一が手を放した。練は吐き気がおさまるまでじっとしていてから、ジーンズをおろした。ポケットのワセリンを一瞬で取り出して掌《てのひら》に隠す。だが、見つかってしまった。

誠一は笑った。

「用意がいいじゃないか。さすがに、プロだっただけはあるなぁ、おい」

練の掌を摑む。諦《あきら》めて指を開くと、誠一はワセリンを取り上げ、リビングの壁に向かって投げ捨てた。

「そのまま来い。おまえもプロだったんだから、芸のひとつも見せてみな」

謝ってしまおうか、と一瞬、思った。ごめんなさい、かんべんしてください。だが無駄だろう。誠一はそんなに人が良くない。明日から二日留守にするのだから、今夜練のからだを壊してしまっても、彼としては別に差しつかえはないわけだ。

練は、ソファの上に仰向《あおむ》けになった誠一のからだを跨《また》いだ。諦めるしかない。ダメージをできるだけ少なくするには、ともかく逆らわないことだ。


その時、電話が鳴った。チッ、と誠一の舌打ちが聞こえた。

練はホッとした顔を見られないように素早く起き上がって、受話器を取りに行った。電話は、春日組の顧問弁護士の事務所からだった。

コードレスの子機を手渡すと、誠一は会話をはじめた。だが目線で、続きをやれ、と命じる。練は咄嗟《とっさ》に、誠一のものにしゃぶりついた。すぐに髪を摑んで引き剝《は》がされたが、唾液《だえき》を塗り付ける暇はあった。

「そんなことはわかってる！」

誠一が子機に向かって怒鳴った。

「何の為に高い金払ってると思ってるんだ！　素人の女ひとり、黙らせることができないのか、おまえたちは！　ともかく告訴を取り下げさせるんだ！　いいな！」

誠一は声を少し低めた。

「だが前の女の時みたいな不細工なことにならないよう、充分気をつけろよ。ガキに死なれた女は手負いの肉食獣より始末が悪いことがあるんだからな」

誠一は通話ボタンを切り、子機を叩《たた》きつけるようにテーブルに置いた。

「クソいまいましい。ガキが死んだのはてめぇが前もろくに見ねぇで道路に飛び出したからじゃねぇか。それを俺のせいにしやがって。第一、もともと俺は無関係なんだ、なんだってこんなつまらねぇ事が、続けておこりやがるんだ！」

練は難儀しながら、どうにか腰を落とし始めていた。何も塗らないよりはましだが、唾液だけではやっぱり辛《つら》い。

不意に誠一がからだを起こし、練の背中を抱いた。そのまま一気に下へと突き落とす。

練は悲鳴をあげた。

「馬鹿野郎」

誠一は笑いながら、練の耳たぶを舐めた。

「できないならできないって言ったらいいだろうが。おまえみたいに頑固な奴は見たことがないぜ。もうちょっと可愛くしたらどうなんだ、あん？　もっと素直になるんなら、欲しいものは何でもくれてやるのに」

誠一は練の背中を抱えたまま、上下に大きく揺さぶった。練は、悲鳴をこらえてそっぽを向いた。

＊

「皐月が来たのか」

蕪《かぶ》を一口食べて、誠一が訊《き》いた。

「電話で、作り方を教えてもらっただけ」

練は顔も上げずに言った。椅子に座っているのが辛いほど、痛みが続いて残っている。無性に腹が立っていた。思いきり誠一を殴ったらどんな気分だろう、と、蕪を見ながら、ふと思う。

「練、明日、荻窪《おぎくぼ》の若田ジムに行け」

若田ジムは、誠一がボクシングを習っていた場所だった。今でも時々、スパーリングしに行っている。

「修善寺に行くんでしょ？」

「俺はな。ジムへはおまえひとりで行くんだ。昼過ぎがいいだろう。話はつけてある」

「……話って」

「おまえも習うんだ、ボクシング」

「嫌だ」

練は、はっきりと言った。顔は上げなかったが、誠一が睨《にら》んでいるのがわかった。

「……嫌です」

「なぜ」

人を殴りたくない、と練は言いかけてやめた。自分でも嘘臭いと思った。現に、練は村沢を殴ってあのアパートを出て来たのだ。そしてたった今、誠一を殴りたいと思ったばかりだった。

「痛そうだから」

練は呟《つぶや》いた。

「行くんだ。いいな」

誠一は、それだけ言った。

2

ボストンバッグに下着や洗面具を詰め込みながら、練は、聞くとはなしにまた誠一の電話を聞いていた。電話は女からかかったものだった。誠一に何人の女がいるのか正確には知らない。皐月ももう数えていないと笑っていた。

誠一はある種の病気なのだ、と皐月は説明してくれた。ひとりの人間に拘束されることを恐れるあまり、次々と女を身の回りに集める。だが誠一が本当に性的興奮を感じるのは、まだ大人になりきらない肉体を持った少年らしい。練は、そうした少年の存在を実際に見たことはない。誠一はこの自宅には、愛人の類《たぐ》いは一切近づけなかった。唯一の例外が皐月なのだ。

誠一の声は苛立《いらだ》っていた。ここのところまた、素人の女が誠一を訴えたとかいう話で誠一は煩わされている。似たようなことがほんの少し前にもあって、その時は相当ひどいことをしてその女を黙らせようとしたのだが、結果として、半月程前にその女が銃を手に幹部連中を襲うという最悪の結末になってしまったのだ。幹部の誰かのボディガードが女を撃ち殺したので誠一は無傷だったが、後始末に四苦八苦したあげく、ボディガードがごっそり銃刀法違反で刑務所に入れられてしまった。世論の風当たりもすごく、誠一は責任をとって若頭補佐のポストを辞任したばかりだった。

練は、なんだかおかしかった。結局、暴力団にとって本当に恐いのは警察でも対抗組織でもなく、いざとなったら金では黙らない一般市民の、窮鼠猫《きゅうそ》を咬《か》む的な逆襲なのだ。堅気に迷惑をかけるな、は、仁俠《にんきょう》の原則的心得らしいが、それを誠一は身をもって体験したわけだ。

誠一が不意に優しい声を出した。女が何かねだったのだろう。誠一は、服従して甘える相手には優しい。だが皐月の話では、そういう相手にはすぐ飽きてしまうらしい。身勝手な男だ。結局、誠一といちばん長い皐月も、皐月の次に誠一との絆《きずな》が深い野添奈美も、誠一には何ひとつねだらず甘えない、という共通点があった。

いっそ何かねだってみようか。そうしたら、こんなに邪険に扱われなくて済む上に、すぐ飽きて放り出してくれるのかも知れない。

衣装部屋になっている和室の畳の上にシャツとネクタイをずらっと並べて、練はさんざ迷っていた。誠一はものすごくお洒落《しゃれ》なのだ。ネクタイとシャツを組み合わせるセンスが悪いと、この数ヶ月の間に何度殴られたか。練はこれまでの人生で、ネクタイなど締めた経験がほとんどない。記憶にある限りいちばん最近ネクタイを締めたのが、大学の卒業式だった。

結局、考え過ぎるからいけないんだな。

練はひとりで納得して、パパッと自分の好みで選んでバッグに詰めてしまった。考えたって殴られる時は殴られる。

荷造りを終えて一息ついた時、襖《ふすま》を開けて誠一が顔を出した。

「終わったのか」

練が頷《うなず》くと、誠一は上機嫌でウィスキーのボトルを振った。

「飲むか」

有り難い、と思った。このマンションに連れて来られて誠一の身の回りのことをさせられるようになって、たったひとつ得をしたことと言えば、上等の酒を飲ませて貰《もら》えるようになったことだった。

誠一の為に氷とソーダを用意する。練自身は、ストレートが好きだった。バランタインの十七年。誠一がよく飲むスコッチだ。練の好みには少し上品過ぎるが、旨《うま》いことは旨い。いつものように、誠一が座っているソファのそばで、床に座り込んだ。ストレートのスコッチをグラスに半分注いで遠慮なく飲む。誠一は、練が酒が強いという点だけを評価していた。スコッチは水割りの方が旨いらしいが、水割りでは酔いを感じる前に腹がだぼだぼになってしまう。誠一は鼻歌を歌いながら、足で練の頭を軽く蹴《け》った。

「石頭」

誠一が笑った。

「おまえは本当に変な男だ。性格が歪《ゆが》んでやがる」

お互い様じゃないか、と思う。サディストのくせに。

「だが腕力があるし反射神経も悪くなさそうだからな、週に二、三回もジムに通えば、すぐ強くなるだろう。強くなって自信がついたら、俺を殴ってみな」

練は上目遣いに誠一の顔を見た。

「殴りたいんだろう？　俺を殴り倒して、皐月と逃げるか？」

誠一はぶらぶらさせていた足の先を伸ばして、練の持っていたグラスの中に親指をひたした。笑いながら、足の指で酒をかきまわしている。

指がグラスから出され、誠一は目を細め、唇を少し笑いで歪めたまま練の顔を見ていた。練は躊躇《ちゅうちょ》せずにグラスの酒を飲み干し、ついでに、誠一の足の指についた酒も舐《な》めてしまった。腹の中でもやもやしていた怒りが噴き出して来る。テーブルの上からボトルを掴《つか》み取ると、誠一の足首から下全体にどぼどぼとかけた。そして、足の裏にしゃぶりついた。

どうとでもしろ。殺したいなら殺せ。それで終わりならせいせいするさ。

顎《あご》に何かが当たった。誠一が蹴ったのだ。練のからだは後ろに飛び、頭がテーブルの足にぶつかって、ゴツン、と大きな音をたてた。

衝撃が腹に落ちる。誠一の足が、練の腹を真上から踏みつけていた。腹をかばう暇もなく脇腹が蹴られ、横になって逃れようとすると尻の間から急所を蹴り上げられた。声も出せないままのたうち回っていると、誠一が覆いかぶさって来た。絨毯《じゅうたん》でも床の固さが背骨をきしませる。

「まったく、何て野郎なんだ」

誠一はげらげら笑っていた。

「おまえは脳味噌《のうみそ》が足りないのか？　逆らわずに素直にしてりゃあ、お姫様みたいに暮らせるのによ。しかし最高だな、おまえは。そっちがその気なら望み通り、虐《いじ》め殺してやってもいいんだ。どうせ俺が拾わなけりゃ、今頃は無縁仏だもんなぁ」

誠一は酔っていた。もともと酒はそれほど強くない。

酒臭い息が顔にかかる。練は顔をしかめた。その途端、頬を張られた。

「嫌そうな顔してんじゃない」

もう一度、今度は反対の頬。

「男娼《だんしょう》ふぜいが！　おまえのからだは腐ったザーメンにまみれてたんだぞ、おまえはそれに嫌気がさして線路に寝たんだろうが。もう一度戻りたいなら、店に戻してやったっていいんだぜ、ただし今度は、表に看板出してるような店じゃなくてな、会員制の本物の秘密倶楽部《クラブ》はどうだ、うん？　バケツ一杯のクソに頭突っ込まれて、尻の穴に電流を流されるような、そんな仕事だってあるんだからな、本物のマゾでなけりゃ勤まらないようなところがな。どうだ、本気で殺されても構わないと思ってるんだったら、明日からそういうとこで働くか。どうするんだよ、え？」

誠一は練の髪を摑んで頭を揺さぶり、床に何度も叩《たた》き付けた。

練はすすり泣きしていた。失語症にでもかかったように、言葉が出て来なかった。謝って懇願して、赦《ゆる》しを請うつもりでいるのに、それが言えない。

このまま殺してくれたらいいのに、と、それだけが頭の中にあった。拾わないでくれたら良かったんだ。あのままにしておいてくれたら。

「目を開けて、俺を見てみろ」

誠一の声が異様なほど静かに響いた。練は目を開けた。馬乗りになっている誠一が見下ろしていた。

「底なしだな」

誠一は、観察するように練の瞳《ひとみ》を覗《のぞ》き込んでいた。

「おまえの絶望は底なしだ。ただ真っ暗で、無意味なだけだ。過去に何があったか知らないが、おまえは負け犬になってこの世から消えるんだ、このままだとな。無抵抗主義か。それもいいさ。だが、おまえをそこに追い込んだ奴らは今頃、楽しい晩餐《ばんさん》の真っ最中かも知れないんだぜ。おまえ、悔しいとは思わないのか？　それともおまえは、勝手にそこまで堕《お》ちたのか？　誰にも恨みはないって言うのか？」

練の脳裏に、あの男の顔が浮かんだ。あの、何もかもが暗転した朝にアパートの部屋の玄関に立っていた、あの男の顔が。

あの日からその顔は、練の心の奥底にいつも漂い続けていた。そして、ふとしたはずみに浮き上がっては、練の心臓を鷲摑《わしづか》みにした。

それが憎悪なのだとは、練は思わなかった。憎しみとは別の何かだった。強いて呼ぶなら、懐かしさに似ていた。

「誰のことを考えている？」

誠一が訊《き》いた。練は答えなかった。

誠一は、練の握った拳《こぶし》を摑んだ。

「おまえは、こいつの使い方を覚えないとならないな。いいか、練。男はな、最後にはこいつなんだ。邪魔ならぶちのめせ。それしか前に進む方法なんか、ありゃしないんだ」

誠一は、練の腹の上に跨《また》がって座ったまま、テーブルに手を伸ばして煙草入れを手に取った。一本抜き出してくわえ、卓上ライターで火を点《つ》ける。

吐き出した煙が練の目に染みた。

誠一は言った。

「チャンスをやる」

「一ヶ月以内に、俺を感服させてみな。俺が、参りました、って言うようなことを何かしてみろ。なんでもいい。俺を殴り倒してみせてもいいし、皐月を連れて逃げてもいいぞ。ただし、捕まえれば二人とも殺す。何だっていいから、おまえを生かしておきたいと俺が思うようなことをやってみろ。それができなかったら、おまえは売り飛ばす。本物の変態奴隷としてだ。おまえの絶望につきあってやるのは、あと一ヶ月が限度だ。もし成功したら、自由にしてやる。正真正銘、自由の身にな」

1995.10 ―7―

1

「ついに尻尾《しっぽ》を摑《つか》みましたね」

相川は舌舐《したな》めずりをする犬のような顔で言う。麻生は、こいつにこそ尻尾があるんじゃないのか、と思って腹の中で笑った。

「それにしても幸運だったな。これで相手の男の顔が、ばっちりわかる」

相川が机の上に広げたのは、何枚かの大判の写真だった。

韮崎誠一が殺された日の午後、幸運な偶然で、ある女性誌がグランクレール東京の特集で撮影に来ていた。ホテルの宣伝担当からそのことを聞き出した捜査本部は、女性誌の編集部に対して、取材中に撮影した総《すべ》ての写真を提供してくれるよう協力を要請した。捜査本部に届けられた写真は四十枚ちょっとだった。そしてその中に、コーヒーショップで談笑している皆川幸子の姿が小さく写っているのを相川が見つけ出したのだ。談笑の相手は中年の男性で、横顔だけだったが顔もはっきりと判る。

「これを突き付けて、相手の男が誰なのか吐かせましょう」

「それはいいが」

麻生は写真をじっと見つめた。

「ホテルのコーヒーショップで男と会っていたってだけで、皆川幸子を引っ張れるわけじゃない。もし皆川幸子が事件とは無関係にただ浮気していただけだとすると、そのことが組にバレて彼女が痛い思いをするようなことになったら寝覚めが悪いな」

「わかってます」相川はやっと、いくらか冷静さを取り戻して言った。「もちろん、慎重に事情聴取します」

「そうしてくれ」

麻生は写真を袋に戻して相川に放った。

「はっきり言って、俺は韮崎が死んだことを残念だとは思ってない。生き残った人間を不幸にしてまでも韮崎の仇《かたき》を討つつもりは、ないからな」

相川の背中が部屋から消えたところで、麻生は山背に呟《つぶや》いた。

「どうなんだろうな」

「皆川幸子の線ってのは」

「材料がね、浮気だけじゃね」

山背は腕組みした。

「もちろん、浮気してるってことを韮崎に知られたら命がないと思えば、それを理由に韮崎を殺すことだって考えるかも知れないが……龍さん、だけど問題はさ、エモノでしょ、やっぱり」

麻生は頷《うなず》いた。

「そういうことだな……医療用のメス。皆川幸子とメスが繋《つな》がらなければどうしようもない」

「個人的な勘で言えば、皆川幸子よりあの、黒田ゆりとかいう女の方が面白そうなんだけどなあ。道警から何か返事はあったんですか」

「ゆうべの今日だからな。ススキノのソープ嬢の情報を得るには、数日かかるだろうさ。ともかく、江崎達也は徹底マークで頼む」

「三人張り付かせてまっせ」

山背が笑った。

「だけどその意味だと、いちばんの問題児はやっぱ、長谷川環かな」

「その問題児の素性なんだが、どうなんだ、わかりそうなのか」

「わかったような、わからないような」

山背は大袈裟《おおげさ》に肩を上げ下げした。

「イースト興業に提出した履歴書に記載された事実の内、明らかな嘘だと判明したものは今のところない、なんて書いてありまっせ、四課からの報告書には。それによれば、生まれは京都府、現在の年齢は二十七歳、高校中退後上京して水商売」

「何もわかってないのといっしょだな」

「そういうこと。まあね、戸籍まで調べたところで、戸籍簿には顔写真が付いてるわけじゃないからね。本人がその気になれば、赤の他人に成り済ますことなんかそう難しいこっちゃない。いちおう、所轄の人間に頼んで戸籍から住民票まで遡《さかのぼ》って追跡はさせてるけど、最終的に本人だと確認するんなら、顔写真持たせて捜査員を京都に送らないと駄目でしょう。しかし龍さんの勘ではどうなんです？　あの女」

「大嘘つきには間違いないと思う」

麻生は顎《あご》を手でひねった。

「しかし……うまく表現できないんだが、どうもストレートなところから湧いて出ている嘘ではないような感じだったな。何と言えばいいのか……根の深い嘘。俺に悪ふざけしてまで嘘をついたあの女の心情は、実は相当せっぱつまってたんじゃないか……そんな印象を持ってる」

「龍さんの勘は神の声だからな」

山背はぼそりと言った。

「これまではずれたのを見たことがない」

「買いかぶりだよ」

麻生は笑ったが、山背の表情は変わらなかった。

＊

「それ、どんな人でした？」

高山春子の表情がはっきりと変わったのを見て、須山友美は後悔した。やはり、言わずに黙っていればよかったのだ。誰だって自分のことをあれこれ詮索《せんさく》している人間がいたと知って気分のいいわけはない。

「どんなって……太ったおばさんよ……中年よりちょっといってるかなってくらいの」

「右目の下に、大きいほくろ、ありませんでした？」

春子にそう訊《き》かれて、友美は必死に思い出そうとした。すると、記憶の中で確かに、あのおばさんは目の下にほくろがあったわ、と感じた。

「あったと思う」

「そう」

春子はひとりで合点したようだった。

「知ってる人？」

「……たぶん。で、そのひと、いったいわたしの何を訊きたがってたんでしょう？」

「あのね、お姉さんがいないかとか、そういうことだったけど」

「姉が？」

「そう言ってたわ。だから、妹さんならいると聞いてますけどって答えておいたの……いけなかった？」

本当はそうではなかった。その妹と近くの喫茶室で待ち合わせしているところだ、ということまで教えてしまったのだ。だが友美は、そのことについては黙っていることにした。

「……いけないなんてこと、全然ありません」

春子はやっと、笑顔になった。

「ただ、もしわたしの思っている人だったのなら、気づいてちゃんと挨拶《あいさつ》できたら良かったのにな、と思っただけです」

「ごめんなさい。何だか急いでるっていうか、そわそわした感じだったのよ。待ち合わせでもしていたんじゃないかな」

「きっとそうですね」

春子は休めていた手をまた動かし始めた。

「わたしの方から連絡してみます。ありがとうございました、教えていただいて」

春子がまた、いつもの淡々とした調子で仕事に戻ったので、友美はホッとした。

十時から三時までのパートタイムとはいえ、春子はこのテナントにとって貴重な戦力だった。

ともかく客受けがいい。天性の売り子とでもいった感じで、新しくやって来た客の心を瞬く間に摑《つか》んでしまう。そばで注意して聞いていても、特に強引な売り方をしているわけではないのだが、いつの間にか客の方がその気になって、高額な商品を喜んで買っている。

もしかしたら、水商売の経験があるのかも。それも、そのへんのスナックなんかに勤めたとかいうのではなくて、もっと格が上の、たとえば超高級クラブのホステスとか。

だがそれにしては、女性客の受けがとてもいいというのは不思議かも知れない。水商売の経験のある女性は確かに客あしらいが巧《うま》いが、女性客の中にはそうした「匂い」に敏感に反応して毛嫌いする人も多いので、必ずしも婦人服の売り子に向くというわけではないのだ。

いずれにしても、今春子に辞められてしまったらはっきりと売り上げ成績に響くことは確実だ。テナントとはいえ一流デパート内の出店の店長になり、ここで成績を伸ばせば、念願だったニューヨーク店への転勤も可能になるかも知れない、いわば踏ん張りどころ。春子を失うことだけは避けなければ。

だがどうしたら確実に、春子をこの店に繋ぎ止めておくことができるのだろう。

正社員にならないかという誘いも断り、時給を上げるという話も、まだ見習いですから、と辞退されてしまった。いったい彼女が何を考えているのか、いまひとつわからない。

友美は、てきぱきと値札を付け替えている春子の指先を見つめながら、お願い、まだしばらくは辞めないでね、と心の中で春子に懇願した。

＊

「もちろん、無理にお話しいただかなくてもけっこうなんですがね」

相川、という刑事は歳はまだ三十になるかならないかぐらいなのだろうが、そのどちらかと言えば童顔の部類に入る人なつこい顔とは対照的な、鋭く意地の悪い視線で幸子を見ていた。

幸子は、目の前に広げられた写真を見つめた。

運が悪いのは今に始まったことではない。小さい時からだ。そのことについては諦《あきら》めに似た感情を、幸子は持っている。

たった一度だけ、運が上向いたと感じた日があった。東都テレビのバラエティショーで、マスコットガールを募集したコンテストに、準優勝したあの日。遠い、遠い昔だ。

だが上向いたと思っていた運はすぐに下降した。

出だしは悪くなかった。二、三の番組にアシスタントのような仕事で使ってもらい、そこそこ人気が出てドラマにも出演した。有名な男優と恋の噂までたてられたこともある。

だが本物の恋をして躓《つまず》いた。ほとんど初恋と言ってよかった相手は大物の映画プロデューサーで、遊ばれているとわかっていても離れることができなかった。本気で惚《ほ》れていた。

だからこそ、妻の座に座りたいと願った。それがそんなに罪なことだったのだろうか。

気がついた時には、周囲の空気は冷《つめ》たく冷《ひ》えていた。幸子のことが鬱陶《うっとう》しくなったそのプロデューサーが、幸子の仕事を妨害していると知ったのはずっと後になってからのこと。四面楚歌《そか》の雰囲気の中で、幸子はただ漠然と、自分の運の悪さを再認識していただけだった。

やがて、まともな仕事は何もなくなった。二年近く、地方の遊園地や温泉場で前座をさせられた後、やっと来た仕事はビデオ映画で、台詞《せりふ》は一言、後はほとんど裸で男たちに犯されているだけだった。それでも、その仕事さえきちっとこなせば、まともな仕事を貰《もら》えるのだと事務所に説得されて出た。幸子のヌードは評判になり、そのビデオはよく売れた。そして約束などひとつも果たされず、次に来た仕事も画面に映っている間中、服を脱いでいなければならない類《たぐ》いのものだった。幸子は断った。マネージャーが幸子に罵声《ばせい》を浴びせた。その晩、幸子は風呂《ふろ》で手首を切った。

掛川エージェンシーに移籍したのは、金銭トレードのような裏取り引きの結果だった。幸子は異議を唱えなかったが、掛川社長と初めて面談した時に、脱ぐ仕事をしなければならないのなら、引退する、と宣言した。掛川潤一は、君は脱ぐ以外に他のタレントより優れていると自慢できる芸を持っているのかな、と幸子に訊いた。幸子は、敗北を悟った。引退したいむねを書いた書面を掛川潤一に渡した翌日、赤坂のクラブに呼び出された。そこで、韮崎誠一と初めて出逢《であ》った。

物静かな男だった。酒が入ると陽気に大声を出す掛川社長とは対照的な、典型的なインテリに見えた。幸子に興味があるともないともわからない、淡々とした態度だった。だが掛川社長が匂わせてくれたおかげで、それがいわば「お見合い」なのだということは判った。掛川エージェンシーは、けっこうな移籍料を前の事務所に払って幸子を買い取っていた。もちろん、元アイドルのヌードを最大限に売って儲《もう》ける算段だったのだろう。だが幸子が引退してしまえば、払った金は無駄になる。いくらかでも損を回収したいと考えて、掛川は韮崎の愛人として幸子を売ることを思いついたのだ。選択権は幸子にもあった。掛川は無理に女を売り飛ばすような人間ではなかったし、幸子もまた、個人的な借金を事務所にしていたわけではない。だが引退してしまうと収入がなくなる幸子にとって、三十歳を目の前にこれから働き口を探さないとならないという現実は重い。ましてや、まがりなりにも芸能界で生きて来て、それなりに華やかで贅沢《ぜいたく》な暮らしを知ってしまった身だった。結局、幸子は承知した。韮崎がヤクザだということも聞かされた上で、韮崎の愛人としてかこわれることを承諾したのだ。

韮崎を憎んだことは一度もない。幸子にはいつも、本当に優しい男だった。ただ、あまりかまって貰えなかった。幸子の部屋を訪れるのは、月によくて、二度。時には三ヶ月以上も音沙汰《おとさた》ないことすらあった。最初はなぜ韮崎が自分を愛人にと望んだのか、幸子にはよくわからなかった。だが次第に、掛川潤一との友情の為ではないか、とわかって来た。

掛川が持ちかけた話を断らずに受けたことで、韮崎は掛川の経済状態をいくらか助けたことになるのだ。それがどの程度の金額なのか、誰も教えてくれなかったので知りようはなかった。ただ、数百万という桁《けた》だというのは薄々わかった。

そう知ってしまうと、無性に淋《さび》しかった。

韮崎の心はいつまで待っても自分の方へと向かない。そして、女の若い季節、花の時期は毎日毎日、ただいたずらに過ぎて行く。

韮崎は、おまえの横顔が好きだ、と言ってくれた。だから、韮崎のそばにいる時はいつも、横に座った。

韮崎の瞳《ひとみ》の中に映っていたのが誰だったのか、幸子は知らない。

「どうなんですか」

しびれを切らしたように相川が声を大きくした。

「この、あなたとご一緒におられる方はどこのどなたで、あなたたちはここで何をしていたのか、そしてなぜ、我々に正直に話していただけなかったのか。皆川さん、我々もあなたの生活やプライバシーについてはできるだけ尊重する所存ではおるわけです。なるべくなら、どんな事実があなたの口から出たとしても、それが外に漏れないように取り計らいたい。しかしあなたが何も教えてくださらなければ、我々は自分の手で知りたいことを調べるしかなくなる。その際に我々が掘り出した事実をあなたの為に伏せるということは、正直なところ、難しいんじゃないかと思う。だからこそ、今ここで、話してくださいとお願いしているわけですよ。おわかりですよね、皆川さん」

この男はあたしを脅迫しているのだろうか。

幸子は、ぼんやりと思った。

「このひとは」

幸子は、なぜなのかおかしくなって、笑った。

「恋人です。愛しています」

2

「それでは、そういうことで」

電話を切ってからも、麻生はしばらく受話器を見つめていた。弁護士の藤浦勝人は、なぜなのか、電話では何もお話しできないの一点張りだった。ともかく事務所に来てくれ、会って話したい、と。

ただ、山内の裁判の時に何があったのか教えて欲しいと言っただけなのに、あの狼狽《ろうばい》振りはいったい、どういうことなんだろう。

ともかく、何かが起こったのだ。自分が今まで知らずにいた何かが、自分が逮捕した容疑者の裁判で起こっていた。自分だけが今まで何も知らずにいた、何かが。

考えていても仕方がない。すべては明日、藤浦に会って直《じか》に聞き出せばわかることだ。

麻生は一度自分の頰を掌《てのひら》でぱちんと打ってから、椅子を立った。不眠はそうこたえていなかったが、捜査がまったく進展しないのには参りかけている。捜査会議では毎回おびただしい新情報が提出されるのに、その中のどれひとつとして、麻生の直感に触れるものはなかった。

もっとも、麻生自身は自分のそうした「感覚」については、山背が言うほど信頼をおいていない。肝心なものはあくまで、証拠だ。それも情況証拠なんかじゃ話にならない、直接証拠が揃わなければ意味がない。

たとえば、凶器。

犯人は韮崎の喉《のど》を切り裂いたメスをどうしたのだろう？　どこかに捨てたのか。だとしたらそれはどこだ？　それとも、後生大事に抱えているのだろうか。どうやって？　メスは小さい。どうやったって隠せるさ。そうなったらお手上げだ、ホシがあがるまでどこからも出て来やしないぞ、いや、そうじゃない。それだったら万々歳じゃないか。ホシをあげた時凶器も一緒に見つかれば、それは立派な直接証拠だ！

韮崎の泊まっていた部屋に出入りするホシを目撃した奴は、ほんとにいないのか？　なんでいないんだ。宿泊客はみんな本当のことを言ってるのか？

だいたい、韮崎があの晩最初に会っていた人物は、どこの誰だ！

春日泰三は口を割るだろうか。いくら及川でも、春日組の大親分にして昭和を代表する仁侠《にんきょう》の一人、春日泰三をそう簡単に従わせることができるとは思えない。おまけに相手は病人で、入院している身の上なのだ。無理をすればいざ裁判になった時、病人を脅して無理に喋《しゃべ》らせた証言は無効である、なんてことになりかねない。

内線が鳴った。静香だった。

「あの」

静香は躊躇《ちゅうちょ》していた。

「……女性の方からなんですけど」

槙だろうか。槙なら職場に平気で電話して来たりはしないはずだが。

麻生は大部屋の真ん中あたりの自席にいる静香を見た。静香は受話器を持ったまま麻生を見ていた。

「名前は？」

「おっしゃらないんです」

「俺を指名してるのか」

「はい。直通で入って来てるんですけど」

「ともかく、繋《つな》いでいいよ」


「もしもし？」

麻生が声を出すと、受話器の奥で小さな溜息《ためいき》のような音が聞こえた。

「もしもし、どちら様でしょうか。わたしが一課の麻生ですが」

「……香田《こうだ》と申します」

名字にまるで聞き覚えがなかった。

「香田雛子です」

「……申し訳ない、どちらの香田さんなのか、ちょっと……」

「練の姉です。十年前、お会いしております……世田谷で」

＊

一目見た途端に総《すべ》ての記憶が一気に甦《よみがえ》った。それほど印象的な顔だった。

何よりも、弟にそっくりなのだ。だが似て非なるもの、という表現がこれよりぴったり来るケースは他にない、と思えるほど、違ってもいる。

正直、十年前にもその美しさに見惚《みと》れた覚えがあり、今こうして目の前にしてみると、十年の歳月がこの女性の上では決してマイナスに作用せず、あの頃よりももっと、その魅力を増しているようにすら感じられた。

やわらかな色合いの髪を潔いおかっぱに切りそろえているので、余計な色香を計算していない分、凜《りん》とした清々《すがすが》しさのある顔立ちが引き立っている。化粧はとても薄いのだが、年齢がほどよく感じられる程度にされているので、だらしなさもなく、長い睫《まつげ》は自然に伏し目がちな輪郭を瞳に与えて、もの悲しさを感じるほど、はかな気だ。だがその睫の奥の瞳は強い光を放ち、麻生を真直ぐに見つめていた。

切れ長なのに大きく見える目。小振りで華奢《きやしや》な鼻。ふっくらとした唇。尖《とが》って細い顎《あご》。長い首。

これほど似ているのに、あいつはあくまで男だったし、この人はどこまでも女だった。


「十年経ちましたか」

麻生は選ぶ言葉が思いつかずに言った。

「早いものですね」

「長い歳月でした」

逆らうというのではないが、はっきりと、雛子は言った。

「わたくしたち一家には……あの子と、わたくしや母には、本当に長い歳月でした」

「いや、すみません……言葉が足らなかった」

「気になさらないでください。麻生さんたちにとっては、たくさんある仕事のひとつでしかなかったわけですから……弟のことなど忘れていらしたとしても、当たり前です」

麻生は内心、少しうんざりした。気にするなと言いながらもこの人は自分を責めている。その気持ちはわからなくはないが、結局は逆恨みじゃないか。

「正直なところ、確かに、忘れていました」

麻生は言った。

「だが思い出さざるを得ない事態になってしまった……残念です。彼ならばきちんと更生して、まともな人生に戻ることはいくらでもできたはずなんですが」

「そうかも知れませんね」

雛子は頷《うなず》いた。

「わたくしも……何度あの子を説得しようと試みたか……あの子は、暴力団の片棒を担ぐようなことのできる子ではなかったんです。でも……そのことは今、麻生さんと話し合っても仕方のないことですわ。わたくしが今日、麻生さんをお呼び立てしたのは別のお願いをする為です」

「……お願い、ですか」

「さきほどわたくしがご連絡差し上げる直前に、藤浦先生と電話されていらっしゃいましたわね、麻生さん」

「あ、はい」

「あの電話を藤浦先生がお受けになった時、わたくしも先生の事務所におりました。それでその……電話の相手が麻生さんだとわかって……どうしても、お願いしておいた方が、と」

雛子は運ばれて来た紅茶をひとくちすするまで、次の言葉を出さなかった。麻生も黙って待った。

「手を引いていただけませんでしょうか」

雛子の口をとうとうついて出た言葉に、麻生は驚いた。

「手を、引く？……何から、ですか」

「世田谷の事件からです、もちろん」

雛子は顔を上げ、真正面から麻生を見つめた。

「あの事件の裁判について、もう調べようとはなさらないでいただきたいのです」

麻生は黙ったまま、雛子の視線を受け止めた。雛子は麻生が何も言わないのを見て、一度深呼吸するように肩を上下してから続けた。

「この十年間、あなたは一度もあの裁判について調べようとはなさいませんでしたよね？どうして今になって、藤浦先生に電話したりなさったのでしょうか。先日殺された韮崎という暴力団幹部があの子と密接な関係があったことは、知っております。麻生さんはあの子が韮崎という人を殺したと疑い、その容疑を固める為に、過去のあの子の犯罪に関する事柄を調べている。そう解釈してもよろしいでしょうか」

麻生はコーヒーに口をつけてから言った。

「捜査に関する事柄を無闇に話すわけにはいきませんが、もちろんいきません。誓って言います。藤浦氏に電話をしたことは、韮崎事件の捜査とは無関係です」

「でしたら」

雛子が身を乗り出すようにしてテーブルの端を摑《つか》んだ。

「でしたらもう、触らないでください。お願いします。あなたは警察の方です。あなたが動けば、他の警察の人たちも気づきます。そうすればかならず妨害しようとするでしょう」

「妨害?」

「誰だって身内は可愛いですわ」

雛子の瞳《ひとみ》は涙で光っていた。

「庇《かば》おうとしたとしても、それは仕方ありません。でも今はまだ、わたくしたちにも時間が必要なんです!」

「香田さん。申し訳ないんですが、おっしゃっていることの意味がよくわからないのですが。警察があなた方の何をいったい、妨害しようとすると思われるんですか」

雛子は口をつぐみ、背中を椅子に預けるような姿勢になった。麻生には、雛子がひどく苦しんでいるように見えた。雛子はしばらくそのままじっとしていてから、半ば天井に向けて、細く、長く息を吐いた。

「麻生さんは……本当に何も御存じではないんですね……ないからこそ、十年間何もなさらなかった」

「何を知っているのかいないのかは、あなたが何のことについて話しているのかわかれば、自分でも判断ができるんですがね。しかし、今の状態ではまるで謎かけだ」

雛子は姿勢を戻した。その顔には不思議な微笑が浮かんでいた。

「ひとつ、教えてください。韮崎事件と無関係だとおっしゃるのでしたら、どうして今になってあの子の裁判について調べようなどと思いつかれたのでしょう?」

「理由は」

麻生は考えて言葉を選んだ。

「二つあります。第一に、彼が実刑を受けたことが腑《ふ》に落ちなかった」

「判決が確定したのは十年前です。今になって実刑だったのが腑に落ちないだなんて……」

「それについては言い訳しません。要するに、わたしは知らなかったんです。あの事件の直後にわたしは研修を終えて本庁に戻ってしまいました。わたしの見込みでは、あのケースで実刑にはならないだろうと思っていた。それが実刑だったと知って、なぜ量刑がそんなに重かったのだろうと疑問を抱いたわけです。第二の理由としては、彼が余りにも変貌《へんぼう》していたことに衝撃を受けた、ということがありました。あの事件から後、彼がどんな人生を歩んだのか知りたいと思ったわけです。何が彼をあれほど変化させてしまったのか。彼の変化の原点に、あの事件の裁判がある、そんな気がしました」

「変化の原点が……あの裁判……」

雛子は麻生の言葉を繰り返した。

「……原点が……」

「違いますか？」

麻生の問いかけに、雛子は一度大きく頷いた。

「もちろん、違います。あの子の変化の原点は、麻生さん、あなたの誤認逮捕です」

3

廊下の向こう端から女性が歩いて来る。

初対面なのに、誰なのかすぐにわかった。

不安げな顔で見上げる瞳には涙が溜《た》まっていた。

麻生は、どう言葉をかけていいのかわからずに、ただ頷いた。彼女は手に提げていた紙袋を麻生に向かって差し出した。

「下着だけ、と言われたのですけど」

麻生はもう一度頷いて、紙袋の中を覗《のぞ》き込んだ。確かに、下着しか入っていない。

「弟には会わせていただけないのでしょうか」

姉の声は切なかった。

「何かの……きっと何かの間違いだと思うんです。あの子はそんな……そんなことのできる子ではありません」

「まだ取調べの最中ですから」

麻生はやっとの思いで言った。

「調べが済むまでは……これはお預かりいたします」

「逮捕されたと」

「はい。午後二時三十分に逮捕状が出ました」

「間違いです！」

姉は、半ば叫ぶように言った。

「間違いなんです……絶対に。あの子にはできません……喧嘩《けんか》ひとつしたことがない子なんです。それが……それが女の人を襲っただなんて……」

麻生はそれ以上その女性と会話することが苦痛で、話を打ち切るようにからだの向きを変えた。

「ともかく、弁護人の準備をされた方がいいと思います……たぶん、明日には送検ということになりますから」

振り返る勇気はなかった。

麻生の背中で嗚咽《おえつ》が聞こえた。

*

ほとんど瞬時の回想から覚めると、目の前にまだ、彼女はいた。

「誤認逮捕、とおっしゃいましたか」

麻生は、自分の声が掠《かす》れているのに気づいた。

「彼は自白しました。判決が出た後で控訴もしなかった。裁判は一審で終わっています」

「そんなことは、わかっております」

雛子の声は冷たく聞こえた。

「控訴しなかったからと言って、罪をすべて認めたということではありません。控訴できなかったのです……すみません、それについては麻生さんに責任はありません……わたくしどもの家庭の問題ですから。ただいずれにしても……わたくしと、それから藤浦先生は、あの子の無実を今でも信じております……あなた方の逮捕は間違っていたと、考えております」

「とうてい、受け入れられない意見だ」

麻生は煙草を取り出した。吸っても構わないかと雛子に訊《たず》ねる心の余裕はなかった。

「何よりもまず、被害者とその他に目撃者が、彼の犯行だったと証言しています。被害者だけがそう言い張っているのならば嘘をついているという可能性も考えられますが、あの事件では、被害者を救出した目撃者がいたわけです。もちろん、被害者とその目撃者の関係については、こちらとしても慎重に調べたつもりです。二人に接点はなかった」

「弟は任意同行から三十時間あまりで送検されていますよね。そんな短い時間でどれだけ正確なことが調べられたのでしょうか」

「送検されてからも、裏付け捜査はちゃんとしているんですよ。裁判でその点が争点になることはあらかじめわかっていましたからね」

麻生は怒りを押し殺して静かに言った。

「被害者と目撃者の間に接点はありませんでした。それと、情況証拠は他にもたくさん出たんです。被害者を襲ったカッターのルミノール反応や、現場に残されたスニーカーの跡と、彼のアパートにあったスニーカーの裏底の形状の比較など」

「そんな情況証拠など、何の意味もありませんわ」

雛子の口調は冷笑に近かった。

「カッターもスニーカーも普及品だったはずです。ルミノール反応は自分で指を切った血が付いていても出ます。実際、弟は裁判で、事件の前夜にダンボール箱を処分しようとして、指を怪我したと言っています。弟の指に傷があったことも確かでした」

「香田さん」

麻生は少しだけ口調を強めた。

「そうした点は正直なところ、いくら議論しても水掛け論ですよ。だからこそ、裁判で出た判決を尊重する以外にないわけです。ご家庭の事情がどうだったのかわたしは存じあげないが、もし無実だったのだとしたら、控訴しなかったというのはどう考えてもおかしい。しかも彼はすでに刑期を終えて出所し、その後も再審の請求をしているわけではない。もちろん、あなたやあなたの御家族が彼の無実を信じるのは勝手です。それを我々が咎《とが》める権利はない。しかし、今ここでわたしに対してあの時の逮捕は誤認だったと指摘されても、わたしは受け入れるつもりはまったくない。この話には進展は期待できませんよ」

「あなたに受け入れて貰《もら》えないのは最初からわかっています」

雛子は真直ぐに麻生を見つめたままだった。

「ですから、こうしてお願いしているんです。あなたがあの時の逮捕は間違っていたと思って下さるのでしたら、手を引いて下さいとお願いする必要はありません。あなた方警察は、決して認めて下さらない。それは承知しています。それならばそれでいいんです。ただ、わたくしたちのしていることを妨害されたくない。それだけです。わたくしたちには警察のような権力も組織力もありません。ひとつずつ事実を掘り起こして、やっとあの事件の真相がわかり始めたところなんです。今警察に介入されてしまえば、何もかも終わります」

「まだよく呑《の》み込めないが」

　麻生は二本目の煙草に火を点《つ》けた。

「つまり、あなた方がやっていること、というのは、あの事件の真相とやらを探り当てることだ、と解釈してよろしいのかな。そしてわたしが調べ始めると警察が動き、あなた方に不利になるので、調べるな、と」

「そう考えていただいて結構です。ともかく、お願いですから興味本位であの事件に触れないで下さい。あの子が昔となぜ変わったのかなど、あなたにいったい、何の関係があるのですか？　この十年まったく気にもしていなかったのに、今になってどうして、わざわざ藤浦先生に会ってまで昔のことを調べようなどとなさるのですか？　はっきり申し上げます。迷惑なのです。困ります。わたくしたちは、真相に近づく為に何年もかけて来ました。そしてやっと、おぼろげながら、どうしてあの子が逮捕されることになってしまったのかわかって来たところなのです。警察にとって、冤罪《えんざい》を立証されてしまうことがどれほどのダメージになるかは理解しております。こんなことは申し上げたくありませんが、冤罪事件の裁判で、検察と警察がすすんで誤りを認めたという例は、わたくしは知りません」

　麻生は、しばらく黙ってコーヒーをすすった。雛子も麻生の言葉を待って黙っていた。

コーヒーがひどく苦く感じる。

「わたしは」

麻生は息を吐き出した。

「自分の仕事に対してプライドと自信とを持っています。十年前の事件は冤罪などではない。そう信じています……あなたが何とおっしゃろうと。しかしあの事件と裁判については触れてくれるな、と言われれば、触れません。わたしにとっては……こんな言い方はあなたの癇《かん》に障るかも知れないが、あの事件はとっくの昔に終わった事件だ。それにもう一度触れようとすることは、興味本位と言われてしまえば、どう言い繕っても興味本位には違いない。しかし、藤浦弁護士はわたしと会うのを承知してくれました。あなたの言葉を尊重しないわけではないが、わたしはやはり、藤浦さんに会って確認したい。彼もまた、あなたと同じ考えなのかどうか……そして、その最大の根拠はいったい、何なのか」

「もし」

雛子の表情が微妙に変化した、と麻生は思った。

「もしも、藤浦先生の話を聞かれて、それで納得されたとしたら……あなたの逮捕が間違っていたと認めざるを得ないことに気づかれたら、麻生さん、あなたはどうされますか？……わたくしたちの味方になっていただけますか？」

「味方になるとかならないとかの問題じゃない」

麻生は煙草を灰皿で潰《つぶ》した。

「真実は必ず、ひとつしかないんだ。わたしのしたことが間違いだったなら、それを認めないなどということは、ゆるされない。だが、香田さん、わたしはあの事件に関しては、わたしが間違っていた可能性というのを想像することができない」

「想像できなくても」

雛子は言った。

「真実はひとつしかありません。あなたのおっしゃる通りに」

1989.11

「冗談じゃねぇんだよ」

田村はまるで誰かに監視されてでもいるかのように、ぐるっと首を回した。

「おまえ、頭おかしいんじゃねえの。韮崎さんに知られたら、俺、埼玉の山ん中に埋められちまうんだぜ」

「なんで埼玉なの？」

練はスコッチをグラスにどぼどぼと注いだ。

「なんでもいいの、そんなこた」

田村はグラスを摑《つか》んでぐいっと飲み、しばらく顔をしかめていてからミネラルウォーターで割った。

「ともかくおまえはもうよ、韮崎さんの愛人なんだろうがよ。立場ってもんわきまえねぇととんでもねぇことになるぞ」

「俺は誠一の愛人なんかじゃない。正式に解放して貰ったから、こうして別に暮らしてんだから」

練はカシューナッツを天井に向けて放り投げ、口で受け止めた。田村がそばにいるとなぜか、気持ちがリラックスする。

「それがよくわかんないんだけどさ」

田村は真面目な顔で訊《き》いた。

「おまえ、韮崎さんにかこわれてたんだろ。それがどうして、今みたいなことになっちゃったわけ?」

「なんかやってみろって言われてさ」

「なんか、ってなによ」

「なんでもいいから、驚かせてみろって。できなかったら売り飛ばすって言われたんだ」

「驚かせりゃよかったわけ?」

「感心させてみなってこと。俺が生きてんだか死んでんだかわかんない顔してたんで、イライラしたんだろ」

「それでおまえ、何やったのよ」

「大したことじゃない」

練はもう一度ナッツを放り投げたが、手もとが少し狂ってナッツは田村の頭の上に落ちた。

田村は練の言葉を待っていたのでそれに気づかない。練は笑いを嚙《か》み殺して言った。

「誠一がいちばん好きなものって?」

「いちばん好きなものをプレゼントしてやったのさ」

「決まってんじゃん。金」

「金って、おまえ、文無しで拾われたんじゃなかったの？」

「金ってのは、作れるもんなんだ」

練は、膝《ひざ》の上にある田村の頭に顔を近づけ、唇で直接カシューナッツを拾った。

「誠一が読んでる投資雑誌だとか経済新聞だとか、全然興味なかったんだけどさ、たぶん、あれで金が作れるだろうなって見当つけて、一週間ぐらいバックナンバーまで熟読したんだ。それで勝算があるとわかったんで、皐月ねえさんに頼んで、俺の代わりに株を売買して貰《もら》った。一ヶ月で、三千万にちょい足りないくらい利益が出たんで、それを現金でそっくり、誠一の前に置いてやった」

「嘘みてぇ」

それが田村の感想だった。

「なのになんでおまえ、ウリなんかやってたわけ。それもウンコ食って」

「食ってない」

練は田村の頭を膝から落とした。

「食わされるのが嫌だったから金作ったの。でも株で金作るには資金がいるんだよ。皐月ねえさんは、俺を助ける為に黙って金、貸してくれたんだ」

「で、韮崎さんはおまえに感心したのか」

「驚いた顔はしてた。でも誠一は負けず嫌いなんだ」

練は笑った。

「これができるなら五千万貸すから三ヶ月で倍にしてみろって言われた」

「また投資したわけ、株に」

「ううん」

練は田村の髪の毛に指を差し入れた。すっかり長く伸びているのに、懐かしい手触りだった。

「会社、作ったんだ。それで不動産、二回転がしたら二億になった。品川の土地でさらに、十億利益を出した。一ヶ月半しかかからなかった。ボロい話だ」

「そんで、自由にして貰えたわけか」

「約束だったから。なのに、誠一は嘘つきなんだ。未《いま》だにごちゃごちゃごちゃごちゃ、俺のやることに干渉したがる」

「そりゃ無理もねぇよ。おまえはいわばさ、金の卵を産むアヒルなんだしよ」

「アヒルじゃなくて、鵞鳥《がちょう》」

練は田村の髪に鼻を埋《うず》めた。二日は洗ってないな、と思う。それでも田村の匂いは好きだった。

「やめろってば」

田村は腕を伸ばして練の顔を押しのけた。

「だからそのノリは勘弁しろってばよ。俺、まじで韮崎さん恐いんだから」

「ここにはいないんだから、いいじゃんか」

「盗聴とかされてっかも知んないだろ。おまえはあの人の恐さを知らな過ぎんだよ。うちの親父さんだって、ほんとのとこは韮崎さんにビビってんだから。顔色一つ変えないでよ、人間焼き殺すんだぜ、あの人は」

「その話、知らないな」

「北村のことだよ。おまえ、ほんとに知らないの？」

「北村って、あの北村？　俺らと一緒に入ってた」

田村は頷《うなず》いた。

「二ヶ月くらい前だったか、利根川《とねがわ》の土手で黒焦げ死体で見つかったんだけどよ、解剖したら生きたままガソリンかけて焼き殺されたってわかったんだって。新聞に載ってたよ」

「誠一がやったって証拠とか、あるわけ」

「そんなもんあるわけないっしょ。韮崎さんは証拠残したりしないもんよ。だけど北村はよ、韮崎さんが欲しがってた稲村芸能って会社のオーナーでさ、しかも春日とは対立してた湯川組の若頭だったし、他に敵はいなかったらしいし。それにしたってよ、何も殺さなくたって稲村芸能をぶんどるぐらいのことは韮崎さんならできたはずだし、春日と対立してるったって湯川組なんてちっぽけな組なんだぜ。なんで生きたまま焼き殺すなんてことしたのか、よっぽど韮崎さんの機嫌を損ねるようなことやらかしたのか、それとも」

田村は言葉を切り、天井を見て黙り込んだ。

「それとも?」

練が促しても、田村はしばらく黙っていた。それから言った。

「……おまえのこと、なんか関係あるのかなぁ、なんてちらっと思ったんだけど」

「俺のことって?」

「おまえ、房の中でのこと、韮崎さんに言わなかった?」

話したような気もするが、記憶は確かではなかった。誠一のところにいた数ヶ月の間、練は無気力と諦《あきら》めだけの中で生きていた。誰と何を話していても上の空だったし、誰の言葉にも特に関心は持たなかった。誠一は練の過去について細かく質問することが多かったが、たいてい、食事やセックスの最中、あるいは酔っている時のぼんやりした会話の中でだったので、何をどう答えたのかよく憶《おぼ》えていないのだ。

「言ったかも知れないけど、でもなんでそれが関係あるのさ」

「関係あるかないかはわかんないけどな」

田村は頭を起こし、真顔のままでウィスキーをあおった。

「おまえ、北村のこと嫌いだったろ」

「まあ……好きじゃなかった」

「だからさ……おまえの為に、北村殺《や》ったんじゃないかな、なんてちょっとな」

練は笑った。

「誠一は一文の得にもなんないことはしない」

「得にはなってんだよ」

田村は頭を振った。

「北村がいなくなって、稲村芸能は手に入ったし湯川組はガタガタだもん。ただその、方法がな。……いずれにしたって、俺、まじにおまえとこうして会ってんの、ビビってんだよ。おまえ、俺のこと韮崎さんに何て言ったの？」

「いい奴で世話になったって言ったよ」

「それだけかよ」

「それだけって？」

「いや……いいけどさ」

田村は小さく溜息《ためいき》をついた。

「……いずれにしてもよ、俺、韮崎さん恐いよ。ほんと、まじで。生きたまま焼かれんのなんてまっぴらだもんなぁ……」

＊

「誰か来てたのか」

誠一は部屋の匂いでも嗅《か》ぐような仕種《しぐさ》をした。

「田村」

練はソファから動かず、グラスの酒を飲み続けた。

「珍しいじゃない、こんな時間に」

「ちょっとな」

誠一がネクタイをゆるめて放る。練は拾わなかった。ここは俺の家だ。

「神崎の植田、知ってるか」

「知らない」

「顔を憶えとけ。こっちの持ち駒になるかも知れん。こいつだ」

誠一が放った写真を、練は一度だけ見てテーブルの上に載せた。ヤクザの勢力争いなど、もともと興味がない。

「武藤の叔父貴《おじき》は知ってるのか、田村とおまえのこと」

「さあ」

「使えそうな男なのか、田村ってのは」

「どうだろ」

練は欠伸《あくび》をした。

「馬鹿じゃないけど、頭が切れるって感じでもないよ。あいつを利用して武藤さんに何か仕掛けるのは無理だよ。あいつ、武藤さんには忠誠誓っちゃってるから」

「叔父貴の時代はもう終わってる。あのやり方じゃ、生き残れない」

「でも使い途《みち》はあるでしょ、あの手の人って」

「まあな」

誠一はニャッとした。

「使い方を間違えなければな。それはそうとおまえ、月末までに三億、作れるか」

「月末って、二週間もないじゃん」

「無理か？」

「やれるけど」

練はもうひとつ欠伸をした。

「何に遣うのさ」

「金ってのはな、何にでも遣えるもんなんだ。おまえも金を作ることばっかりじゃなくて、遣うことを覚えたらどうなんだ」

「あんまり興味ないんだよね」

練はグラスの酒を飲み干してソファから立ち上がった。

「土地買ったり株転がしたり、博打《ばくち》みたいなことやってんのは面白いけどさ。でも今の景気はもう長続きしないよ」

誠一が練の顔を凝視する。

「どういうことだ？」

「限界が来てる。何にでも限度ってもんはあるでしょ。いくら駅前の一等地だからって、四十平米そこそこのマンションが数億円ってのは馬鹿げてる。みんな馬鹿げてるってわかっていてそれでも手が引けないでいるけど、いつか、誰かが手を引き始める。そうすると一斉にみんな手を引いて、残された奴がババを摑《つか》まされる」

「それはいつになる」

「まだわからない」

練は誠一に近づいた。

「だけどきっかけがあれば、崩壊は瞬時に始まる。ま、逃げ時を見失わないようにするしかないね……それより、これ何なんだよ」

誠一のシャツには薄赤い染みが付いていた。

「みっともねぇの」

「飲み屋の女に付けられただけだ」

「違うね。プロは客のシャツに口紅付けたりしないでしょ。あの若いのんとこか、今夜は。それで何、物足りなくて寄ったわけ？　そうゆうの、ヤなんだけど、俺」

「でかい口、叩《たた》くようになったな、おまえ」

誠一は長い指で練の顎《あご》を摑んで揺すった。

「自信を持つのは悪いことじゃない。だけどな、調子に乗り過ぎないようにしろよ。俺はそんなに気が長い方じゃないんだからな」

「知ってる」

練は顎を摑まれたままで笑った。

「だけどあんたに俺は殺せない」

「どうかな」

誠一も笑った。

「試してみようか？　うん？」

1995.10 ―8―

1

そこは、暗い迷路だった。

歩いても歩いても、どこにもたどり着けない気がした。永遠に、自分は歩き続けなくてはならない。

それ自体は苦痛ではなかった。何も考えずに歩き続けていられれば、その方がいっそ、楽だった。

だが、最後の瞬間は必ず訪れてしまう。

すべての物事に。すべての、時間に。

また同じ場面だ。彼女は思う。いつも、おしまいはここだった。

迷路を抜けたところに道路があった。夜の路上。人も車もいない。

無意味に光る信号機の青。点滅している。

急がなくちゃ。

急いで、急いで渡らなくちゃ!

腕が痛い。抱いている娘のからだが熱い。
どうしてこんなことになってしまったんだろう。昼寝から覚めた時は元気だったのに。
いきなりこんな高い熱が出るなんて。
インフルエンザなのかしら。

思考まであの時に戻っている。
毎回同じ。同じことを考えながら道を渡る。あの子を抱いて。
近づいて来る車の気配。
車は停まるはずだ。停まる……停まる……停まるはず……

衝撃が甦《よみがえ》った。
からだが宙に浮く感覚が戻って来た。
次に来るものもわかっている。

絶叫。
そして、恐怖と絶望と……

彼女は目を覚ました。

同じ夢を何度見ただろう。何度も何度も。

顔を横向けると頬の下に冷たく濡《ぬ》れた枕があたる。

どれだけ泣いたら、悲しみは消えてなくなるのだろう。

彼女は起き上がり、カーテンの向こう側に、明るい日射しがあるのを感じた。疲れを感じてベッドに横になったまま、眠り込んでしまったらしい。時計を見ると、まだ四時半だった。

時間にしてほんの三十分。それなのに、永遠の地獄を見た気がする。

そう……あれはわたしにとって、永遠の地獄なのだ……あの暗い迷路の果ての、点滅する信号。

電話が鳴った。

受話器の向こうから甲高い声が聞こえた。

「わかってるわよ」

彼女は答えた。

「わかってる」

受話器の奥の声は容赦なかった。彼女は腹が立っていた。

「作れっこないでしょう！」

彼女はとうとう、叫んだ。

「そんなお金、どうやって作ればいいのよ！　喋《しゃべ》りたければ勝手に喋ったらいいでしょう！　好きにしなさいよ！」

彼女は受話器を叩きつけるように戻した。

溜息《ためいき》。そして、また、溜息。

何とかしなくちゃ。

このままだと目的を達せられない。それでは何の為にやったことなのかわからない。どうしても、最後までやり遂げなければ。

彼女は、ぼんやりと頭の中にあった「計画」を実行に移すことを決心した。

「もしもし？　さっきはごめんなさい」

躊躇《ためら》わずに、電話口で言う。

「つい、イライラしちゃって。わかってるの、あなたにそのお金が必要だってことは。ええ……そうするわ。そうね……それで、いつがいい？　どこで待ち合わせたらいいかしら？」

2

「わたしのことはどうでもいいんだ」

中條辰也《なかじょうたつや》、という芸名をかつて持っていたその男は、挑戦的な目で相川を睨《にら》みつけた。

「だが、あんたたちだって理解できるだろ？　このことが表に出たら、彼女がどんなひどい目に……」

「その点は皆川さんとも話し合ったんですよ」

相川は、意識して抑えている口調で言った。

「結論から先に言わせていただければですね、あなた方が進んで真実を述べてくれた場合、このことが表に出る確率はそう高くはない。しかしそうでなかった場合には、逆にかなりの高確率で、関係者の耳にあなた方のことが知れてしまうだろう、ということです」

「警察が市民を脅迫するわけか」

中條は唇をゆがめて笑った。

「大したもんだ、まったく」

「何しろ、人がひとり死んでいるわけです」

壁に寄り掛かったままで麻生は言った。

「そしてその犯人が捕まらなければ、もっと大勢の人が死ぬ事態に発展しかねない状況がある。そうなると我々としても、やるべきことはやらなくてはならない。あなた方が黙ってしまうのならば、我々の手で事実をほじり出すまでなんです」

「脅迫に屈したと思われるのはしゃくだからあらかじめ断っておくがね」

中條は腕組みしてそり返るような尊大な姿勢になった。

「わたしとしては、やましいことをしているつもりはひとつもないし、このことが表に出てたとえば春日組の奴らに殺されることになっても別に構いはしない、という気持ちはあるんだ。だが彼女にまで危害がくわえられるとなると、話は別だ」

「我々としても空手形を振り出すことはできませんからはっきり言いますが」

相川は麻生が目配せしたのを受けて言った。

「確かに、韮崎氏と愛人関係にあった皆川さんがあなたともその、男女の関係だったと知られた時、韮崎氏の舎弟分の連中や春日組がどう反応するのか、我々にも予測はつきません。あなた方が心配しているような、いわば報復だの見せしめだのという行動が起こらないと保証することはできない。しかし、我々には犯罪を未然に防止する為に最善を尽くす義務がありますからね、これだけは約束できます。お二人が知っていることすべてを包み隠さず話して下さるなら、韮崎氏を殺害した犯人が逮捕されるまで、あなた方お二人をしっかり護衛させていただく。連中に簡単に襲撃されるような真似は、我々のプライドにかけてもさせません」

「それは護衛じゃなくて」

中條はまた、独特の皮肉な笑みを顔に浮かべた。

「尾行でしょ。しかしもちろん、わたしも彼女も韮崎氏殺しとは無関係ですがね」

「どう解釈していただいても結構ですよ。結果としてあなた方の安全が確保できるのであればそれでいいわけですから。ともかく、どうしますか。これはまあ、取り引きと考えていただいてもいいかも知れない。今のところ、あなたと皆川さんを我々が拘束しておく正当な理由はありません。何を喋って何を隠すかもあなた方のまったくの自由です。しかし何かを隠そうとなさるなら、我々は我々のやり方でそれを探り出します。逆に、すべてを話していただけるのでしたら、最大限、お二人の身の安全は確保させていただきます」

中條はしばらく黙って腕組みしたままだった。相川も麻生も辛抱強く待った。

「彼女は何と言っているんですか」

中條はやっと口を開いた。

「すべて話すと？」

相川は頷《うなず》いたが返事はしなかった。また沈黙が流れた。

「つまり、彼女とわたしの言葉を比べようというつもりですか」

相川はそれでも黙っていた。

「なるほどね」

中條はひとりで頷いた。

「わかりました。わたしも彼女も、何だかんだ言いながら結局、容疑者ってわけだ。まあいいでしょう。尾行だか護衛だか知らないが、ともかくこの事件の決着がつくまで彼女の身の安全に配慮していただけると約束して下さるなら、話しますよ。わたしの知っていることは全部、ね」

「感謝します」

相川は淡々と言った。数年前までの相川なら、中條の尊大な態度に完全に頭に来て、その気持ちは当然顔にありありと出ていただろう。成長したものだ、と麻生は感心した。刑事にとって重要な資質のひとつが、感情がコントロールできるかどうかなのだ、と頭ではいくらわかっていても、人間、そう簡単に感情を制御できるものではない。

中條は、煙草を一本深く喫ってから話し始めた。

「すでにお調べのこととは思いますが、わたしは三年前まで中條辰也という名で芸能界にいました。初めは演歌歌手としてデビューしたんですがね、鳴かず飛ばずだった時、ちょっとしたきっかけでドラマに出たところそれが好評で、以降は役者と歌手の二足の草鞋《わらじ》です。デビューが二十歳だったから、そう、丸々二十年芸能界にいましたよ。それでまあ、食うのに困らない程度の収入はありました。皆川さんとは細かい仕事で何度か顔を合わせていましたんで、けっこう古くからの知り合いでした。しかしもちろん、恋愛関係にあったことはありません。わたしは三十の時に結婚して、妻子がありましたからね」

「お仕事は好調だったのに、どうして芸能界を引退されたんです?」

「そこまでは御存じないんですか」

「中條さんの存在については、今日、皆川さんの口から聞いたばかりなんです。いちおうのプロフィールは集めましたが、それ以上のことは」

「スキャンダルですよ、スキャンダル」

中條は、それが癖なのか唇の端だけゆがめるようにしてまた笑った。

「まったくくだらない。若いタレントの売名行為にうまいこと利用されたんです。たまたまね、ドラマの仕事で海外のロケの時に、その女の子と二回ほど食事したんです。ただ飯を食っただけですよ、本当に。何しろまだ十九だか二十だかの女の子で、恋愛だの何だの考える相手としてはあまりに子供過ぎましたから。それなのに、日本に帰ってみたらその時の写真が週刊誌に出てましてね、あろうことか、当の女の子の手記めいた談話付きですよ。まったく見事にはめられました。彼女の事務所からは迷惑をかけてすまないとかって話はありましたが、事務所が仕組んだことは明白なんです。なんでわたしがターゲットになったのかは知らないが、以前にわたしの所属事務所が逆のスキャンダルを仕掛けたことがあったらしいんで、バーターみたいなもんだったんでしょう。いずれにしても、わたしは週刊誌に追い掛けられ、妻には愛想をつかされ、もうさんざんでした。しかしまあ、そのこと自体がわたしの芸能活動において大きなダメージになった、というわけではなかったんです。二十年して来た仕事ですからね、それなりに人脈だって持っていたし、ま、若い女と浮き名を流すってのは男にとって悪い話じゃない。しかし、それだけでは済まなかったんです。実はその若いタレントには恋人がいたんですよ。それがね、素人の大学生で。その女の子もちゃんと、売名の為の作戦なんだと彼に説明していたら良かったんだが、何も説明してなかったらしいです。で、その大学生がキレてしまって、わたしが出演していた生番組のスタジオに殴り込んで来たわけです……あの当時、けっこう大きな事件として報道されたんだけどな、刑事さんたち、記憶にありませんか」

少なくとも麻生の記憶にはなかった。だいたい、芸能界のスキャンダルなどにはまったく興味のないたちなのだから仕方がない。だが相川は憶《おぼ》えていたらしく、その事件なら知ってます、と相槌《あいづち》を打った。

「生番組でしたから、結果は最悪でしたよ。後始末にどのくらい神経を遣い、もともと下げる筋合いでもない頭を下げなくてはならなかったか。その上、事務所同士は勝手に話し合って手打ちをしてしまった。何だか、ほとほと嫌になったんです。二十年間真面目に仕事をこなして来たつもりだったのに、自分のやってる芸能活動ってやつそのものが、汚らしいものに思えてしまって。で、もうすっぱりやめてしまう決心をしました。たまたまその頃、学生時代の友人からサンドイッチハウスの共同経営の話を持ちかけられてたんです。資金的にも貯金で何とかなりそうだったし、四十を前にしてこのへんで人生の方向転換もいいだろうと決心しました。幸い店は当たって、現在十七店舗まで増やすことに成功しています」

「見事、青年実業家に転身されたわけだ」

「運が良かったんです。こんな景気の時代ですからね」

「で、皆川さんとはいつ、ご再会を?」

「再会したのは原宿店のオープニングパーティの時でしたから、二年近く前です。原宿店は七軒目の店舗だったんですが、それまでのものに比べてインテリアも凝りましたし金もかけた。いわば、勝負に出た店でした。それでオープニングを派手にやってマスコミに取材して貰《もら》おうと思い、昔のコネで芸能界の人たちを大勢招待したわけです。その中に掛川エージェンシーの社長が混じっていて、彼女は社長が連れて来たわけです」

「再会してすぐ、えっと、そうしたご関係に?」

「いいえ」

中條は、口惜《くや》し気な表情になってから笑った。

「今にして思えば、再会してすぐ男女の関係になれていたら良かったと思いますよ。わたしがぐずぐずしていたから……正直、わたしの方は久しぶりに逢《あ》った彼女にとても惹《ひ》かれました。ただわたしはその時まだ、妻と離婚していなかった。タレントとのスキャンダル以来夫婦関係が冷えていたのは間違いないんですが、別居しつつも子供の進学の問題などがあって籍はそのままだったんです。そんな負い目があったもので、自分から彼女に連絡を取るということがなかなかできずにいた。そうこうする内に、彼女が暴力団幹部の愛人になったという噂を耳にしてしまいました」

「驚かれたでしょうね」

「そりゃ、驚きました。しかし掛川社長が暴力団幹部と親しいという噂は知っていましたから、そういうこともあるだろうというのは理解できたんです。ただ、悲しかった……どうしてもっと早く彼女に連絡をとっておかなかったのかと思うと……この春に娘が私立中学に受かり、それがきっかけで半年ほど前に妻とは正式に離婚しました。ひとり身になって、考えるのは皆川さんのことばかりです。どうしてももう一度逢いたい、そう思い詰めたものの、いったいどうしたらそんな男の愛人になっている彼女と逢うことができるのか……ところが、運命とは不思議なものです。ある日、銀座に所用で出たところ、買い物に来ていた彼女と和光の中でばったり出逢ってしまったんです」

「その後、交際が始まったわけですね」

「まあ、ごく簡単に言えばそういうことなんですが、ただ逢ってコーヒー一杯飲むだけでも大変ですからね」

中條は不敵な笑い方をしてからまた煙草に火を点《つ》けた。

「彼女の生活は完全とまでは言えないものの、監視されていました。韮崎氏が嫉妬《しっと》深かったというよりは、彼女が対立組織の人間と通じて情報を提供したりすることを警戒していたんじゃないかと、わたしは思っていますが。ともかく、外出にはかならず護衛付きです。彼女の部屋の電話も盗聴されている危険性はあります。ですから、わたしの会社のダイレクトメールを使って連絡を取ったんです」

中條は胸のポケットから、封筒を取り出して相川の前に置いた。確かにサンドイッチハウスの会社名が入ったダイレクトメールの形態をしている。

相川が中を見てから、立ち上がって麻生に手渡した。

チェーン店の開店を知らせる内容の手紙と、オープン記念メニューの案内、割り引きチケットなどが入っている。手紙は印刷されたものだったが、下の余白に小さく、9／18　4・00　三、と手書きの万年筆文字で書かれていた。

「九月十八日の四時に、ということですね。この、三、は？」

「三笠会館の略です。三笠会館の一階に紅茶の専門店があるんですよ。そこでよく待ち合わせました。あるいは、アーバンホテルの喫茶室とかね。その場合は、カタカナでア、と書いた。彼女の買い物は銀座が多かったので、銀座で一時間かせいぜい二時間、逢って話をするのが精一杯のデートだったんです。しかし我々もその、中学生じゃありませんからね、コーヒーを飲むだけの恋愛では辛《つら》い。それで、何とか一晩でいい、二人きりで過ごすことはできないかとずっと考えていました」

「それがあの晩になったわけだ」

中條は頷《うなず》いた。

「あの晩は韮崎氏が彼女の部屋に行かないことはわかっていました。彼女が韮崎氏の手帳を盗み見て、予定を知ったんです。彼女はそのことを手紙でわたしに知らせて来た。わたしが彼女の部屋を訪れるのは危険が大き過ぎます。しかし彼女の生活が監視されていると は言っても、さすがに真夜中まで見張りがついているわけではありません。彼女の運転手兼雑用係の若い男は、午後十一時になると帰ってしまいます。ですからその後で彼女が外出することは可能なんですが、問題は韮崎氏から部屋に電話が入ってしまった場合のことでした。韮崎氏はそんなにしょっちゅう彼女に連絡を取っているわけではなかったので、可能性としては無視してもいいくらいのものです。だが、万一ということがある。彼女が真夜中に外出していると知ったら、韮崎氏も当然ながら、彼女の不貞を疑うでしょう。一度でもそんなことになったら、もうおしまいです。どうしたらいいか考えあぐねていた時、まさに奇跡のようなことが起った」

中條は、ははは、と笑った。別におかしかったからというのではなく、その「奇跡」とやらが起こった時の気分でも思い出したのだろう。

「何と、あの晩、夜中の十二時から三時まで、マンションのセキュリティシステムの保守点検の関係で、電話が繋《つな》がり難《にく》くなるかも知れない、という知らせがまわって来たんですよ。彼女がそのことを知らせて来た時には、神に感謝したいような気持ちでした。その知らせさえ保管しておけば、万一の時でも言い訳になります。もはや、あの晩しかない、そう思いました。それでまず、わたしがあのホテルにチェックインし、彼女が買い物を装ってホテルに来るようにした。護衛は駐車場で待たせました。その間にラウンジで夜のことを打ち合わせたんです。まさか雑誌の取材写真にその時の様子が写されてしまっただなんて、予想外でしたがね」

「夜のこと、というのは具体的にどんな？」

「部屋はツインルームを取り、フロントにお願いして特別にキーを二つ用意させました。その一つを彼女に手渡し、時間を決めました。午前零時半に。彼女は午前三時までに部屋に戻らないといけませんからね。それだけ決めて彼女は一度家に帰りました。そしてあの晩、部屋で落ち合ったわけです」

中條は一度肩を上下した。

「さて、これで全部ですよ、刑事さん。何もかも話したつもりですが、まだ何か聞きたいことがありますか？　まさか、部屋で落ち合ってから彼女が帰るまでのことまで、細かく話さないといけないとはおっしゃらないでしょう？」

「そういう趣味はありません」

相川は余裕の顔つきで答えた。

「しかしいくつか確認させていただきたいことはあります。まず何より知りたいのはですね、あのホテルを選ばれた理由です。西新宿では韮崎の所属していた組の事務所に近く、危険が大きいとは思われなかったんですか？」

「あの晩に限っては逆だったんです」

「……と言われると？」

「韮崎氏の手帳に、あの晩韮崎氏がどこに行くつもりなのか書いてあったんですよ……今にして思えば、どうして手帳に嘘の予定など書き込んだのか、不思議なんですが」

相川が麻生の顔を見た。麻生は顎《あご》の先だけで続きを促した。

「手帳には、どこに行くつもりだと書いてあったんですか」

「千葉です」

相川がまた麻生を見た。麻生自身もその意外性に驚いていた。

「会合、千葉市、と書かれていたんです。いや、もちろんわたしが直接見たわけではなく、幸子さんが見ただけですが。韮崎氏が千葉まで行くのであれば、逆に新宿が安全ではないかと思ったんです。韮崎氏のような大物がひとりでそんなに遠くまで行くはずはない。舎弟分たちもみんな一緒だろうと思いましたからね。しかし本当に、神様というのはおかしないたずらをしますよ。まさか千葉市の予定が変更になって、韮崎氏があのホテルに泊まったとは」

「皆川さんが韮崎の手帳を盗み見たのはいつのことなんですか？」

「わたしに連絡があったのは、ほんの二週間前です」

それでは、千葉市の会合、というのは嘘なのだ、と麻生は思った。韮崎がホテルに予約を入れた時点で千葉まで行かれないことははっきりするわけだから、手帳は書き換えられていなければおかしい。

しかし、どうして韮崎は自分の手帳に嘘など書いておいたのだろう……

麻生は壁から離れてその部屋を出た。廊下には山背が待っていた。

「すまんな、あんたの仕事、取っちまって」

「そんなことはいいですけどね、係長」

山背は周囲を気にしてかあらたまった口調で言った。

「中條はどうなんです。係長の勘に引っ掛かりましたか」

「いや」

麻生は山背に耳打ちした。

「それより、韮崎の遺体が発見された時、クロゼットに上着がかかっていたんだったよな。そのポケットに手帳があったかどうか憶《おぼ》えてるか」

「手帳ですか」

山背は自分の手帳を取り出して開いた。

「……なかったようですね。財布と免許証、ハンカチ、携帯電話、ライター、煙草。これだけです」

「韮崎の自宅や他のところからも手帳が押収されたって話は出ていなかったな」

「なかったです。あったとすれば、中に何が書かれていたか当然会議で報告されていたでしょう。韮崎は手帳を持っていたわけですか」

「そうらしい。皆川幸子にすぐ確認してくれ。それと、他の愛人連中にもだ。及川の方から組事務所もあたらせてくれ。韮崎の予定が書き込まれた手帳が消えてるとしたら、ホシが持ち去った以外に考えられない。問題は、なぜホシがそんなものを持ち去る必要があったのか、だ」

3

呼び出し音が続く間、麻生はボールペンの先でメモ用紙にいたずら書きをしていた。自分が苛立《いらだ》っているのがはっきりとわかる。落ち着く必要があった。

「はい」

ようやく人の声がした。だが槙の声ではなかった。

「あ……あの、槙さんは」

「女将《おかみ》さんは微熱があるとかで、医者に寄ってから来るそうです。えっと、その声は麻生さんですか」

記憶力のいい板前だ、と麻生は感心した。

「そうです」

「それなら、伝言を預かってますよ。えっと、ちょっと待って下さいね」

がさごそと何か探す音がして、また板前の声になった。

「お忙しくて大変でしょうから、あさっての約束は延期してもいいですよ。無理はなさらないでくださいね」

板前は機械的に読み上げた。

に。

「これだけです。あの、女将さんが来たら連絡させましょうか」

「いや、いいんだ。またこっちから連絡します。どうもありがとう」

受話器を置くと、気抜けした。槙の声が聞きたい。それだけで電話したようなものなの

あさっての約束。

あさっては、槙の誕生日なのだ。いったい、いくつになるんだろう。女に歳を訊《き》くには

タイミングがいる。出逢《であ》った当初にさり気なく訊いてしまえば良かったのだが、その時期

を逃すと今さら訊くのも変な気がした。

もちろん、本当はいくつなのかなんてことには何の意味もない。

人の上に流れる歳月の長さや重さは、とても相対的なものなのだ。

麻生は、鞄《かばん》の中に入れたまま持って歩いている小さな箱に思いをはせた。

女に何か買ってやりたいと思ったことなど、本当に久しぶりだ。

玲子は何も欲しがらない女だった。いや、ある意味ではとても欲張りだったのだ。家だ

けは欲しい、官舎は出たいと言ったのだから。その代わり、女らしい贅沢《ぜいたく》なものは何ひと

つ身の回りに置かなかった。

化粧品もあまり持っていなかった。服も着回し、美容院に行く金もかけたくないと、い

つも自分で髪を切りそろえていた。それでも充分、玲子は綺麗《きれい》だった。だからそれでいいと思っていた。

たぶん、何かが間違っていたのだろう。

俺は、玲子が本当に欲しかったものがわかっていなかったのだ。そして今でも、わかっていない。

別れて欲しいと言い出した時の玲子の顔を、どうしても思い出すことができない。確かに、顔を見ていたはずなのに。正面に座って、その顔をじっと見つめていたはずなのに。記憶の中にあるのは瞳《ひとみ》の輝きだけだった。きらきらと、まるで小さなダイヤモンドのように光っていたあの、瞳。浮かんでいたのは涙だったのだろうか。それとも、何か別の、もの。

槙は玲子に似ていない。玲子よりずっと、輪郭がくっきりとして感じられる。槙の心の中には一筋の川が流れているように感じることがある。雪解け水を集めたせせらぎ。とても、清々《すがすが》しく、潔く、そして、冷たい。玲子は春の風のような女だった。暖かく柔らかく、だがつかみどころがなかった。

過去の女と今の女を比べるのは卑怯《ひきょう》で情けない。

麻生は頭を振って、思いを払った。

その時、内線のランプが点《つ》いた。

＊

煙草の煙かと思ったが、匂いが違っている。葉巻だった。鼻腔《びこう》にまとわりつく甘さと苦さ。狭い店内は、呼吸も困難に思えるほど煙で満ちている。

女性客の姿があったのには少し驚いた。こんなに煙にまみれたところにいて平気なのだろうか。

カウンターに、濃紺のスーツの背中があった。ひとつ間違えば新入社員のようになってしまうだろう紺色のスーツが、後ろ姿だけでもぴっしりときまっている。

「遅れてすまない」

麻生はカウンターに座った。

「捜査会議が長引いた」

「会議はいいけどさ」

練はグラスの氷を鳴らした。

「ホシのめどは立ったのかよ」

麻生は答えずに、マッカランをダブルで頼んだ。

「用件はなんだ？」

麻生は練の横顔を見た。

「別に」

練は前を向いたままだった。

「ゆうべの酒のお返しってやつ」

「違うだろう」

麻生は笑いながら、出された酒を口にふくんだ。

「姉さんのことじゃないのか。連絡があったんだろ？　俺に注意しろとか言われたんじゃないのか」

「あんたさ」

練はやっと、麻生の方を向いた。

「何がしたいわけ？　狙いは何なんだよ、いったい」

「狙いなんてないよ。ただ知りたかっただけだ。だが迷惑だと言うなら、止める。おまえの姉さんから、世田谷の事件についてはもう嘴《くちばし》を突っ込まないでくれと釘《くぎ》を刺されたしな」

「あの女が何を言おうと俺には関係ない」

「自分の姉のことをそんなふうに言うんじゃない。彼女と弁護士の藤浦は、おまえの無実を証明しようとしているらしいな」

「だから」

練は酒の追加を頼んだ。

「それもこれも全部、俺とは無関係だ」

「つまりおまえ自身は、判決に不服はないってことか」

「ゆうべ言ったろ。あの事件のことについては、俺はもう喋《しゃべ》りたくない。ただ、あの女が俺の部屋の留守電に、あんたが藤浦に会おうとしてるって吹き込んでたんだ。だから、あんたが何を考えてるのか聞かせてもらおうと思ったのさ」

「藤浦弁護士にはいずれにしても会うつもりだ。おまえの姉さんはそれも不満そうだったが、俺もな、俺のやった仕事に対してケチを付けられたら、ちゃんと決着はつけておきたいんだ。どうなんだ？　それも迷惑か？　おまえが嫌だって言うなら……」

「勝手にすれば」

練は麻生の顔を見ながら、ふっと笑った。

「どっちにしたって俺はもう、ムショ入って出ちゃってんだからさ。おんなじこと」

「投げやりだな」

「どうしてさ。終わったことだから終わったことだって、言ってるだけでしょ。ただささ、あんたがあんまりしつこいから、俺、疑われてんじゃねぇの、なんて思ったりしたわけ」

「疑われてって、韮崎の事件のことか」

「他に何があるんだよ」

「おまえは関係してるのか、韮崎の事件と」

「なんで俺に訊くのさ。それを調べんのがあんたらの仕事でしょ」

「基本的には、自白があるのが好ましい」

麻生はスコッチの香りを口の中で楽しんだ。

「だからまずは、訊いてみるわけだ。おまえがやったのか、どうなんだ、ってな」

「つまり、かっこだけか」

「そうじゃない。大事な手続きなんだ。自分から進んで罪を認めたってことを記録に残せば、裁判の時に判決に影響が出る。で、どうなんだ？　韮崎を殺《や》ったのか、殺ってないのか？　答える気があるなら、ちゃんと記録に残してやるぞ」

「イケ好かないオヤジ」

練は早いペースで酒を飲む。

「何を飲んでるんだ」

麻生が訊くと、練は人さし指で、カウンターの後ろの棚を指差した。

「ワイルドターキーか。バーボン党なんだな、おまえ」

「上品な酒は好きじゃない。浴びるほど飲んでもからだにダメージが来ないだろ」

「なんでわざわざ、ダメージを受ける必要があるんだ？」

「せっかく酒飲んでんだぜ、痛い目に遭いたいじゃん」

麻生は笑って、自分も二杯目を頼んだ。

「まあ、そういう考え方はわからんでもない。俺もどっちかって言うとな、どうせ飲むなら半端な飲み方はしたくない方だから。ただ問題は、だ、俺たちはそんなに若くないってことだな」

「一緒にしないでくれる」

練が煙草をくわえたので、麻生は自分のライターで火を点けてやった。

「一緒だよ。俺もおまえも、もうガキじゃないんだ……そうだろう、山内。おまえももう、そろそろ考える歳だぞ。確かにおまえは韮崎に命を助けられた。だが、だからって韮崎のやってたことを何もかも受け入れる必要がどこにある？　ゆうべの俺は無神経だった。韮崎をきれいさっぱり忘れてやり直せとは、もう言わん。でもな、堅気に戻るとしたら、今がチャンスなんだ。いや、今しかチャンスはないんだ。祭りは終わった。元の堅気の人生に戻って、まともな歳のとり方をするには、今が何より大事なんだ」

「また説教モードかよ。たいがいにしろよ」

練はそれでも、笑いながらグラスに口をつけた。

「ま、あんたの立場的にはそう言うしかないんだろうけどさ」

「立場なんか関係ないだろ。友人なら、ヤクザな生活から足を洗ってまともになれよって、誰だって言うさ」

「あいにくと、俺の場合、その友人ってのが今のとこ、みんなヤクザなんだよね」

練は酒を一息に飲み干した。

「じゃ、俺はこれで行くから。ここまでのとこは払っとくし」

練の動作があまり素早かったので、慌てて追い掛けても追いつくのに時間がかかった。麻生が店を出て階段を上がった時、練の背中はもう、危うく雑踏に紛れ込むところだった。

「待てったら」

麻生は思わず、手を伸ばして練の腕を摑《つか》んだ。

「自分から酒に誘っておいて、いきなり帰るなよ」

「酒に誘ったわけじゃないでしょ。あんたの魂胆はわかったから、もういいって」

「魂胆って何なんだ」

「要は、自分のやったことに間違いはなかったって確認したかった。そういうことでしょ。だから藤浦に会いに行く。そういうことなら、別に構わないんだ、俺は。誠一の事件と絡めてんじゃなければさ、勝手にやってよ」

「姉さんたちのやってることには関心がないのか」

「ない」

「どうして。自分の問題だろ？」

「違う」

練は足を停めた。

「あの女は、自分の為にやってるんだ。俺の為じゃない……ただ、自分を救いたいだけなんだよ。あんたにだってそのくらい、わかるだろ。あんたと同じだ。俺の過去が知りたいのはなぜか。あんた自身が間違っていなかったっていう確証が欲しいからだ。つまり、自分を救いたい。それだけだ。悪いけどさ、俺、そういうのにつき合う気、ないから」

練の言うことは真実だ、と麻生は思った。だが半面での真実でしかない。

「おまえを心配する気持ちってのも、あるだろう」

麻生は、歩き出すように目で練を促した。日の暮れた歌舞伎町は人の波が速く、停まっていると人間の肩や腕が次々とぶつかって来る。

練はまた歩き出した。麻生は歩調を合わせた。身長は練の方が低いのに、歩幅はそう変わらない。

「姉さんだって、自分の為だけに何年もかけてあの事件を調べているわけじゃない。おまえのことが心配なんだ。それはおまえにだって理解できるだろ。俺もいちおう、その点では同じつもりでいる。おまえが心配だから、おまえについて知りたい。人にはそういう気持ちだってある。いつもいつも自分のことばかり考えて生きてる人間は、そう多くない」

「あんたはさ」

練は目的地を決めたのか、速度を速めて人混みの中を進んで行く。

「どうして俺のことが、心配なのさ」

「どうしてって」

「あんたはこれまでも、いちいち自分がパクった奴らのことを心配したり面倒みたりして来たわけ？」

「……いいや。中には相談にのってやった奴もいたが」

「で、今回はどうしてそう、心配なのよ。これまでの奴らに対してと同じに、無視して生きてたらいいんじゃないの？」

「どうしてなんだろな」

麻生は思わず、笑った。

「実際、わからん」

練の表情がゆるんだ。微笑んだように見えた。

「自分でわかんないんじゃ、しょうがねぇじゃねぇの」

「ああ、しょうがない。鬱陶《うっとう》しいか」

「ものすごく鬱陶しい」

「我慢してくれ。俺は昔から、気の済むまでひとつのことをしないといられないタチなんだ」

「迷惑なおっさんだぜ、ほんと」

歩幅が少し、縮まった気がした。練は歩く速度をゆるめ、自分から麻生の横に並んだ。そして、後は言葉を発せずに、あの時タクシーの中でハミングしていた曲をまた、口ずさんでいた。

「なんて歌なんだ、それ」

「Because the night」

麻生の問いかけに、練は短く答えた。

＊

犬の呼吸が荒くなった気がした。

引き綱が強くひかれ、犬はあらぬ方向へと走り出した。

「こら、ジロー！　何やってんだ、そっちじゃないだろう、家は！　止まれ、止まれってば！」

犬は止まったが、今度は激しく吠《ほ》え始めた。

いったい何があるんだろう。この騒ぎは尋常じゃない。

飼い主は、犬が吠えたてている河原へと降りて行った。川の水は浅いのだろう。流れる音は小さくしか聞こえない。

土手に街灯が一本。その光が河原を青白く照らしている。

あれは何だろう？

ぼんやりと、地面に輪郭があった。
犬は狂ったように吠えている。
飼い主はじっと目をこらした。

そして、悲鳴をあげた。

死体だ。
女の、死体。

1995.10 ―9―

1

途中から、練は麻生が隣りに並んで歩くことを許容したようで、歩く速度をゆるめた。麻生はそれでも心持ち練よりも半身下がった位置を歩いていた。互いにズボンのポケットに手を突っ込む癖があったので、並んでしまうと肘《ひじ》が当たりそうだったのだ。

歌舞伎町を抜けて靖国《やすくに》通りを東に歩きながら、麻生はずっと黙ったままで練の後ろを歩いた。何か言葉を発すると、取りあえず機嫌よく自分の存在を容認しているらしい練の臍《へそ》が曲がって、この場でまかれてしまうような気がしたのだ。もちろん、人を追尾することには少なからず自信はあった。ちょっとやそっとでまかれるとは思っていない。だが、ふっと消えられてしまうイメージが頭をちらちらする。

確かに、練の言う通りだった。実際、どうしてこんなにこの男のことが気にかかるのか、自分でもうまく説明ができないのだ。練が指摘したように、自己満足したいという気持ちがあることは否定できない。過去の仕事の一切について、麻生は自分が人一倍高いプライドを内心に抱いていることは自覚していた。麻生のやり方にあからさまに反発を見せる連中はそう多くはなかったが、それでも捜査本部の方針をたびたび無視する麻生班の動きは常に周囲から警戒されていたし、陰口を叩《たた》かれていることも知っている。それでもそうしたことが大して気にならないのは、少なくとも犯罪捜査という仕事に関しては、自分が間違ってはいなかった、と信じているからなのだ。

練が裁判で無実を主張した、という事実は、少なからず麻生にはショックだった。それは、麻生の捜査と逮捕とが間違っていた可能性をはっきりと示すものなのだ。その上、練の姉と当時の弁護人までもが、それを信じているらしい。

練の口から、自分が間違っていたわけではない、と一言だけでいいから聞き出したい、という下心があることは認める。

でも、それだけではなかった。

確かにそれだけではない、と思う。

雑踏の中で、練の背中は、回遊魚の群れにまぎれ込んだ小粋《こいき》な熱帯魚のように見える。しなやかで俊敏な動きと、その均整のとれた、無駄のないバランス。それは異質なのだ。どこがどう、と指摘することはできなくても、それは特別だった。特別に、それを見ていることが、楽しかった。

「なに？」

麻生の考えを読み取ったかのように、練が振り返った。

「なんか言った？」

「いや」

麻生は何となく照れくさかった。

「器用に避《よ》けるな、と感心してたんだ」

「何を」

「人をさ。さっきから、ぶつかりそうでいて絶対ぶつからない」

練はまた前を向いてどんどん歩いて行く。

「俺、人が嫌いだから」

俺だってそうだ、と、麻生は心の中で同意した。


結構歩いた気がするが、まだ伊勢丹の付近だった。そこで練は地下への階段を降りた。店の名前に記憶があるのは、かなり古くから営業している店だからだろう。

木製のドアを開けると、懐かしい感じのするロックの音が響いて来た。ロックには詳しくないが、七〇年代に流行《はや》っていた曲だというのはわかった。

店内は煙草の煙でぼんやりと空気が白く濁るほどだったが、最初に待ち合わせた店とは違って葉巻の香りはしなかった。安酒と紙巻き煙草と、小汚い格好をした学生たち。二十年前で時間が停まってしまったような店だ。こんなスタイルを保っている店がまだ存在していることに、麻生は驚きと、ひそかな嬉《うれ》しさを感じていた。

隅のテーブルに座るところを見つけた。いちおうコップに水が運ばれて来たが、アルバイトらしい男はメニューは持って来なかった。

「バーボンでいい？」

麻生が頷《うなず》くと、練は男に、ボトル、とだけ言った。

「何か食う？」

「何があるんだ」

「大したもん、ないよ」

「じゃ、まかせる」

そんな会話で済むような遊びを、いったい何年、していなかっただろう。

麻生は、煙草の脂《やに》で汚れた壁に背中を預けて目を閉じた。

「これ、何てアルバムなんだ？　聴いた憶《おぼ》えがあるんだけど」

「へえ」

練は煙草を唇の先でぷらぷらさせた。

「こんなの知ってんの。スーパートランプだぜ。しかもこれは大当たりしたのと違うアルバムなんだけど」

「あ、この曲だ」

麻生は身を乗り出した。

「これだ。憶えてる」

「Hide in your shell……いつ頃かなぁ、たぶん、七五年くらいの曲」

「七五年か」

「あんた、何してた？」

「学生、だよな。剣道だな。毎日毎日。他のことは何をやってたんだかまるで思い出せないんだ……だけどどうしてこの曲を知ってるんだろう」

「ロック喫茶ではよくかかってたんじゃないかな」

「当時は京都か」

「うん」

ボトルはワイルドターキーだった。それでも周囲の客のテーブルに載っている銘柄を見れば、この店のボトルの中では高い方だ、とわかる。アイスペールしか持って来ないのは、店の側で練が水割りでは飲まないと知っているからだろう。

「京都もいいな。ジャズ喫茶でいい店がいくつかあった」

「あんたさ、皐月ねえさんのファンだったたって？」

「彼女から聞いたのか。麻布署にいたことがあるんだ。そんなに長い間じゃなかったが……若い頃に。久遠さつきの歌が大好きで、暇さえあれば顔を出していた。地回りのサツがうろちょろするなんて、考えてみたら営業妨害もいいとこだったけどな」

「何が好き?」

「久遠さつきの歌でか? そうだな……彼女の歌う、What A Wonderful World とか」

「サッチモの」

「うん」

「地味じゃない、ねえさんのナンバーにしては」

「シャウトしても聴かせる人だけど、やっぱりスローがいいな。Someone to watch over me, Left Alone……」

「Smoke gets in your eyes」

「ああ、あれは最高だ。オリジナルより好きだよ」

バーボンは得意ではなかったのに、からだの力を抜いて壁に背中をつけ、好きな音楽の話をしながら飲んでいると、こんなにうまいものだったのか、と思う。

もう何年も、こんな時間は持った記憶がなかった。仕事の話をしなくてもいい友人、というものが、自分にはいないのだ、と麻生は気づいた。それを淋《さび》しいと思ったことはこれまでなかったし、それで困ったという経験もなかった。ただ、バーボンをうまいと思う時間を持てなかった、それだけのことだった。

それだけのことなのに、とても長い間、とても多くのものを失い続けて来たかのような淋しさを、麻生は感じていた。

「あんたの女って、堅気？」

前触れもなく訊《き》かれて、麻生は質問の意味がわからず訊き返した。

「なんだって？」

「あんたの、つき合ってる女はシロウトか、って訊いたんだ」

「……水商売かどうか、って意味なら、シロウトとは言えないだろうな。でも、そんなことなんで訊く？」

「なんとなく」

練はまだ煙草をぷらぷらさせたままだった。麻生は自分のライターで火を点《つ》けてやった。

「変な奴だな。それとも、何か企《たくら》んでるのか」

「企むって、何さ」

「わからん」

麻生は笑った。

「だがおまえらは、人の隙につけ込むのが商売だ。何を企んでたって不思議はない」

「会話が成り立たねぇな、デカとは、やっぱ。女のこと訊いただけだぜ、俺。いい女なのかな、とかさ」

「いい女だ」

麻生は、自分も煙を吐き出した。

「ああ、いい女だよ。俺にはもったいないような、できた女だしな。自力で商売してひとりで生活して、俺には無理な要求もしないし、束縛もしない」

「結婚して、とかも言わない？」

「言わない。そんな話は出たこともない。たぶん、俺なんかとはまっぴらだと思ってるんだろう。いずれにしたって、彼女は俺がいなくてもひとりで存在できる女なんだ……たまに、俺はいない方がいいんじゃないかとさえ、思うことがある」

「情けねぇの」

「そうだ、情けない」

麻生は自分で瓶を傾けた。

「どうもな……距離感がわからないんだ。自信がない」

「自分と女との間の、ってこと？」

「ああ。女房の時は、守ってやりたいといつも思っていた。なんでもしてやりたかった。願いは全部、かなえてやりたかった。……俺がいないと生きていかれない女だと、勘違いしていた。それなのに、ある日突然、出て行った」

「だから今度は、相手が独立した存在なんだと思い込もうとしているわけだ」

「そうなんだろうな、きっと」

「で、今度も勘違いだったらどうするわけ」

「どうしような」

麻生は、まともに溜息《ためいき》をついた。

練は笑った。

「いい歳こいて、バッカじゃねえの」

「俺の勝手だ」

麻生も笑い出していた。実際、いい歳してバッカじゃねえの、の世界なのは間違いない。

「あの曲、聴いてみたいんだけどな」

麻生は、テーブルの上にリクエストカードがあるのを見て言った。

「おまえが鼻歌で歌ってたやつ」

「Because the night？」

練はカードに書き込みをして、店の男に手渡した。

「あんたの想像してるような感じと違うよ、きっと。俺、スローでやってたから」

曲はすぐにかかった。

確かに、想像していたのとは違っていた。歌っているのは女性だった。そして思っていたよりも、ずっと激しい歌い方だった。

「パティ・スミス」

　練はフーッと長く煙を吐き出した。

「パンクの女王様だ」

　最初の店で飲んだスコッチの分も合わせて、酔いが適度にまわっていた。

「戻らなくていいのかよ、仕事」

　練が口を開いたのは、曲が終わってからだった。

「言っとくけど、ここは俺が誘ったんじゃねえからな。勝手について来たんだぜ、あんた」

「戻った方がいいんだろうな」

　麻生は腕時計を見た。

「しかし、もう飲んじゃったからな」

「ガイシャがヤクザじゃ、真面目にはやれねぇってか」

「真面目にやりたいとは思わない。韮崎は、ほんとなら死刑になって当然の男だった。だがな、俺はだからって手抜きのできるタイプじゃないんだ。運の悪いことに、な。ま、何か新しい動きがあれば連絡が来るだろう。取りあえず、俺は現場には出られないんだ」

「なんで？」

「迷惑がられるんだよ、オブケがうろちょろすると。実につまらん。昇進なんか受けるんじゃなかった」

「なんで受けたの」

「給料があがる」


別の曲が終わって少しすると、さっきの歌声が響き出した。

「また同じヴォーカルだな」

「うん。Frederick って曲。これがパティ・スミスではいちばん人気あんじゃないかな。誰かリクエストしたんだろ。あんたさ、ほんとに戻らないの？」

「少なくとも、酒がさめるまでは戻れない」

「そうやって補給してたら永久にさめないいじゃん」

「そうか」

麻生はグラスの酒を飲み干した。

「それもそうだ」

ちょうど、目の前に焼きソバが出て来た。

「変なもん頼んだんだな」

「腹、減ってんだもん。朝から食ってない」

いかにもソースで大雑把に味をつけただけ、という色をした焼きソバだった。槙にこれを見せたらどんな顔をするだろう。キャベツの切り方がひどくいい加減で、しかも芯《しん》を削《そ》いでいないのを見たら。

槙なら、同じ材料でももっとずっと見栄えよく作るはずだ。

練は割り箸《ばし》を勢い良く割ると、がつがつと食べ始めた。麻生は、少し安心した。練のアルコール依存症がどの程度進んでいるのか不安だったのだが、食欲がまったくなくなるほどではないらしい。

麻生も、小皿にいくらかとって口に入れてみた。予想した通り、ソースの味しかしない。

「もっとましなもん、食えばいいのに」

練は笑った。

「食い飽きてんだよ。金のかかるうまい食いもんばっかり食おうとするからさ、今どきのヤクザは。だから諏訪さんは糖尿だし組長は心臓、武藤さんは肝臓と腎臓やられてる。病人ばっかりだぜ」

「おまえはどうなんだ。酒の量が多過ぎるんじゃないのか」

「あんたに言われたくないね」

練は口に詰め込んだ焼きソバをバーボンで流し込んでいた。

「お互い、長生きするつもりなら今の仕事、やってないでしょ。それともあんたはもう、やめか？　弾が当たらないように机の下にでも潜って定年を待つか」

「それでも当たるんだろうな」

麻生は、誰に言うともなく言った。

「弾が当たる時は、どこにいても」

「そういうことだ」

練は、皿を空にしてからまた煙草をくわえた。

「どこに隠れていたって、当たる時は弾に当たる。完璧《かんぺき》に品行方正に生活して、それで階段ですべって首の骨を折って死ぬ奴だっている。何もしてなくたって刑務所に入れられる場合もある」

麻生は、練の横顔を見た。表情はまったく変わっていなかった。

「俺から聞きたいんだろう、あんた」

「何を」

「藤浦たちのやってることは見当違いだ、って否定の言葉を、さ」

「聞かせてくれるのか」

「ああ」

練のくわえた煙草の先に、麻生はまたライターの火を近づけた。

「いくらでも言ってやるよ。あの事件は俺がやった。俺がやりました。僕がやりました。僕が女の子を襲いました。強姦《ごうかん》しようとして抵抗されて腹が立って、カッターで顔を切ってやりました。ずっと前から女を襲おうと思ってました。顔を切り刻んでやったらスッとするだろうと考えていました。あの女のことを前から狙っていました。めちゃめちゃにして殺してもいいと思ってい……」

「やめろ」

麻生は、練の二の腕を摑《つか》んだ。

「どういうつもりなんだ。まさかおまえ、今みたいなことを裁判で口走ったわけじゃないな?」

「あんたが聞きたい言葉を聞かせてやっただけさ」

練は薄笑いを顔に浮かべていた。

「あんたが見たいと思ってる真実なんてものは、最初からどこにもない。あんたに都合のいい過去を提供してやれるほど、俺は親切じゃあないんだ。あんたはどっちか選ぶしかない。あんたが間違っていた、と知るか、それとも、俺が凶悪な人間なんだと認めるか、二つに一つを、な」

「なぜ事実だけ教えてくれない」

「事実ならもう、あんたは知ってる。俺があらためて教えるまでもないだろ。裁判ってのは事実を認定するシステムだろうが。な? その裁判で結果が出たんだから、それが何より確かな事実だ。違うか? 違うと思うなら、警察だの検察だの、裁判所だのに何の意味がある? どんな存在価値があるんだ?」

結局、堂々巡りなのだ。

麻生は、諦《あきら》めて頷《うなず》いた。

「わかった。もうおまえには訊《き》かない」

「その言葉、あんた俺に言うの二度目だぜ。今度は忘れないでくれよな」

「ああ、忘れないよ……おまえ、もう少し飲んでいくか」

麻生は立ち上がった。

「帰るの」

「少し歩いて酔いをさまさないとな。おまえといると、もっと飲まないとやってられなくなる。まだもうしばらくは公務員でいないと、マンションのローン支払いが残ってるんだ」

「勝手について来たくせに、先に帰るんだ」

麻生は一万円札を一枚、テーブルに置いたが、練はそれをテーブルから指先で弾《はじ》き飛ばした。

「小娘みたいな拗《す》ね方をするな」

麻生は札を拾った。

「楽しくやれなくなったらお開きにした方がいいだろうが」

「余計なことを言い出したのはあんた」

「違う。挑発したのはおまえだ」

練は足を組み換えて麻生とは反対の方を向いてしまった。

麻生はその仕種《しぐさ》に笑いそうになったが、そのまま店を出た。


月の綺麗《きれい》な夜だった。珍しく、くっきりと輪郭のある月だった。満月には少し足りないのか、それとも欠けているのか。理科の知識など忘れてしまったので、弓なりの部分がどっちにあれば太っている最中で、どちらなら痩《や》せている最中なのか、わからない。

忘れてしまったことがあまりにも多い、と麻生は思った。

月の満ち欠けだけではなく、人生のあらゆる部分で、なくしてしまった記憶は無数だ。


練に関しても、確かに自分は何か忘れている。

もちろん、あのわずか二日足らずの時間の中で自分が彼に言った言葉、あるいはした動作の全てを思い出すことなどはできないのだが、それでも何か、憶《おぼ》えていなくてはならないことを忘れてしまった、という感覚が、どうしても頭から離れなかった。

本当に知りたいのはそのことなのだ。

だが、それは、彼には訊けない、という気がしていた。


ぶらぶらと西新宿まで歩いて戻りながら、麻生は、久遠さつきの歌が聴きたい、と思った。彼女が歌う、Smoke gets in your eyesが。

東口の前からガードをくぐって西側に出ようとした時、ようやく麻生は振り返った。自分と歩調を合わせて歩いている足音を、雑踏の中で聞き分けたのだ。

振り返り、笑ってから、麻生は呟《つぶや》いた。

「ほんとに、小娘みたいな奴だな、おまえ」

2

「もう少し遊んで欲しいなら欲しいと、なんで言わない」

「つり」

練が手を突き出したので、麻生も反射的に手を出した。麻生の掌《てのひら》に、千円札数枚と小銭が押し込まれた。

「わざわざ、すまなかったけどな」

「けど、なに」

「いや、いい。で？」

練は、確かに何か言おうとしていた。

麻生は少し緊張した。さっきまでの親し気な空気ではなく、もっと深刻な何かが練を包んでいる。麻生の中で、刑事である部分が反応している。

練が背中を向けて歩き出してしまったので、今度は麻生が慌てて追い掛けた。

「気持ち悪いじゃないか。言いたいことがあるなら、言ってみろ」

「気が変わったんだ。じゃあね、また」

「待てったら」

麻生は今度は離さないつもりで練の肘《ひじ》を摑んだ。

「情報があるのか？　韮崎のことについて、何かあるんなら教えてくれ」

「情報ってほどのもんじゃない」

「何だっていいよ。どんなことでもいいんだ。おまえだって早く韮崎を殺した奴を見つけ出したいんだろう？　頼むから、何か知ってることがあるなら隠さないでくれ」

練は、一度肩を上下させた。

「後で会える？」

麻生は腕時計を見た。

「進展がなければ今夜は捜査会議はない。零時にうちの班で報告がある。それが終われば、また出られる」

「俺さ、会社にいるから。三時くらいまでは」

「……別にいい」

「わかった。行けばいいのか?」

「場所は」

「及川に聞くよ」

練は頷いた。麻生が肘を離すと、また歩き出した。

嫌な胸騒ぎがした。

あの肘を離すまいと摑んだのに離してしまったことで、何か取り返しのつかないことをした、そんな感覚だった。

麻生は、練の姿が雑踏に呑《の》み込まれて消えるまで、その場に立っていた。

*

「どちらに行ってらしたんですか」

静香が訊いた。彼女はごく自然に訊いただけだった。それはわかっていたが、麻生はそう訊かれることに鬱陶《うっとう》しさを感じて、いや、とだけ答えた。静香はそれ以上突っ込んでは来なかったが、その表情の中には微《かす》かな不満があった。

宮島静香というこの女性を、麻生は時々理解できなくなった。

年齢のせいなのだと思おうとしても、それだけでは片づけられないものが確かにある。

単純に、自分は彼女に気に入られているらしい、と結論して終わりにしてしまいたかった。

だが、日々の会話や行動の中で彼女の一瞬の熱に触れた時、好かれていることの照れくささ、というのとは本質的に違う、痛みのようなものを覚える。

経歴や外観、雰囲気といったものが人の性質を伝えることもある。だが、それだけでは伝え切れない奥底に隠れた本質は、ふとした折に表面に浮かび上がって来て、それを目にした者を狼狽《ろうばい》させる。麻生は、静香にもまた、触れてしまった者をたじろがせるほどの強く激しい本質がある、と感じていた。

今もまた、静香は明らかに、何かを見抜いていた。麻生が、他人に知られたくないと思っている何か、を。

「報告を始めてくれ」

午前零時には三分早かったが、麻生は言った。それは珍しいことだったので、山背まで少し意外そうに、自分の腕時計を確かめた。

「えっと、それじゃまず、キンちゃんからやってくれ」

内輪の会議だったので、山背は有田を愛称で呼んだ。有田自身はその愛称で呼ばれるたびに、照れくさそうに唇をつぼめる。

「ええ、北海道警からの報告がありまして、黒田ゆり、という名前に本名もしくは通り名が該当すると思われる風俗嬢は、二名記録があるということです。ゆりの部分を有る無しの有に里、と書いて本名が黒田有里、この女性は年齢二十四歳、ススキノの『かれん』という店に勤めてますが、ファッションマッサージのようですね。一度、この店に対して不当料金請求の訴えが客からあったとかで事情聴取してるようですから、名前は本名で年齢も間違いはないでしょう。もうひとりは、百合《ゆり》の花の百合、と書く黒田百合、こちらは本名なのかどうか確認はとれていないようです。やはりススキノの『999《スリーナイン》』という店にいます。これはソープですね。ソープの場合は大体において警察には協力的な店が多いですから、たぶん、女の子の情報も摑《つか》んでいるんでしょう。黒田百合、というのは、店に勤める際に本人が名乗った名前だと思います。ただ、最近の風俗では、後々のトラブルを防止する為に、雇う時に免許証や保険証を提示させることが多いようですから、意外とこれが本名ということもあり得ます」

「そっちの女の年齢は」

「えっと……二十歳です。もちろん、これも自己申告だと思いますが」

「どっちの女も、江崎達也の相手としておかしくない歳ではあるな」

「引き続き、この二人の顔写真を何とか提供して貰《もら》うよう依頼します」

「キンちゃん、何だったら出張してくれないか、札幌。係長、そうした方がいいんじゃないかと思うんですがね」

　麻生は頷《うなず》いた。

「そうだな。あまり道警に面倒をかけるのも何だしな。二人に直接会って顔写真を手に入れ、長谷川環にＦＡＸか何かで確認させよう。もし二人の内どちらかが当たりだったら、そのまま江崎達也とのことを聴取して来てくれ。はずれだったら、しばらく向こうで粘って当たりの子を探してくれ」

「誰と行かせますか」

「誰でもいいが、有田は希望、あるか？」

「特にないです」

「なら、山下を連れて行ってくれ」

山背は言って、麻生を見た。

「それでいいですね、係長」

麻生はまた頷いた。宮島静香に振られてどうも仕事に身が入っていない山下を、本部から遠ざけて仕事させるのは名案だった。

「わかりました」

有田は即座に返事したが、山下は少し間をおいてから承知した。


「次、シゲ」

「はい、長谷川環の身元についてですが」

麻生は茂田の方にからだごと向き直った。麻生にとっては、今の段階でもっとも興味があるのが、長谷川環という女の正体についてだった。

「えー、イースト興業に雇われる以前の経歴ですが、赤坂の会員制クラブ『深海《しんかい》』でホステスをしていたのは事実です。このクラブに移ったのは、九二年の四月、それまでは銀座のクラブ『銀嶺《ぎんれい》』にいました。『銀嶺』も『深海』も大変な高級店で、客筋はかなりいいですね。どちらも韮崎が贔屓《ひいき》にしていた店ですが、特に暴力団とかかわりがあるという話は出ていないです。『銀嶺』に勤め始めた年がちょっとはっきりしません。店の話では、最初はアルバイトで一年ほど勤めていてそれから二年はいただろう、ということなんで、八九年頃に勤め始めたはずですが、女の子の入れ代わりは激しいので、履歴書の類《たぐ》いは辞めてから二年くらいで処分してしまうんだそうです。ただ、当時からずっと働いているバーテンの話では、『銀嶺』の前には水商売の経験はなかったんじゃないか、ということです。水割りの作り方も知らなかったのを憶《おぼ》えているとか言ってましたよ」

「履歴書がないとなると、『銀嶺』の前には遡《さかのぼ》れないな」

「難しいですね。しかし当時の同僚だった女の子には当たってみて、会話からもう少したぐれると思います。それとひとつ興味深いことがわかったんですが」

茂田は咳払《せきばら》いをしてもったいつけてから言った。

「『銀嶺』にいた当時、九一年の夏のことらしいんですが、店の夏休みを利用してホステスやバーテンたち従業員がグアム旅行したことがあったそうなんですよ。この時長谷川環は、ひとりだけ団体旅行にくわわらずに個人で飛行機を手配して参加したようなんです」

「どういうことだ？」

「つまり、行き帰りの飛行機を店の同僚たちとは別にした、ということです。ホテルは同じホテルだったようですが、部屋も個人でとって別だったと。長谷川環の言い分では、旅行社にコネがあるので一人分なら格安で飛行機やホテルが手配できるから、ということで、現地では、節約した旅費の分だと言って、同僚たちに夕飯を奢《おご》ったそうですよ」

「パスポートだな」

麻生は、手帳に、はせがわ・パスポート、と書き込みながら言った。

「なるほど」山背が手を打った。「やっぱり長谷川環ってのは本名じゃないわけだな。それを店の者に知られるのが嫌で、飛行機の手配を別にしたわけだ」

「それと、裸」

麻生はまた、はせがわ・体、と書き込んだ。

「なんですか、係長、裸って」

「女が相部屋を嫌がる時は、裸を見られたくない時だ。そうだろう？」

「彫り物ですかね」

「銀座のホステスなら、彫り物があっても傷にはならない。もっと別の傷か、何か特徴が彼女のからだにはあるんだな。本名を知られたくないのと同じ理由で、その特徴も他人に知られたくないわけだ」

「かなり裏がありそうですね、あの女には」

「多分な。それでシゲ、長谷川環本人が言っていた、韮崎にひどい目に遭ったとかいう話はどうなんだ。噂でもあったか」

「まったくありませんね」

茂田は肩をすくめて見せた。

「長谷川環が『銀嶺』で、たまき、という源氏名で勤めていた時、客として来ていた韮崎がよく指名していたんだそうです。彼女は『銀嶺』を辞める時、『深海』に移ることはママにちゃんと話したようで、『銀嶺』のママは、環が韮崎に誘われて『深海』に移ったのだとハナから思っていたそうです。それくらい、韮崎は彼女を気に入っているように見えたということですね。『深海』でも彼女は、たまき、という源氏名を通していましたが、客の評判は上々だったようです。なかなか美人でスタイルもいいということもあったんでしょうが、何より、頭の回転が早くて会話が面白いのが売りだったと。それと、これは『銀嶺』のママも『深海』のママも言っていたことですが、彼女は大変によく気のまわる性質《たち》だったそうですよ。座持ちが良くて気のつく子、というのが長谷川環に対する周囲の印象の第一、という感じですね。『深海』の方へはイースト興業の山内も韮崎と共によく顔を出していたようで、彼女の頭の良さや気のきいたところを買って、山内が自分の秘書として雇うことにしたんだろう、というのが、『深海』関係者の一致した意見です」

「つまり、何もトラブルの匂いはなし、ということか」

「今のところは、ありません。まあ、表面的な聞き込みだけでは裏の愛憎まではわかりませんから、もう少し突っ込まないとならないとは思っていますが」

「韮崎と男女の関係になっていたかどうかは？」

かったようです」

「何とも言えません。少なくとも、同僚同士の噂話のレベルではそうしたことは出ていな
「確証は摑《つか》めないわけだな」

「『深海』の方は、実はママが韮崎の親友である掛川潤一の愛人だという噂があります。掛川潤一には愛人が何人もいるようですから、今でも続いているのかそれとも過去にそういうこともあった、というだけなのか、そこまではわからないですが、いずれにしても韮崎が長谷川環を『深海』に呼んだのは、自分の愛人だったからというよりも、長谷川環がホステスとして優秀なのでスカウトした、という方が的を射ているという感触は持ちましたね」

「ふん」

山背が大きく頷《うなず》いたので、麻生はそれ以上質問しなかった。

「じゃ、次は、静香。おまえさんと保は、ちょっと面白い線を追ってるんだったたな」

宮島静香は返事をすると、麻生の方を真直ぐに見た。その視線の強さに、麻生は思わず下を向いた。自分でも情けないほど、そんな時の静香の視線は苦手だった。静香が嫌いなわけでは決してない、むしろ、好ましいと思っているくらいなのに。

「私達は、昨日捜査本部に情報提供しに来た女性について調べています。この女性は服装から判断して、当所轄署からそう遠くはない地域、都内かせいぜい、電車の乗り換えなし

に行かれる近隣の県からやって来たと思われますが、手がかりは本人が名乗った名前だけ、という状況です。現在は電話帳で該当する名字を調べ、一軒ずつ電話している最中ですが……」

静香の言葉を遮って内線の呼び出しが鳴り響いた。電話機の近くにいた相川が受話器をとった。

「係長、柴又署《しばまた》から係長に内線ですが」

「どこだって？」

「柴又署です。川口さんとおっしゃってます」

麻生は受話器をとった。

「龍さんか？」

かつて本庁で同僚だった、川口孝吉の声だった。

「お久しぶりです」

「うん、もう三年は声、聞いてなかったな」

「お元気でしたか」

「何とか生きてるよ。いや、挨拶《あいさつ》なんかのんびりしてる場合じゃないんだ、龍さん。あんた今からすぐ、こっちに来られるか？」

「こっちって、柴又へですか」

「そうだ。すぐの方がいい。まだ本部が設置されてないからな、今なら個人的な話としてあんたに情報提供できる」

「いったい、何が起こったんですか」

「マルタが見つかった。からだの前半分をこんがりと焼かれてる」

3

終電は出ていたので公用車を飛ばしたが、さすがに二十三区の西の端から東の端へと移動するには時間がかかった。

柴又署に到着すると、川口はわざわざ会議室を押さえてくれていた。署内はざわついていて人の出入りが多く、それでいて刑事課の部屋にはほとんど人がいない。いかにも、殺人事件のような大事件が起こって捜査本部が設置される直前の所轄署、といった雰囲気だった。

「川口さん、黒焦げのマルタって聞いたけど」

「うん」

川口は、自分でいれた紙コップのコーヒーを二つ持って入って来て、麻生の前にひとつ置いた。

「たった今、ほんとに一時間半ほど前に通報が入ったばかりで、うちの連中もまだ現場なんだ。本庁は手の空いてる班がないらしいな」

「たまたま、うちだけ前の事件があがって空いてたところに韮崎の事件が起こったもんだから。まあそれでも、柏木さんのとこはぼちぼちお宮入りだろう」

「コマさんか。来るとしたらあの人かな」

「たぶんね。お宮入りの方に少し人員を残して掛け持ちってことになるんじゃないかな。あるいは、安藤さんか」

「あの人は昇進前だって話だからな。ややこしい事件は担当しないんじゃないかな」

「そのへんのことは、俺にはさっぱりわからないんだ。いずれにしても、うちは出られないですよ」

「わかってる。だから本部ができる前に呼んだのさ」

川口は、部屋に誰もいないのに声を低めた。

「どうしてもこのマルタについては、あんたの耳に入れておいた方がいいような気がしたんだ。本部ができちまうと、つまらない情報一本もらうにも組織を通さないとならなくなって面倒だろ？」

「つまり、今俺がやってる韮崎事件と、そのマルタとが何か関係ありそうだってことですか」

川口は煙草を一本、ゆっくりとくゆらした。

「昔から、俺より龍さんの方が勘が良かった。その龍さんならどう考えるだろうなぁ、って部分があるんだ。ただ肝心の遺体の方は、もう大学に送られて司法解剖が決まってる」

川口は何枚かの写真をテーブルの上に置いた。

「うちの捜査員がポラロイドで撮ったやつだ」

麻生は写真を手にした。

思わず顔をそむけたくなるようなむごたらしい死体だった。仰向《あおむ》けになっているので、顔から胸、下腹部から下肢へと真っ黒に焦げている様子がよくわかる。だが脇腹やねじれた腕の裏側は、はっきりと白い。焼かれたのは主にからだの前面だった。

「焼死なのか」

「うん、鑑識の話では、前からガソリンをぶっかけられて火を点《つ》けられたんじゃないかってことだ」

「生きたまま焼かれたわけですね」

「それは間違いないと思う。現場は河原で、小石がごろごろしてる。火ダルマになったガイシャがその小石に足でもとられて仰向けにひっくり返ったようだ。背中や尻は地面と接していたんでそう焼けてない」

「荒っぽい手口だ」

麻生は首を振った。

「しかし韮崎の事件とは手口が違い過ぎますね」

「韮崎の場合は確か、手術に使うメスが凶器だったらしいな」

「事件の最大の謎のひとつですよ」

「うん」

川口は、紙コップのコーヒーに口をつけた。

「そうだろうな。医療用のメスを凶器に選ぶってのは、確かに随分と変わってる」

「川口さんがこのマルタを韮崎事件と結びつけた理由は何なんです？」

「その下の写真、よく見てくれ」

麻生は、黒焦げの死体と首から上のアップの他にもう一枚あった写真を目の前にかざした。

「よく見ないとわからないと思うんだが……この死体、手に変なもん握ってるだろ。ほら、右の手だ」

なるほど、そう言われてみれば、死体の右手が何かを握り締めていた。

「これは何なんだ？　金属みたいに見えるが、汚れていてわからないな」

「ライターだ」

「ライター？」

「現物は鑑識に回ってるが、ステンレスでできた使い捨てライターだ」

「金属の使い捨てってのは珍しいな」

「最近はコンビニでも売ってる。彩色してあって、まあプラスチックのものよりは高級に見えるが、使い捨ては使い捨てでガスの補給はできない。もっとも鑑識にそう言われて見せられるまでは、煤《すす》で真っ黒だったんでライターだとわからなかったんだがな。で、こっちの写真だ」

川口はもう二枚、写真を取り出して麻生の手に渡した。

「黒い方が現場にあったままの状態のもの。もうひとつが、煤を拭《ふ》き取ったものだ」

「なるほど……細身のライターだな」

「そいつは市販品じゃないんだ」

麻生は顔を上げた。

「……と言うことは、出所が特定できるってことか？」

川口は頷いた。

「店の名前がちゃんと書かれてあるんだ。赤坂の高級クラブ、『深海』で女の子が使ってるライターだよ。本来ああしたクラブではマッチをすったもんだったが、最近は硫黄の匂いを客に感じさせないように火を点ける教育を女の子にするのが面倒なのか、ライターを使うとこも多い」

麻生は、ついさっきの報告会議で出た店の名前にまた触れて、妙な興奮を覚えていた。

捜査にはたまにこんなことがある。ひとつの事柄がどこかに繋《つな》がると、連鎖反応のようにすべてを結んで絡めている糸が見えて来ることが。

「たまたま、俺は先月、まったく別の捜査で『深海』と関わりを持ったんだ。うちの所轄に住んでいる不動産屋の親父が、何年か前に『深海』にいたことがある元ホステスと同棲《どうせい》していたんだが、その女の子が行方不明になって家族から捜索願いが出てね、万一事件だったらってことでうちの刑事課を動かしたんだ。その事件そのものは、結局女が別の男と逃げていたって話で片づいたんだが、その関係で『深海』が掛川エージェンシーの掛川潤一と繋がってるってわかったわけだ。それを覚えていたんで、マルタが握っていたライターが『深海』で使われているものだって判って、あれ？　と思ったのさ。掛川潤一は韮崎の親友だろ？」

「その通りだ」

「韮崎が殺されたって事件のすぐ後で、その韮崎の親友と関係のあるクラブのライターを握り締めた女が殺された。単なる偶然なのかも知れないが、俺にはどうも、そうは思えない。捜査本部が設置されれば当然、新宿の事件との関連は取り沙汰《ざた》されるだろうが、そうなると、まずこっちの捜査本部が関連有りと判断してから龍さんとこに連絡することになるだろ？　それだと、まあ最低三日は龍さんがこのことを知るのが遅れるからな」

麻生は座ったまま頭を下げた。

「川口さん、すみません。気遣っていただいて」

「俺は昔から、龍さんの捜査方法が好きなんだ」

川口は笑った。

「韮崎の事件は一日も早く解決しないと、ヤクザの報復合戦が始まっちまうんだろ？　こちとら所詮《しょせん》、今は所轄の身分、一課長とか言ったところで捜査本部ができてしまえば、本庁組のパシリの身分さ。かと言って、捜査本部があるのにそこを通さないで情報をあんたに流すってのは、いくらなんでもできないもんな。ま、あと一時間もしたら本部設置の準備が始まるから、今がぎりぎり、俺の判断だけであんたにこのネタを流せるタイムリミットだったんだ」

「ご厚意は無駄にしません」

麻生はもう一度頭を下げた。

「それで、被害者の身元はまだ？」

「わかっていない。ライターは有力な手がかりになるだろうな。それと、実は、この被害者にはものすごく大きな特徴があることもわかった。検視官から指摘されるまで、俺はまったく見抜けなかったんだけどな」

「ものすごく大きな特徴、ですか」

「うん。こんな死体は、正直、俺は初めて見たよ。俺たちは今、便宜的に被害者を女と仮定し、彼女、という呼び方をしているが、な」

「女かどうかわからない？」

「いや」

川口は肩をすくめた。

「男、なんだ。通常の区分では」

「意味がわかりませんが」

「うん……死体の第一発見者も最初に現場に駆けつけた警察官も、その死体は女だと思っている。なぜなら、黒焦げになっていてもからだのシルエットというのはわかるものだからだ。つまり、腰がくびれていて胸が出っ張っていたわけだな」

「じゃ、そういうからだにもかかわらず、ペニスがあったわけか」

川口は頷《うなず》いた。

「検視した監察医の話だが、ほとんど子供のペニスほどに退化というか、縮んでいるが、確かにペニスを持っていた。しかし、これは解剖してみないと正確なことはわからないと前置きされた話だが、いわゆるフタナリ、両性具有ではないだろうって言うんだ。乳房の形が良すぎる点から豊胸手術を受けているのは確かだろうし、女性ホルモンの投与も受けていた可能性があるらしい。要するに、もともとの肉体は完全に男だったのに、人為的に女のからだに作り変えた可能性が高いってことらしいんだ。早く言えば、ニューハーフって奴だな。女性ホルモンを大量投与すると睾丸《こうがん》は精子を作らなくなり、男性的な性的欲求が沈下して勃起《ぼっき》もしなくなって、ペニスそのものも子供のものみたいに小さくなるんだってな」

「ニューハーフ……」

「こんなでかい特徴があるんだ、身元が判明するのは時間の問題だろうがな」

「いや、川口さん」

麻生はゆっくりと頭を振った。

「身元の判明は難航するんじゃないかな」

「どうして？」

「これだけ特徴のあるからだなのに、犯人があえて顔とからだを焼いた点ですよ。ニューハーフだとわかればすぐに身元が割れるくらいなら、わざわざ手間暇かけて顔を焼いたりはしないはずだ。それより、死体そのものが発見できないように、バラバラにでもして埋めた方がいい。ともかく顔さえ焼いておけば当面身元は割れない、と犯人が考えたとすれば、被害者はふだん、自分がニューハーフであることを隠して生活していたということにならないかな」

「そんなこと、あり得るのか？　ニューハーフってのは自分のからだを自慢したがるもんじゃないのか？」

「それは、商売でニューハーフであることを売り物にしている場合だけですよ。ニューハーフというのではなく、女に生まれたかった、女として生活したいと本気で考えている男性というのがいると聞いたことがあります。そうした男性が自分のからだを女性のものに改造した場合、それを決して他人には知られないようにするかも知れない。そして、女として生活しているかも。だとしたら、肉体的特徴を知っている人間はできるだけ少なくするように努力しているはずだ……」

　突然、麻生は気づいた。

自分のからだを同僚の女性に見せたがらなかった女。

パスポートも決して他人に見せなかった、女！

「川口さん！」

麻生は半ば立ち上がっていた。

「もしかしたら大変なことになったのかも知れない」

「どうしたんだ、龍さん」

「この死体ですよ、この、黒焦げの。思い当たる人物がいるんです。その人物は韮崎事件に深く関わっているが、経歴がはっきりしていないんだ。『深海』に勤めていたことがあり、最近も韮崎の周囲にいた。そして、なぜなのか、ホステス仲間に自分のからだを見られることを避けていた節があるんです」

「龍さん、それじゃやっぱり繋がるのか！」

「確かめないと。川口さん、遺体が運び込まれた大学はどこですか」

「J医大だ。執刀は法医学教室の武井教授だと聞いてるが」

麻生は会議室の電話に飛びついた。

「ヤマさんか！」

電話の向こうで、麻生の剣幕に驚いたらしい山背の返事が聞こえた。

「すぐに、イースト興業に電話して山内を捕まえてくれ！　そして一分一秒でも早くJ医大に連れて行って、柴又署の管轄で起こった殺人事件の死体を見せて身元確認をさせるんだ！　そうだ、山内じゃないとダメだ。たぶん奴なら、長谷川環の肉体的特徴を知ってる。そう、長谷川環だよ！　殺された可能性があるんだ！」

4

「悪かったな、わざわざ。だが助かった」

麻生の言葉に、練は片方の眉《まゆ》を上げただけだった。

「死体が長谷川環じゃなくてホッとしたよ」

「ああ」

練はゆっくりと頭を振った。

「やはり彼女もニューハーフだったわけか」

「その呼び方は嫌がっていた。環は、自分のことを女だとしか考えていない。ペニスもとっくに取っちゃってた」

「海外で手術して来たんだな」

「だろうね。詳しいことは知らない。別にどうだっていいもんな。元が男だろうが何だろうが、今本人が女だって言ってるならそれでいいだろう」

「立ち入ったこと訊《き》いてもいいかな」

麻生が言うと、練は肩をすくめて笑った。

「警察の質問が立ち入らなかったことってあんのかよ」

麻生も笑った。練は、人気のない待ち合い室のソファに腰をおろしていた。

「煙草はダメなんだよな」

「ああ。ちょっと我慢してくれ。俺も我慢中だ」

麻生は、練と並んで腰掛けた。

「おまえをここに呼んでる間に長谷川環の部屋にもうちの連中を行かせたんだが、留守だったようだ。彼女から今夜連絡はあったか？」

練は、首を横に振った。

「会社を出てから後のことは知らない」

「何時頃に出た」

「六時くらいかな」

「おまえも、『深海』以前の彼女については何も知らないのか」

「銀座にいたんじゃないの」

「ああ、銀座勤めの時までは遡《さかのぼ》れた。だがそこから前がさっぱりわからないんだ。おそらくは、海外でペニスを除去し、膣《ちつ》を作る手術を受けてから銀座に出るようになったんだろうがな。そうなると銀座以前は外見上も男性として生活していた可能性が出て来る」

「俺に言われてもな」

練は長い足を組み換え、足先をリズミカルに動かしている。煙草を喫えない苛立《いらだ》ちを、何かのリズムを足で刻むことでごまかしているようだった。

「あいつは、昔の話なんてしないから」

「さっきの立ち入った質問だけど。実際、彼女とおまえとは、どんな関係なんだ？　俺の見たところ、彼女はおまえに執着を感じているように思えるんだが」

「あいつの頭の中身までは責任持てない。あいつが何を考えているかなんて、興味ないね。ただ、あんたが言いたいことが、つまりあいつとやってるのかとかそういうことなら、答えはイエスだ」

練は片方の眉を上げて、苦笑いのような表情を顔に浮かべた。

「淫乱《いんらん》だよ、あいつは。だけど頭が良くて機転がきくから、役に立つんだ。いろいろと、ね」

「いろいろと、か」

麻生は自分の顎《あご》を撫《な》でた。

「愛だの何だのって感情は、持ってないわけだな？」

「俺に関してならば、ない。向こうがどう考えているのかは知らない。まあ俺の印象だと、あいつには他にも男はいると思うね。だけどあんた、どうして環にそんなにこだわるんだ？　死体は環じゃなかったんだから、もう気にする必要はないだろう」

「偶然にしては、でき過ぎてる」

麻生は、独り言のように言った。

「男性の肉体を女性の肉体へと作り替えようとしていた人間が二人、それだけでも大した偶然なのに、片方が勤めていた店のライターを、もう片方が手に握って死んでいた」

「つまりあんたは」

練は、前を向いたまま訊いた。

「環がさっきの黒焦げ死体をつくった、と思ってるわけか？」

「そこまで一気に飛躍はしないさ。ただ、死体が彼女ではなかったからって、即座に無関係だと考えるほど俺は単純ではないってことだ。それに、俺自身、少なくとも彼女が今度の韮崎の事件について、何か重大な事実を摑《つか》んでいるという感触は持っているんだ」

「あんたを誘惑しようとしながら、達也が犯人だって吹き込んだ件か」

「彼女は、何かから俺の目をそらそうとしていた」

麻生は立ち上がった。

「その点ではかなり切羽詰まっている印象を受けたんだ。彼女は大きなトラブルに巻き込まれている、そう思った。おまえにはその心当たりがないんだよな？」

練は首を横に振った。

「そうか。だったらそれでいい。送って行くよ」

「パトカーなんか乗りたくない」

「タクシーを奢《おご》るさ」

もう午前三時近かった。それでも病院のタクシー乗り場には空車が数台待っていた。不景気もいよいよ本物だった。数年前は深夜に空車を見つけるのは一苦労だったのに、今はどこに行ってもタクシーに困ることはほとんどなくなった。

「さっきの死体の事件も、あんたが担当するの？」

練の質問に、麻生は首を横に振った。

「被害者が長谷川環だったらあるいは、ということもあったがな。たぶん、柏木警部のところがやるだろう。おまえは知ってるか、柏木さん」

「なんで俺が本庁のデカの名前なんか、いちいち覚えてんだよ」

「いや」麻生は煙草を取り出した。「おまえもいろいろと警察には世話になってるみたいだから、顔ぐらいは見たことあるかと思ってな。一度見たらなかなか忘れられない、印象深い顔した人だぞ。何しろ、神社の狛犬《こまいぬ》そっくりなんだ」

練は笑った。

「尾行はできないな」

「ああ、無理だ。雑踏の中に混じってたって、あの人の顔なら浮き上がって見えるよ。しかし捜査は顔に似合わず、丁寧で粘り強い」

「人間、何かひとつくらいは取り柄があるもんだ」

練は欠伸《あくび》をした。

「眠いなら、会社じゃなくてうちに戻ったらどうだ？」

「仕事しないとなんないんだ」

「またろくでもない仕事か。汚い方法で金儲《かねもう》けするのに徹夜か」

「いちいちそう絡むなって。別にあんたの金を盗んでるわけじゃないし、弱いものいじめしてるわけでもないいさ。金の余ってる奴から少しばかりまわしてもらったって、構わないだろ」

麻生はわざと溜息《ためいき》をついた。

「ああ、構わないさ。おまえのやってることが本当に弱いものいじめじゃないならな。だけどどんなところから金を巻き上げるにしても、必ずそれによって困る立場になる弱い者は存在するんだ。おまえには、それがわかってない。それよりな、後で会社に行けば教えてくれると言っていた情報についてなんだが」

「わかった」

「情報を教えるなんて約束した覚えはないぜ。ただ会社に来ればいる、と言っただけだ」

麻生は腕時計を見た。

「じゃ、今から行こう」

「戻らなくていいのか」

「この時間からじゃ、報告も会議もしようがないからな。進展がなければ明日の捜査会議まで本部にいる必要がないくらいなんだ」

「気楽なもんだな。そんなんで誠一殺した犯人が捕まえられるのかよ」

「捕まえるさ」

麻生は窓を開けた。

夜明け前の澄んでいて冷たい空気が気持ちよかった。

イースト興業の建物に入るのは初めてだった。そのあたりは四谷署の管轄になるはずだったが、建物のそばで寝ずの番をしている公用車には見覚えがある。新宿署の車だった。

「出入り防止か」

「俺だけじゃなく、社員にも尾行をつけてる。四谷の連中と交代でやってるよ」

「なんだ。それなら今夜俺が勤務中に酒飲んだこともバレてんだな」

麻生は笑った。

「まあどうせ、報告先は及川だからどうでもいいけどな」

「あんたと及川さんって、大学の先輩後輩ってだけなの」

「だけ、ってどういう意味かわからんが、腐れ縁ってのがあるとすれば、あの男との関係をそう呼ぶんだろうなぁ。ま、運動部の先輩としては、最悪ってほどでもなかったけどな。俺の知り合いには今でも、剣道部の先輩だった男を本気で殺したいと思ってる奴がいるよ」

タクシーを降りると、待機していた公用車の中の人影が動いた。麻生は無視することにした。いずれにしても及川は、知りたいことを知る男だ。明日になったらなぜ真夜中にイースト興業に行ったのか、根掘り葉掘り訊《き》かれるだろう。

ビルそのものはさほど大きくはなかった。しかし、いちばん外側のシャッターはダンプカーで突っ込んでも穴があかないんじゃないかと思えるほど厚く、その上二重になっている。またその入口の前は幅の狭い道で、先は行き止まりだ。玄関ドアのガラスは防弾ガラスだったし、そのガラス戸を開ける手前に赤外線探知機のうっすらとした光の網が張られていた。

「窓もないんじゃないか、この分だと」

麻生は冗談のつもりで言ったのだが、練は、ひょいと肩をすくめて笑った。

「あんまりないよ」

それもわざとなのか、定員六名、という小さなエレベーターで七階まで上がる。特にハイテクビルという感じではなく、廊下のあかりも練が自分で点《つ》けた。

プレートの貼られていないドアを開くと、広々とした部屋があった。

床には渋味のあるエンジ色の絨毯《じゅうたん》が敷かれ、壁には何枚か絵もかかっている。その中の一枚を背中に巨大な机が置かれ、机の上にはパソコンが二台、載っていた。その内の一台は、誰もいなかったはずの部屋の中で、黙々と動いていた。画面を細かな数字が雨のように流れて行く。

「茶をいれる奴がいない」

「そんなもん、構わなくていいよ」

「これにしとくか」

練は机の後ろに置かれているキャビネットのようなものに近寄り、引き出しを開けた。驚いたことにそれは冷蔵庫で、引き出しの中には缶ビールが詰まっていた。

非常識なことに、練は缶ビールを放り投げてよこした。麻生は炭酸が落ち着くまで、缶を持ったままでいなくてはならなかった。

麻生は、応接室のように大型のソファがコの字に配列されたところまで歩き、腰をおろした。

ソファと練の机までの間が随分空いている。

会話に距離が出そうで落ち着かなかったが、練はもう自分の机の前で、ビールを飲みながらパソコンの画面を見つめていた。

「今夜中でないと駄目なのか」

「なに？」練はパソコンから顔を上げない。「何か言った？」

「それさ。今夜中にしないとならない仕事なのか、って訊いたんだ」

「別に。株価を見てるだけだから。シミュレーションだけどね。でもあんたの言葉は聞いてるから、訊きたいことがあればどうぞ」

「たった今、聞いてなかったくせに。おまえ、韮崎の事件に関して何か俺に言おうとしていたよな。あれは何だったんだ？　もし表沙汰《おもてざた》にできないようなことだって言うなら、おまえの名前が出ないように取りはからうことだってできる。な、話してくれないか」

練はしばらく黙ってパソコンの画面を見ていたが、やがて電源をオフにした。

それでも、ソファに移動しようとはせずに自分の机にいた。

「考えてみたら」

練の声はいつもより小さかった。

「無関係だって思ったからさ、やっぱり。だからもう、いいよ」

「そうはいかない。関係があるかないか判断するのは俺たちに任せてくれ、と、いつもこういう場面では嫌になるくらい繰り返してるんだ。実際、関係ないと思うから、と引っ込められた情報の方が重要だったたってことはいくらでもある」

「気が変わったんだ。話す気がなくなった」

「山内」

「だから」

練の声はじれている。

「話したって役には立たないよ。なんで関係あると考えたのか、俺自身、根拠がわからないくらいなんだから」

「それでもいいんだ。おまえがそう思ったってことは、無意識に繋《つな》がりを理解しているからだという可能性だってある」

練はそれでもまだ迷っているのか、頬杖《ほおづえ》ついた姿勢のままで黙っていた。

それから、机を離れ、やっとソファまで移動して来た。

「北村って男がいたんだ。以前、雑居で一緒だった」

麻生はメモを取り始めた。

「湯川組って、今はもう解散しちゃった小さな組の若頭だった。他に、稲村芸能っていう芸能プロダクションの経営もやってた。もともとはフィリピン人ダンサーをこっちのショーパブとかに斡旋《あっせん》するのが稲村芸能の仕事だったが、たまたまAV関係の仕事に手を出したところ、これが当たったんだ。所属の女優に人気が出て、その女優のシリーズだけかなりの利益をあげるようになった。実はその女優ってのはもともと掛川エージェンシーに所属していたあまりパッとしない役者でさ、顔と胸を整形して、アルバイトで稲村芸能が作ったAVに出て当たっちゃったんだ。当然、掛川エージェンシー側としてはその女優の契約違反を問題にして、稲村芸能側に圧力をかけた。最終的な掛川エージェンシーの狙いは、問題の女優ごと稲村芸能を掛川エージェンシーの傘下に組み入れ、経営も掛川さんが牛耳ることだったんだと思う」

「それはいつ頃の話なんだ？」

「正確には憶《おぼ》えてない。それに、そのことが起こっていた最中は直接知らなかったんだ、そういう事情って、何も。いずれにしても、八九年くらいのことじゃなかったかな。で、まあ要するに、北村はそうした取り引きはすべて拒絶したんだろうな。掛川エージェンシーの社長が誠一と親しいってことは知っていただろうし」

「湯川組っていうのは春日と対立していたのか」

「対立できるほど大きな組織じゃなかったよ。でもいちおう神崎系列の組だったから、そりゃ春日に対しては腹に一物あっただろう。北村としては、おいそれと稲村芸能を手渡す気にはなれなかっただろうな」

「それで、結局、どうなったんだ？」

「結局」

練は上を向いて缶ビールを一気に流し込んだ。

「北村は死んだ……ガソリンかけられて生きたまま焼き殺されたんだ」

5

「おまえは、どう考えてる？」

かなり長い間、黙ってビールを飲んだ後で、麻生は訊《き》いた。

「殺《や》ったのは韮崎だと思ってるのか？」

「わからない」

練は空き缶を手の中で握り潰《つぶ》していた。

「そうだったとしても驚かないけどさ……でも田村は……田村ってのも俺と同房だった奴で、仲がいいんだ、今でも。武藤さんとこにいる奴で、北村が殺された話もそいつから聞いた。で、田村は間違いなく誠一の仕業だと言っていた」

「しかし……韮崎は他にも邪魔になる奴らを片付けて来た事実が山ほどある。その北村って奴は韮崎が直接相手にするにしては、小物だという気がするんだが……」

「田村もそう言っていた。稲村芸能を掛川エージェンシーの傘下に収めるくらいのことは、北村を殺さなくてもできただろうって」

「韮崎がその男を殺したのには他に理由があったってことか？」

練は空き缶を投げ捨てると、ソファに寝転がった。

「田村はそう考えてた……俺のせいじゃないかって」

「おまえの？」

「俺、北村が嫌いだったんだ……中にいた間、北村はずっと俺を自分の所有物として扱ってた。わかるでしょ、俺を自分の女にしてたんだ。まあそれ自体は、我慢できないってほどのもんじゃなかったけどさ。ただ何て言うか……北村は、俺がどう思ってるとか何を感じてるとか、そういうことに頓着《とんちゃく》しなかった。あいつに必要だったのは俺のからだ、それも、顔と穴と匂いだけで、他のもんはどうでもいい、そんな感じ。人間として扱われたって記憶が、ない」

「そのことを韮崎に話したことがあるわけか」

「はっきりとは憶えてない。俺、酔っぱらってる時に喋《しゃべ》ったことはよく憶えてないんだ。北村が殺された頃、確かに俺は誠一と暮らしてたんだけど、その間は誠一とまともな会話ってしたことがなかった」

「どういう意味だ？」

「誠一にとって、俺は対等に話をする対象じゃなかった。死に損ないを拾ってやって、生かしておく代わりに雑用をさせて、気が向くと犯す。家畜の一種みたいなもんだった。それでも誠一が機嫌がいいと、飲めって言われるから酒を飲むだろ、それで酔っぱらってれば、俺が何喋っても誠一は笑って聞いていた。話したとすればたぶん、そんな状態の時に北村のことを話したんじゃないかと思うんだ。だから、どんな風に何を言ったのか憶えてない」

「それでも、その話を聞いて韮崎が北村を惨殺する可能性はあったと思ってるんだな」

「あんたに理解して貰《もら》えるとは思わないけど」

練は、天井を向いたままで長く息を吐いた。

「誠一は、俺を生き返らせようとしていたんだと思う」

「……生き返らせる？」

「俺は、死んでたんだ……線路に寝転んだ時からじゃなくて……あの判決が出た日から。あの日から俺の目に見えていた世界は、いつも色がなかった。ただ黒と白、光と影。自分がどうなろうと別に構わない、漠然とした開き直りの中で、諦《あきら》めること……絶望、って言い換えたらいいか、そいつと添い寝してうつらうつらする。何か考えたり感じたり、どうにかなろうとしてあがくよりもそっちの方が楽だった。仮釈で出た時、一度、自分の世界にまた色が着いたと感じた時はあった。印刷屋に勤めてまともに暮らして、またコンピュータでもいじってみようかな、と思い始めた時期、ほんの数ヶ月間だったけど、自分の周囲の世界が以前のように色着いて、そして何となく暖かい、そう思えた……束の間だったけどさ」

「どうしてそのまま、まともな暮らしを続けなかったんだ？」

練は笑った。

「運がなかったのさ……前科をばらされたくなかったらやらせろ、って奴が現れて、腹が立ったから膝蹴《ひざげ》り食らわせて飛び出してそれっきり。気がついたら共同便所の前に座っていて、また世界はモノクロに戻ってた。それからはもう、這《は》い上がろうとは思わなかった。浮遊しながらゆっくりと底まで落ちていく感覚は、そんなに悪いもんじゃない。底に着いたらそのまま腐って土に還《かえ》ればいいんだもんな。だけど底に着いたと思った途端、誠一に拾われたんだ。誠一はたぶん、俺が死人なんだって気づいて、何とか生き返らせようとしたんだと思う……北村を殺したのが俺と関係あるんだとしたら、北村の存在もまた俺を死人にしておく原因のひとつだと思ったのかも知れない。だけどそれは、わからない。誠一は時々、思いもかけないくらい衝動的な行動をとることがあった。北村の何かが誠一を怒らせて爆発させたのかも知れないし。俺がこのことをあんたに話す理由はひとつだけなんだ」

練は立ち上がり、立ってまた机のところまで戻った。引き出し式の冷蔵庫の上には開き戸のようなものがあって、開けると酒瓶が並んでいた。その中の一本を摑《つか》み、立ったまま、瓶から直接飲んでから、その瓶を摑んでソファまで来た。

「あんたもやる？」

麻生は酒瓶を受け取った。バーボンだった。瓶の口から甘く焦げた香りが漂っている。

「フォアローゼスのプラチナか。贅沢《ぜいたく》だな」

「こんなもんワインに比べたら安いもんさ。諏訪さんはグルメ気取りでワインばっかり飲んでるが、ちょっと飯食っただけでコースの代金の十倍くらいワイン代に請求されてんだぜ、馬鹿みたいだろ」

「諏訪って男はキザなんだな」

「かっこばかりだ。中身は空っぽ。だけど、誠一がいなくなった以上は諏訪さんが後をやるしかないんだろうな。まあいいけどさ、俺には関係ないから」

「おまえは、春日の組員になるつもりはないのか」

「ない」

練は、麻生が瓶から一口飲んだのを見てからまた瓶を取りかえして、喉《のど》を鳴らした。

「盃《さかずき》だの契りだの、ヤクザのやることはいちいちめんどくさい」

「それを聞いて安心した」

麻生は、練が渡してよこした瓶にまた口をつけた。

「で、北村のことを俺に話した理由ってのは？」

「うん……思い出したことがあるんだ」

「思い出した？」

「北村が俺に話してくれたことがあった……北村には娘がいる。歳だとか何だとかは知らないよ。どこにいるのかも。ただ……看護婦だと言ってたんだ」

看護婦。

麻生は、練が何を言いたいのかに気づいた。

「……韮崎の喉を切り裂いた凶器が医療用のメスだって話、どっから聞いた？」

「あのさ」

練は、どうしてなのか、微笑んでいた。

「俺にも、言えないことはあるんだよね。だけどあんたは調べないでは気が済まないタチだ。そうだろ？　で、調べられるのは困るんだ。それに北村のことについても、まだ時効は成立してないもんな。掛川さんに迷惑はかけたくないし。それで、保険をかけさせて貰うことに決めたんだ、さっき」

「……保険？」

その言葉を発した時、麻生はやっと気づいた。

手足の先が冷たい。感覚が少しずつ、麻痺《まひ》している。

麻生は立ち上がった。だが、からだを起こした途端に全身から力が抜けて、そのままソファに倒れ込んだ。

「……なにを……」

言葉を発しようとしたが、もうろれつが回らなかった。

「……のま……せ……」

「毒じゃないから、安心していい」

練は、酒の瓶を持って立ち上がり、キャビネットの中にそれをしまった。

「ちょっとの間、からだの動きが鈍くなるだけだ。副作用もないよ。明日、少し頭痛が残るくらいかな」

麻生は首をまわして練の動きを追おうとしたが、首もうまく動かなくなっていた。全身に倦怠感《けんたいかん》だけがあり、血がどろんと固まってしまったように感じる。

突然、眩《まぶ》しくて目が開けていられなくなった。目を閉じるとすぐに、からだが重みを感じた。

「ただの保険だ」

練は笑っていた。

「あんたが契約違反さえしなければ、別に問題はない。何も」

6

激しくきつい眠気が襲って来たが、頭のどこかが妙に冷静だった。眠いのに、眠るまいと意識すると目が冴《さ》えて来る、そんな感覚だった。

麻生は全身に力を込め、筋肉に対するコントロールを取り戻そうとした。だが無用なところにばかり力が入って、自分が動かしたいと思った筋肉に脳の命令が伝わらない。

「そんなに頑張ること、ないのに」

練の声は、エコーがかかっているように滲《にじ》んで聞こえた。

「力を抜いたらすぐ眠れる。眠ってしまった方が楽だよ。まあ起きていたいならそれでもいいけど……睡眠薬じゃないからね、起きていようと頑張れば起きていられないこともない。あんたがその方がいいのなら、眠るのを待たない」

「……なに……す……」

何をするつもりなんだ、と怒鳴ったはずなのに、声はもう出なかった。唇も自由に動かない。ただ、喉の奥で空気がごぼごぼと小さな声を立てた。

「仕方ないんだ。俺はあんたを信用できない。あんたが代表してるもの、警察も司法制度も、この国の法律全部も、人の倫理も。俺は身を守らなくちゃならないんだ。俺を陥れようとするものすべてから。俺はもう二度と、陥れられるのはごめんなのさ」

視界の中のものはすべてぼやけていた。麻生は何かひとつでもいい、はっきり見たい、と思った。何かひとつでも、もし可能なら、練の目だけでも。

殺意はあるのか。憎悪は。企《たくら》みは。自分の運命を握っている人間が何を考え、何を望んでいるのか。ひとつもわからないままに時が経つのはたまらない。

「北村のことをあんたに話した以上、北村殺しの一件で春日の誰かが新しく挙げられれば、誰がネタを流したのかって話になるもんな。あの事件は表面的には決着がついてる。だから、あんたが余計なことさえしなければ何も問題はない。あんたは、たまたま誠一の過去を洗っていて北村の娘に行き着いたってことにすればそれでいいわけだ。だが俺は、そうしてくれとあんたに頼むつもりはない。頼んだところで、信用はできないんだからいっしょだろ。あんたは自分の判断で行動するんだ……俺はただ、あんたにその判断基準をひとつ付け加えてやるだけだ」

目の前のぼんやりした世界の中で、白っぽいものが揺れた。練が掌《て》を振って、瞳《ひとみ》の動きを確認しているのだ、と麻生は思った。

「子供の頃、歯医者って好きだったか?」

麻生は、唇に乾いた何かの感触をうっすらと感じていた。指先かも知れない。相変わらずエコーがかかったように滲んだ声だったが、なぜかその声だけはしっかりと聞こえて来る。

「好きな奴なんていねぇよな。俺の住んでたとこから歯医者に行くにはバスに乗ってかなくちゃなんなかったんだ。めんどくさいし、歯をガリガリ削られるあれってたまんないもんな。いつも行くくって言っといてほったらかしてたんだ。そしたらある朝、激痛で目が覚めて、布団の上で転げ回るはめになっちゃった」

歯医者、という言葉で抜歯の時の麻酔を思い出した。麻生は自分の唇や口の中の粘膜が、ちょうどあの麻酔をかけられた時のように痺《しび》れてほとんど無感覚になっているのに気づいた。だがそれでも、唇にあてられていた指に力が入って、顎《あご》が動いたのはわかった。感覚がないはずの口中が、空気を感じている。突然、ひどく冷たいものが舌先に触った。舌の感覚は唇よりもいくらか目覚めていた。氷かと思ったが、水分が感じられない冷たさだった。それは舌から横滑りして、たぶん左の上下の奥歯の間に詰め込まれたが、そのあたりはもうまるきり無感覚で、何を噛《か》まされたのか想像できなかった。すぐに右側にも同じ処置がほどこされた。自分が奥歯で噛んでいるものが何なのか必死で考えたが、冷たかったということと、つるっとしていた、ということしか手がかりはなかった。ただ、それが毒物ではないことは直感でわかった。それは左右ともひどく分量が多くて、感覚が戻って来たとしても上下の顎を閉じることはできなくなっていただろう。しかし今はもう、その異物が歯の間に押し込まれていなくても顎を自力で動かすことは不可能だった。

「苦しいか？」

練は真面目に心配するような口調だった。

「唾液《だえき》が逆流して気管に入ると気の毒なんだけどな……ちょっと、頭、起こしておくか」

言葉の通り、顔が持ち上がってぼんやりとした視界の角度が変化した。

「あんたが無理なところに力を入れたりしなければ、これで大丈夫だと思う。すぐ終わるから、ちょっとの我慢だ。ここまでやんなくてももう、どうせ動けないとは思うけどまあ、用心するに越したことはないからさ。嚙み切られるのはごめんだしな」

練が遠ざかったように思った。物音だけが聞こえている。何か、金属のものを動かしている音。

耳だけがどうしてこんなにはっきりしているのだろう。聴覚神経は麻痺させられるのを免れたのか。

耐えられないほど眠かったが、どんなことをしてでも眠るまい、と麻生は思った。何をされるにしても、されたことの記憶があるのとないのとでは、裁判にでもなった時に天と地ほどの開きが出て来る。

裁判にでもなった時……

この男は、そうできないようにしようとしているのだ。それに思いあたって、なぜなのかひどくおかしくなった。ゲラゲラと笑い出したい気分だった。しかし、もう笑う為につかえる筋肉の緊張はどこにも残っていなかった。


「準備できたよ」

練はあざ笑ってもいず、いつもの少しふざけたような口調でもなかった。何か、苦行にでも赴く前のような堅い声だった。

「やっぱ、瞼《まぶた》は閉じてた方がらしいよな」

麻生は抵抗しようとした。たとえぼんやりとした影だけでも見ていたかった。だが一度練の指先で閉じられてしまった瞼は、どんなに持ち上げようとしてもうまく持ち上がらなかった。

「もう寝ちゃえよ」

練が一言だけそう言って、後は不気味なほど静かになった。かすかに、モーターが作動するような音が聞こえている。ビデオか。

練の計画も魂胆もすべてわかった。麻生の心にあったのはただ、この男もヤクザなんだな、という漠然とした諦観《ていかん》だけだった。

この夜、数時間だけ心が通い合ったような気がしたのは錯覚だったのだ。練は骨の髄まで変質していて、遠い記憶の中にいる青年はこの世に存在していない。

腹の上が重みを感じていた。鋭敏さは失われていても、鈍重な感覚は残されているようだった。重さは移動し、時に失われた。ソファの上で自分のからだを跨《また》いでいる練が、膝《ひざ》でずり上がりながら位置を変えているのだろう、と思った。たまに尻を落として止まりながら。

感覚を奪われていることは幸いなのかも知れない。後になって、それこそ裁判で証言しろと言われたら困るのだろうが、何をされてもこの状態では認識できそうにない。それもまたこいつの計算の内なのだ。

ようやく微《かす》かに感じ取れたのは、舌の上を何かが規則的に動いていることだけだった。口の中に何かが入った、という実感すらない。唇や頰の内側はもう無感覚だった。そのわずかに残された舌の感覚すら、次第に薄くなっていく。瞼を閉じて世界が闇の中に沈んでから、眠さが加速して増した。麻生はもう、眠気と戦うのを諦《あきら》めた。

意識を解放してやると、呆気《あっけ》無いほど簡単に、眠りの底に落ちていった。

＊

目覚めは悪かった。夢こそ見た記憶がないが、瞼を開いてからも全身がだるく、頭痛がした。

麻生がいちばん最初にしたことは、自分が寝ている場所がどこなのか確認することだった。その判定が付くのにかなり時間がかかった。見たことのない場所に見えたのだ。簡素だが清潔な白い壁に、シンプルな風景画が掛けられている。室内灯は点《つ》いていないのに、部屋は充分明るかった。麻生は窓を探した。この明るさは自然光だ。

窓は、あった。しかし普通の窓ではなかった。ぶ厚いブロックガラスがはめ込まれた窓、というよりも、ガラスの壁だった。そのブロックガラスの連想から、青山にある練のマンションか、と一瞬思った。だがすぐにそうではないと気づいた。目の高さのところに応接テーブルがあり、卓上ライターと灰皿がある。その向こう側には大きなソファ。

応接室か。

麻生は、ゆっくりと上半身を起こした。自分が寝かされていたのもテーブルの向こう側に見えているのと同じソファだった。

だとしたら、ここはまだイースト興業の中なのだろう。

ブロックガラスから差し込む光からは時刻の判断ができなかった。麻生は腕時計を見た。午前七時五十分をまわったところ。思っていたよりも少しの時間しか眠っていなかったことになる。

指先に力を入れてみると問題なく動いたので、まず胸のポケットを探った。潰《つぶ》れかけたハイライトはちゃんと中に入っていた。半分恐る恐る下目で自分の姿を見てみたが、着衣はどう見ても昨夜のままで、そのまま寝ていたのでくたびれてはいるが、乱れはなかった。

煙草を一服している間に、足先から少しずつ順番に力を入れて、からだが意のままに動くかどうか確かめてみた。特に異常は感じられない。折れている骨もないようだったし、打ち身の類《たぐ》いひとつあるようには思えなかった。からだを少しずらして肛門《こうもん》にも力を入れてみたが、覚悟していた痛みはなかった。背中の筋も伸びるし、首も左右に振ることができる。

短くなった煙草を消す為に、灰皿に手を伸ばしてみた。肩にも異常はない。そのまま立ち上がったが、膝も動いた。

狐につままれたような気分だった。いったい、あいつは俺に何をしたんだろう？

ノックの音がして、麻生は緊張した。

「あの」

女の声だったが、長谷川環のものではなかった。

「お目覚めでいらっしゃいますでしょうか」

「ああ、はい」

麻生が応《こた》えるとドアが開き、見たことのない女が入って来た。盆の上にコーヒーのカップを載せている。渇望感が湧き上がるほど馥郁《ふくいく》たる香りだった。

「どうぞ」

女はカップをテーブルの上に置き、白い封筒をその横に添えた。

「社長からの手紙でございます。お読みいただきたいとのことです。それから」

女は、タクシーチケットを一枚、カップの横に置いた。

「よろしければお使いいただくようにとのことでした。お帰りの時に、あちらのチャイムを鳴らしていただければタクシーをお呼びいたしますので」

長谷川環に比べると敬語がやわらかだった。イースト興業というのがどんな会社なのか知らずに応募して来たアルバイトなのかも知れない、と麻生は思った。

「あの、社長さんは?」

「今朝は千葉の方でコンペがありまして。午後には戻る予定ですが」

ゴルフか。こんな時に呑気《のんき》な奴、と一瞬考えたが思い直した。奴らはゴルフでも商売にするのだ。

「君は出勤が早いんだね」

女は困ったような笑顔で頷《うなず》いた。

「今朝、社長から電話があって七時半までに来るよう言われたんです。応接室でお客さまがお泊まりなので、お目覚めの頃にコーヒーをお持ちするようにと」

「ご丁寧にどうも、と伝えておいてくれないかな、社長さんに」

「お伝えいたします」

女は頭を下げて出て行った。

『悪いが、今朝は早出の用事があるので手紙にて失礼。昨夜契約した保険については、そちらに違反なければ問題なし。後で契約内容の詳細を送付するので、よろしく。誠一の死に対して責任のある人物を一日も早く特定されることを願う。山内』

麻生は、手紙をくしゃくしゃに丸めて部屋の隅にあったゴミ箱に放り込んだ。コーヒーのカップに手を伸ばした時、微かに不安が頭をよぎったが、麻生は構わずにカップをとって液体をすすった。見事なほど極上の豆をつかった素晴らしいコーヒーだった。事情を知らずに雇われているアルバイトだとしても、コーヒーのいれ方だけはきっちり教育されているらしい。

時間をかけてコーヒーを楽しみ、ついでにもう一本煙草を喫ってから、麻生は立ち上がった。もう、どうにでもなれ、という心境だった。

7

「長谷川環なんですが、出社してませんね」

山背が声を低めた。

「アパートにも戻ってない。雇い主の山内は千葉でゴルフだとか。韮崎の葬式の翌日だってのに、いい気なもんだ」

と思うか？」

「ヤマさんはどう思う？　例のニューハーフだか何だかの死体、こっちの事件と関係あると思うか？」

「何ともまだ」

山背は首を振った。そしてさらに声を低めた。

「だけど例のライターの件があるでしょ。繋《つな》がってると踏んでもいいんじゃないかと思うけどね」

「長谷川環の行方を追わないとな。まずはそれが最優先だろう。それと、ススキノの方はどうなんだ？」

「道警からは捜査に協力したいと文書が来てる。夕方にはうちのもんも着くから、一気に進むでしょう。後は皆川幸子の方だね。それだけ潰して全部シロだったら、さてどうしたらいいもんか。静香が探してる、正体不明のおばはんって線もあるけどさ」

「ヤマさん」

麻生は火を点けていない煙草を弄《もてあそ》びながら囁《ささや》いた。

「俺を信用してくれるか」

「何を今さら」

山背は笑った。

「本気で訊《き》いてんなら怒るよ」

「すまん。実はちょっと、追ってみたい線が出て来たんだが……タレコミ屋とバーターになっちまってな。当たりかハズレかはっきりするまでは、本部で追うことは無理なんだ」

「ほう」

山背は腕組みをして頷いた。

「なるほど。まあ口が堅いって点なら、うちの連中は大丈夫だとは思うけど」

「山下を連れて、俺が自分で歩きたい」

「……なんで山下を？」

「あいつは俺に対して、腹に一物抱えてやがる」

麻生はくくっと笑った。

「静香のことが原因なんだろうが、以前からどこかですっきりさせてやった方がいいと思ってたんだ」

「龍さんがあいつでいいって言うなら俺に異存はないよ。けど管理官の目を盗んで龍さんが自分で動くのは大変なんじゃないかな。俺にやらしてもらうのはまずいの？」

「ここでじっとしてるのにはもう飽きたんだ」

麻生は頭を小さく振った。

「俺には管理職は無理だ。つくづく思い知ったよ。昇進を断って現場に居続ける先輩がいるってのも理解できる」

「オブケまでは断る奴なんかいないってば」

山背は面白そうに小声で笑った。

「それを言うなら、龍さんには警察って組織そのものが向いてないんだから仕方ないよ。だけどデカって仕事については、あんたほどの適任者は日本中探したって他にいやしないがね。ま、龍さんが働きたいってなら俺は協力するよ。要するにあれでしょ、管理官に麻生はどこ行ったんだって訊かれたら、適当にごまかしておいてすぐ龍さんに連絡すればいいわけでしょ」

「頼む。じゃ」

麻生は腕時計を見た。

「北海道には別の奴、そうだな、金時か井上でもやって、夕方の五時までに山下を呼び戻しておいてくれ。夜の方が歩きやすい線なんだ」

「それまでどうする？」

「ちょっと、私用で出る。行くとこがあってな」

＊

「ここ、すぐわかりましたか」

弁護士の藤浦は、食べかけていたフォークをおいて笑顔になった。頭の切れそうな男だ、と麻生は思った。

「ちょっとわかりにくかったかな。でもその代わり穴場でしてね、この時間になるとあまり客も来ないんです。ランチは混むんですが」

「事務所よりこちらを指定されたのはまた、どうして？」

「ちょうど来客の予定が入ってしまったんですよ、いや、僕ではなく同僚の方になんですが。うちの事務所にはイソ弁が僕も含めて三人いますからね。あなたは警察の方です。そしてうちは刑事事件を他の事務所よりは多く手掛けます。将来的にどんな繋がりが出ないとも限らない人間たちと、顔を合わせてしまうのはあまり具合がよくないでしょう」

「つまり」

麻生は煙草の箱をポケットから出して見せ、藤浦が頷くのを待ってから取り出した。

「その来客ってのはその筋の人間だってことですか」

「僕は何も言っていませんよ、そんな意味のことは」

藤浦は笑って、またフォークを手に取った。

「失礼して食べながら話させていただいても構いませんか。午前中の仕事が延びてしまって、こんな時間に昼飯なんです」

「遠慮なくどうぞ」

「麻生さん、お食事は？」

「今朝から頭痛がするもんですから、食欲がなくてね。わたしにはかまわず、どうぞ」

麻生はコーヒーを頼んだ。

「それで、電話で問い合わせさせていただいた件なんですが。藤浦さん、あなたは直接会ってわたしに話したいとおっしゃってくださった。つまり、電話ではとても済まない話になるだろう、ということですよね。わたしはいちおう、あなたからどんな話が出て来るのか覚悟はして来たつもりです。ですから、遠回しにではなく単刀直入にお願いしたい。あなた方はあの事件について……」

「ちょっと待ってください。せっかちな方ですね、麻生さん、あなたは」

藤浦は皿の肉片を口に押し込み、水を飲んだ。

「その話に入る前に、あなたが香田雛子さんから何を聞いたのか、それをまず教えていただけませんか。昨日、彼女とお会いになったんでしょう?」

麻生は黙って頷《うなず》き、相手の言葉を待った。

藤浦は苦笑いした。

「やっぱり刑事さんは無駄に喋《しゃべ》ってはくださいませんね。おっと、警部に刑事さん、というのは失礼でしたか、すみません」

「別に失礼ではないです。わたしは今でも現役の刑事ですよ。それと、わたしは意地悪で黙っているわけじゃない。わたしが昨日誰と会ってどんな話をしたのかをあなたに喋る必要があるのかどうか、考えているんです」

「わたしのミスだったんです」

藤浦はフォークとナイフを揃えて皿に置いた。

「昨日、事務所で雛子さんがそばにいる時に、うっかりあなたとの会話でお名前を出してしまった。雛子さんが過剰に反応することに対して、考えが至りませんでした」

「確かに少々、過剰な反応という感じは受けましたが」

「我々は今、デリケートな局面を迎えているんです。それでみんな少し神経質になっています。実際、わたしにしても、あなたから連絡があったというのは驚きでした。もちろん最終的には我々の方からあなたにご連絡さしあげて、我々の結論を話しておく必要はあります……再審請求を起こす前にね。しかし今はまだその時期ではありません」

「再審請求と言われたが」

麻生は新しい煙草を箱から抜いた。

「昨夜、山内本人と会いましたよ。彼は再審請求なんかするつもりはまるでないようだったが。それればかりか、あなたや香田さんの行動についても、自分とは関係がない話だと突っぱねていた」

「彼を説得するのが、たぶん、我々の最後の山になるでしょうね」

藤浦は動じていなかった。

「その山を越える為にも、手札は強いほどいい。今はその手札を固めにかかっているところなんですよ」

「つまり、本人の意志とは無関係に冤罪《えんざい》を立証しようとしているわけだ。しかしそれ自体、矛盾した行為ではないんですか？　本人が再審請求するつもりはない、と言っているわけだから、それはつまり……」

「つまり冤罪などなかった、ということにはなりませんよ、麻生さん」

藤浦はボーイを呼び、コーヒーを注文した。

「再審請求というのはつまり、裁判のやり直しを求めるということです。今の山内君の生活はあなたも御存じの通りだ。面倒な裁判などしたくない、というのも事情として理解できます。今の彼の生活態度では、二年未満の刑期をつとめさせられた程度のことは大した事柄ではありませんからね。庇《かば》いだてしても仕方ないから言いますが、僕が把握している事柄だけ考えても、彼には刑期が二年を超える判決を受ける可能性が充分にある。もし再審請求などして万が一無罪などということになったら、検察は面子《メンツ》にかけても彼の現在の罪を立証して投獄しようとするでしょう。それがわかっているから山内君は再審請求などしないと言い張っているんです」

「断定的な言い方だな」

麻生はコーヒーをすすった。

「本人が罪を認めているから再審請求しない、という解釈はあなたたちにはないわけだ」

「ありません」

藤浦の声は低かった。

「我々はもう確信しています。八五年の世田谷の事件は冤罪です。彼は何もしていなかった。麻生さん、あなたの逮捕は、誤認でした」

「簡単に承服できる問題ではない」

麻生は言った。

「わたしも自分の仕事には自信とプライドを持っています。あの事件には目撃者がいたんですよ。被害者とその他にもうひとり。いや、裁判を担当したあなたにこんな説明は無意味ですが、しかしあなたもそのことの重さはよく御存じのはずだ。もしあの事件が冤罪であったとするならば、被害者もその目撃者も偽証していたということになる」

「結果は同じですが、意識的な偽証と、見誤りとは違いますよ、まるで」

「馬鹿げています。二人の人間が同時に見誤る、などということがそうそうありますか？それともあなたは、わたしが先入観を彼等に植え付けて、彼等の認識を間違った方向に導いたとでも言いたいわけですか」

「言葉で説明するよりも、これをご覧いただく方が早いでしょう。そう思ったのでお会いしたいと申し上げたんです」

藤浦は鞄《かばん》から茶封筒を取り出して麻生に手渡した。麻生は封筒の中を見た。写真が一枚、入っていた。

その写真はいくらか古びて変色したもので、学生服姿の男の上半身が写っている。身分証明につかわれたものらしく、男の表情は固かった。

男は、練だ、と麻生は思った。中学生、いや、高校生の頃か。だが、次の瞬間にその確信はゆらいだ。どこか違う。とてもよく似ているのに、どこか……練よりもっと男性的と言えばいいのか、眉《まゆ》も濃いし……顔の輪郭はいかつく、目のくぼみは深い。鼻も口も……まさか……

「驚くほどよく似ているでしょう？　まあ似ていてもちっとも不思議はないんですがね。その写真は、岩下圭吾《けいご》、という人物のものです。岩下の母親は、山内君のお母さんの姉にあたります。つまりその男と山内君とは、従兄弟《いとこ》同士ということになります」

麻生は不意に、雛子の顔を思い出した。練にそっくりな、だがまるで違う姉。

二人は母親似なのだ。そしてこの男も……

「岩下圭吾は山内君より三歳ほど年上です。滋賀県朽木《くつき》村の実家から近隣の安曇《あど》川《がわ》町にある高校に通っていたのですが、二年生の時に実家を飛び出し、以来行方がわかっていません。家出の原因は、同じ高校の女子生徒を妊娠させたことが知れ渡って退学処分になったことだったようです。彼が家を出てすぐ、岩下夫妻は離婚、圭吾の母親は圭吾の妹にあたる子供を連れて福井県の実家に戻り、四年後に再婚しました。また父親は離婚して五年後に病死しています。つまり八五年、山内君が逮捕された時には、岩下家には八十二歳の圭吾の祖母以外に誰もいませんでした。要するに山内君と圭吾とが非常によく似ていたという事実に思い当たる人間はいなかっただろう、ということですね」

言葉が出なかった。麻生は、手探りでコップを摑《つか》むと半分ほど一気に水を飲んだ。

「ついでですが、圭吾と山内君は、父親同士が従兄弟同士でもあるんです。山内君のお母さんと圭吾の母親との姉妹は、同じ朽木村の従兄弟同士のところへそれぞれ嫁いだということです。つまり、山内君と圭吾とは、普通の従兄弟同士よりもさらに血が濃いということになります。しかし三歳違うとなると、子供の時代にはかなりの差が出ますから、二人の顔だちがよく似ていることは周囲に認知されていたとしても、そっくり、という評価にはなっていなかったかも知れません。圭吾は十七歳で家出したわけですが、その時山内君はまだ十四歳ですからね。山内君の逮捕は彼が二十六歳の時です。十二年の歳月が流れ、はたして圭吾はどんな顔に成長したのか。その答えが、世田谷の事件だったんですよ」

「そんな」

麻生は、やっと言った。

「そんな馬鹿なこと……それが偶然だったなんてあなたは、本気で言うつもりですか！」

「偶然だったなどとは思っていませんよ、もちろん」

藤浦は、顎《あご》の下で指を組み合わせた。

「岩下圭吾の存在に行き着いたのは、そういう人物がいるのではないかと見当を付けて探したからなんです。つまり、山内君の身替わりにできるほど彼に似ている人物、という意味です。整形手術を施したアカの他人、という小説的な発想もないわけではなかったが、それよりずっとあり得ると思ったのは、山内君と血の繋《つな》がっているよく似た別人の存在です。まずその別人の存在があり、彼らはその存在に気づいたから、あの計画を思いついたのではないか、そう考えて山内君の親戚《しんせき》を虱潰《しらみつぶ》しにあたったところ、意外なほど近くに親戚中がその存在を忘れている一人の少年がいた。しかし岩下家はすでに、圭吾の祖母が亡くなって消滅しており、福井に住んでいる圭吾の実母からようやくこの写真を借り出すまでは、我々も半信半疑だったんですが……その写真で、仮説は一気に信憑性《しんぴょうせい》を帯びたわけです」

「わたしにも理解できるように話していただけないだろうか」

麻生は、途切れてしまいそうな声をやっと繋いだ。

「計画だとか、彼らだとか……この男が世田谷の事件の真犯人なんだという根拠はいったい、何なんです？　ただ山内と顔がそっくりだというだけでは、山内が犯人ではないと積極的に証明する手立てにはならない」

「しかし消極的にであれ、山内君が犯人ではなかった可能性を拡大したことは事実でしょう？　あなたもさっきおっしゃったように、あの事件で山内君の有罪の決め手になったのは、目撃証言なんですからね。被害者の女性はアルバイト先のベーカリーショップで、客としてたまに訪れる山内君の顔を見て知っていた。だからあの時、自分を襲ったのは山内君だとはっきり断言していたわけです。また被害者を救出することになった目撃者も、面通しで事情聴取を受けている山内君を見て、あの時の犯人であると証言した。しかし実際の犯人がこの岩下圭吾だった場合、どうですか、二人が犯人を山内君とは別人だと識別することが可能だったと思いますか？　街灯はついていたとしても現場は暗い工事現場です。しかも犯行の時間はすべてひっくるめても二十分以内で、被害者にしても目撃者にしても、犯人と格闘状態にあって、じっくりと顔を観察できたわけじゃない。あなた方が岩下圭吾の顔写真と山内君と両方を彼等に見せて確認させていたのならばともかく、山内君の存在しか知らない状況で、犯人はこの男なのか、と訊《き》かれたわけです。それではイエスと答える以外の結果はあり得なかった。わかりますか？　あれは、罠《わな》だったんです。どうあがいても山内君が犯人になってしまうように仕組まれた、罠だったんですよ」

「いったい誰が」

麻生は、もう味を感じなくなっていたコーヒーを機械的に飲み干した。

「彼を罠にはめようなんてしたんですか。彼はごく普通の学生だった。そんなことをして、誰に、何の得が……」

「山内君はただの生《い》け贄《にえ》だったんです」

藤浦は、小さく溜息《ためいき》をついた。

「彼らの本当の狙いは、山内君の兄、山内宗氏《そう》でした。こう言えばある程度はおわかりいただけるのではないかな」

麻生はカップに指をかけ、中が空なのに気づいて指を離した。何か握っていなければ手が震え出しそうだった。

「……選挙、ですか」

麻生の答えに、藤浦は小さく頷《うなず》いた。

「もちろん、彼らにしたところで宗氏が自殺するなどという悲惨な結末を望んでいたわけではないと思います。ただ彼らは、宗氏の結婚を妨害し、衆院選に出馬しないようにできればそれで良かったんでしょう。生け贄にしてしまった弟の練君のことだって、あの程度の事件なら執行猶予が付くだろうから、と軽く考えていたのかも知れない。しかし執行猶予が付こうがどうしようが、実の弟が婦女暴行未遂などという破廉恥な犯罪で逮捕されたというだけで、もう宗氏の政治生命は風前の灯火《ともしび》です。すでに権力を得てしまった大物政治家ならいざ知らず、これから初出馬しようという新人なわけですからね、一点の汚点もあっては駄目だったわけです。が、彼らの思惑よりも事態は大きくなり過ぎました。何より、宗氏が発作的に自殺してしまったというのは、彼らにとっても大きな誤算だったに違いありません。実際、一時的には望みを断たれたとしても、練君の事件が風化する十年先には政治家になる道がまた開けていたかも知れないわけですから、宗氏はあまりにも短気でそして、気弱だった」

藤浦の二度目の溜息が、麻生の心臓のあたりを締め付けた。

「たぶん、宗氏にしてみたところで、自殺しようというはっきりとした意図を持っていたかどうか……まさに発作的な行動だったのだと思います。練君の一審判決に執行猶予がついていれば、宗氏は死を選んだりはしなかったでしょう……そのことを思うと、わたしは何と言って宗氏の霊前に詫《わ》びていいのか言葉が見つからないのです。しかしあの時、わたしには他に方法がなかった。練君本人が自分は無実なのだと主張する限り、執行猶予を狙って罪を認めさせるなどということは、できなかった」

「やはり」

麻生はカラカラになった喉《のど》から声を絞り出した。

「彼は無実を主張していたんですね」

藤浦は頷いた。

「国選弁護人として最初に彼と話し合った時には、彼の発言は曖昧《あいまい》で要領を得ませんでした。事件の概要、起訴前の取調べで自白していることからして、事件としてそうやっかいなものではないとわたしもタカをくっていたんです。彼の言葉が明瞭《めいりょう》ではないのは、一時的な情緒不安定によるものだと思い、リラックスさせて自分のしたことをゆっくり振り返らせ、自然に反省の態度が表れるようになることを期待していました。彼の経歴や被害者の怪我の程度からして、それで充分、執行猶予を取ることができると思っていた……わたしはまだ若く、未熟でした。彼が事態を理解できなくて混乱していることに気づくのが遅れたんです」

「事態を、理解できなかった……?」

「そうです。彼は……送検されれば再捜査が行われ、自分は釈放されることになると考えていたんですよ、麻生さん」

藤浦の視線が突然、鋭くなった。憎悪すら感じられるほどに強い光がその瞳《ひとみ》に宿っている。

「麻生さん。彼は、あなたの言葉を信じていたんです。自白を取る為にあなたがついた、嘘をね」

嘘。俺がついた……嘘?

「あなたは山内君から自白を引き出す為に、取りあえず認めれば送検されて楽になれる、というようなことを言った。山内君はそれをまともに信じていたんです。確かに、検察には捜査権がありますからね、再捜査の可能性というのは嘘とまでは言えないかも知れない。しかし一度自白してしまえばそんなに簡単に無実を信じてなど貰《もら》えないでしょう? あなたは残酷なことをしたんですよ、麻生さん。山内君は検察官の前で、もう一度捜査して貰えるのかどうか訊いたそうです。検察官は、必要があれば、と答えた。山内君はそれまで警察だとか裁判だとかに無関係な生活をおくって来た青年でしたから、それで大丈夫だと思っていたようでした。ですから彼は、僕が最初に接見した時、自分の置かれている立場や状況をきちんと把握していなかったんです。だから……」

「ちょっと待ってくれ」

麻生は藤浦の言葉を遮った。

「わたしは……そんな嘘をついた憶《おぼ》えがないんだ。いや……決して言っていないと言い張るつもりはないんだが、記憶にない」

「それは無理もないことなのかも知れません」

藤浦は声の調子を少しやわらげた。

「あなたにとって、山内君の事件は他の重大犯罪に比べたらほんの些細《ささい》な事件でした。彼を取り調べるということそのものが、毎日こなしていかなければならない仕事の中のひとつに過ぎなかった。あなたにとって事件は明白なものであり、山内君の自供さえ得られれば一件落着、次の仕事に取りかかれるわけです。特に騙《だま》してやろうという悪意などはなく、ただ早く自白してくれればいいのに、という程度の気持ちで、そうしたことを口走ってしまったというのは理解できます。そしてそんなことを口走ったことなど綺麗《きれい》に忘れていたとしても、あなたばかりを責めることはできないでしょうね。わたしにしたって、依頼人や弁護する被告に自分が話した言葉のすべてを記憶しているわけではないですからね」

「いや、信じて貰えないかも知れないが」

麻生は目を閉じ、自分のこめかみを指圧しながら言った。

「わたしは……ふだんからそういうことを言わないんだ……取り調べている容疑者に対して、取り引きめいたことを口にすることは……しないんだ」

麻生は頭を振った。

「申し訳ない……混乱しています。わたしは聖人君子じゃないし、汚い取り引きは絶対しないなどと言うつもりはないんです。ただ、それはわたしのやり方なんです……わたしは逮捕する前にすべての証拠を固める主義で、自白は取れれば取れたにこしたことはない、程度の考え方しか持っていない。取り引きを持ちかけてまで自白させなければ送検できないような捜査はしない、少なくとも、しないように心掛けて来ました。彼の時も……細かな証拠は揃えていたはずなんだ。仮に彼の自白がなくても充分に送検できるだけの証拠は……」

「僕の言い方がまずかったですね」

藤浦は苦笑いして頭を下げた。

「麻生さんに対して責めるようなもの言いは間違っていました。冤罪《えんざい》事件というのは、逮捕した刑事だけに責任があるものではありません。誤認逮捕はもちろん、あってはならないことですが、それでも人間のすることですから絶対ということはない。万が一の誤認逮捕があっても冤罪を晴らすことができるように、わざわざ検察があり、裁判があり、控訴制度があるわけです。山内君のことに関しては、あなたもわたしも罪は同じです。特にわたしは、弁護人でありながら彼を救うことができなかったのですから、その責任は重い。わたしが言いたかったのはこういうことなんです……つまり、山内君は自白調書にサインはしたかも知れませんが、罪を認めたという意識は持っていませんでした。検察官が再捜査してくれれば自分は釈放されると考えていたわけです。ところが山内君はここで、大変な勘違いをしていた。送検されて検察官に尋問された時、取調べで自白したという事実がいかに重大なことであるか理解していず、ただ検察官の言うことに頷いていただけだったようなんです。もちろん検察官も、もう一度自白内容に誤りがないか、本人がきちんとやったことをわかっているかは確認したはずなんですが、山内君が無実を主張していると理解したふしがないんですよ。山内君はたぶん、逮捕され尋問され送検される、という、考えてもいなかった事態の急展開に精神的について行けず、半ば呆然《ぼうぜん》とした状態だったのだと思います。あの当時の彼は、どちらかと言えば無口でいわゆるシャイな青年で、自分の感情や考えを表現したり主張したりすることがあまり得意なタイプではなかった。わけがわからないままに拘置所に入れられ、それだけでもかなり精神的なダメージを受けたんじゃないかと思います。御存じのように、拘置所では勾留《こうりゅう》される際に全裸で肛門《こうもん》の中まで調べられたり、排泄《はいせつ》を行う際にもプライバシーなどはまるでない状態にされますからね。まだ有罪無罪も決まっていない段階であああした非人間的な扱いをするということには人権擁護の立場から大いに疑問がありますが、ともかくそれが現実です。はっきり言えば気が小さかった山内君にとってはショックの連続だったでしょう。そのあげく、彼は、せっかく無実を主張するチャンスだった検察官の尋問に対して、流されるように向こうの言うことに頷き、ろくに発言もしないままで終わってしまった。検察官は自白調書に問題なしと判断し、彼は即刻起訴されました。何しろ地検も山のような事件を抱えていますから、傷害と婦女暴行未遂というカテゴリー的には凶悪犯罪に属する事件であっても、被害者が比較的軽傷でしかも容疑者が極悪な人間でもないようなケースでは、できるだけ早く片づけてしまおうとしたでしょうからね。結果として、裁判が始まるまで山内君は自分が無実だということを主張することができなかったわけです」

「それで」

麻生は目を開けることができなかった。

「彼はいつ、無実の主張を始めたわけですか」

「その点がわたしにとっても、今思い返しても後悔する点なんですが」

藤浦の声は苦しんでいるかのようにかすれていた。

「裁判が始まるまで、わたしは彼が無実を主張したがっていることに気づかなかったんです……つまり、執行猶予を狙う戦法を取るつもりでいたんです。わたしと彼との間には、裁判を共に戦う上で不可欠な、充分な意思の疎通ができていなかった。わたしはあの事件を甘く見ていました。事態が急変したのは、初回の罪状認否の時でした。山内君は実際に法廷に立たされ、裁判官にあらためて訊《き》かれてようやく、自分の置かれている現状に気づいたんだと思います。彼は検察官の読み上げた起訴事実について、かなり長い間考え込んでいてから、こう言いました……まったく、身に憶えがありません。僕は何もしていません」

藤浦は自分で自分を笑うように声をたてて笑った。

「あの時に味わった何と言うのか……恐怖感というのは、生涯忘れないでしょうね。いや、まだあの頃は刑事裁判の経験も少なくて、被告人がいきなり打ち合わせと違う言動を取るという事態を経験したのも初めてのことだったんです。その後いろいろと経験しましたから、今だったらあれほど焦らずに対処できただろうとは思うんですが……いずれにしても、わたしとしてはまったく考えてもいなかった展開になってしまったわけですから、そのまま裁判を進めることはできませんでした。被告人との間で事件に対しての事実認識に誤解があったようだ、と申し出て、裁判の延期を申請し、一からやり直しです。だが彼の話をいくら聞いても、検察側の主張をくつがえせるような材料は見つからなかったし、どの点から反論していいのかもわからなかった。考えたら当たり前のことなんですけどね……山内君は、ただ寝ていただけだったわけですから。ぐっすりと、ただ寝ていただけということを証明することがいかに困難なことであるか……こちらには何の切り札もなく、そしてわたしは未熟者でした。裁判が再開されても検察側が次々に出して来る証拠に対して、その場しのぎで応戦するのがやっとの有様です。確かにひとつひとつの証拠に対して山内君の返答は澱《よど》みのないものでした。大型カッターを購入した理由も納得できましたし、それから血液反応が検出された事実に関しても、実際山内君の左手の中指に切り傷があったんです。現場に残された運動靴の靴痕《くつあと》にしたところで、特定された運動靴というのはコンバースのバスケットシューズでしたからね、当時はナイキのスニーカーなどよりずっとポピュラーで、靴痕の特徴から、山内君の所有していた靴と同じ物かどうか特定されていたわけではなかったんです。今になって考えてみれば、山内君を罠《わな》にはめようとしていた奴らが半月も彼を尾行していれば、何もかもすべて簡単に揃えられたものばかりです。だがそれらの細かな証拠には何とか応戦できても、検察側の最終兵器にはまったく太刀打ちできませんでした……つまり、目撃証言です」

「それでもあなたは彼の無実を信じたわけですね。その根拠は何だったんですか」

「麻生さん」藤浦はまた少し低い声になった。「極端な私見を言わせて貰《もら》えば、弁護人は被告人を信じるのに根拠を持つ必要はないんですよ……わかりますか？　そもそもの始まりから、信じられないのであれば弁護人となってはならないんです。しかしもちろん、そんなことは理想論です……あの時、わたしは彼をどこまで信じていたのか。正直にお話しするならば、目撃者の証言を実際に法廷で聞いた時には自信がゆらぎました。被害者と彼女を救出した青年が、山内君を犯人に間違いないと主張しているという事実はもちろん知っていたわけですが、法廷で対峙《たいじ》すれば警察の誘導による思い込みだということがはっきりするのではないかと思っていたんです。それがどうも様子が違う。青年の方はともかくとしても、被害者はアルバイト先のパン屋で何度も山内君を見ていて、どうもその……密《ひそ》かな好意を持っていたのではないか、という感じまで受けました。彼女が法廷で流していた涙を見ていて、彼女はその好意が裏切られたことに何より傷ついている、そんな印象を持ったんです。それだけに、彼女が警察の誘導によって誤った思い込みに走っているという可能性は薄いのではないかと……わたしは混乱してしまいました。結局、それが裁判での大敗北に繋《つな》がったわけです」

しばらくの間、藤浦は目を閉じて黙っていた。やがてまた見開いた藤浦の瞳《ひとみ》はいくらか濡《ぬ》れて光っていた。

「わたしが山内君に対して、生涯かけて償わなければならないと感じているのはその点なんですよ。わたしは信じなければいけなかった。何があろうと何が起ころうと、被告人の言葉を信じるという弁護人の大原則を少しでも忘れてしまえば、弁護するという行為そのものが欺瞞《ぎまん》になるんです。山内君はとても繊細な青年でしたから、わたしのその欺瞞に気づいた。そして彼はわたしに対して失望したんです。誰も自分の言葉を信じてはくれないのだ、と絶望してしまった。しかし言い訳になりますが、わたしは決して、山内君が全面的に嘘をついていると思ったわけではないんですよ……矛盾した言い方なんですが、わたしには、被害者も山内君もどちらも嘘はついていないとまで感じられたんです。何か、この事件には何か裏がある。わたしはそう思いました。ですが裁判はすでに始まっています。とてもではないが、事件のすべてを再調査する時間はない。わたしは、その時点で一審の敗北は覚悟したんです。二審まで行けばその間に事件を調査する時間がとれます。でもそれを山内君に告げたことそのものが、山内君を絶望へと追いやってしまったのは完全にわたしの責任です。彼の繊細さや恐怖、不安や焦躁《しょうそう》をもっともっと思い遣《や》って理解してあげていれば、一刻も早く解放してあげるから安心しなさい、と言わなくてはいけないとわかったはずなのに……山内君はわたしに見捨てられたと思い込みました。そしてそれ以降、わたしに対して強い不信感を抱き、わたしの言葉は彼の耳に入らなくなってしまった。弁護人と被告人との間にもっとも必要な、信頼関係が損なわれてしまったんです。そして……結審の時、検察側は山内君が強硬に無実を唱えたことに対して反省の色がなく悪質であると断じた。それに対して山内君は」

藤浦の言葉がまた途切れた。顔を覆い、じっとしている。

麻生は下を向いた。あの裁判で「何が起こったのか」、麻生の疑問が今、解き明かされるのだと思った。知りたくなかったその、事実が。

「叫びました」

藤浦は、やっと言った。

「そうだ、その通りだ。僕は女なんかみんな大嫌いなんだ、だから殺してやりたいと思ったんだ！　と」

「……まさか……」

「そう言って、笑ったんです。涙を流しながら。完全なヒステリー状態で、裁判官は彼に退廷を命じました。もちろんすぐにわたしは裁判官に謝罪し、最終陳述の機会をもう一度与えてくれるよう願い出ました。それは認められましたが、結局山内君自身が最終陳述はあれで終了だと言い張ったので、そのまま結審してしまったんです。裁判官にしても、最後の彼の態度がヒステリーによるものだということは理解していたと思います。しかし、決定的に印象が悪化したこともまた、事実でしょう。判決は二年の実刑でした。わたしとしては、致し方ないという気持ちでした。あんな騒ぎを起こしてしまったのですから、それでもまだ軽い方だったのかも知れません。いずれにしても、即刻控訴して二審にすべてを賭《か》けるしかないと考えていました。ですが……山内宗氏が判決が出た直後に都内のホテルで自殺してしまい、その知らせを聞いた練君は半狂乱になって……。わたしは控訴期限ぎりぎりまで説得に通ったんです。しかし、山内君のお母さんはご長男を失ったショックでもう、わたしの話など聞ける状態ではなく、さらに宗氏を大変可愛がっていたお父さんが激怒されて、控訴審については一切の支援をしないとわたしに通告して来たんです。最後まで控訴を主張していたのは雛子さんだけでした。けれどそれも、山内君本人が廃人のような有様になっていてわたしや雛子さんの言葉など聞いてくれず、さらに……最終的にはお母さんが、こんなことはたくさんだ、早く終わりにしたいと……結局、山内君は控訴を拒否しました。彼自身、もう嫌だ、という気持ちになってしまっていたんでしょう。あるいは控訴したところでまた同じ苦しみを味わうだけだと諦《あきら》めてしまったのか。実刑を受けるということが人生にとってどれほど大きなダメージになるのかわたしがいくら説明しても、自分の人生はもう終わったんだから放っておいてくれ、と言われてしまえばそれ以上はどうしようもないんですよ。まったく……まったく情けない話でした。弁護士として最大の敗北です。この人は無実なんだと感覚としてわかっていながら刑務所に入れられてしまうのを指をくわえて見ているしかなかったなんて……」

「申し訳ないが」

麻生は、いつのまにか掌の中で握り潰《つぶ》してしまっていたハイライトの箱を見ながら囁《ささや》いた。

「それでもまだ……あれはおまえの間違いだったと言われることには抵抗があるんです」

「当然でしょうね」

　藤浦はおだやかに言った。

「わたしもあなたのお噂はいろいろと聞きました。あなたはいわゆる強引に犯人を作り上げるタイプの名刑事ではない。これまで、名刑事とたたえられた存在は必ずと言っていいほど、冤罪《えんざい》ではないかと疑いが持たれている大きな事件にもかかわっています。つまり刑事として優秀である、ということ自体が両刃《もろは》の剣なんです。刑事の勘、というのは裏を返せば、根拠の希薄な思い込みや偏見や先入観、といった危険な発想と同じものです。しかしあなたの場合は、これまでの実績を簡単に調べさせていただいても、そうした偏見とは無縁の、実に合理的で実際的な方法で犯人を指摘したのだということがわかります。直接証拠主義、とでも言えばいいのかな、穴のない見事な捜査です。その意味で、あなたがいい加減な捜査をしたから山内君が冤罪に陥れられたのだ、ということはできないとわたしも思っています。ただ……こんな言い方は大変失礼なのはわかっているのですが、やはり、あなたはあの事件を簡単な事件、明白な事件だと思い込み、あと一歩、山内君の言葉を真剣に聞くという部分で詰めを誤られたのではないかと……さきほど申し上げたことに戻ってしまうのですが、だからあなたは、決着を早めようとして思わず、取りあえず認めなさい、というような意味のことを彼に言ってしまったのではないですか？　彼が裁判の最後に怒りをぶつけた相手はもちろん検察でありわたしであったでしょうが、あなたに対しても裏切られたという感情を持っていたことは間違いないと、わたしは思っています」

「……あなたが今話されたことがすべて事実だったとして、ひとつわからないことがある……いったい誰が、山内宗氏の失脚を狙ってそんな卑劣な計画を立てたのか。あなたのおっしゃる彼ら、とは誰のことなんですか」

「それはお話できません」

藤浦は固い声になって言った。

「申し訳ない、麻生さんのことが信用できないということではないのですが……我々は今の段階で彼らに目をつけられ、調査を妨害されたくないんです。もし我々が証拠を握って山内君に再審請求をさせようとしているということが彼らに知られてしまえば、彼らはどんなことをしてでもそれを阻止しようとして来るでしょう」

「つまり、現在ある程度の権力を持った人間とその仲間である、ということですね」

「そう考えておいていただいてよろしいと思います。雛子さんが神経質になってあなたに手を引くよう頼んだのも、そうした事情からです。ともかく彼らにとって、八五年当時、山内宗氏の存在は大変邪魔だったんです」

「山内宗氏が引き継ぐ予定だった選挙地盤と関係があるということですか」

「そこから先はノーコメントということで」

藤浦は苦笑いした。

「いずれにしても、我々はまだ完全な勝ち札を手にしたわけではないんですよ。何よりも、岩下圭吾の行方がまだわかっていません。ただ……彼等が岩下と接触したという事実だけは摑《つか》んだんですがね。最悪の場合……岩下がもうこの世にはいないという可能性も覚悟しなくてはならないかも知れません。そんな状況なんです。あなたに悪気はなくても、世田谷の事件を警察が再捜査しているという噂が広まっただけで、我々にとっては危険が増大することになるわけです。ですからあらためて僕からもお願いします。あの事件については、充分注意して扱っていただきたい。あなたが手掛けた事件ですから二度と触れるななどと言うつもりはありませんが、その点、ご配慮を」

藤浦は腕時計を見た。

「そろそろ事務所に戻らなくてはなりません。来客の予定があるんです。麻生さん、では、くれぐれもよろしくお願いします」

藤浦は立ち上がって、麻生の顔を見下ろした。

「僕は自分の人生を賭けてでも、山内君の冤罪を晴らすつもりです。そうしなければ何の為に弁護士になったのか、その意味がないと思っていますから」

(下巻に続く)

作者よりのお願い

この短編は、『聖なる黒夜』単行本刊行時に、限定制作された小冊子に収録されている作品です。本編と同じ人物が登場しますが、本編では触れられていない、登場人物の心理を描いており、先にこちらを読んでしまうと、本編を読み解く際に、差し障りとなる可能性があります。本編を読了後にお読みいただくようお願いいたします。

柴田よしき

La Sainte Nuit Noire
SIDE STORY 1

「聖なる黒夜」サイド・ストーリー①

歩道

玄関と呼べるようなものではなく、それはただのドアだった。今どき珍しいような木製の、酔った勢いで蹴《け》ってやれば簡単に穴があくような粗末なドア。

畳を敷けば六枚分はあるはずの部屋は、その畳がすべて取り払われてそこに寄せ木細工を模した安物の合板が張られているが、それをフローリングだと大家が説明した時にはさすがに笑いを堪《こら》えるのが大変だった。畳だと借り手が替わるたびに新しいものにしなくてはならず、その費用の節約の為にこんな有様にしてしまったのだろう。畳の方がもちろんありがたかったのだが。畳ならば、炬燵《こたつ》を置いておけば布団もあまり使わなくて済む。

仕方なく、練はいちばん最初にカーペットを買った。ぺらぺらしたものだと直接寝ることができなくて不便なので、化繊のループ状になった毛糸のようなものがびっしりと生えているものにした。パソコンを除けば、それがその部屋にあるもっとも高価なものなのは、今でも変らない。

六年が過ぎた。この部屋に引っ越して来て、六年。

一年浪人したのに志望ランクをひとつ落としたことで、郷里の父親はひどく機嫌を損ねていた。現役の時に受験に失敗したのは学力のせいではなかった。なんと、麻疹《はしか》にかかってしまったのだ……十八歳にもなっていたというのに。

二期校の受験には何とか間に合い、受けたところはみな合格した。だが父親は、一浪してでも一期校を受け直せと練に命じた。逆らうことなどできなかった。学費を出すのは父親だったし、父親に意見できるのは兄だけだった。そしてその兄はとっくに京大に合格していて、その時ばかりは父親の意見に賛成してしまった。

だが一年後、練は東大も京大も受けなかった。

自分の進路について、練は浪人生活をしていた間に確固たる信念を持つようになっていた。進みたい方向ははっきりしている。やりたいことはちゃんとある。だったら、それに最適な大学を選ぶのは当然のことだ。父親は激怒していたが、さすがにもう一度浪人しろとは言えなかったのか、学資と最低限の生活費を出すことは承諾してくれた。

最低限の生活費。学生寮で過ごした最初の一年は、わずかな仕送りでもなんとかなった。だが寮で相部屋になった一学年上の男が体育会系のノリを持った男で、酒につき合うことや繁華街の風俗店に遊びに行くことなどをさかんに強要した。嫌でたまらず、一年で寮を出た。兄に金を借りてアパートを探した。

三軒茶屋は学生と庶民の町だった。木造の家賃が安いアパートがたくさんあり、定食屋があり、徒歩で下北沢まで行くこともできたし、渋谷からも地下鉄ですぐ。安っぽいフローリングだけは気になったが、家賃の安さが魅力ですぐに決めた。

六年暮した。町も部屋も、もうすべてが自分に馴染《なじ》んでいる。あと半年と少しでお別れだと思うと、少し寂しい。

就職が決まっても初めは引っ越すつもりなどなかった。会社案内にも本社は新橋と書かれていたし、最終面接では、入社二年は転勤なしと聞かされていたのだ。だが内定を承諾してしまってから、練が勤めることになる研究所は埼玉のはずれにあるとわかった。熊谷《くまがや》まで新幹線で通勤しても、三軒茶屋からは二時間近くかかる。研究所は始業時間が早いし、残業もかなりあるだろう。通勤は無理だった。来年になったら、研究所からほどよい距離で新しい部屋を探さなくてはならない。いろいろと面倒だな、と思う。

ドアを開けると、六月の終わりの湿気と蒸し暑さとが顔をあおる。クーラーなど買う余裕はなかったので、とうとう付けずに六年、我慢してしまったけれど、幸いと言うかアパート自体が四階建てのマンションの影にすっぽりと入っていて日当たりがとても悪かったので、直射日光に焼かれる思いはしなくても済んだ。それでも、真夏になると日中はとても部屋にいられず、ほとんどの時間を大学かバイト先の喫茶店で過ごしていた。そのバイトもそろそろ辞めないとならない。修士論文はこの夏から追い込みに入る。とてもアルバイトなどしている時間はつくれそうになかった。

前期試験が終わって夏休みになったら、日中はずっと研究室にいることになるだろう。亀は研究室に持って行こう。こんな部屋に置いておいたら、暑さで死んでしまうかも知れない。

赤錆《あかさび》が浮いた古い鉄製のてすりにうっかり触れて、練は舌打ちした。掌を開いてみると赤い粉が風化した血のように掌に縞《しま》模様を描いている。外階段を降りたところに水道がある。大家がたまにやって来て、アパート前の雑草だらけの敷地に水を撒《ま》いたり、階段や外廊下を水をつけたブラシでゴシゴシこすっていたりする、そんな時に使う水道だ。蛇口をひねって水を出してみると、思いのほか冷たくて気持ちいい。そうか、これは井戸水なんだ、と思い至る。東京でもこのあたりは昔はすべて農家だから、井戸を掘っていた家は多かったろう。そのほとんどはもう潰《つぶ》して埋めてしまっただろうし、使えるにしても飲料水の許可はおりない。こんなふうに掃除や水撒きに使うのならば、それでも問題ないわけだ。

井戸水の冷たさに、練は川を思った。

故郷には川が流れていた。ところどころ川岸がひろくなっていて、そこでよく、小石を拾って遊んだ。家には小石がたくさんあって、どれも磨かれて絵が描かれていた。姉の雛子は、本当は美大に進みたかったのだ。姉の絵は個性的でとても上手で、練は、好きだ、と思っている。だが姉は、京都の短大に入って英文科を出て、見合いですぐに結婚した。

相手は大阪に勤務していた銀行マンで、二年ほどして転勤になってしまい、東京に引っ越した。父は、遠くに行ってしまった姉のことでもいつも愚痴を言っていた。関西の良縁や思《おも》たから賛成したのに、東京に出てしまうなんて詐欺にあったようなもんや。父は姉を村の者のところに嫁がせようと考えていた。いつまでも自分のそばにおいておくために。姉が見合いに即答して、風のようにさあっと村を去って行ったのは、父のそんな思惑から逃げたかったからかも知れない。姉は、見合いの席で一目惚《ぼ》れしたのよ、と笑っていたけれど。

姉がいなくなった時、練は十四で、そして自分も村を出ることばかり考えていた。

姉は二時間もかけて村から京都に通っていた。父が一人暮しをゆるさなかったのだ。だが兄にはあっさりとそれをゆるした。それでも兄は、高校は県立に進んだので、大学に進学するまでは実家にいた。自分の方が先に村を出ると言ったら兄は反対するだろうか。こわごわ相談してみると、兄は笑って賛成してくれた。おまえもそろそろ、俺と離れて生きてみんとな。

練は、京都の私立高校に受かって寮生活に入るまで、その言葉の意味を理解していなかった。

幼い頃から、自分のそばにはいつも兄がいた。学齢に達するまでに大病を次々と患った病弱な練は、小柄でひ弱で、そして泣き虫だった。男の子の中に入るといじめられるので、女の子の仲間になって過ごすことの方が多かった。そんな練を父親は嫌悪した。男らしくなれ、もっと男らしく。男らしく、男らしく、男らしく……

それは拷問だった。悪魔の呪文《じゅもん》のように繰り返される、男らしく、という言葉。それはそのまま、その時の自分が男ではない、と否定されているのも同然だった。それでも練には怒りという感情がわかなかった。否定されて当然なんだ、と漠然と認め、否定されることの中に逃げ込んでいた。そんな意気地なしの練の背中を支えていたのは、いつも兄だった。

「父ちゃんの言うことなんて気にせんでええで。おまえにはおまえの良さがあるんやから、それを信じていたらええ。世の中、父ちゃんが言うような乱暴で喧嘩《けんか》っぱやくて無神経な男ばかりになったら、嫌やろが、な」

兄はそう言って笑った。

兄は完璧《かんぺき》だった。

兄には、欠けているところがない。運動神経も肉体の外観も身体能力も素晴らしいし、成績はガリ勉しているわけでもないのにいつもトップだった。顔だちも端整だがきりっとしていて、中学の頃からか、兄の顔が見たくて実家の周囲をうろうろしている女の子がいることが珍しくもなくなった。村中が兄に期待し、いつかあの村から英雄が生まれると信じている。

蛇口をしめ、空を仰いだ。

やっぱり夏休みが終わる前に、一度田舎に帰っておこう。就職内定の時の条件通りに二年後にはMITに企業留学させてもらえるとなれば、あと何年帰れなくなるかわからない。父はともかく、母の顔だけは見ておきたかった。

漠然と、今日も曇っているのだろうと思っていた空は、不思議なほど青く晴れていた。まだ梅雨明けには一、二週間はあるはずだ。それでも今日の空は真夏の色をしている。

東京の空の汚さにはすっかり慣れてしまって特別不快だと感じることすらなくなっていたが、こうしてたまに青空を見ると、やっぱり空は青いものなんだな、と不思議な気持ちになる。

アパートの敷地を出て住宅街の中を歩く。世田谷通りを三軒茶屋の駅に向かって五分ほど歩くと、アルバイトをしている喫茶店が見えて来る。

六月いっぱいで辞めます、と伝えると、マスターはがっかりした顔をしてくれた。なんだ、三月までやってくれるかと思ってたんだけどな。

修士論文があるんで、と言うと、マスターは頷《うなず》いた。論文か、これから大変だな、実験、実験で大学に泊まり込みだな。

その喫茶店は、特徴と言えば店内に流している音楽が少し店長の趣味に走っている、という他にない、ごく普通の町の喫茶店だった。今どき、個性に乏しいそうした喫茶店は練と同世代やそれより下の学部生にはまるで相手にされなかったが、その反動で、若い連中ががやがやと溜《た》まっている店を嫌う少し世代が上のサラリーマンには居心地のいい空間なのだろう。朝はモーニング・サービス、昼はランチタイムと、けっこう混み合って時には満席になることもある。マスターはコックも兼ねていてほとんどカウンターの内側で調理しているので、フロアの仕事はアルバイトの二人でこなさないとならない。練は四年ほど前からこの店で働いていたので、もうベテランだった。常連客の顔はだいたい憶《おぼ》えているし、それらの客のコーヒーの好みもわかっている。ランチタイムに盆の上にどんなカトラリーをセットしないとならないか、とか、レジの打ち込み方から釣り銭を両替するのにいつも行く銀行、マスターが好きな七〇年代のロック・アーチストの名前、ヒット曲やヒット・アルバムのタイトル、店に常備する週刊誌の銘柄……

それらすべてを把握してしまった練にとって、その店は第二の自室のようなものだった。時給六百円。高くはない。最初は五百円だった。ファーストフード店でももう少し出してくれるだろう。だからもうひとりのアルバイトは定時制高校に通う十七歳の少年だった。練ぐらいの年齢で、こんなバイトをしている方が珍しいだろう。家庭教師なら一回二時間、週に二回で、悪くても三、四万になる。二軒も掛け持てば家賃と食費がまかなえる。塾の講師でもやればもっと稼げた。同じ院生でも、予備校で定期的にバイトをしている同級生は月収が二十万を超えると聞いている。練がその店でほとんど毎日、四、五時間ずつ働いて、それで得られるのは数万円だ。それも授業や実験で休むことがあったり試験の時はまとめて休んだりしていたので、生活費の足しというにも心もとない稼ぎにしかならなかった。

それでも、練にはその店が性に合っていた。家庭教師や塾講師もやってみたが、性に合わなかった。誰かの人生にかかわってしまうような仕事をアルバイトですることには強い抵抗があったし、時給が高ければその分だけ、気をつかうことが多くなるのは覚悟しなくてはならない。その店ではマスターとバイトの少年とさえうまく折り合っていれば他のことはあまり考えなくてよかった。客はアルバイトの学生ウェイターのことなどほとんど気にもとめていない。

それに、店にいる時はいつでも、食べたいと言えばマスターがまかない料理で何か食べさせてくれる。食事の心配がいらないというのは、一人暮らしの練にとって、それだけでも僥倖《ぎょうこう》なのだ。

そうやって、四年、なんとなくここにいた。

練はいつものようにタイムカードに自分で記入して、エプロンを腰にまきつける。ランチタイムまであと三十分。マスターはもうカウンターの中で大慌てで準備を始めている。不定期に店が忙しい時間帯だけ働いている練とは違って、朝から夕方まで店にいる少年は、早々とカウンターに腰掛けて食事をしていた。いつもその日のランチメニューの味見がその少年の役目なのだ。その少年が一年前に来るまでは、別の少年がいた。その前にはまた別の少年。マスター自身が、少年たちが通っている定時制高校の出身だとかで、定職を持たずに昼間ぶらぶらしている生徒がいたら紹介して貰《もら》うよう、学校側と話をつけていると聞いている。

妹尾《せのお》という姓のその少年は、店ではイモちゃん、と呼ばれている。あまりいい響きではないと思うのだが、本人は小学生の頃から周囲にそう呼ばれていたので、それでいいと言う。

「うまいっす」

妹尾は揚げたてのハムカツを丸ごと齧《かじ》っていた。

「これ、いけるっすよ、マスター」

「チーズ入ってるのどう？」

「いいっす。俺、チーズ好きだし」

「練ちゃん」

マスターが呼んだ。

「チーズだめってお客の為にさ、チーズ挟んでないバージョンのも用意したから、初めのうちはいちおう、訊《き》いてくれる？　数が足りなくなって来たら言うから、そしたらだまってていいから。メニューにチーズハムカツ、って書いたからね、挟まってても文句言われる筋合いじゃないもんね」

だったら何もチーズの入っていないものなど用意しなくてもいいのに、と、練はマスターの人の良さがおかしかった。こんな性格だから、なんとなく客も居心地が良くなって毎日顔を出すのだろう。料理は特に旨《うま》いというほどでもないのだが。

客のいない店内に流れているのはジェスロ・タル、イアン・アンダーソンの声が嘆いている。……too old to ROCK'N ROLL, too young to die……もう少しポピュラーなものに替えておいた方がいい。この曲が終わったら。ランチタイムには近所の会社や事務所に勤めるOLの姿もけっこう見える。彼女たちは聞いたことのない音楽には不満そうな顔をする。サラリーマンはBGMが何だろうと気にしていないので、ランチタイム以外ならマスターの趣味を優先していて構わないけれど。とは言え、この曲はジェスロ・タルのタイトルの中では、たぶんいちばんポピュラーだ。マスターとしては、これでも遠慮した選曲なのかも知れない。

紙ナプキンの補充だの、醬油《しょうゆ》やソース、塩の補充だのをやっているうちに曲が終わりかけたので、練は素早くカセットデッキに走り、次の曲が始まらないうちに、スーパートランプに取り替えた。いちばん売れたアルバム、『ブレックファースト・イン・アメリカ』。これだって、はたして客の中で何人が知っているのか疑問だったが、ヒット曲が二、三入っているので、あ、これ聞いたことがある、くらいには思って貰えるだろう。『ブレックファースト・イン・アメリカ』が出たのは七八年頃だっただろうか。十年ひと昔、とよく言うけれど、あの頃からもう十年近く経っているなどとは、なんだか信じられない気がした。ロックやジャズも兄から教わった。兄は優等生と思われていたが、音楽の趣味などは雑多で進歩的だったし、推理小説だのSF小説だのもよく読んでいた。学校の勉強ばかりに血道をあげているガリ勉とはまるで違っていたのだ。いったい、兄には欠点というものがあるのだろうか。練は、兄の宗のことを思うたびに、不思議な思いにとらわれる。兄はあまりにも完璧過ぎて、神が存在するとして、その神が人の運命をあやつるのだとしたら、兄に関しては、どこか神がミスをしてこの世に送りだしてしまったのではないか、そんな気さえするのだ。人には欠点が必ずあり、だからこそ、その欠点を補おうとして強くなる。そう姉の雛子に言われたことがあった。幼い頃、近所の子供に虐《いじ》められて姉に泣きついた時だったか。その言葉が真実なのだとしたら、兄は欠点がないゆえに、本当はとても弱い、もろい存在なのだということになる。

練は頭を振った。ばかばかしい。

兄は強い。いつも、そしてこれからも。

ランチタイムの時間になった。練は店の表に、マスターが手書きしたランチの案内を貼付けたイーゼルを置いた。それを待っていたかのように、近所の美容院の美容師が二人、入って来る。それからブティックの店員、文房具店の店主。混み合う正午から一時を避けて、十一時半を狙って来る客もけっこういる。彼らが食べ終えて店を出る頃から会社員たちがどっと入って来て、店は戦場のように忙しくなる。

練は、忙しい時間が好きだった。忙しいと余計なことは考えないで、ただ働いていればよくなる。イモちゃんもこまねずみのようにくるくると動き回っている。マスターはバンダナで髪を覆い、額に汗を浮かべて揚げ物と格闘していた。

午後一時を過ぎると、客は半減し、二時になるとランチタイムの前と同じ、ちらほらとテーブルに客の姿が見える程度に落ち着いてしまう。ランチタイムは二時半で終了。あと三十分。


練は、期待する。


その男が初めて姿を見せたのは、二年くらい前の雨の日だった。

男は骨が一本折れた、白いビニール傘をさして来て、店の外の傘立てにそれを突っ込むと、ドアを押して店内に入るなり、ふう、と溜息《ためいき》をついた。練は、透明なガラスの壁を通してそれをじっと見つめていた。

背の高い男だった。痩《や》せてはいないが、太ってもいない。髪の毛がくしゃっと乱れていて、無精髭《ぶしょうひげ》まで生やしていた。ネクタイはよれて曲がっている。それでもいちおうはサラリーマンなのだろう、鼠色のビジネススーツを着ていて、安物だとわかるそんなスーツがそれなりに板についていた。

どうしてその男のことが気にかかるのか、自分でも理由はよくわからなかった。ただ、雨の中、初めて入る喫茶店に駆け込んで溜息をついたその仕種《しぐさ》が、子供の頃の自分を思い出させることは感じていた。小学生の低学年くらいまで、練はひとりで遊びに出たことがほとんどなかった。いつも姉か兄と一緒だった。たまにひとりで出掛けると、必ずと言っていいほど、嫌いな子供に出会った。河原でも農協前の広場でも、駄菓子を売っている店の店先でも。練はその子たちを見ると一目散に逃げた。追い掛けられることもあったが、練の足はとても速かったのだ。駆けて駆けて、息を切らして家に帰りつく。林業農家だった練の実家は玄関に土間があって、前庭からそこに駆け込んで土間に入った時、その男がしたような溜息をいつもついていた憶《おぼ》えがあった。

この人は、外で嫌なことでもあったんだろうか。

そう思ったから、しばらく目が離せなかったのかも知れない。あるいは他に理由があったのか……理由が。

男は、それから時々コーヒーを飲みに来るようになり、やがてランチタイムの存在に気づいたのか、昼食時に姿を見せるようになった。だがきっちりと昼休みの時間が決まっている仕事ではないらしく、客がいなくなって店が空《す》く一時半過ぎによく現れた。外まわりの営業マンか何かなのだろう、そう思った。

男はメニューを気にすることもなく、いつもランチセットを頼む。ランチにはコーヒーか紅茶付。紅茶を希望したことは一度もない。がつがつしているというほどではないが、男の食事のスピードはやたらと速かった。そして、米粒ひとつ残さずに綺麗《きれい》に食べる。見た目よりも大食漢で、ライスはいつも大盛り。何か運動をしていたのかも知れないな、学生の頃。コーヒーはブラック、たまにミルクだけ入れる。いつも新聞を読んでいる。文庫本とか週刊誌を手にしているのは見たことがない。

ほんの時おり、二人連れで来ることもあった。一緒にいる男は毎回同じではなかったが、そのうちの何人かは見憶えがある。たぶん、会社が近所にあるのだろう。だが男は同僚たちと親しく話をするという感じではなくて、たまたま店の外で一緒になったから一緒に座った、という雰囲気が多かった。社内で友人がいないのだろうか。余計な心配をしてみたりした。その内に、男と一緒にいる相手がたいていの場合、男に対して敬語をつかっているのに気がついた。そうか、あんなふうに見えて、けっこう役職が高いんだ。それで合点がいく。サラリーマンの縦社会では、上にのぼった人間ほど孤独になるものなのだろう。

そんなふうに、この二年の間、練はその男のことを考え続けていた。だが個人的な言葉を交わしたことは一度もない。お勤めはこの近くですか、そのぐらいの質問すら、できなかった。


それでも、練はいつも男を待っている自分に、やがて気づいた。

男が顔を出すのはランチタイムがいちばん多かったので、二時を過ぎると不安になる。男はまるでとても気紛《きまぐ》れな通い猫のように、毎日続けて来ることもあれば、一ヶ月近く顔を見せないこともある。長期出張か何かに出ているのだろうか。まさか病気になったとか……練は、やきもきしながら男が現れるのを待ち続けている自分を、自分で持て余していた。

自身の中にホモセクシュアルな志向があることは、それまで意識したことがない。中学の頃にオカマと呼ばれて同級生からこづかれたことはあったが、それは主に自分の顔のせいだったとわかっている。顔が問題なんや、父親は容赦なくそう言った。おまえの顔は女の顔やで。そんな顔やったら、歌舞伎の女形になるしかないわ。ちょっと外に出て殴られて来い、鼻が曲がって男らしい顔になれる。

父がそれを言うたび、母は本気で怒った。あんた、とんでもないこと言わんといてください。練はわたしに似とるんです。それだけのことやないですか。誰が見ても自分は母親にそっくりなのだ。そして姉にも。それはまったく不思議なことではないのに、父はそれが気に入らなかったのだろう。

顔以外では自分は特に女っぽいことはないと、練は真面目に思っていた。鏡で自分の裸体を見たり、喋《しゃべ》る言葉に自分で耳をすませたりして、誰かれかまわず、なあ、ぼくは女の子とちゃうな、な？　と訊《き》いてまわる。姉はそれを気にする練を笑って、別にええやないの、女の子みたいかて。優しいて可愛いんやから、それでええわ、と頭を撫《な》でてくれた。

高校から寮生活になった。男子校で、いびつなほどの受験校だった。同級生の中には粗暴な者などひとりもいなくて、みな、考えているのは大学受験のことばかりだった。それでも性的な興味は強い年頃だったから、裸体の女が載っている雑誌や過激なエロ漫画などが手から手へと駆け巡っていたし、そうした写真や漫画を見て性器をこすれば勃起《ぼっき》も射精もした。どこにも異常はない、自分でそう判断して、練は心の中にひそかにつきまとっていた不安と決別した。ただ、同級生たちほどには裸体の女の写真に強く惹《ひ》かれていない自分にも、その頃に気づいた。だから、学校からは禁止されていたストリップ劇場に数人でくり出した時は、本物の女の肉体を見ればものすごく興奮できるに違いない、と半分期待していたのだ。

期待ははずれたが、それが自分自身の性的志向のせいなのか、それともその時に足を広げて性器を見せてくれた女が母親とそんなに違わない歳に見えたからなのか、それがわからないので大きく失望することもなかった。母親と同じ歳頃の女の性器は、美しいという言葉とはほど遠いものだったが、奇妙に心をそそる不思議な形をしていた。写真で見るのとはまったく違う、そこには、体内に男を受け入れて新しい命に変えて生み出す、絶対的な神のメカニズムがあった。単純に、自分もそこからこの世界に出て来たのだ、という感動を、練はこっそりと感じていた。もちろん、そんなことを口にしたら同級生から死ぬほど笑われるのはわかっていたので、誰にも言わなかったのだけれど。

つまり、と、練は思った。自分は、女性、という存在には強い親近感をおぼえている。だがそれはたぶん、性欲とは少し違うものなのだ。

で、もし女性に対して性欲を持てないとしたら、やっぱり父親が言ったように、自分は女、ということになるんだろうか。

もやもやとした思いのまま、結局答えは探していない。今に至るまで。

たぶん、答えを知るのが怖いのだろう。自分がホモなんだとわかるのが怖い。いや……もっと怖いこと、それは、自分が女にも男にも性欲を感じない、女も男も愛せない、そんな人間なのだと知ることだった。初恋はいつですか、と訊《たず》ねられることが本当に恐怖だと、誰がわかってくれる？

練は、あれが初恋だった、と自分で思えるような経験を、まだしていない。

シンプルな話なのかも知れない。ただの精神発達の遅れ。まだ二十六だ、致命的ということはないだろう。きっと世の中には、自分のような超奥手もけっこういるに違いない。

それは犯罪でもないし、誰に迷惑をかけているわけでもないんだから。

そう頭で納得しようとはするけれど、心の中の何者かがこう囁《ささや》くのだ。おまえは変態なんだよ。おまえはきっと、母親を愛してるんだ。いや、本当は姉だろう？　どうなんだ？

そういうことなのかも知れない、と、練は自虐的に、心の中から生まれた自身への軽蔑《けいべつ》を、半ば受け入れかけていた。母と姉の存在が、自分の男としての精神構造に強い影響を与えていることは、たぶん、確かなのだ。そして自分はまだ、その呪縛《じゅばく》から自分を解き放ってくれる人間と出逢《であ》っていない。もしかすると生涯、出逢えないのかも。

性的な体験というだけなら、金を払えばいつだってできる。特定の恋人がいない同級生は歌舞伎町だのなんだのに出掛けて初体験を済ませてしまった者もいる。そんなに好きじゃないけどやらせてくれたから、という理由で、合コンでひっかけた女の子を相手にしたのもいるし、家庭教師で通っていた先の母親とやったというやつまでいる。人それぞれだし、そういった話を聞いても別段焦りは感じない。でも、焦りを感じないということ自体がすでにふつうではないのかも。

ドアが開いた。練の心臓がはっきりと大きくひとつ鳴った。男が、いつものようにぼさぼさの髪で入って来た。椅子に座る前に練の顔を見て訊ねた。

「まだランチ、残ってる?」

練は頷《うなず》いた。はい、と言ったつもりだったのに声が出なかった。自分が考えていたことを知られたかのようにどぎまぎした。

水のグラスを前に置くと、ありがと、と言われた。この二年、男と交わした言葉の大半は、まだランチある?はい、ありがと、いいえ。それだけだ。それに「ごちそうさま」「ありがとうございました」

男が食べている間、練はカウンターの隅で紙ナプキンを折った。面倒な仕事なのでイモちゃんはやりたがらない。昔から折り紙は得意だった。せっせと紙ナプキンを折っている間に、マスターがカセットを取り替える。ホール&オーツがマクドナルド&ジャイルズになってしまった。これでもマスターにしてみれば譲歩した選択なのだ。今店にいる客でこのアルバムのアーチストを言い当てられそうな人はひとりもいないけれど。

マスターのマイナーな選曲を楽しみに来る客も、少ないながらいないわけではない。夕方から閉店の八時頃までの間は客が少ないので、マスターと音楽の話がしたくてわざわざ寄る人もいる。みなマスターと同年輩、サラリーマンスーツを着てはいても、心の中は長髪と汚いジーンズでキメているのだろう。

ふと、意外なものが目に入った。男が食べながら膝《ひざ》をゆすっている。初めは貧乏ゆすりかと思ったが、曲に合わせてリズムをとっているのだとわかって、練は驚いた。見れば男の目の前のグラスが空だ。練はカウンターをすべりおりて水さしを持って近づき、グラスに水を満たしながら訊《き》いた。

「あの……このアーチスト、知ってますか」

男が顔をあげた。男が自分の顔をまともに見るのはそれが初めてだったろう、きっと。

「マクドナルド&ジャイルズでしょ」

男はにっこりした。

「わたしの親友が大好きでね、部屋でよく聴かされたんだ。わたしはほら、キング・クリムゾンは『宮殿』しか理解できない程度だけど、ジャズっぽいのは嫌いじゃない」

「『レッド』は？」

練は、ほとんど反射的に口を開いていた。

「僕は『レッド』がいちばん好きです……クリムゾンなら」

「そう」

男は頷いた。

「たぶん聴かされたことはあると思うけど、意識して聴いたことはなかった。今度借りてみるよ」

「すみません、食事中お邪魔して」

練は頭を下げ、男の返事は待たずにカウンターに戻った。

「知り合い？」

マスターに訊かれて練は首を横に振った。

「これ知ってるみたいだったんで」

指で宙をさす。マスターは一瞬嬉《うれ》しそうにしたが、次の瞬間には下を向いて小声で言った。

「お仲間だって思いたいけど……デカだからね、たぶん」

練は驚いた。

「デカって……刑事ですか」

マスターは声を低めろ、と指で示した。

「たまに一緒に来てる連中、世田谷署の刑事ばかりだよ。まああそこはうちのお得意さんみたいなもんだからね。事務の人たちとかもよく来るし。開店した頃だったかな、出前はやるのかって問い合わせもらったことがあるよ。やってできないことはなかったけどさ、俺、やっぱり抵抗あるんだな、警察は。それで出前はしませんって断った。くだらない虚勢だけどね」

マスターは学生運動の最後の世代だ。全共闘が安田講堂を占拠した時、中学を卒業した。労働者になる、と親に宣言して高校へは進まず、昼は工場で軍手を作った。だがすぐに挫《ざ》折《せつ》してぶらぶらし、アメリカに渡り、一年うろついて、戻ってから定時制の高校に入って昼間は喫茶店に勤めた。挫折と妥協の人生だ、とマスターは笑うが、こんな店を持って好きな音楽をかけて生きていられるのだから、少なくとも敗残者ではない。

それでも、警察が嫌いなのだ。

マスターを見ていると、理解できるような、馬鹿にしたいような気持ちになる。憧《あこが》れと軽蔑が入り混じる。好きなのか嫌いなのかわからなくなる。

男は食事を終えて立ち上がる。練は男から伝票と千円札を受け取り、レジに打ち込んで釣り銭を手渡す。「ごちそうさま」「ありがとうございました」

あと何回、その言葉を交わせるのだろう……あと何回。六月はもう残り、数日。

突然、練は気づいた。どうして今まで気づかなかったのか不思議だった。練はそれをじっと見つめた。それは、男の骨ばった指には不釣り合いに輝いていた。

プラチナの結婚指輪。

最初からそれをしていたのか、それともこの二年の間に結婚したのか。どちらにしても、男はふだん指輪をつけていたことはない。日本の既婚男性で結婚指輪をしない者は多い。マスターもそうだ。

男は今日、なぜ指輪をしてるのだろう。

答えは想像がつく。今夜仕事の後で、男は妻と待ち合わせして食事する。

男が消え、ドアが閉った。練の胸に、息苦しさがあった。説明のできない疼《うず》き、痛みがあった。どうしてなのか、悲しくなった。

バイトを終え、店を出る。夕方四時。店はもう閉店までさほど混まないだろう。五時にはイモちゃんも学校に向かう。マスターはひとりで閉店まで、ぽこぽことコーヒーをいれ、趣味の音楽をかけ続ける。

外はまだ明るい。今が一年中でいちばん日の長い季節なのだ。暑さもじんわりと空気にへばりついている。歩道のアスファルトから、熱気のようなものがたちのぼっている。

練は、ゆっくりと歩いた。夕飯のことを考えるのが面倒なので、駅の近くにあるパン屋に寄るつもりでいる。女子大生らしいバイトの子が、いつも笑顔を向けてくれる。綺麗《きれい》な子だった。もしかすると自分に関心があるのかな、と感じることがたまにある。トレイに載せたパンをカウンターに置くと、きまって何か、ひと言、ふた言話し掛けてくれる。

その子とつきあって、手を握って映画を観たりすることを想像してみる。そのままその子に気持ちが傾けばいいのに、と思う。その子のことが好きになれたら楽なのに。マザコンでもホモでもシスコンでも変態でもなく、ただ、その子が好きになれたら。そしてそれが初恋だったのだと、数年して思い返せるのなら。

それでも、練にはもう、わかっていた。

自分の初恋は、さっき終わったのだ。

駅まで続く歩道を少しそれれば、男がいる建物がある。練は、その前を俯《うつむ》いたまま足早に通り過ぎた。

歩道は駅に向かって続いている。その上を、練は、一歩ずつ踏みしめて歩く。

あと数日で、あの店とも、イモちゃんとも、マスターとも、ランチタイムとも、あの男とも別れて、自分は別の歩道を歩くようになる。この通りを通らずに。

無数の歩道がみなどこかに繋《つな》がっていて、やがてはその歩道の傍らに、自分という存在を預けてしまえるような人間と出逢《であ》えるのだろうか。それとも、歩道はぶつぶつと途切れていて、どこにも行き着けないまま終わるのだろうか。

いずれにしても、と、練は考える。

もうじき、新しい段階に入るのだ、自分の人生も。就職して留学して、外国の歩道を歩いて、見知らぬ人々と出逢って。
とりあえず今は、亀の餌を買い忘れないようにすることが大切だ。
銀色の指輪の幻影が、一瞬だけ、歩道の上をよぎった。
始まったばかりの暑い夏の、それが最初の、陽炎《かげろう》だった。

本書は二〇〇二年一〇月に小社より刊行された単行本の文庫化にあたり、上巻、下巻の二分冊としたものです。
なお、文庫上巻には本書のサイド・ストーリーにあたる短篇『歩道』（単行本未収録。限定部数小冊子での発表年月日は二〇〇三年二月一四日）を収録いたしました。

（編集部）

聖《せい》なる黒《こく》夜《や》（上）

柴《しば》田《た》よしき

平成18年 10月25日　初版発行
令和7年 9月25日　27版発行

発行者●山下直久

発行●株式会社KADOKAWA
〒102-8177　東京都千代田区富士見2-13-3
電話　0570-002-301（ナビダイヤル）

角川文庫 14429

印刷所●株式会社KADOKAWA
製本所●株式会社KADOKAWA

表紙画●和田三造

●お問い合わせ
https://www.kadokawa.co.jp/（「お問い合わせ」へお進みください）
※内容によっては、お答えできない場合があります。
※サポートは日本国内のみとさせていただきます。
※Japanese text only

ISBN 978-4-04-342808-3　C0193

角川文庫発刊に際して

角川源義

第二次世界大戦の敗北は、軍事力の敗北であった以上に、私たちの若い文化力の敗退であった。私たちの文化が戦争に対して如何に無力であり、単なるあだ花に過ぎなかったかを、私たちは身を以て体験し痛感した。西洋近代文化の摂取にとって、明治以後八十年の歳月は決して短かすぎたとは言えない。にもかかわらず、近代文化の伝統を確立し、自由な批判と柔軟な良識に富む文化層として自らを形成することに私たちは失敗して来た。そしてこれは、各層への文化の普及滲透を任務とする出版人の責任でもあった。

一九四五年以来、私たちは再び振出しに戻り、第一歩から踏み出すことを余儀なくされた。これは大きな不幸ではあるが、反面、これまでの混沌・未熟・歪曲の中にあった我が国の文化に秩序と確たる基礎を齎らすためには絶好の機会でもある。角川書店は、このような祖国の文化的危機にあたり、微力をも顧みず再建の礎石たるべき抱負と決意とをもって出発したが、ここに創立以来の念願を果すべく角川文庫を発刊する。これまで刊行されたあらゆる全集叢書文庫類の長所と短所とを検討し、古今東西の不朽の典籍を、良心的編集のもとに、廉価に、そして書架にふさわしい美本として、多くのひとびとに提供しようとする。しかし私たちは徒らに百科全書的な知識のジレッタントを作ることを目的とせず、あくまで祖国の文化に秩序と再建への道を示し、この文庫を角川書店の栄ある事業として、今後永久に継続発展せしめ、学芸と教養との殿堂として大成せんことを期したい。多くの読書子の愛情ある忠言と支持とによって、この希望と抱負とを完遂せしめられんことを願う。

一九四九年五月三日